Alex Gough
Die Axt des Kaisers

Rom, 211 n. Chr.: Kaiser Caracalla ist umtriebig. Nachdem er seinen Bruder Geta ermordet und den Thron für sich beansprucht hat, ordnet er ein grausames Blutbad an: Alle, von denen er glaubt, dass sie nicht auf seiner Seite stehen, sollen sterben. Doch Silus, gefürchteter Assassine im Geheimbund der Arcani, hat es satt, wahllos zu morden. Da kommt es gerade recht, dass er und sein Freund Atius für eine neue Mission nach Alexandria geschickt werden – endlich können sie den stinkenden Gassen Roms entkommen. In Afrika sollen sie Avitus, den entführten Sohn von Caracallas Verbündetem Marcellus, ausfindig machen. Noch ahnen sie nichts von den Gefahren, die sie dort erwarten.

Alex Gough ist Autor historischer Rom-Serien und lebt als Tierarzt im Südwesten Englands. Seine Leidenschaft für das alte Rom bringt er in seinen Büchern sowie auf seinem Blog romanfiction.com zum Ausdruck.

Alex Gough

Die Axt des Kaisers

Die Assassinen von Rom Band III

Roman

Aus dem Englischen
von Kristof Kurz

dtv

Von Alex Gough ist bei dtv außerdem erschienen:
Das Schwert des Kaisers
Der Dolch des Kaisers

MIX
Papier aus verantwortungsvollen Quellen
FSC® C019821

Deutsche Erstausgabe 2024

Titel der englischen Originalausgabe:
›Emperor's Axe‹
(Canelo Digital Publishing Limited, London 2020)

Umschlaggestaltung: dtv nach einem Entwurf
von Stephen Mulcahey
Umschlagmotive: Arcangel Images/Stephen Mulcahey;
shutterstock.com/Tomasz Czajkowski, Josfor;
depositphotos.com/algolonline
Satz: C.H.Beck.Media.Solutions, Nördlingen
Gesetzt aus der Stempel Garamond
Druck und Bindung: Druckerei C.H.Beck, Nördlingen
Printed in Germany · ISBN 978-3-423-22053-8

Erstes Kapitel

Dezember 211 n. Chr.
Rom

Silus war grün und blau von den Prügeln, die er hatte einstecken müssen, und den Steinen, mit denen man ihn im Tumult beworfen hatte. Seine Arme schmerzten von einem Schwertkampf, und da er einmal durch die ganze Stadt gelaufen war, um den Kaiser zu retten, war er todmüde. »Scheiße«, sagte er, als er das Chaos vor sich erblickte.

Atius nickte. »Da kann ich dir nur zustimmen.«

Sie verließen die Castra praetoria, wo der nun allein regierende Kaiser Severus Antoninus, genannt Caracalla, von seinen treuesten Leibwächtern und Prätorianern bewacht wurde, und machten sich auf den Weg zu Silus' Bleibe in der Subura. Dabei kamen sie nur langsam voran, denn in der Stadt herrschte Chaos. Vor wenigen Stunden noch hatten die beiden Brüder Caracalla und Geta über die Stadt geherrscht. Dann hatte Geta versucht, Caracalla zu ermorden, doch Letzterem war es mithilfe von Silus – der unmittelbar zuvor Gefangenschaft und Folter entkommen war – gelungen, seinen Bruder zu töten und den Thron an sich zu reißen.

Nun waren Silus und Atius auf dem Weg zurück zu Silus' Wohnung, wo sie sich mit reichlich Wein und Schlaf von ihren Verletzungen und ihrer Erschöpfung erholen wollten.

Bedauerlicherweise wurde dieser einfache Plan durch eine Prätorianereinheit durchkreuzt, die sich auf dem Vicus Patricius herumtrieb, jener breiten Straße, die vom Viminal zur Subura führte. Die sonst mit ihren auf Hochglanz polierten Rüstungen und Lederstiefeln so makellos herausgeputzten Prätorianer waren von Caracalla persönlich von der Leine gelassen worden: Sie hatten seine ausdrückliche Erlaubnis, sich für ihre Treue zum Kaiser zu belohnen, indem sie Tempel und Schatzhäuser plünderten. Nun waren ihre Uniformen von Staub, Blut und Erbrochenem bedeckt, die Schließen ihrer Rüstungen und Gürtel waren gelockert oder standen offen. Sie lachten, jubelten und grölten lallend ihre Lieder.

Neben Caracallas Versprechen, ihren Sold und ihre Verpflegung aufzubessern, hatten sie noch einen weiteren Grund zum Feiern: Sie hatten soeben einen kleinen Tempel ausgeraubt. Nun umringte ein halbes Dutzend Soldaten in dem Innenhof davor einen Priester, der gerade alt genug war, um sich rasieren zu müssen. Blut und Rotz strömten aus seiner Nase. Er flehte die lachenden Soldaten auf Knien an, ihr Treiben zu beenden.

Auf den Stufen, die zur Portikus vor dem Tempeleingang führten, saßen ein Zenturio und sein Optio vor einer kleinen Truhe und zählten die Silberstücke darin mit der staunenden Freude kleiner Kinder, die in eine Tüte voller Honigsüßigkeiten blicken. Einige Soldaten hatten den Kopf in den Nacken gelegt und schütteten sich aus Silberkelchen Wein in die offenen, überquellenden Münder, sodass er ihnen am Kinn hinunterlief.

Silus und Atius sahen sich müde an.

»Das wird recht hässlich«, murmelte Silus.

»Dann passt du ja prima dazu«, sagte Atius.

»Na los.«

Sie näherten sich vorsichtig dem betrunkenen Soldatentrupp, wobei sie versuchten, so harmlos wie möglich zu wirken und die Hände von ihren Schwertern fernzuhalten. Als sie noch etwa ein halbes Dutzend Schritt entfernt waren, bemerkte sie ein Prätorianer und stand ruckartig und leicht schwankend auf. Er hatte einen dichten roten Haarschopf – seinen Helm hatte er wohl schon vor längerer Zeit abgelegt. »Was wollt ihr Pisser denn?«

»Keinen Ärger«, sagte Silus. »Wir wollen nur vorbei.«

»Diese Straße gehört uns«, sagte der Soldat.

»Diese Straße gehört dem Kaiser, dem Senat und dem Volk von Rom«, sagte Silus.

»Heute Nacht ist Rom unser«, sagte ein weiterer Soldat. Wein troff aus seinem buschigen schwarzen Bart. »Der Kaiser selbst hat uns erlaubt, alles zu nehmen, was wir wollen. Keiner darf uns daran hindern, hat er gesagt.«

»Ich war dabei«, erwiderte Silus. »Er hat gesagt, dass ihr nehmen sollt, was euch zusteht. Aber dabei hat er weder von irgendwelchen Straßen gesprochen, noch davon, Priester zu verprügeln.«

Der Rothaarige sah zu dem Priester hinüber, der just in diesem Augenblick einen heftigen Tritt in die Magengrube erhielt. Mit schützend vor den Kopf gehaltenen Händen krümmte er sich auf dem Boden zusammen, zog die Knie an und schluchzte leise. »Der wollte uns daran hindern, das Geld mitzunehmen«, sagte der Rotschopf. »Selber schuld.«

»Der kümmert uns nicht, wir wollen nur vorbei. Moment mal«, sagte Silus. »Ist das nicht der Tempel von Mefitis, der Göttin der üblen Ausdünstungen? Ich könnte mir vorstellen, dass die Strafe für die Schändung ihres Heiligtums und das Verprügeln ihres Priesters recht … unangenehm ausfallen dürfte.«

Die beiden Prätorianer sahen sich unsicher an. Nun waren auch ihre Kameraden auf die Neuankömmlinge aufmerksam geworden.

»Was trödelt ihr da rum? Schlagt ihnen die Schädel ein«, sagte der Zenturio, reichte die Truhe seinem Optio und kam mit wütender Miene zu ihnen herüber. »Ich würde euch beiden dringend raten, euch zu verpissen«, sagte er. Seine Stimme war heiser von Jubelgeschrei, gebrüllten Befehlen und dem allgegenwärtigen Rauch.

»Zenturio, wir haben einen ausgesprochen anstrengenden Tag hinter uns. Wir wollen einfach nur nach Hause.«

»Seid ihr taub? Verpisst euch!«

Silus seufzte. »Wir wollen euch nichts tun.«

Der Zenturio sah sie verblüfft an, dann stieß er ein bellendes Gelächter aus und deutete auf seine Soldaten. »Ich habe zwanzig Männer hier. Gut ausgebildete Kämpfer.«

»Kämpfer?«, fragte Atius. »Ich dachte, ihr seid Prätorianer.«

Der Zenturio zog knurrend das Schwert. Atius wollte dasselbe tun, doch Silus legte ihm beschwichtigend die Hand auf den Arm.

»Zenturio, Eure Männer sind betrunken. Sie feiern und sind nicht in der Verfassung, zu kämpfen. Ihr mögt in der Überzahl sein, aber das schreckt uns nicht ab. Wenn es hart auf hart kommt, werden viele von euch sterben, und Ihr seid der Erste. Also überlegt Euch noch einmal gründlich, was Ihr mit diesem Schwert zu tun gedenkt.«

Der Zenturio war es nicht gewohnt, dass jemand außer seinen Vorgesetzten so mit ihm sprach. Er sah sich ratlos nach seinem Optio um. Der hatte aufgehört, Münzen zu zählen, und beobachtete die Szene interessiert.

»Scheiße, wer seid ihr überhaupt?«, fragte der Zenturio.

Silus war sich selbstverständlich im Klaren darüber, dass

er dies nicht einfach so vor aller Welt verkünden durfte, doch er hatte die Nase gestrichen voll. Voll von der Geheimniskrämerei, von diesem Streit, von diesem langen Tag des Kämpfens und Tötens. Er trat einen Schritt auf den Zenturio zu, drückte dessen Schwertklinge mit dem Handrücken beiseite und beugte sich vor. »Zenturio, Ihr habt doch sicher schon von den Arcani gehört.«

Der Mann erbleichte und machte große Augen. »Ihr seid …?«

»Befehlt Euren Männern, uns Platz zu machen. Sofort.«

Der Zenturio schluckte und nickte. »Lasst sie durch«, rief er.

Die Soldaten bildeten eine Gasse, durch die Silus und Atius hocherhobenen Hauptes marschierten. Die beiden waren zu müde, um Angst zu haben. Die Prätorianer funkelten sie böse an und fluchten leise, doch keiner wagte es, sich mit den beiden Arcani anzulegen.

Kurz darauf setzten die Prätorianer das Plündern und Verwüsten fort, während Silus und Atius weiter durch ungewohnt leere Straßen gingen, vorbei an verschlossenen und verbarrikadierten Häusern, an verlassenen, umgekippten und manchmal sogar brennenden Fuhrwerken, deren Rauch je nach Ladung unterschiedlich roch – nach Getreide, Gemüse, Kräutern oder Tuch. Einige wenige verschreckte Bürger liefen geduckt und mit ängstlichem Blick durch die Straßen, um sich so schnell wie möglich in Sicherheit zu bringen.

Silus fragte sich, wie groß der Schaden an dieser prachtvollen Stadt wohl sein würde. Feuer stellte eine ständige Gefahr dar, auch wenn es jetzt weitaus mehr Steinbauten gab als noch zu früheren Zeiten. Rom war in der Vergangenheit durch Fluten, Brände und Belagerungen weitaus schlimmer in Mitleidenschaft gezogen worden und hatte stets überlebt.

Nichtsdestotrotz würde in dieser Nacht unsägliches Leid geschehen.

Sie umrundeten eine Ecke und wären beinahe in einen Legionär der städtischen Kohorten gelaufen, der an einer Wand lehnte und zwei Kameraden dabei zusah, wie sie eine Frau drangsalierten. Ihre dicke Augenschminke war verlaufen und hatte dunkle Tränenspuren auf ihren Wangen hinterlassen. Die beiden Soldaten ließen sie auf allen vieren herumlaufen und dabei wie eine Wölfin heulen. Einer piekte ihr mit der Schwertspitze ins Hinterteil. »Und jetzt knurren, kleine Lupa«, sagte er. Die bemitleidenswerte Frau fletschte die Zähne und versuchte sich an einem Knurren, das jedoch bald zu einem Schluchzen wurde. Die Männer brüllten vor Lachen.

Der an der Wand lehnende Soldat legte Silus eine Hand auf die Schulter. »Witzig, oder?«

»Finde ich nicht«, sagte Silus.

»Ach so, ihr seid nicht von hier«, sagte der Soldat. »Passt auf, ich erklär's euch. Bei uns heißt ›Lupa‹ nicht nur Wölfin, sondern auch Hure. Deshalb muss die Hure hier so tun, als wäre sie eine Wölfin.«

»Ein geradezu genialer Einfall«, sagte Silus mit ernster Miene. »Findest du nicht auch, Atius?«

»Ganz großartig. Könnte von diesem Kerl sein, von dem wir letztens diese Komödie gesehen haben … Pluto?«

»Plautus«, sagte Silus. »Ja, der wäre stolz, wenn ihm so etwas einfallen würde.«

Der Legionär verengte die Augen zu Schlitzen und sah sie misstrauisch an. »Wollt ihr mich verarschen?«

Silus roch den starken Wein in seinem Atem. Offenbar hatte der Mann die Ironie ihrer Bemerkungen tatsächlich nicht so ganz verstanden.

»Das reicht, würde ich sagen. Lasst sie gehen«, befahl Silus.

Jetzt wurde dem Soldaten der städtischen Kohorten langsam klar, dass die beiden das Ganze nicht so lustig fanden wie er selbst. Er legte die Hand auf den Schwertknauf. »Was geht euch das hier überhaupt an?«

»Gar nichts. Aber das heißt nicht, dass wir einfach so daran vorbeigehen müssen, oder?«

»Silus, er hat ja recht«, sagte Atius. »Das geht uns nichts an. Willst du die ganze Nacht durch die Straßen ziehen und für jede Frau in Bedrängnis den Retter in der Not spielen?«

»Ja, hör auf deinen Kumpel«, sagte der Legionär. »Lass uns unseren Spaß und verpiss dich. Das ist die letzte Warnung.«

Die Frau stieß einen Schrei aus. Silus blickte über die Schulter des Soldaten und sah, dass sie sich zu einer Kugel zusammengekrümmt hatte, während sie von einem Legionär – einem kleinen Mann mit breiten Schultern und schwarzen Locken – mit heftigen Tritten traktiert wurde.

Silus rammte seine Stirn gegen die Nase des Mannes vor sich. Knorpel knackte, und sofort strömte Blut über das Gesicht und die hübsche Uniform des zurücktaumelnden Soldaten. Silus ließ einen Aufwärtshaken gegen seinen Kiefer folgen. Der Soldat verdrehte die Augen, dann gaben seine Beine unter ihm nach und er ging zu Boden.

Die beiden anderen Männer blickten auf. Ganz offensichtlich nahmen sie Silus und Atius erst jetzt so richtig wahr. Sie ließen von der zitternden, im Staub der Straße liegenden Frau ab und kamen auf sie zu. »Was habt ihr denn mit Sulinus angestellt?«, fragte einer mit ehrlichem Staunen.

»Die haben ihn fertiggemacht«, sagte der Kleine, der die Frau getreten hatte.

»Der gehört mir«, sagte Silus und deutete auf ihn.

Atius seufzte. »Versuchen wir zumindest, sie nicht umzubringen?«

»Da kann ich nichts versprechen.«

»Was habt ihr da zu flüstern?«, wollte der größere der beiden Soldaten wissen. »Warum verpisst ihr euch nicht einfach und holt euch gegenseitig einen runter, bevor ich euch die Schwänze abschneide?«

»Na gut, vielleicht wird es doch ganz lustig«, sagte Atius.

Die Wachen sahen sich unsicher an. Sie hatten ihre Waffen gezogen, aber sie waren auch betrunken und wussten ohne Befehlshaber nicht so recht, was sie tun sollten.

Die beiden Arcani nahmen ihnen die Entscheidung ab. Gleichzeitig traten sie vor und stellten sich ihrem jeweiligen Gegner. Silus wich einem Hieb gegen seine Körpermitte mühelos aus. Die Klinge zischte harmlos durch die Luft. Der schwarzhaarige Legionär griff mit wutverzerrtem Gesicht ein weiteres Mal an. Wieder hieb er ins Leere, als der grinsende Silus zur Seite sprang. Das tat richtig gut. Nach so viel Verrat, Heimtücke, Folter und Mord war ein ehrlicher Kampf Mann gegen Mann genau das Richtige.

Silus tänzelte um seinen Gegner herum, blickte ihm in die Augen und sah so dessen nächste Angriffe voraus, vor denen er sich spielend leicht wegduckte, zurückzuckte und zur Seite wich. Der Soldat wurde immer wütender, die Hiebe ungestümer und ungenauer, und bald keuchte und atmete er immer schneller. Silus musste nur auf den richtigen Augenblick warten.

Der kam schneller als gedacht. Der Soldat war nicht nur betrunken, sondern auch in erbärmlich schlechter körperlicher Verfassung. Ein weiterer kräftiger Hieb ging meilenweit daneben. Die Schwertspitze senkte sich, und der Mann schien kaum noch Kraft zu haben, sie wieder zu heben.

Schnell machte Silus einen Schritt auf seinen Gegner zu, packte das Handgelenk seines Waffenarms mit der Linken und schlug ihm gleichzeitig mit dem rechten Unterarm ins Gesicht. Der Mann taumelte zurück. Silus verdrehte sein Handgelenk, bis der Soldat das Schwert vor Schmerz fallen ließ.

Der Legionär stürzte sich auf ihn, um ihn in den Schwitzkasten zu nehmen, doch Silus duckte sich unter seinen Armen hindurch und schlug ihm zweimal in den Magen. Der Mann krümmte sich zusammen. Silus packte ihn bei den Haaren, riss seinen Kopf nach unten und das eigene Knie gleichzeitig in die Höhe. Der Zusammenprall war so heftig, dass sein eigener Körper erbebte. Er schleuderte den Soldaten von sich, der reglos auf dem Boden liegen blieb.

Silus sah sich um. Atius hatte seinen Fuß auf die Brust des anderen Legionärs gestellt und sein Schwert auf den Unterleib des zitternden Mannes gerichtet. »Was dauert denn da so lange?«, fragte er.

Silus zuckte mit den Schultern. »Ein Festessen muss man genießen, oder nicht?«

»Die beiden würde ich nicht als Festessen bezeichnen. Eher als verdorbene Fleischpasteten.« Atius schaute auf den Mann unter sich herab. »Wie war das jetzt mit dem Schwanzabschneiden?«

»Bitte nicht«, keuchte der Legionär. »Das sollte doch nur ein Spaß sein. Der Kaiser persönlich hat es uns erlaubt.«

Silus schüttelte den Kopf. Offenbar hatten alle Prätorianer und Soldaten der städtischen Kohorten Caracallas Befehl, sich ihre Belohnung direkt aus den Schatzhäusern und Tempeln zu holen, als Freibrief für Raub, Belästigung, Vergewaltigung und Mord aufgefasst. Er wandte sich der Frau zu, die an den Straßenrand gekrochen war und nun dort saß, das

Kinn auf die Knie gestützt und die Arme um die Schienbeine geschlungen.

Silus hielt ihr die Hand hin. Sie sah mit großen, angsterfüllten Augen zu ihm auf. »Was habt ihr mit mir vor?«, fragte sie im Flüsterton.

»Überhaupt nichts«, sagte Silus. »Wir bringen dich höchstens nach Hause. Wo wohnst du?«

»Im Lupanar der Venus.«

»Und willst du auch wieder dahin zurück?«

»Herr, ich bin eine Sklavin. Wo sollte ich denn sonst hin?«

Silus nickte. »Na schön, dann wollen wir dich zumindest heil nach Hause bringen.«

Die Frau zögerte, dann nahm sie seine Hand und ließ sich aufhelfen. Als sie das Gewicht auf ein Bein verlagerte, zuckte sie zusammen. Silus hielt ihr den Arm hin, auf den sie sich dankbar stützte. »Vielen Dank, Herr. Es ist nicht weit.«

»Was machen wir mit dem hier?«, fragte Atius. »Soll ich ihm den Schwanz abschneiden?«

»Bitte nicht!«, schrie der Soldat.

»Lass ihn laufen«, sagte Silus. »Diese Idioten tun nichts anderes als Tausende anderer Soldaten heute Nacht auch. Es ist nicht an uns, sie zu bestrafen.«

Atius wartete wenigstens so lange, bis der Mann wieder zu zittern anfing, dann nahm er den Fuß von seiner Brust. »Also gut, bringen wir die Frau in Sicherheit, und dann nichts wie ab nach Hause.«

Silus nickte. Sie ließen der Frau den Vortritt, und da das Lupanar der Venus nur zwei Straßen entfernt war, schafften sie es ohne weitere Zwischenfälle dorthin. Ein Fresko der nackten Göttin unter einem großen Phallus zierte die Fassade des kleinen Bordells. Silus hämmerte an die verschlossene Tür. Da er weder eine Antwort erhielt noch Geräusche aus dem Haus hörte, klopfte er noch lauter. »Aufmachen!«

Endlich waren Schritte zu hören. »Wir haben geschlossen«, sagte eine heisere, zittrige Greisenstimme von der anderen Seite. »Verschwindet.«

»Wir bringen dir eins deiner Mädchen. Öffne wenigstens ihr.«

Schweigen. »Sind Prätorianer oder Legionäre der städtischen Kohorten in der Nähe?«, fragte der Alte schließlich.

»Nein«, sagte Silus. »Aber ich bezweifle, dass das noch viel länger der Fall sein wird.«

Wieder Schweigen. »Woher soll ich wissen, dass das keine Falle ist? Vielleicht wollt ihr mir ja mein Geld und meine Frauen wegnehmen.«

Silus schüttelte den Kopf. Dann wandte er sich zu der Frau um. »Wie heißt du?«

»Agathina, Herr.«

»Sag ihm, dass hier keine Soldaten sind und du in Sicherheit bist.«

»Herr? Ich bin es, Agathina. Der Mann sagt die Wahrheit. Er hat mich vor den Soldaten gerettet.«

Nach einem weiteren Augenblick des Schweigens hörten sie, wie der Riegel von der Tür genommen wurde und sich ein schwerer Schlüssel im Schloss drehte. Dann öffnete sich die Tür einen Spalt weit, und ein alter Mann mit spitzer Nase spähte vorsichtig heraus. Nun wurde es Silus zu dumm – er drückte die Tür auf, sodass der dürre Alte zurücktaumelte. Silus, Atius und Agathina betraten das Bordell, dann legte Atius den Riegel wieder vor.

»Agathina!«, sagte der Alte. »Wo warst du denn?«

»Du hast mich zu diesem Kaufmann geschickt … Onesiphorus heißt er. Weißt du das nicht mehr?«

»Ich sollte dich nach Strich und Faden versohlen lassen, weil du dich so spät noch draußen herumtreibst und dein Leben und mein Eigentum in Gefahr bringst.«

»Ich glaube, für heute hat sie genug Prügel abbekommen«, sagte Silus.

Der Mann sah ihn mit zusammengekniffenen Augen an, dann setzte er ein schmieriges Lächeln auf. »Aber selbstverständlich, natürlich. Ich bin Karpos, der Besitzer dieses Lokals und der hier arbeitenden Frauen. Und Ihr seid …?«

»Silus. Und das ist Atius.«

»Vielen Dank, dass Ihr Agathina sicher nach Hause gebracht habt. Leider kann ich es Euch nicht mit klingender Münze vergelten, aber wenn ich das nächste Mal im Tempel eine Opfergabe darbringe, werde ich für Euch beten. Ich wünsche Euch einen sicheren Nachhauseweg, kommt wohlbehalten durch diese finstere Nacht.« Er wollte den Riegel wieder entfernen.

Atius legte eine Hand auf seinen Arm. »Soll das ein Scherz sein?«

Karpos sah Atius mit einer Miene ehrlicher Verwirrung an. »Herr, ich kann Euch nicht ganz folgen.«

»Wir haben deine Sklavin gerettet und uns dabei selbst einer nicht unbeträchtlichen Gefahr ausgesetzt. Und jetzt bietest du uns zum Dank dafür, dass wir dir dein Eigentum zurückgebracht haben, noch nicht einmal einen Becher Wein an?«

Karpos zögerte. Einerseits wollte er diese beiden gefährlich aussehenden Burschen so schnell wie möglich loswerden, sie andererseits jedoch nicht verärgern. »Aber sicher. Ich dachte nur, dass Ihr es in einer solchen Nacht bestimmt eilig habt, in Euer Heim und zu Eurer Familie zurückzukehren. Selbstverständlich dürft Ihr so lange hierbleiben, wie Ihr wollt.«

»Großartig.« Atius marschierte in die Gaststube, setzte sich auf ein schmuddeliges Sofa und legte die Füße hoch. »Und bitte ein ordentliches Glas.«

Silus setzte sich ebenfalls. Sosehr er sich auch nach seinem Bett sehnte – es war schlauer, erst einmal abzuwarten, bis das Schlimmste vorüber war. »Wir bleiben heute Nacht hier«, entschied er.

»Wer hätte das gedacht, Silus verbringt die Nacht in einem Bordell«, bemerkte Atius staunend.

»Es ist eben das Vernünftigste.«

»Genau, und da wir schon mal hier sind, können wir unseren Aufenthalt auch genießen.«

»Herr«, sagte Karpos, »ich habe kein Bett frei. Meine Huren schlafen bereits.«

»Die lassen sich doch aufwecken«, sagte Atius.

»Er wird auch dafür bezahlen«, sagte Silus. »Richtig?«

»Wenn es sein muss«, knurrte Atius. »Aber der Wein geht aufs Haus, oder?«

Karpos dachte über diesen Vorschlag nach, dann nickte er. »Soll ich eine für Euch aufwecken?«

»Lasst mich doch erst einmal zu Atem kommen, ich bin doch kein Gott! Wo bleibt der Wein?«

Karpos schenkte ihnen starken, sauren Wein ein. Silus setzte sich ebenfalls auf ein Sofa und nahm einen großen Schluck aus seinem Becher. Als er sich zurücklehnte, spürte er plötzlich, dass er die Augen kaum noch offen halten konnte. Er stellte den Becher auf dem Boden ab, drehte sich auf die Seite und schlief sofort ein.

Als sich Silus und Atius am nächsten Morgen auf den Weg machten, hing der Gestank von Asche und Furcht über der Stadt, und auf den Straßen herrschten Ungewissheit und

Angst. Die Prätorianer waren wieder in ihre Kasernen zurückgekehrt – bis auf einige wenige, die vor den Geschäften oder im Dreck der Seitengassen ihren Rausch ausschliefen oder sich mit den falschen Bürgern angelegt und eine ordentliche Abreibung kassiert hatten. Allmählich kehrte die Stadt so gut es ging zum Alltag zurück. Sie kamen an einem wütenden Schuster vorbei, der Bretter an die aufgebrochene Tür seines Ladens nagelte, an einem Kind, das heulend die blutigen Überreste eines kleinen Hundes an sich drückte, einem Bäcker, der zerschlagene Töpferwaren und Tische beiseiteräumte, um wieder Brot für seine wartenden Kunden backen zu können. Die Anspannung der Menschen war deutlich zu spüren – sie fragten sich, ob das Schlimmste vorbei war oder ihnen erst noch bevorstand. Silus jedenfalls hatte keine Antwort auf diese Frage.

Als sie Oclatinius' Amtsstube erreichten, hatte eine tiefe Niedergeschlagenheit von Silus Besitz ergriffen. Nach einem Jahr der Angst und Ungewissheit hatte die Rivalität zwischen Caracalla und Geta mit dem Tod des Letzteren geendet. Nun musste Rom doch endlich zur Ruhe kommen – aber weshalb wurde er dann das dumpfe Gefühl nicht los, dass alles noch schlimmer werden würde?

Offenbar stand ihnen ihr Unbehagen ins Gesicht geschrieben: Oclatinius bemerkte die gedrückte Stimmung sofort. Er selbst sah jedoch auch nicht besonders glücklich aus, wie Silus bemerkte.

»Kopf hoch, Männer. Das ist nicht das Ende der Welt.«

»Das sieht Geta sicher anders«, sagte Atius.

»Atius! Wann lernst du endlich, dein blödes Maul zu halten? Du solltest den Göttern danken, dass du für mich arbeitest, sonst würde ich dich für so eine Bemerkung auf der Stelle als Verräter hinrichten lassen.«

»Herr, ich wollte nur die Stimmung etwas auflockern«, sagte Atius.

»Wie wär's, wenn du die Klappe hältst und zuhörst?«

Atius spitzte die Lippen, nickte aber schweigend.

Oclatinius schüttelte schicksalsergeben den Kopf. »Ich habe eine Aufgabe für euch. Die wird euch gefallen.«

Silus lauschte aufmerksam, konnte Atius jedoch ansehen, dass ihm die Bemerkung, der Auftrag hätte dann ja wohl mit Wein und Huren zu tun, auf der Zunge lag. Glücklicherweise konnte er sie sich verkneifen.

»Wie ihr euch sicher denken könnt, muss der Kaiser zuerst seine Position festigen. Ein Herrscherwechsel ist immer ein heikler Zeitpunkt, besonders wenn er, wie in diesem Fall, durch Gewalt zustande kam. Denkt an die vier anderen Thronanwärter, die sich damals mit Septimius Severus um die Kaiserwürde gestritten haben. Pertinax und Didius Julianus starben noch in Severus' erstem Regierungsjahr, Niger im zweiten und Albinus im vierten. Oder, um ein Beispiel aus der ferneren Vergangenheit zu bemühen: Nach Neros Tod …«

»Wir haben schon verstanden, Herr.« Silus fühlte sich wie erschlagen, er war todmüde und gewiss nicht in der Stimmung für eine Geschichtsstunde.

Als ihm Silus ins Wort fiel, verfinsterte sich Oclatinius' Miene. Er setzte sich an den Schreibtisch und blickte die beiden Arcani nacheinander an, wobei er das mittlerweile entstandene unbehagliche Schweigen absichtlich in die Länge zog. »Irgendwelche Beschwerden von eurer Seite?«, fragte er.

»Beschwerden, Herr?«, fragte Silus. »Nein.«

Atius schüttelte den Kopf.

»Muss ich euch an euren Schwur erinnern?«

»Nein, Herr.«

»Ich glaube doch. Ihr habt dem Kaiser und den Arcani die Treue geschworen. Ich bin der Kommandant der Arcani und diene dem Kaiser. Ist daran etwas unklar?«

»Nein, Herr.«

»Gaius Sergius Silus, Lucius Atius: Was ist euer Wort wert?«

Die beiden Arcani sahen ihn empört an.

»Herr«, protestierte Atius. »Ich habe Euch keinen Grund gegeben, an meiner Treue zu zweifeln.«

»Silus, was ist mit dir? Du hast einen Befehl missachtet und eine Kameradin getötet. Hältst du dich nur dann an deinen Eid, wenn es dir in den Kram passt?«

Silus errötete und ließ den Kopf hängen. Vergebens suchte er nach den richtigen Worten, um seine Taten zu rechtfertigen. »Der Kaiser hat mir vergeben«, stammelte er schließlich.

Oclatinius sprang auf und richtete den Finger auf Silus. »Weil du ihn erpresst hast!«, brüllte er.

»Ich habe ihm das Leben gerettet!«, schrie Silus zurück.

Oclatinius stützte sich schwer atmend mit den Händen auf dem Tisch auf. Er schluckte. »Ja. Ja, das ist wahr. Und deshalb wird dir in den kommenden Tagen und Wochen nichts geschehen, während andere, deren Treue fragwürdiger ist, Caracallas Rachefeldzug zum Opfer fallen werden.«

»Rachefeldzug?«

»Offenbar habt ihr das Ganze doch nicht so gut verstanden, wie ihr vorgebt. Rom wird von einem Kaiser regiert, der vor Kurzem seinen Vater verloren und soeben seinen eigenen Bruder getötet hat, dessen Verhältnis zu seiner Schwiegermutter gelinde gesagt kompliziert ist, der seine eigene Frau ermorden ließ und nun um den Thron und sein Leben fürchten muss. Das Blut wird in Strömen fließen, und ihr werdet viel davon vergießen. Ich frage euch daher noch einmal: Muss ich euch an euren Eid erinnern?«

»Nein, Herr«, murmelten Silus und Atius gleichzeitig.

»Lauter!«

»Nein, Herr!«

Oclatinius setzte sich wieder. »Na schön, kommen wir zur Sache. Wie gesagt, ich habe eine Aufgabe für euch. Silus, da du so großen Gefallen an Rache und Vergeltung hast, wirst du Gaius Septimius Severus Aper, einem Vetter des Kaisers, einen Besuch abstatten und ihn töten. Aper war aufseiten Getas und arbeitete gegen Antoninus. Er unterhielt ein Netz aus Spionen, zu denen übrigens auch Bek gehörte.«

»Nur ihn, Herr? Nicht auch seine Frauen und Kinder?«

»Nur ihn«, bestätigte Oclatinius.

Silus nickte erleichtert. »Ihr habt von einem Netz gesprochen. Wer gehörte noch zu Apers Spionen?«

Oclatinius sah ihn finster an. »Darüber musst du dir im Augenblick keine Gedanken machen. Vergiss es einfach.«

Oclatinius hatte sich verplappert, was ihm sichtlich unangenehm war. Hatte sich der scheinbar so unfehlbare Meisterspion etwa einen Schnitzer geleistet? Immerhin war er bereits im Greisenalter, und es war kaum einen Tag her, dass man ihn eingesperrt, gefoltert und verwundet hatte. Selbst ein Oclatinius war nicht vollkommen. Anstatt die Bemerkung zu vergessen, prägte Silus sie sich zur etwaigen späteren Verwendung gut ein.

»Du darfst Rache an dem Mann üben, der Bek befohlen hat, uns einzusperren und zu foltern. Freust du dich denn nicht?«

»Ich bin ein Arcanus, Herr. Ich befolge meine Befehle.«

Oclatinius seufzte. »Na schön. Solange du den Auftrag erledigst, kannst du von mir aus schmollen, wie du willst.«

»Wie lauten Eure Befehle, Herr?«, fragte ein kleiner, schlanker, aber auch sehniger Mann mit östlichem Akzent. Seine Haut war hellbraun wie eine noch nicht ganz reife Olive.

Aper stopfte goldene Teller und Becher in einen großen Leinensack. Seine Sklaven rannten in der Domus hin und her, rafften Wandteppiche und Statuen zusammen und luden die wertvollsten und am leichtesten zu tragenden Möbelstücke auf vor dem Haus wartende Fuhrwerke. Ein Sklave räumte hastig den Hausaltar ab. Dabei ließ er einen der Lares fallen – die bronzene Götterstatue landete auf dem Boden, dabei brach ihr ausgestreckter Arm ab, in dessen Hand sie eine Trankopferschale hielt.

»Du Tölpel«, rief Aper. »Willst du den Fluch der Götter über uns bringen?« Er stellte den Leinensack ab, lief auf den entsetzten Sklaven zu und riss ihm die beschädigte Statue aus der Hand. »Du hast Glück, dass wir es so eilig haben, sonst würde ich dir für dieses Missgeschick die Haut vom Rücken peitschen lassen. Geh mir aus den Augen.«

Der Sklave entfernte sich rasch. Aper versuchte vergeblich, den Arm wieder an der Statue zu befestigen. Das konnte wohl nur ein Schmied an einer Esse. »Ihr Hausgötter, ich werde euch reichlich Opfergaben darbringen, um für diese Beleidigung Buße zu tun. Nur … ist es jetzt gerade ein ganz schlechter Zeitpunkt. Vergebt mir.«

»Eure Befehle, Herr«, sagte der Mann, der neben ihm stand, in einem etwas dringlicheren Ton. »Was soll ich tun?«

Aper wirbelte zu ihm herum. »Renn um dein Leben, Aziz«, zischte er.

Aziz trat einen Schritt zurück. »Herr, wir können Caracalla nicht nach Belieben schalten und walten lassen. Er wird die Götter des Ostens nicht ehren und die Syrer verfolgen lassen, die seinen Bruder unterstützt haben. Nur weil wir auf das falsche Pferd gesetzt haben, heißt das doch nicht, dass wir …«

»Das Spiel ist aus, du Narr. Verschwinde, solange du noch kannst.«

»Aber das geht nicht. Die anderen …«

»Genug! Einen besseren Rat kann ich dir nicht geben. Nimm die Beine in die Hand oder warte hier darauf, bis Oclatinius' Männer dich finden.«

»Aber außer Euch und Festus weiß doch niemand von mir.«

»Dann solltest du hoffen, dass sie weder Festus noch mich schnappen und unter Folter dazu zwingen, die Namen derer preiszugeben, die für Geta gearbeitet haben. Oclatinius ist in dieser Hinsicht sehr erfindungsreich, ich kann mir also nicht vorstellen, dass wir tapfer genug sein werden, diese Namen mit ins Grab zu nehmen.«

Aziz überlegte und beobachtete dabei die hektische Aktivität um sich herum. Die Domus erinnerte ihn an einen Ameisenhaufen in Aufruhr. Schließlich gelangte er zu einer Entscheidung. »Es ist noch nicht vorbei. Nur weil Ihr nicht den Mut habt, weiter für unsere Sache einzutreten, muss das noch längst nicht für alle gelten.«

Aper drehte sich zu ihm um. »Mut? Hüte deine Zunge. Und sprich mich gefälligst mit ›Herr‹ an.«

»Nein. Ihr verdient es nicht länger, dass man Euch mit Hochachtung begegnet. Ich werde Festus aufsuchen und weiterkämpfen.«

»Dann tu, was du nicht lassen kannst«, entgegnete Aper. »Aber geh mir aus dem Weg. Ich habe nämlich vor, diese verdammte Stadt zu verlassen und meine Haut zu retten.«

Aziz schnaubte verächtlich. »Ich sollte Euch auf der Stelle mit meinem Schwert durchbohren, aber ich gehe davon aus, dass mir Oclatinius diese Arbeit schon sehr bald abnehmen wird. Lebt wohl.«

Aziz drehte sich um, marschierte aus der Domus und stieß dabei einen Sklaven zur Seite, der ihm im Weg stand. Aper sah ihm einen Augenblick lang hinterher, dann schüttelte er den Kopf und machte sich wieder daran, seine Reichtümer in den Sack zu stopfen.

Silus und Atius erreichten die Domus von Caracallas Vetter ohne Zwischenfälle. In Gaius Septimius Severus Apers Haus nahm man zunächst keine Notiz von ihnen: Die Sklaven waren zu sehr damit beschäftigt, die Anweisungen zu befolgen, die ihnen der Hausverwalter zubrüllte, wenn er nicht gerade ihre Langsamkeit verfluchte.

Ohne das Schwert zu ziehen, gingen die beiden Arcani durch das Vestibulum ins Atrium und beobachteten kopfschüttelnd das dort herrschende Durcheinander. Allmählich wurde man auf sie aufmerksam. Die Sklaven hielten inne und starrten sie an. Der Hausverwalter, der mit dem Rücken zu ihnen dastand, brüllte weiter Befehle, bis Silus ihm auf die Schulter tippte. Der Mann drehte sich mit einem Fluch auf den Lippen um, erblickte die beiden bewaffneten Attentäter und verstummte augenblicklich. Er trat einen Schritt zurück und hob flehentlich die Hände. »Bitte verschont mich. Ich tue alles, was Ihr verlangt.«

»Wo ist dein Herr?«

»Im Peristyl«, sagte der Hausverwalter mit zitternder Stimme und deutete hinter sich, ohne den Blick von Silus' Schwert zu nehmen.

»Besten Dank. Mach ruhig weiter, auch wenn das hier reine Zeitverschwendung ist. Du wirst schon bald einem neuen Herrn dienen.«

Der Hausverwalter erbleichte und entfernte sich mit gesenktem Haupt.

Silus und Atius gingen weiter in einen von einem Säulengang umschlossenen, geschmackvoll angelegten und liebevoll gepflegten Garten. Weitere Türen führten in verschiedene Privatgemächer, direkt gegenüber war eine Treppe zu den Räumen im ersten Stock. Zwei Sklaven versuchten gerade, eine große, halbnackte Marmorvenus von ihrem Sockel zu heben. Ein hochgewachsener Mann in einem roten, von einer Goldbrosche zusammengehaltenen Umhang rief ihnen ungeduldig Anweisungen zu. »Sieh zu, dass du sie festhältst. Und jetzt kippen. Kippen!«

»Gaius Septimius Severus Aper«, sagte Silus.

Aper drehte sich um und starrte die beiden Eindringlinge an. Die Sklaven hielten inne, obwohl die Statue nur noch mit der Kante auf dem Sockel stand und ihr Gewicht auf einem Sklaven ruhte, der alle Mühe hatte, sie nicht fallen zu lassen. Einen Augenblick lang sah es so aus, als wollte Aper etwas sagen, doch dann drehte er sich um und rannte mit der Geschwindigkeit einer von einer Hundemeute verfolgten Katze davon.

Fluchend nahm Silus die Verfolgung auf, wobei er den Sklaven, der die Statue hielt, mit dem Ellenbogen aus dem Weg stieß. Atius wollte ebenfalls losrennen, als die Venus vor ihm auf den gepflasterten Boden fiel und zersprang. Er machte einen Satz zurück, um nicht von den Marmorbrocken getroffen zu werden.

»Pass doch auf!«, rief er seinem Freund hinterher, während er weiterrannte.

Aper hielt auf die Treppe am Ende des Peristyls zu. Er erklomm sie, wobei er mit jedem Schritt drei Stufen auf einmal nahm. Dabei riss er sich den Umhang von den Schultern und schleuderte ihn hinter sich. Silus war ihm so dicht auf den Fersen, dass er direkt hineinrannte. Der Stoff wickelte sich um sein Gesicht, er stolperte, fiel vornüber und stieß mit den Knien schmerzhaft gegen eine Stufenkante. Er befreite sich von dem Umhang, stand auf und lief weiter.

Aper hatte das Ende der Treppe erreicht und rannte eine offene Galerie entlang, die sich über dem Garten erhob. »Aper! Bleibt stehen!«, rief ihm Silus hinterher. »Es hat keinen Zweck. Ihr sitzt in der Falle.«

»Schert euch zum Hades, Meuchelmörder.« Aper riss eine kleine Tür am Ende der Galerie auf und lief hindurch. Silus spähte in den kleinen, im Vergleich zum lichtdurchfluteten Garten dunklen Raum. Im schwachen Lichtschein, der durch ein Fenster fiel, war kaum etwas zu erkennen. Er zog das Schwert, trat vorsichtig ein und wartete blinzelnd, bis sich seine Augen an die Finsternis gewöhnt hatten. Nun hatte auch Atius zu ihm aufgeholt. Silus bedeutete ihm mit erhobener Hand, vor der Tür zu warten. Er ging noch einen Schritt weiter hinein, dann machte er einen Satz und knallte die Tür zu, damit er sehen konnte, ob sich Aper dahinter versteckt hielt.

Der jedoch sprang mit Gebrüll hinter einem Schrank hervor, wobei er eine Bronzestatue über seinem Kopf schwang. Silus, der sich gerade umgedreht hatte, riss einen Arm in die Höhe, um den Schlag abzuwehren, der dadurch seinen Schädel verfehlte, aber seine Schulter traf. Er schrie vor Schmerz auf, während Aper zum Fenster stürzte. Dort drehte er sich zu Silus um, wobei seine Silhouette das hereinfallende Sonnenlicht verdeckte. »Verflucht seist du und der schändliche Kaiser, dem du dienst.« Mit einem Schrei sprang er durch die Fensteröffnung.

Silus rannte zum Fenster und blickte hinunter. Atius stieß

die Tür auf und kam mit gezogenem Schwert hereingestürmt. Als er begriff, dass keine unmittelbare Gefahr drohte, stellte er sich zu Silus und schaute ebenfalls auf die Straße hinab.

»Oh«, sagte er. »So war das sicher nicht geplant.«

Aper war nicht aus dem Fenster gesprungen, um seinem Leben ein Ende zu setzen. Er hatte fliehen wollen, und obwohl ein Sturz aus dieser Höhe keinesfalls tödlich war, hatte es das Schicksal nicht gut mit ihm und seinen alten Knochen gemeint. Nun lag er auf dem schmutzigen Straßenpflaster und hielt sich das Bein. Die untere Hälfte seines Unterschenkels stand in einem unnatürlichen Winkel ab, ein spitzes weißes Knochenstück ragte aus der zerrissenen, blutigen Haut.

Silus seufzte. »Du behältst ihn im Auge. Ich gehe runter.« Er verließ den Raum, lief die Treppe wieder hinunter und mit schnellen Schritten durch das Haus. Die Sklaven hatten die Arbeit inzwischen gänzlich eingestellt und beobachteten ihn ängstlich und unsicher. Als Silus das Atrium durchquerte, stürzte eine Frau auf ihn zu. Er hob das Schwert, um sich zur Wehr zu setzen, doch sie warf sich auf die Knie und ergriff den Saum seiner Tunika. »Herr, ich bitte Euch, verschont ihn. Er ist ein guter Mensch.«

Silus riss sich los, woraufhin sich die völlig in Tränen aufgelöste Frau an sein Bein klammerte. Silus bückte sich und löste behutsam ihren Griff. Sie folgte ihm, als er das Haus verließ und auf die Rückseite der Domus ging, wo sich Aper in der Hoffnung, sich irgendwie in Sicherheit zu bringen, über den Boden schleppte.

»Gaius«, rief die Frau, sobald sie ihn erblickte. Sie lief zu ihm und legte die Arme um ihn. Ihre Tränen fielen auf ihn herab.

Aper sah seiner Frau in die Augen, dann ergab er sich in

sein Schicksal. »Es ist vorbei, Liebste. Verzeih mir.« Er blickte zu Silus auf. »Bitte verschont sie.«

»Mein Befehl bezieht sich nur auf Euch«, sagte Silus. »Ansonsten wird niemand zu Schaden kommen. Nicht durch meine Hand.«

Aper nickte. »Wie leicht hätte sich das Blatt wenden können. Dann säße Geta nun auf dem Thron und ich wäre Prätorianerpräfekt. Dass es nicht so gekommen ist, habe ich wohl dir zu verdanken.«

»Es wird Zeit. Macht Euren Frieden.«

Aper nickte und schloss die Augen, woraufhin Silus vortrat und ihm das Schwert in die Brust bohrte. Die Klinge glitt an den Rippen vorbei durch seinen Körper und trat am Rücken wieder aus. Dabei stieß die Schwertspitze gegen das Straßenpflaster und brach ab.

Aper umklammerte die Klinge, dann fiel er zurück und lag schließlich still da. Silus zog das Schwert heraus und blieb einen achtungsvollen Augenblick lang stehen, während die Frau, die er soeben zur Witwe gemacht hatte, ihren toten Mann heulend in die Arme schloss.

Nun kam auch Atius hinzu und stellte sich neben Silus. Sein Blick fiel auf das Schwert seines Freundes. »Schade drum. War ein schönes Schwert.« Silus erschien diese Bemerkung zwar höchst unpassend, doch die Klinge war wirklich zu einem ungünstigen Augenblick zu Bruch gegangen. Bei der Geschwindigkeit, mit der er sich neue Feinde machte, wollte er nicht ohne Waffe herumlaufen.

Auf der anderen Straßenseite stand ein rußverschmierter Mann und beobachtete sie. Ganz offensichtlich gehörte er zu den Vigiles und war nach seiner Nachtschicht auf dem Weg nach Hause. Er schien unschlüssig darüber, ob er eingreifen sollte oder nicht. Einen Mord auf offener Straße zu verhindern, gehörte zwar zu seinen Pflichten, andererseits gelangte er schnell zu der Einsicht, dass er gegen die beiden bewaffneten Täter wenig ausrichten konnte.

Atius nahm Silus das Schwert ab und ging auf den Mann zu. »Gib mir dein Beil«, sagte er. »Nimm das Schwert dafür. Den Schaden hat ein guter Schmied schnell behoben, und dann kannst du es entweder behalten oder für eine anständige Summe verkaufen.«

»Aber ich …«

Atius hielt ihm das Schwert hin. Seine Miene duldete keinen Widerspruch. Zögerlich zog der Mann das Beil mit dem kurzen Holzgriff aus dem Gürtel. In der Schneide waren mehrere Scharten – anscheinend hatte er es in dieser Nacht benutzt, um einen Brand zu bekämpfen oder Menschen aus einem Feuer zu retten, für das zweifellos die marodierenden Prätorianer verantwortlich gewesen waren.

Atius reichte Silus das Beil. »Hier, bis du was Besseres findest.«

Silus nahm die Waffe, wog sie in der Hand und betrachtete prüfend das Blatt. Besser als nichts. Er blickte noch einmal auf die trauernde Witwe herab und sah dann zur Domus hinüber, wo der Hausverwalter und die Sklaven in der Tür standen und ihren toten Herrn anstarrten. Silus seufzte. »Gehen wir.«

Zweites Kapitel

Caracalla stand in einer purpurfarbenen Toga vor den versammelten Mitgliedern des Senats. Nach außen hin gab er sich ruhig und selbstbewusst – kein Wunder, hatte er doch gegen alle Gepflogenheiten einen bewaffneten Prätorianertrupp aufmarschieren und zwei Mann tief um die Sitzbänke der Senatoren herum Aufstellung nehmen lassen. Er verfehlte seine einschüchternde Wirkung nicht. Zusätzlich sorgte das Gewicht des Brustpanzers, den er als weitere Vorsichtsmaßnahme unter der wallenden Toga aus feinster Wolle trug, für ein Gefühl der Sicherheit.

Der Senat hatte sich vollzählig unter freiem Himmel auf dem Gipfel des Kapitolhügels versammelt – wenn alle Mitglieder zusammenkamen, reichte der Platz in der Curia Iulia, wo die Senatssitzungen üblicherweise stattfanden, nicht aus. Trotz der Nachmittagssonne war es recht kühl, wie im Winter nicht anders zu erwarten. Viele Senatoren hatten bleiche Gesichter, manche zitterten sogar – ob vor Kälte oder Angst, vermochte Caracalla nicht zu erkennen.

Er erinnerte sich daran, wie Geta – der damals wahrscheinlich noch keine fünf gewesen war – einmal eine Schlange unter einem Stein entdeckt hatte und zu ihm gelaufen war, um sich bei seinem älteren Bruder in Sicherheit zu bringen. Caracalla hatte ihn in den Arm genommen und ihn davon überzeugt, dass die grässliche Schlange viel mehr

Angst vor ihm als er vor ihr hatte. Er hätte beinahe gelacht, als ihm bewusst wurde, dass es ihm jetzt mit dem Senat genauso ging – wer hatte mehr Angst vor dem anderen?

Doch der Gedanke an den Bruder, den er eigenhändig getötet hatte, zerschmetterte jegliche Fröhlichkeit, die er empfand, so, wie er damals den Kopf der Schlange mit einem Stein zerschmettert hatte. Die Seelenqualen, die ihn so plötzlich überkamen, ließen seine Eingeweide verkrampfen. Er zwang sich dazu, an etwas anderes zu denken, um nicht von Trauer übermannt zu werden.

Musste er den Senat wirklich fürchten? Auf den ersten Blick machte diese Versammlung von größtenteils alten, gebrechlichen und hinfälligen Männern keinen besonders bedrohlichen Eindruck. Als könnte man sie mit Lippenbekenntnissen abspeisen, ohne sich um ihre Meinung zu scheren. Doch wenn ein Herrscher einen anderen ablösen wollte, war er auf die Unterstützung des Senats angewiesen. Und jedes Mitglied dieses ehrwürdigen Organs hatte viel Geld, gute Beziehungen, gehörte einer mächtigen Familie an und besaß ganze Heerscharen von Klienten, die ihrem Patron bedingungslosen Gehorsam schuldig waren. Viele, wenn auch nicht alle Senatoren hatten im Amt eines Prokonsuls oder Statthalters irgendwo im Reich Legionen in die Schlacht geführt, die ihnen auch heute noch treu ergeben waren.

Außerdem waren Geburt und Abstammung keine Garantie für die Erlangung der Kaiserwürde. In der Geschichte Roms hatte es überhaupt nur drei Kaiser gegeben, die den Thron von ihrem leiblichen Vater geerbt hatten: Titus, Domitian und Commodus, wobei die letzteren beiden im Senat äußerst unbeliebt gewesen waren. Caracallas Vorteil war, dass er sein Amt bereits als Mitkaiser ausgeübt hatte und daher nicht zum Kaiser ausgerufen, sondern lediglich als alleiniger Herrscher bestätigt werden musste. Trotzdem war seine Macht alles andere als gesichert – nun kam es darauf an, das noch etwas wackelige Fundament seiner Herrschaft durch Überredungskunst, Einschüchterung, Bestechung und die Beseitigung möglicher Gefahren zu festigen.

Die Gefolgschaft der Prätorianer und Legionen hatte er sich erkaufen müssen. Am Vormittag hatte er das südlich von Rom gelegene Alba besucht, um die Unterstützung der Legio II Parthica zu gewinnen – eine schmachvolle, geradezu niederschmetternde Erfahrung. Anfangs hatte man ihm gar den Zutritt zum Hauptquartier der Legion verwehrt, eine Demütigung, wie er sie in den zwanzig Jahren, die sein Vater Kaiser gewesen war, nicht erlebt hatte. Die Legio II Parthica hatte Severus im Krieg gegen die Parther gute Dienste geleistet und war daraufhin nach Alba verlegt worden – als Reserve für den Fall, dass das Volk rebellierte oder ein Usurpator nach dem Thron griff. Somit war sie seit Jahrhunderten die erste Legion, die in Italien selbst stationiert war, und durch ihre Nähe zu Rom hatten sie Geta öfter zu sehen bekommen als jeder andere Teil der Armee. Viele Legionäre grollten Caracalla, da sie nach wie vor der Ansicht waren, nicht einem, sondern zwei Kaisern die Treue geschworen zu haben.

Dies ärgerte Caracalla umso mehr, hatte er diese Legion in Britannien doch höchstpersönlich in die Schlacht geführt. Dies war wohl auch der Grund, weshalb es ihm letztendlich gelang, die Soldaten für sich zu gewinnen – dies und ein üppiges Bestechungsgeld, zu dem auch die Anhebung des Solds um die Hälfte gehörte, ein Versprechen, das er bereits den Prätorianern gemacht hatte. Indem er sie und den einzigen anderen nennenswerten militärischen Verband in der unmittelbaren Nähe Roms auf seine Seite gezogen hatte, war seine

Herrschaft zumindest kurzfristig gesichert. Nun galt es, den Senat für sich zu gewinnen – oder sich ihn durch Einschüchterung gefügig zu machen.

Caracalla hatte einen reich geschmückten, vergoldeten Thron vor den Senatoren aufstellen lassen. Er stieg die drei Stufen des Podestes hinauf und nahm auf der gepolsterten Sitzfläche Platz. Zu seiner Rechten stand Papinianus. Er war einer der beiden Prätorianerpräfekten und außerdem mit Caracallas Stiefmutter Julia Domna verwandt (Laetus, der andere Prätorianerpräfekt, hatte durch einen Boten ausrichten lassen, dass er schwer erkrankt sei und das Bett hüten müsse). Zu seiner Linken befand sich der vor Kurzem zum Stadtpräfekten ernannte Marcellus, der die städtischen Kohorten befehligte. Caracalla sah sich einen Augenblick lang mit klopfendem Herzen und Gänsehaut um. Die vor ihm Versammelten bekamen nichts davon mit, sie sahen lediglich seine in Falten gelegte Stirn und die geschürzten Lippen. Er wusste, wie einschüchternd seine Gesichtszüge, der dichte lockige Bart, die breite Stirn und die dunklen Augen wirken konnten, doch um die erfahrenen Männer vor sich zu beeindrucken, brauchte es mehr als das, auch wenn er sie mit seiner Machtdemonstration sichtlich erschreckt hatte.

Gemurmel erhob sich unter den Senatoren, ein, zwei Mutige wagten es sogar, ihm wütende Fragen zuzurufen.

»Warum ist die Garde bewaffnet?«

»Wo ist Euer Bruder?«

Er wartete, bis Stille eingekehrt war, die hier und da durch eine Ohrfeige oder einen Schlag mit dem Schwertknauf erzwungen werden musste. Dann stand er auf. Klar und deutlich hallte seine tiefe Stimme über die Hügelkuppe. »Wenn ein Mann seinen Bruder erschlägt, wird er für dieses vermeintliche Verbrechen verurteilt, sobald es ans Licht kommt.

Er wird umgehend als Brudermörder oder noch schlimmer beschimpft. Man bedauert das Opfer und hasst den Sieger. Doch manchmal kann man eine solche Tat, wenn man die Beweggründe des überlebenden Bruders ganz nüchtern betrachtet, nicht anders als gerechtfertigt bezeichnen – als Notwehr, um sich selbst zu verteidigen, anstatt alle Demütigungen untätig hinzunehmen und sich einen Feigling schimpfen zu lassen.

Mein Bruder hat mir mehrmals nach dem Leben getrachtet. Zum Beispiel wollte er mich während der Saturnalien vergiften, aber mir treu ergebene Männer konnten diesen Mordanschlag vereiteln und dem Meuchler das Geständnis entlocken, dass er in Getas Auftrag gehandelt hatte. Dennoch habe ich diesem die schändliche Tat aus brüderlicher Liebe und um der Eintracht willen vergeben, mehr noch: Auf die dringende Bitte der Augusta hin erklärte ich mich bereit, mich mit ihm allein und unbewaffnet zum Friedensgespräch zu treffen.

Mich und die Kaiserin dabei zu überrumpeln – in Begleitung mehrerer Männer, die er gedungen hatte, um mich zu töten –, war sein letzter Akt der Heimtücke.

Ich habe mich gegen einen Feind zur Wehr gesetzt, für den ich schon lange kein Bruder mehr war. Es ist nur recht und billig, sich gegen solche Niedertracht zu verteidigen, genauso wie sich Romulus einst wehrte, als sein Bruder sein Werk verspottete.

Ganz zu schweigen von Germanicus, dem Bruder des Tiberius, von Britannicus, dem Bruder des Nero, oder Titus, dem Bruder des Domitian. Selbst Marcus Aurelius, der ein großer Freund der Philosophie und des menschlichen Strebens nach Größe war, konnte die Arroganz seines Stiefbruders nicht länger ertragen und ließ ihn beseitigen.«

Caracalla beobachtete aufmerksam jede Regung des Publikums. Dass die genannten Kaiser tatsächlich ihre Brüder getötet hatten, gehörte – insbesondere, was Marcus Aurelius anging – wohl ins Reich der Legende. Doch wie er bereits erwartet hatte, wagte es keiner der Senatoren, ihn darauf hinzuweisen.

»Und als man Gift für mich mischte und das Schwert auf mich richtete, habe auch ich mich gegen meinen Feind verteidigt, denn wie sollte man einen Bruder, der zu solchen Taten fähig ist, wohl anders nennen?

Ich sage euch: Dankt den Göttern, dass euch wenigstens ein Kaiser geblieben ist. Stellt eure Differenzen in Denken und Handeln beiseite, genießt euer Dasein in Sicherheit und lasst euch von einem einzigen Kaiser führen, so, wie Jupiter der alleinige Herrscher der Götter ist.«

Als er verstummte, war es bis auf das Knarren der Prätorianeruniformen und den Wind, der um den Hügel strich, völlig still: keine Buhrufe oder Pfiffe, kein Applaus, keine Jubelschreie. Caracalla ließ den Blick über die Senatoren schweifen und auf denen ruhen, die Anhänger seines Bruders gewesen waren. Aper war bereits tot und Laetus hatte es nicht gewagt zu erscheinen, doch die beiden waren nicht die Einzigen, die Geta mehr oder weniger treu ergeben gewesen waren. Sobald er denjenigen ins Gesicht sah, ließen sie schnell den Blick sinken oder rissen vor Schreck die Augen weit auf.

Zufrieden sah er, dass niemand Anstalten machte, seine Herrschaft infrage zu stellen. »Meine erste Verfügung als alleiniger Herrscher soll sein, allen, die sich im Exil befinden, die Rückkehr nach Rom zu gestatten.«

Das sorgte für ungläubiges Luftschnappen unter den Senatoren. Vielerlei Taten zogen die Strafe der Verbannung nach sich: Verbrechen wie Verrat und Mord, aber auch Frevel gegen die Götter oder einfach nur, beim Kaiser in Ungnade zu fallen. Caracalla zählte darauf, dass ihm die Edelmänner, die er auf diese Weise begnadigte, gewogen sein würden – als Gegengewicht zum afrikanischen Lager, das seinen Bruder unterstützt hatte. Und er hoffte inständig, dass sich diese Großzügigkeit nicht eines Tages rächte.

»Und nun schwört mir die Treue.«

Er stand auf und stellte sich gerade hin. Im Chor legten die Senatoren ihren Eid auf Caracalla als alleinigen Kaiser des römischen Imperiums ab. Der musste die Zähne aufeinanderbeißen, um sie am Klappern zu hindern, peinlich berührt von dieser Reaktion seines Körpers auf den immensen Druck, der seit mindestens gestern auf ihm lastete. *Was nun, Antoninus?*, fragte er sich nachdenklich. Nun war Sicherheit das Wichtigste – seine eigene und die Roms. Ein weiterer Bürgerkrieg wie der, bei dem sein Vater den Thron errungen hatte, kam nicht infrage. Rom brauchte einen starken und verlässlichen Herrscher. Genau wie sein großes Vorbild Alexander würde er das Reich zum Ruhm führen. Doch zuerst musste er die Feinde im Inneren beseitigen. Und zwar mit rücksichtsloser Gründlichkeit.

Caracalla quittierte den Schwur des Senats lediglich mit einem Nicken, dann schritt er langsam das Podest hinunter und entfernte sich von den versammelten Senatoren. Eine plötzliche Müdigkeit überkam ihn. Er hatte seit eineinhalb Tagen nicht geschlafen – eineinhalb Tage, in denen er um sein Leben gekämpft, seinen Bruder getötet, sich die Unterstützung zweier verschiedener Streitmächte erbettelt, erschmeichelt und erkauft und schließlich den Senat durch Einschüchterung gefügig gemacht hatte. Mit einem Mal gaben seine Knie nach, und er geriet ins Straucheln. Papinianus hielt ihm den

Arm hin, und er klammerte sich daran fest. Marcellus näherte sich von der anderen Seite, und gemeinsam machten sie sich schweigend und mit einer Hundertschaft Prätorianer im Gefolge auf den Weg zum kaiserlichen Palast.

Als Caracalla dort eintraf, verneigten sich vier seiner germanischen Leibwächter vor ihm. Da er wusste, wie misstrauisch die Römer Fremden gegenüber waren, hatte er sie nicht mitgenommen. Seine Vermutung, dass ihm Volk und Senat eher gewogen waren, wenn er mit einer aus Prätorianern bestehenden Eskorte erschien, hatte sich bewahrheitet. Doch jetzt war er wieder im Palast und konnte die Prätorianer entlassen, denen er sowieso weniger vertraute als den Germanen, von denen jeder Einzelne bei seinen Göttern geschworen hatte, ihn mit seinem Leben zu schützen. Papinianus und Marcellus blieben ebenfalls und warteten gehorsam auf ihre Befehle. Doch Caracallas Verstand war wie leergefegt.

Er ließ sich in einen Polsterstuhl im Tablinum fallen und starrte ins Leere. Was hätte er jetzt empfinden müssen? Triumph? Erleichterung? Trauer? Er war einfach nur erschöpft. Seine Lider wurden schwer, und ihm fehlte die Willenskraft, sie wieder zu öffnen. Schon spürte er Somnus nahen und ließ sich von dem Gott des Schlafes in dessen Reich tragen.

Dann erschien Geta vor ihm – so lebensecht, dass er seinen nach süßem Wein duftenden Atem zu riechen glaubte. Sein Gesicht war so bleich wie frischgewalkte Wolle, und ein Ausdruck des Tadels und der tiefen Enttäuschung lag darauf.

Caracalla erwachte mit einem Schrei.

»Augustus, fehlt Euch etwas?«, fragte Marcellus und beugte sich ängstlich über ihn.

Caracalla sah sich gehetzt um, dann holte er tief Luft, um

sein rasendes Herz zu beruhigen. Egal, ob Traum oder Vision – Hauptsache, es war nicht die Wirklichkeit.

Ihn überkam das Bedürfnis, sich trösten zu lassen. Er hatte keinen Vater mehr, keine Mutter, keinen Bruder und keine Frau, doch es gab jemanden, der für ihn da war. »Ich will die Kaiserin sehen. Ihr verräterischer Sohn hat sie verwundet, und ich möchte mich mit eigenen Augen davon überzeugen, dass sie wohlauf und in Sicherheit ist.«

Er stand auf. Papinianus hielt ihm den Arm hin, doch Caracalla stieß ihn wütend von sich. Zielstrebig marschierte er mit Papinianus, Marcellus und den vier germanischen Leibwächtern im Gefolge durch den Palast zu den Gemächern seiner Stiefmutter. Allein die Vorstellung, Julia Domna zu sehen – wenn auch in der Öffentlichkeit, wo er sie weder in die Arme nehmen noch ihre Wärme spüren oder ihre Hände und Lippen küssen konnte –, hob seine Laune.

Als er das Atrium der Kaiserin betrat, fand er sie dort mit mehreren Edelfrauen sitzend vor. Zu seinem Entsetzen befanden sie sich in tiefer Trauer. Domna saß auf einem Sofa, Tränen liefen über ihr Gesicht. Cornificia, eine Tochter des Kaisers Marcus Aurelius, hielt ihre Hand. Wenn sie Domna nicht gerade gutgemeinte Ratschläge erteilte oder Binsenweisheiten von sich gab, vergoss sie ebenfalls reichlich Tränen. »Schrecklich«, sagte sie zwischen tiefen Schluchzern. »Was für eine schreckliche, schändliche Tat. Mein Bruder hat meinen Mann und meinen Sohn ermorden lassen, daher weiß ich, wie schwer es für eine Mutter ist, ihr sterbendes Kind in den Armen zu halten. Sein eigener Bruder hat Geta heimtückisch ermordet … Die Götter werden ihn bestrafen.«

»Was ist hier los?«, brüllte Caracalla.

Das Heulen und Jammern verstummte sofort, und erschrocken wandten sich die trauernden Frauen zu Caracalla um. Der schäumte vor Wut über Cornificias Worte und darüber, wie sehr seine Tat seine Geliebte erschüttert zu haben schien. »Habe ich euch etwa erlaubt, zu trauern? Ist es anständig und schicklich, Tränen für einen Mann zu vergießen, der den Kaiser und das Imperium selbst verraten hat? Der seinen Bruder um seines eigenen Vorteils willen ermorden wollte? Weshalb sollten wir uns seinetwegen die Brust entblößen, die Haare ausraufen und Asche über uns schütten?«

»Antoninus«, sagte Julia Domna besänftigend, stand auf und hob die von einem Verband umwickelte Handfläche. Frisches Blut war durch den weißen Stoff gesickert. Beim Anblick der Verletzung, die sein Bruder seiner Geliebten zugefügt hatte, wurde er noch wütender.

»Es wird nicht getrauert«, sagte er. »Wir sollten jubeln, weil ein Verräter sein Ende gefunden hat.«

Nun stand Cornificia ebenfalls auf und richtete den Finger auf Caracalla. »Ein Kaiser, der Sohn eines Kaisers und der Bruder eines Kaisers – wenn man jenen denn so bezeichnen kann – ist von uns gegangen. Das ganze Imperium sollte den Tod eines so vielversprechenden Mannes beweinen, der Rom so viel hätte geben können. Wenigstens seine Mutter sollte doch Tränen um ihn vergießen dürfen.«

»Du wagst es, so mit mir zu sprechen?« Caracalla war nun völlig außer sich vor Zorn. »Mit welchem Recht nimmst du dir Derartiges vor deinem Kaiser heraus?«

»Mit dem Recht meiner Geburt und meiner Vorfahren«, entgegnete Cornificia und schüttelte die Hand ab, die Julia zur Beruhigung und Warnung auf ihren Arm gelegt hatte. »Ich bin die Tochter des großen Marcus Aurelius und Schwester des Kaisers Hadrian. Rom selbst fließt durch meine Adern. Ich habe miterlebt, wie das Reich von zu Recht vergöttlichten Männern wie meinem und Eurem Vater regiert wurde, und ich habe es in die Hände von Tyrannen fallen sehen – Tyrannen wie mein Bruder oder wie Ihr!«

Caracalla fehlten einen Augenblick lang die Worte. So vor seinen Leibwächtern, vor Marcellus und Papinianus und vor diesen verfluchten kreischenden *Frauen* getadelt zu werden, war unerhört und durfte nicht geduldet werden.

»Papinianus, sperr sie ein. Was sie da redet, ist Verrat!«

»Antoninus, nicht«, flehte Domna.

»Tu, was ich dir sage, Papinianus.«

Papinianus schüttelte traurig den Kopf. »Nein, Augustus.«

Caracalla drehte sich mit vor Staunen offenem Mund zu ihm um. »Papinianus, du verweigerst mir den Gehorsam?«, fragte er fassungslos. Papinianus hatte mit seiner Meinung nie hinter dem Berg gehalten und auch Caracalla nicht so bedingungslos unterstützt wie etwa Marcellus. Er hatte sich für Frieden zwischen den Brüdern eingesetzt, als Caracalla Krieg gewollt hatte. Doch so eindeutig hatte er sich noch niemals zuvor gegen ihn gestellt.

»Bitte verzeiht, Augustus, doch das ist Unrecht. Cornificia hat sich nichts zuschulden kommen lassen.«

»Sie hat zum Aufstand gegen den Kaiser aufgerufen.«

»Womöglich ist es tatsächlich ihr Recht. Wie sie schon sagt: Sie ist die Tochter eines Kaisers.«

»Papinianus, du bist für mich nicht nur Berater, sondern auch Freund. Trotzdem warne ich dich davor, dich mir zu widersetzen.«

»Augustus, in dieser Angelegenheit habe ich keine andere Wahl.«

Seine Worte hingen einen Augenblick lang in der Luft. Caracallas Herrschaft war an einem Scheideweg angelangt. Welche Richtung würde er einschlagen? Wahre Stärke zeigte sich in dem Vermögen, jenen zu vergeben, die ihm den Gehorsam verweigerten – so, wie es einst Julius Caesar getan hatte. Ein starker Herrscher würde Demütigung und Ungehorsam mit einem Schulterzucken abtun und die Schuldigen mit einer Ermahnung davonkommen lassen. Ein starker Herrscher würde in der Gewissheit weiterregieren, dass Armee, Senat und Volk fest hinter ihm standen.

Leider besaß er diese Stärke noch nicht. Er hatte sich die Treue der in Italien stationierten Soldaten erkauft und den Senat zum Gehorsam gezwungen. Noch gab es viele Unzufriedene, die für Geta Partei ergriffen hatten und sich Caracallas Herrschaft weiterhin widersetzen oder sich gar hinter ihrem eigenen Anwärter auf dem Thron versammeln würden. Konnte er diese Männer ebenfalls mit Geld und der Aussicht auf Straffreiheit ruhigstellen? Oder würden sie solche Versprechungen als Zeichen der Schwäche auslegen und ihm nur noch entschlossener Widerstand leisten?

Caracalla war ein großer Bewunderer Sullas, des Diktators, der seine Macht durch Proskriptionen gesichert hatte, mit denen er Tausende von Staatsfeinden öffentlich geächtet und dadurch zum Tode verurteilt hatte. Mit dem »Staat« hatte er selbstverständlich sich selbst gemeint. Sulla war ein hervorragender Feldherr, aber ein gnadenloser Herrscher gewesen. Nichtsdestotrotz hatte er seine Gegner überlebt, schließlich das Amt des Diktators niedergelegt und sich auf seine Ländereien zurückgezogen, wo er eines natürlichen Todes gestorben war. Für Caracalla war Sulla ein beinahe so großes Vorbild wie Alexander selbst. Letzterer hatte bekanntermaßen nicht lange genug gelebt, um das Reich, das er gegründet hatte, auch zu regieren. Wenn es Alexander gelungen wäre, siegreich nach Hause zurückzukehren – hätte er wohl mit ebenso harter Hand regiert wie Sulla?

Domna sah ihn an. Ihre Augen waren gerötet, die Schminke verschmiert. Sie so leiden zu sehen, brach ihm für gewöhnlich das Herz, doch diesmal verhärtete es sich in seiner Brust.

»Wachen, nehmt Cornificia und Papinianus fest und sperrt sie ein, bis ich mein Urteil über sie gefällt habe.«

Die germanischen Leibwächter – kräftige, langhaarige Grobiane – traten vor. Zwei packten Papinianus' Arme mit festem Griff, obwohl dieser keinen Widerstand leistete. Cornificia hingegen ließ sich nicht so einfach gefangen nehmen und schlug die erste Leibwächterhand, die sich ihr entgegenstreckte, zornig beiseite. »Wage es nicht, Hand an mich zu legen, du dreckiger Barbar!«

Der Leibwächter drehte sich mit fragendem Blick zu Caracalla um. Der Kaiser nickte einfach nur, woraufhin der Germane erneut versuchte, Cornificia zu packen. Sie ließ die Hand vorschnellen und verpasste ihm eine Ohrfeige. Der Mann hielt sich die Wange, auf der sich ein roter Handabdruck abzeichnete. Dann grinste er und versetzte ihr ihrerseits einen Schlag mit dem Handrücken. Ihr Kopf wurde zur Seite geschleudert, sie fiel auf Hände und Knie und keuchte vor Schmerz und Entrüstung. Noch während sie um Fassung rang, packten sie zwei Leibwächter unter den Achselhöhlen, zogen sie auf die Füße und zerrten sie unter den ungläubigen Blicken Julia Domnas und der anderen entsetzten Edelfrauen davon. Papinianus ließ sich mit hängendem Kopf hinter Cornificia aus dem Raum führen.

Julia Domna trat auf Caracalla zu und streckte eine zitternde Hand nach ihm aus.

Er kehrte ihr den Rücken zu. »Marcellus, hiermit ernenne ich dich zum Prätorianerpräfekten«, sagte er.

»Jawohl, Augustus. Es ist mir eine Ehre, Euch auch in diesem Amt dienen zu dürfen.«

»Rom ist voll von Anhängern meines verräterischen Bruders. Wir müssen uns so schnell wie möglich um sie kümmern. Fangen wir mit den Verschwörern in dem Flügel des Palastes an, den Geta bewohnt hat. Nimm dir eine Hundertschaft Prätorianer und verhafte alle, die sich dort verstecken. Und dann lässt du diese verfluchten Trennmauern zwischen den Palastflügeln wieder einreißen. Ich will in meinem eigenen Haus wandeln können, wie es mir beliebt.«

»Ja, Augustus.«

»Und jetzt komm mit, wir gehen ein paar Schritte. Es gibt eine Menge zu besprechen und viele Pläne zu schmieden.«

Caracalla und Marcellus verließen Julia Domnas Atrium. Die Kaiserin starrte ihm mit ungläubiger Miene hinterher.

Cassius Dios Bein wollte nicht aufhören zu zittern. Sein Knie zuckte wie zu einem unhörbaren Takt, sein Fuß tippte auf den Boden. Er verschränkte die Hände im Schoß und beugte sich vor, doch auch dadurch verschwand das mulmige Gefühl in seiner Magengegend nicht. »Festus, du hättest ihn sehen sollen. Der Leichnam seines Bruders ist noch nicht kalt, da stellt er sich schon vor uns hin und verkündet, wie sehr wir den Göttern zu Dank verpflichtet seien, dass sie ihn beschützt hätten. Und dass wir ihm vertrauen und ihm die Treue schwören sollen. Unmittelbar, nachdem er den Mord an seinem Bruder mit der unglaubwürdigen Geschichte gerechtfertigt hat, Geta hätte ihm nach dem Leben getrachtet.«

Festus nahm einen Schluck Wein. Cassius Dio war es ein Rätsel, wie er so ruhig bleiben konnte, während Rom um sie herum vor die Hunde ging. »Weißt du, der Kaiser hat die Wahrheit gesagt«, bemerkte Festus. »Geta wollte ihn tatsächlich ermorden lassen. Er hat Caracalla ein Friedensgespräch angeboten und ist dort mit mehreren Soldaten erschienen.«

Dio schnaubte verächtlich. »Das glaube ich nicht. Geta wäre nie zu so etwas fähig gewesen. Nein, die Soldaten gehörten zu Antoninus und haben Geta in den Armen seiner Mutter ermordet. Ich kenne diesen Unhold, der nun auf dem Thron sitzt, und weiß von seinen finsteren Machenschaften. Wenn ich einmal diese Ereignisse in meinem Geschichtswerk für die Nachwelt festhalte, werde ich es auch genauso aufschreiben.«

Festus zuckte mit den Achseln. »Du kannst schreiben, was du willst. Ob die Nachwelt die Wahrheit erfährt oder nicht, ist mir einerlei. Ich möchte dir nur einen Rat geben: Wenn du lange genug leben willst, um dein Werk zu vollenden, dann solltest du deine Meinung über den Kaiser für dich behalten.«

Dio hob die Augenbrauen. »Natürlich. Hältst du mich für schwachsinnig?«

»Es wird noch mehr Blut vergossen werden. Die Plünderung der Tempel durch die Prätorianer war nur ein Vorgeschmack. Aper ist tot, Papinianus und Cornificia sind im Gefängnis und warten darauf, dass ihnen der Prozess gemacht wird. Und Caracalla plant bereits die restlose Beseitigung von Getas Parteigängern.«

Cassius Dio fing wieder an zu zittern. »Aber es weiß doch gewiss niemand … Von Titurius – gesegnet sei sein Schatten – einmal abgesehen … weiß doch niemand, dass ich etwas mit Geta zu tun hatte.«

»Ich schon.«

»Du? Aber du warst doch ebenfalls auf Getas Seite.«

Festus legte den Kopf schief. »Keine Sorge, Cassius. Dein Geheimnis ist bei mir gut aufgehoben. Wenn du mir im Gegenzug einen Rat gibst – als gebildeter Mann und hoch angesehenes Senatsmitglied.«

Cassius Dio schluckte und drängte die Panik und Übelkeit zurück, die in ihm aufstiegen. »Worum geht es?«

»Wie würde der Senat dazu stehen, wenn sich jemand fände, um an Antoninus' Stelle zu treten?«

»An Antoninus' Stelle treten? Wer sollte das sein? Geta und Caracalla haben keine Erben, noch nicht einmal adoptierte.«

»Du als Geschichtsschreiber solltest doch wissen, dass es viele Kaiser gab, die an die Macht gelangten, obwohl sie nicht aus der gerade herrschenden Familie stammten.«

»Aber dabei handelte es sich stets um von den Legionen geachtete und vom Volk geliebte Männer.«

»Wirklich? Was ist mit Didius Julianus?«

»Ein besseres Beispiel fällt dir nicht ein?« Cassius Dio schnaubte verächtlich. »Er hat den Thron von den Prätorianern ersteigert und wurde sechsundsechzig Tage später hingerichtet.«

»Ich wollte damit nur sagen, dass es theoretisch möglich ist.«

»Wenn du mir keinen echten Namen nennen kannst, ist diese Unterhaltung reine Zeitverschwendung.«

Festus zögerte. »Ich denke da an eine Person, die zur Kaiserfamilie gehört und zum Herrscher gemacht werden könnte, vorausgesetzt, dass Antoninus aus dem Weg geräumt ist und der Senat seine Zustimmung gibt. Jemand, der das Blut der Severer in seinen Adern hat. Wenn man den Gerüchten Glauben schenken will, ist er sogar enger mit ihnen verwandt, als man gemeinhin glaubt.«

Cassius Dio runzelte die Stirn. Diese unerwartete Wendung der Unterhaltung hatte seine Neugier geweckt. Die

Angst war vergessen. »Da fällt mir auf Anhieb niemand ein«, sagte er. »Wen hast du im Sinn?«

»Varius Avitus Bassianus.«

Cassius Dio rieb sich das Kinn. »Diesen Namen habe ich noch nie … Augenblick. Meinst du etwa dieses merkwürdige Kind? Marcellus' Sohn?«

»Genau den.«

»Ist das dein Ernst?«

»Allerdings.«

»Aber … aber …« Cassius Dio hatte so viele Fragen und Einwände, dass er nicht wusste, wo er anfangen sollte. »Als ich ihn zum ersten Mal zu Gesicht bekam, lief er nackt durch das Peristyl und hatte seine Geschlechtsteile zwischen die Beine geklemmt. ›Sieh mal, Mutter, ich bin ein Mädchen‹, hat er gerufen.«

»Ach was, das haben wir doch alle getan.«

Cassius legte den Kopf schief und sah Festus streng an.

Der errötete. »Nun ja, vielleicht nicht alle. Das nicht. Aber da war er ja noch ein Kind.«

»Er ist immer noch ein Kind!«, rief Cassius. »Wie alt ist er jetzt, acht?«

»So ungefähr.«

»Und wieso willst du gerade ihn zu Caracallas Rivalen um den Thron machen?«

»Weil er kaiserliches Blut in den Adern hat. Und zwar mehr, als man gemeinhin glaubt.«

»Spielst du auf das Gerücht an, dass er eigentlich Antoninus' Sohn sein soll?«

»Ob es wahr ist oder nicht, spielt keine Rolle – allein dass es möglich sein könnte, wird dabei helfen, seinen Anspruch auf den Thron zu untermauern. Außerdem ist er noch jung und würde von erfahrenen und weisen Männern, sagen wir …

angeleitet werden müssen. Von Männern, deren politische Ansichten sich eher mit denen des Senats decken.«

»Von wem zum Beispiel?«

»Das ist noch nicht entschieden. Von mir nicht, mein Platz ist im Hintergrund. Und von dir auch nicht, nehme ich an. Vielleicht wäre eine kleine Gruppe von Beratern vorstellbar, aber eins nach dem anderen. Jetzt frage ich dich: Wäre der Senat bereit, den Jungen zum Kaiser zu machen?«

Cassius Dio dachte nach. »So, wie Antoninus den Senat sowohl vor als auch nach dem Tod seines Vaters behandelt und nachdem er ihm gestern so unverhohlen gedroht und ihn eingeschüchtert hat, könnte ich mir vorstellen, dass den Senatoren so ziemlich jeder andere Kaiser lieber wäre. Aber nüchtern betrachtet hätten wohl viele Vorbehalte gegen einen Herrscher, der noch so jung ist und sich so ... merkwürdig benimmt. Rom hatte mehr als genug Kaiser wie Nero, Domitian oder Commodus. Antoninus hat viele Schwächen, doch das Volk durch Sittenlosigkeit zu verärgern gehört nicht dazu. Zumindest noch nicht.«

»Weil das Volk eben nicht alles weiß«, sagte Festus.

»Ach ja? Und welche Geheimnisse hütest du, wenn ich fragen darf?«

»Viele, Senator – aber ich darf sie leider nicht mit dir teilen. Das verstehst du doch sicher.«

»Du suchst bei mir Rat, weil du Verrat am Kaiser begehen willst, und verschweigst mir gleichzeitig etwas?«

»Aber lieber Freund, wo kämen wir denn da hin, wenn ich alles ausplaudern würde, was ich weiß? Ich bin mir sicher, dass dir das auch nicht recht wäre.« Er bedachte Cassius mit einem vielsagenden Blick. Der Senator erbleichte und überlegte fieberhaft, über welche der vielen Einzelheiten aus seinem Privatleben, von denen die Öffentlichkeit nach Möglichkeit nichts erfahren sollte, Festus Bescheid wusste.

»Wie dem auch sei«, sagte Cassius Dio eilig, um die Unterhaltung wieder auf ihren eigentlichen Gegenstand zurückzuführen, »den ganzen Senat dazu zu bringen, Avitus als Kaiser anzunehmen, dürfte mit großen Schwierigkeiten verbunden sein. Wahrscheinlicher ist, dass sich der Senat darüber in zwei Lager spalten würde. Der Junge ist von syrischer Herkunft und soll einmal, wenn ich mich recht erinnere, das Hohepriesteramt irgendeines Gottes von dort erben. Alle aus Senat und Kaiserhof, die aus dem Osten stammen oder Beziehungen dorthin unterhalten – also die Syrer, Alexandriner und Griechen –, werden sich auf seine Seite schlagen. Die Senatoren aus dem Westen, aus Gallien, Hispanien und insbesondere die aus Italien auf keinen Fall. Bei den Legionen würde es sich wohl ähnlich verhalten: Die im Osten stationierten werden ihm gewogener sein als die im Westen.«

»Avitus wäre also die Unterstützung der östlichen Hälfte des Reiches sicher, aber nicht die der westlichen, ist das richtig?«

»Davon muss man meiner Meinung nach ausgehen.«

»Du warst mir eine große Hilfe.« Festus stand auf. »Ich danke dir für deine Zeit.«

»Was hast du vor, Festus?«

»Wenn ich Erfolg habe, kannst du davon in deinem Geschichtswerk erzählen. Und wenn nicht, dann ist es besser, dass du nichts davon weißt.«

»Bin ich in Gefahr, Festus?«

Der Hüter des kaiserlichen Schlafgemachs schüttelte den Kopf. »Wer in Rom ist das dieser Tage nicht?«

Selbstverständlich war Silus der Glückliche, der den Befehl erhielt, sich um Cornificia zu kümmern. Wer auch sonst. Anders als bei Papinianus würde es in ihrem Fall keinen Prozess geben. Caracalla konnte nicht dulden, dass sich diese Frau – die nicht nur eine scharfe Zunge besaß, sondern vor allem die Tochter eines Kaisers war, der beim Volk beliebt war wie kaum ein anderer – hinstellte und in aller Öffentlichkeit den neuen Herrscher schlechtredete. Und deshalb schickte man Silus mit nichts als einem einfachen, aber scharfen Messer in den Keller des Palastes.

Man sah Cornificia zwar an, dass sie die fünfzig überschritten hatte, doch sie war vom Alter nicht ansatzweise so gezeichnet wie die vielen Frauen, die im Imperium in Armut lebten. Während seiner Kindheit und Jugend in Britannien waren alle Frauen über fünfzig zahnlose, verschrumpelte alte Vetteln gewesen, ein Eindruck, der nicht allein der kindlichen Wahrnehmung geschuldet war. Schlechte Ernährung und ein hartes, von schwerer Arbeit bestimmtes Leben forderten dem Körper einen Tribut ab, den die Reichen nicht zu entrichten brauchten.

Sie stand auf, als Silus die Zelle betrat. Er neigte ehrfürchtig den Kopf. »Herrin.«

»Wer bist du?«, fragte sie mit erhabener, fester Stimme.

»Mein Name ist Silus, Herrin. Ich bin im Auftrag des Kaisers hier.«

Ihr Blick fiel auf das Messer an seinem Gürtel. Sie erbleichte, doch sonst ließ sie sich ihre Furcht nicht anmerken – im Gegenteil hielt sie den Kopf noch höher als zuvor. »Dann sag, was er dir aufgetragen hat. Du störst meine Ruhe.«

Die Zelle war kalt und klamm. Eine Strohmatratze auf der Steinpritsche war die einzige Bequemlichkeit, die man ihr zugestanden hatte. Der unvermeidliche Nachttopf in der Ecke dagegen verriet, dass sie ansonsten wie eine normale Gefangene behandelt wurde – für diese hochwohlgeborene Frau eine unverzeihliche Demütigung.

»Herrin, ich muss Euch leider mitteilen, dass Euch der Kaiser des Verrats in Wort und Tat für schuldig befunden hat. Die Strafe dafür ist der Tod.«

Cornificia nickte knapp. »Eine Frau zu trösten, die ihren Sohn verloren hat, ist für diesen Wahnsinnigen also Verrat, ja?«

»Ich trage keine Verantwortung für diese Entscheidung, Herrin.«

»Natürlich nicht. Du bist nur der stumpfsinnige Lakai, der Befehle ausführt, ohne sie zu hinterfragen.«

Silus sah keinen Sinn darin, ihr zu widersprechen. Weshalb sollte er diese Frau, die so tapfer in den Tod ging, mit seinen Zweifeln, seiner Enttäuschung und seinen Seelenqualen belasten? »Der Kaiser hat Euch in seiner Güte erlaubt, selbst über die Art Eures Todes zu entscheiden.«

»Wie rücksichtsvoll von ihm.« Sie deutete auf das Messer an seinem Gürtel. »Gib das her«, sagte sie mit fester Stimme und hielt ihm die Hand hin. Silus zögerte, dann reichte er ihr mit dem Griff voraus das Messer. Sie betrachtete es, wiegte es in der Hand und prüfte die Klinge mit dem Daumen. Obwohl er ihr nun unbewaffnet gegenüberstand, hatte er keine Angst. Er wäre in jedem Fall in der Lage, sie mühelos zu überwältigen, doch das würde nicht nötig sein. Da war er sich sicher.

»Es wird seinen Zweck schon erfüllen.« Sie nahm Halskette und Ohrringe ab, zog die vier juwelenbesetzten Ringe von den glatten, zarten Fingern und legte alles auf das Strohlager. Schließlich setzte sie sich auf die Matratze, legte das

Messer an ihr Handgelenk und sah Silus in die Augen. »Meine arme, unglückliche Seele, gefangen in diesem widerwärtigen Körper, nun bist du frei. Zeig ihnen, dass du eine Tochter des Marcus bist, ob es ihnen nun gefällt oder nicht.«

Sie schnitt sich tief in den Arm und biss sich auf die Lippen, als sie den brennenden Schmerz spürte. Schon floss das Blut, und als sie das Messer in die andere Hand nehmen wollte, war es bereits so glitschig, dass sie es kaum zu fassen bekam. Silus trat vor, um ihr zu helfen, doch sie scheuchte ihn zurück und schnitt sich auch die andere Pulsader auf. Dann gab sie Silus das Messer, legte sich auf die Matratze und ließ einen Arm an der Seite herabhängen. Blut strömte aus der Wunde, sammelte sich auf dem Boden und sickerte in die Fugen zwischen den Steinplatten.

Sie starb, ohne eine Miene zu verziehen oder Silus noch eines weiteren Blickes zu würdigen. Unverwandt starrte sie die Decke an, während sie allmählich das Bewusstsein verlor. Erst zum Ende hin atmete sie schneller und schloss die flatternden Augenlider. Eine Träne erschien in ihrem Augenwinkel, lief über ihre Wange und tropfte auf den Boden.

Silus wartete taktvoll, bis sie sich nicht mehr rührte, dann tastete er nach dem Puls auf ihrem Hals. Nachdem er sich vergewissert hatte, dass sie tot war, flüsterte er ein Gebet, um ihrem Schatten eine sichere Reise zu wünschen. Eine Weile lang stand er mit hängendem Kopf in hochachtungsvollem Schweigen da, dann rief er die Wachen, indem er an die Tür klopfte.

»Kümmert euch um sie«, sagte er. »Ihr werdet bald Anweisungen erhalten, wie mit ihrem Leichnam zu verfahren ist. Ich werde den Kaiser von ihrem Tod unterrichten.«

Ohne einen Blick zurück verließ er mit langsamen, steifen Schritten die Zelle. Aus keinem anderen Grund als dem Stolz und der Angst des Kaisers mussten zwei ehrenwerte Menschen tapfer einen ebenso ehrenwerten Tod sterben. Und es würden noch viele weitere folgen.

Eine solche Arbeit zu verrichten war nie seine Absicht gewesen. Schon lange kämpfte er nicht mehr gegen die barbarischen Feinde Roms. Er kämpfte noch nicht einmal in einem Bürgerkrieg für die Partei, der er am ehesten zutraute, die Macht des Imperiums zu erhalten und es zu beschützen. Was er hier tat, war nichts anderes als Mord. Cornificia war keine Bedrohung für Caracalla gewesen.

So konnte es nicht weitergehen.

Sollte er die Flucht ergreifen? Seine Ersparnisse nehmen, aus Rom verschwinden und sich in irgendeiner abgelegenen Ecke des Imperiums niederlassen, wo man ihn niemals finden würde?

Doch was wurde dann aus Tituria? Was wurde aus Atius? Vielleicht konnte er Oclatinius dazu bringen, ihn aus seinen Diensten zu entlassen, wenn auch nur vorübergehend. Er selbst und seine Fähigkeiten wurden für die anstehenden Hinrichtungen nicht gebraucht. Sollte ein anderer diese abstoßende Arbeit verrichten.

Er dachte an Tituria, die allein auf ihrer Insel saß. Er hatte ihr versprochen, sie dort zu besuchen. Würde ihm Oclatinius das erlauben? Er nahm sich vor, ihn darum zu bitten. Doch zunächst musste er den Prozess gegen Papinianus hinter sich bringen.

Wieder hatten sich die Senatoren versammelt. Da sie diesmal nicht von den Prätorianern dazu gezwungen wurden, waren sie auch nicht vollzählig erschienen, und die Curia Iulia bot genug Platz für alle. Im Vergleich zu den reich ausgeschmückten Tempeln und Palästen, die er bisher in der Hauptstadt gesehen hatte, kam ihm die Einrichtung des Sitzungssaals eher schlicht vor. Die Wände waren bis auf etwa zwei Drittel ihrer Höhe mit weißem Marmor verkleidet, und wenn die reichsten Männer Roms hier zusammenkamen, nahmen sie auf einfachen Holzstühlen Platz. Nur der Boden war bemerkenswert: Er ähnelte einem Mosaik, die einzelnen Steine waren jedoch so geschnitten, dass sie sich fast nahtlos zu einem Muster aus von Rechtecken umrahmten, roten und grünen Rosetten und Füllhörnern vor einem gelb-lila Hintergrund zusammenfügten.

An einem Ende des Raumes befanden sich ein Altar und eine Statue der Victoria, die mit einem Lorbeerkranz in der Hand auf einem Globus stand. Davor saß Caracalla auf einem Marmorthron und blickte gebieterisch auf die versammelten Senatoren herab. Julia Domna war an seiner Seite. Sie verzog keine Miene, sondern wirkte abgehärmt, müde und beinahe leblos. Kaiser und Kaiserin wurden von vier germanischen Leibwächtern flankiert, vor ihnen hatte eine Reihe Prätorianer in makellosen Uniformen Aufstellung genommen. Silus und Oclatinius standen in den Schatten am anderen Ende des Sitzungsgebäudes und versuchten, möglichst unauffällig zu wirken. Silus wünschte sich, er wäre irgendwo anders. Er hatte weder Gelegenheit gehabt, sich zu Hause umzuziehen, noch, das Beil an seinem Gürtel gegen ein neues Schwert einzutauschen.

Papinianus stand mit gefesselten Händen in der Mitte des großen Saales. Gemächlich ließ er den festen Blick über die Senatoren wandern – voll Hochachtung, aber ohne jegliches Anzeichen von Besorgnis.

Caracalla hob die Hand, und sofort kehrte Stille ein. »Papinianus«, sagte er. »Du stehst vor diesem Gericht, weil du des Verrats angeklagt bist. Zuerst werden wir die Zeugen anhören, danach erhältst du die Gelegenheit, zu ihren Vorwürfen Stellung zu nehmen. Tribun Torquatus, teile den hier versammelten Männern mit, was du gegen Papinianus vorzubringen hast.«

Ein junger und nervöser Mann trat vor. Die Wut auf seinem Gesicht schien echt zu sein. Bevor er das Wort ergriff, zog er seine Tunika und den roten Umhang zurecht. »Als Tribun der Prätorianer schwöre ich bei den Göttern, die Wahrheit zu sagen. Ich habe mit eigenen Augen gesehen, wie Papinianus, als er Prätorianerpräfekt war, Geld aus dem Tempel der Kaserne genommen hat, das den Göttern als Opfer dargebracht worden war.«

Die Senatoren holten hörbar Luft. Frevel und Diebstahl bildeten keinen guten Anfang. Silus hingegen erschien der Vorwurf wenig glaubwürdig. Papinianus war ein reicher Mann. Weshalb sollte er den Göttern ein paar Münzen stehlen?

»Dann habe ich mit meinen eigenen Ohren gehört, wie er den Kaiser Antoninus beschimpft und gesagt hat, es wäre besser für Rom, wenn ihn die Götter zu sich riefen, damit wieder Ruhe herrsche.«

Papinianus schüttelte den Kopf. Wenn er tatsächlich so etwas gesagt haben sollte, so vermutete Silus, dann ohne nachzudenken und wohl nur, um seinem Ärger über die Unversöhnlichkeit der beiden kaiserlichen Brüder Luft zu machen. Silus erschien es wahrscheinlicher, dass der Tribun einen Groll gegen Papinianus hegte. Vielleicht hatte dieser ihn irgendwie gedemütigt oder bei einer Beförderung übersehen, als er noch sein Befehlshaber gewesen war. Auch dass man dem Tribun Geld für seine Aussage geboten hatte, war vorstellbar. Silus sah Oclatinius an, doch die Miene des alten Mannes war unergründlich.

»Papinianus, hast du etwas dazu zu sagen?«, wollte Caracalla wissen.

»Augustus, diese Anschuldigungen entbehren jeglicher Grundlage.«

»Kannst du das beweisen?«

»Natürlich nicht. Bedauerlicherweise steht mein Wort gegen seines.«

»Das wohl, allerdings ist er nicht der einzige Ankläger. Zenturio Velius, tritt vor und sprich.«

Zenturio Velius wirkte um einiges nervöser, und er fühlte sich im Gegensatz zu Torquatus in seiner Rolle als Zeuge sichtlich unwohl. Er sah Papinianus reumütig an. »Als Zenturio der Prätorianer schwöre ich bei den Göttern, die Wahrheit zu sagen. Ich habe unter Papinianus gedient und war Zeuge, wie er frevelhafte Worte gegen den vergöttlichten Septimius Severus geäußert hat.«

»Und welche Worte waren das?«, fragte Caracalla.

»Er hat gesagt, dass Euer gesegneter Vater so göttlich wie ein Kohlkopf sei und dass die Kaiser nach ihrem Tod nicht zu den Göttern aufsteigen würden.«

Silus wusste, dass es in Rom viele Gelehrte gab, die weder an die Götter noch an das Jenseits glaubten. Dennoch bekannten sie sich normalerweise, nicht zuletzt aus politischem Kalkül, zu der Vorstellung einer Vergöttlichung der Kaiser. Wenn Papinianus vor einem Zenturio tatsächlich solche Worte geäußert hatte, war dies eine Unachtsamkeit sondergleichen. Womöglich hatte der ehemalige Prätorianerpräfekt überschätzt, wie beliebt er bei seinen Männern war.

Der dritte Zeuge war ein einfacher Prätorianer, der sich von einem ganz normalen Legionär nur durch einen höheren Sold und seine auf Hochglanz polierte Uniform unterschied.

Sein Akzent ließ darauf schließen, dass er aus einem der Armenviertel Roms stammte, wobei ein Rekrut aus der Hauptstadt inzwischen eine Seltenheit darstellte.

»Als Legionär der Prätorianer schwöre ich bei den Göttern, die Wahrheit zu sagen.« Er zögerte.

»Nur weiter«, befahl Caracalla.

»Natürlich. Verzeiht, Kaiser, äh, Augustus ...«

»Sag, was du zu sagen hast«, fuhr ihn Caracalla an.

»Also, ich habe gesehen, wie der Präfekt hier ... auf widernatürliche Weise einer Ziege beigewohnt hat.«

Der Senat brach in Gelächter aus, und selbst Papinianus musste bei dieser albernen Unterstellung schmunzeln.

Caracalla hingegen war nicht zum Scherzen zumute. »Ruhe!« Wieder herrschte sofort Stille im Saal. »Papinianus, es warten noch viele weitere Prätorianer darauf, dich des Verrats und des Frevels gegen die Götter anzuklagen. Du hast mir und meinem Vater viele Jahre lang treu gedient, und ich bin durchaus gewillt, angesichts dieser Hingabe Milde walten zu lassen. Wenn du mir die bedingungslose und alleinige Treue schwörst, bin ich bereit, dir deine Taten zu vergeben.«

»Ich war Euch stets in Treue verbunden, Augustus«, sagte Papinianus.

»Ich verlange ungeteilten und vollständigen Gehorsam. Deshalb wirst du meinen Bruder vor dem versammelten Senat als Verräter bezeichnen.«

Papinianus schüttelte traurig den Kopf. »Das kann ich nicht, Augustus.«

Caracallas Gesicht wurde so rot wie sein Umhang. »Und wieso nicht? Papinianus, du spielst mit deinem Leben.«

»Ich habe Eurem Vater und nach seinem Tod seinen Söhnen die Treue geschworen. Beiden Söhnen.«

»Papinianus! Du wirst den hier Versammelten auf der Stelle erklären, warum Geta sterben musste. Dass er mir nach dem Leben getrachtet hat und ich aus Notwehr gehandelt habe.«

Papinianus seufzte. »Augustus, es ist einfacher, einen Bruder zu töten, als diese Tat zu rechtfertigen.«

In der Stille, die sich daraufhin über den Saal legte, hätte man eine Maus niesen hören können. Silus hörte das Blut in seinen Ohren rauschen. Sein Herz schlug immer schneller und ihm wurde übel. O Papinianus, du stolzer Narr.

Caracalla hob langsam die Hand und richtete einen zitternden Finger auf Papinianus. »Du hast durch deine eigenen Worte dein Leben verwirkt.«

Julia Domna legte eine Hand auf Caracallas Arm. »Augustus, bedenke doch …«

»Silus!«

Scheiße.

»Komm her.«

Silus sah Oclatinius an. Der zuckte hilflos mit den Schultern. Als Silus nach vorne trat und sich neben Papinianus vor den Kaiser stellte, zitterten seine Beine wie die eines neugeborenen Kälbchens.

»Ich verhänge die Todesstrafe. Das Urteil wird auf der Stelle vollstreckt. Silus, richte diesen Verräter hin.«

Silus griff nach seinem Gürtel, ertastete jedoch nur den Griff des Beils. »Aber Augustus, ich habe nur …«

»Jetzt sofort!«, brüllte Caracalla.

Silus neigte den Kopf und wandte sich Papinianus zu. »Bitte verzeiht«, flüsterte er. »Auf die Knie«, sagte er etwas lauter.

Papinianus gehorchte. Silus zog das Beil, woraufhin sich Papinianus' Augen vor Schreck weiteten. »Aber …«

Mit einem kräftigen Hieb trieb Silus das Beil tief in Papinianus' Hals.

Aber nicht tief genug.

Anders als die Streitäxte der Kaledonier, mit denen man mit einem Hieb Körperteile und Köpfe abtrennen konnte, waren die leichten Beile der Vigiles keine Waffen, sondern dazu gedacht, Türen aus dünnem und oft genug morschem Holz einzuschlagen. Sie gehörten, wie etwa Eimer, Seile und Haken, zur bei der Brandbekämpfung nötigen Ausrüstung. Für eine Enthauptung hingegen wäre sogar die schwere Axt eines Holzfällers besser geeignet gewesen.

Papinianus fiel mit einem Schrei zur Seite und legte die Hand auf die klaffende Wunde, die das Beil auf seinem Hals hinterlassen hatte. Zwar floss Blut, doch es spritzte nicht stoßweise heraus, was bedeutete, dass die Verletzung nicht tödlich war.

Silus hob erneut das Beil und zielte auf dieselbe Stelle, auf die Papinianus mittlerweile die Hand gepresst hielt. Das Axtblatt trennte drei Finger ab, bevor es seinen Kiefer zertrümmerte. Der Verurteilte fiel auf Hände und Knie. Blut strömte aus seinem Hals. Er keuchte und heulte vor Schmerz.

Silus sah sich hilflos zum Thron um. Caracalla zeigte keine Gefühlsregung. Von dieser Seite hatte er kein Erbarmen und keine Hilfe zu erwarten. Er warf Oclatinius einen Blick zu. Der alte Spion bedeutete ihm mit einem finsteren Nicken, mit der Hinrichtung fortzufahren.

Silus wandte sich wieder Papinianus zu und hob das Beil hoch über den Kopf. Er hieb mit aller Kraft auf den Hals des ehemaligen Präfekten ein und durchtrennte seine Wirbelsäule. Papinianus fiel auf das Gesicht und blieb reglos liegen. Seine Schreie waren verstummt, doch er atmete noch. Immer wieder hob Silus das Beil und schlug auf Papinianus' Hinterkopf ein. Blut und Gehirnmasse spritzten auf die makellos weißen Togen der Senatoren, die ihm am nächsten waren. Entsetzt wichen sie zurück.

Als Silus sicher war, dass Papinianus nicht mehr unter den Lebenden weilte, richtete er sich auf und sah den Kaiser an. Blut tropfte von der Klinge des Beils, bedeckte sein Gesicht und durchtränkte seine Tunika.

Caracalla erwiderte seinen Blick. »Er hätte es verdient gehabt, durch das Schwert zu sterben«, sagte der Kaiser schließlich in einem Ton, als würde er ein unartiges Kind schelten.

Dann stand er auf und verließ mit seinen Leibwächtern, den Prätorianern und Marcellus im Gefolge den Raum. Julia Domna blieb sitzen und starrte entgeistert den blutigen, entstellten Leichnam ihres syrischen Verwandten an. Oclatinius näherte sich ihr mit steifen Schritten, nahm ihre Hand und führte sie hinaus. Nach und nach leerte sich der Saal. Mehrere Sklaven erschienen, packten den Leichnam an den Fußknöcheln und zerrten ihn davon, wobei sie eine lange, blutige Spur hinterließen.

Silus stand wie vom Donner gerührt da. Irgendwann – er hatte jegliches Zeitgefühl verloren – kam Atius hinzu. Er betrachtete seinen blutbespritzten Freund und die Spuren der so unglücklich verlaufenen Hinrichtung, dann nahm er Silus' Arm und führte ihn langsam aus dem Senatsgebäude.

Drittes Kapitel

Silus und Atius hatten so weit wie möglich von Caracallas Thron entfernt in einer Ecke Platz genommen. Silus war immer noch übel, aber Oclatinius hatte ihm unmissverständlich klargemacht, dass seine Anwesenheit bei dieser Ratsversammlung erwünscht war. Oclatinius und Festus saßen von den beiden Arcani flankiert nebeneinander und beobachteten aufmerksam den Kaiser und alle anderen Anwesenden.

An Caracallas Seite saßen Sextus Varius Marcellus, der gegenwärtig sowohl das Amt eines Prätorianer- als auch das des Stadtpräfekten innehatte, und Julius Avitus Alexianus. Er war sowohl Marcellus' Schwiegervater, da dieser seine Tochter Julia Soaemias geheiratet hatte, als auch Caracallas Schwager, weil er mit Julia Maesa – Julia Domnas Schwester – verheiratet war. Julia Domna hingegen war nirgendwo zu sehen, ihr Thron war verwaist. Quintus Marcius Dioga, als Finanzsekretär des Kaisers zuständig für die Staatskasse, und der Rechtsgelehrte Ulpianus saßen neben zwei Schreibern, freigelassenen Sklaven, die eifrig alles auf Wachstafeln festhielten, was der Kaiser verkündete oder anordnete.

Caracalla sprach laut und schnell, alle anderen hatten die Lippen aufeinandergepresst und lauschten gehorsam. »Die Bauarbeiten an den großen Thermen, die mein Vater begonnen hat, liegen weit hinter dem Plan und müssen beschleunigt werden. Lasst die Sklaven die Peitsche spüren, tauscht die Aufseher aus, erhöht die Ausgaben – tut, was nötig ist, um das größte Badehaus der Stadt zu errichten, wie es der Wunsch meines Vaters war. Die ganze Stadt soll über dieses Denkmal der ruhmreichen Herrschaft meines Vaters sowie meiner eigenen staunen.«

Dioga flüsterte einem Schreiber etwas zu. Dieser nickte und ergänzte seine Aufzeichnungen durch eine weitere Notiz.

»Des Weiteren soll jeder Bürger Roms einen Caracallus als Geschenk erhalten.«

Dioga hob die Augenbrauen. »Einen … Caracallus, Augustus?«

»Hast du mich nicht verstanden, Dioga? Spreche ich zu leise?«

»Aber nein, Augustus. Ich wollte mich nur noch einmal vergewissern …«

»Beim einfachen Volk bin ich nach dem Mantel, den ich in Britannien zu tragen pflegte, als Caracalla bekannt. Bald soll jeder einen solchen Mantel tragen können – zum Zeichen, dass ich den Namen annehme, den mir die Bürger verliehen haben.«

»Ja, Augustus.«

»Und wenn wir schon beim einfachen Volk sind: Ich werde die Verfügung erlassen, dass alle freien Männer im Imperium das römische Bürgerrecht erhalten und allen freien Frauen im Imperium dieselben Rechte gewährt werden, wie freie Römerinnen sie genießen.«

Die kaiserlichen Berater sahen einander überrascht an. Der merkwürdige Befehl, Kapuzenmäntel zu verteilen, war mit einem Mal vergessen.

»Augustus«, gab Alexianus zu bedenken, »ist das denn überhaupt möglich?«

»Wenn ich es will, dann schon«, sagte Caracalla.

»Aber … weshalb?«

Den Mienen der anwesenden Berater nach zu urteilen, schienen sie alle insgeheim der Meinung, dass der Kaiser den Verstand verloren hatte. Womöglich fragten sie sich so langsam, ob es die richtige Entscheidung gewesen war, sich auf seine Seite zu schlagen.

Einen Augenblick lang sah es so aus, als hätten Alexianus' Fragen einen Wutausbruch zur Folge, doch da der alte Mann schon Severus ein guter Berater und Freund gewesen war und Caracalla auch nach dem Tod seines Vaters stets die Treue gehalten hatte, mahnte sich der Kaiser zur Beherrschung. »Alter Freund, du siehst mich an, als wäre ich von bösen Geistern besessen. Meine Pläne sind alles andere als das Gefasel eines Wahnsinnigen. Den Spottnamen Caracalla trage ich nun schon geraume Zeit und werde ihn wohl auch nicht mehr los. Wenn ich ihn hingegen mit Freuden annehme, stellt er auch keine Beleidigung mehr dar. Und die Fortsetzung der Bauarbeiten an den Thermen soll dem Volk zeigen, dass ich mich um die Stadt kümmere und sie zu verschönern trachte – und das nicht etwa, indem ich einen Tempel errichten lasse, der nur mein eigenes Ansehen bei den Göttern erhöht. Die Thermen sollen allen offenstehen.«

»Aber ist es denn überhaupt möglich, alle freien Männer zu römischen Bürgern zu machen?«

»Das können dir ganz bestimmt meine Berater beantworten. Ulpianus?«

Der angesehene Anwalt kniff sich in die Nase und überlegte. So kurz nach dem grausamen Tod seines Kollegen Papinianus wollte er zum einen ganz offensichtlich nichts Falsches sagen, gleichzeitig jedoch seinem Berufsstand keine Schande machen. »Wenn mir der Augustus etwas Zeit gewähren würde, um die möglichen rechtlichen Folgen dieser Maßnahme ihn Ruhe erwägen zu können?«

»Eine Folge liegt auf der Hand«, sagte Marcellus, offenbar ermutigt dadurch, dass es die anderen gewagt hatten, die Entscheidungen des Kaisers anzuzweifeln. »Wer sich als Legionär verpflichtet, erhält nach einer Dienstzeit von fünfundzwanzig Jahren die Bürgerrechte. Ohne diesen Anreiz werden sich wohl kaum noch neue Rekruten finden.«

Caracalla machte eine wegwerfende Handbewegung. »Unsinn. Ich habe soeben den Sold erhöht, für die Ärmsten sollte das Anreiz genug sein, sich als Legionäre zu verpflichten. Dennoch werden wir die Dienstzeit auf achtundzwanzig Jahre erhöhen, um dieser möglichen Entwicklung entgegenzuwirken.«

»Außerdem« – Ulpianus reckte einen Finger in die Höhe – »werden die Staatseinnahmen steigen, da nur Bürger besteuert werden können.«

»Was jedoch nicht der Zweck meiner Verordnung ist«, sagte Caracalla. »Den Armen Steuern aufzuerlegen, wird die Staatskasse nicht füllen. Doch das Volk wird sich über die Bürgerrechte freuen.«

»Der Senat hingegen wohl kaum«, sagte Marcellus. »Und auch den wenig begüterten römischen Bürgern wird es nicht gefallen, wenn die, denen sie sich jetzt noch überlegen fühlen, ihnen mit einem Mal ebenbürtig sind.«

»Nichtsdestotrotz steht meine Entscheidung fest, es sei denn, Ulpianus wird einen rechtlichen oder anderweitig berechtigten Einwand dagegen vorbringen.«

Marcellus nickte ehrerbietig.

»Das Geld für diese Maßnahmen muss auf anderem Wege beschafft werden. Wir könnten die Erbschaftssteuer und noch einige weitere Abgaben erhöhen und den Silbergehalt des Denars verringern. Darum wirst du dich kümmern, Dioga.«

»Ja, Augustus.«

»Zur Unterhaltung des Volkes soll es aufsehenerregende Aufführungen im Flavischen Amphitheater, dem Circus Maximus und den Theatern geben. Das machst du, Marcellus.«

»Euer Wunsch ist mir Befehl, Augustus.«

»Des Weiteren verfüge ich, dass der Name meines Bruders in Vergessenheit gerät. Er soll aus allen Inschriften, von allen Bildnissen und Monumenten im gesamten Imperium getilgt werden. Ich will, dass sich bald niemand mehr daran erinnert, dass er je existierte.«

Silus war froh darüber, dass Julia Domna nicht anwesend war. Er wagte sich nicht vorzustellen, was sie dazu gesagt hätte, dass das Andenken an ihren Sohn bereits vernichtet werden sollte, während sie noch trauerte.

»Marcellus, Festus, Oclatinius, wenden wir uns den drängenden Sicherheitsfragen zu. In Rom gibt es noch viele, die meinen Bruder unterstützt haben oder sich meiner Herrschaft immer noch widersetzen. Ich nenne euch die Namen der zu beseitigenden Männer, und ihr werdet euch zusammen mit den städtischen Kohorten und den Prätorianern unter Marcellus' Kommando um sie kümmern.«

Festus und Oclatinius sahen ihn gespannt an.

»Anders als damals Sulla oder Octavian werde ich die Namen meiner Feinde nicht auf dem Forum anschlagen lassen. Ihr räumt diese Männer still und heimlich und ohne Aufsehen zu erregen aus dem Weg. Habt ihr mich verstanden?«

»Ja, Augustus«, antworteten sie im Chor.

»Na schön. Folgende Männer haben ihr Leben verwirkt, und ihr Hab und Gut wird in den Besitz des Staates übergehen: Valerius Patruinus.«

Silus kannte diesen Namen – es war ein ehemaliger Prätorianerpräfekt.

»Lucius Valerius Messalla Thrasea.« Ein ehemaliger Konsul, wie Silus wusste. Er hatte jedoch keine Ahnung, was sich die beiden hatten zuschulden kommen lassen.

»Dann Papinianus' Sohn. Er ist inzwischen alt genug für das Amt des Quästors.« Nach dem Tod seines Vaters konnte er eine Bedrohung darstellen. Wieder überkamen Silus Übelkeit und Schuldgefühle.

»Aelius Antipater.« Einer der wenigen noch lebenden Lehrer, die Caracalla in seiner Jugend unterrichtet hatten.

»Titus Claudius Pompeianus.« Ein Enkel des Marcus Aurelius.

»Publius Helvius Pertinax.« Der Sohn des ehemaligen Kaisers Pertinax.

Und so weiter. Serenus Sammonicus, ein Gelehrter, wenn sich Silus richtig erinnerte. Die Statthalter der Provinzen Baetica und Narbonensis. Ein Name folgte auf den anderen, bis Silus angesichts der Ausmaße des geplanten Blutbads regelrecht abstumpfte. Stellten diese Menschen tatsächlich eine so große Gefahr für die Sicherheit des Kaisers und des Imperiums dar? Oder wollte Caracalla ihren Tod aus niederen Beweggründen, etwa als Vergeltung für frühere Kränkungen? Oder war dies Beweis dafür, dass der Kaiser tatsächlich dem Wahnsinn anheimgefallen war?

Schließlich kam Caracalla zum Ende. Er atmete schwer durch die Nase, wirkte aber so zufrieden und erleichtert, als hätte man ihm soeben eine schwere Last von den Schultern genommen. »Nun bleibt mir für heute nur noch eines zu tun: Ich werde den drei Männern Ehre erweisen, die mir in höchster Not beigestanden und mich vor meinem verräterischen Bruder gerettet haben. Oclatinius, Silus und Atius, tretet vor.«

Die drei Arcani nahmen vor dem Kaiser Aufstellung und neigten demütig die Köpfe.

»Der Befehlshaber der Arcani und seine zwei fähigsten Männer. Ihr wart mir in letzter Zeit eine unverzichtbare Hilfe und habt Rom in seiner Hauptstadt und an seinen Grenzen treu gedient. Es gibt keine angemessene Entlohnung für derartige Großtaten, doch ich will euch zumindest ein Zeichen meiner Wertschätzung zukommen lassen. Der Legionär Lucius Atius erhält achttausend Sesterzen.«

Atius grinste. Das war der Jahreslohn eines Legionärs der städtischen Kohorten.

»Der Zenturio Gaius Sergius Silus erhält zwölftausend Sesterzen.«

Der Jahreslohn eines Prätorianers. Silus war mit einem Mal reich – zwar nicht so reich wie ein Senator oder auch nur ein Ritter, aber damit hatte er ausgesorgt. Er würde niemals wieder hungern müssen und sich stets ein Dach über dem Kopf und einen Haussklaven leisten können. Eigentlich hätte er sich wenigstens insgeheim darüber freuen müssen, aber seine Begeisterung hielt sich in Grenzen.

»Oclatinius Adventus erhält vierzigtausend Sesterzen.«

Oclatinius nickte ergeben, obwohl sich Silus sicher war, dass das alte Schlitzohr das Geld nicht brauchte. Dann antwortete er für alle: »Augustus, wir danken Euch für Eure großzügigen Gaben und nehmen Sie demütig an, auch wenn wir nur unsere Pflicht dem Kaiser und dem Reich gegenüber erfüllt haben.«

»Wären nur alle Römer so gewissenhaft in ihrer Pflichterfüllung. Mit diesem erfreulichen Punkt auf der Tagesordnung beende ich die heutige Ratsversammlung. Ihr wisst, was ihr zu tun habt, und ich freue mich darauf, von euren Erfolgen zu hören.«

Er stand auf und marschierte so schnell aus dem Raum, dass die beiden germanischen Leibwächter kaum mit ihm Schritt halten konnten.

Silus seufzte. Trotz des vielen Geldes, das er soeben geschenkt bekommen hatte, war er der Verzweiflung nahe. Er wollte dem Imperium nach wie vor zu Diensten sein und für die Sicherheit seiner Bürger sorgen. Doch war das, was er gerade tat, wirklich so ruhmreich?

Er hatte genug. Er musste dringend mit Oclatinius sprechen.

Als Marcellus von der Ratsversammlung nach Hause kam, wartete seine Frau bereits im Atrium auf ihn. Julia Soaemias' blaue Stola bedeckte den Großteil ihres Kopfes, erlaubte jedoch einen Blick auf den vorderen Rand ihres akkurat – wie es gerade Mode war – nach dem Vorbild der Kaiserin frisierten Haares. Julia war zweiunddreißig und seit zwölf Jahren mit Marcellus verheiratet. In seinen Augen war sie noch schöner als am Tag ihrer Hochzeit – zumindest äußerlich. Gannys stand an ihrer Seite. Der Eunuch war eigentlich Lehrer ihres Sohnes, schien sich in letzter Zeit jedoch zunehmend zum Vertrauten und Ratgeber seiner Frau zu entwickeln.

»Marcellus, du musst mir alles ganz genau erzählen«, forderte sie. »Lass ja nichts aus.«

Er seufzte. Sie wurde immer schöner, aber auch immer herrischer. Mit derselben Schnelligkeit, in der Marcellus zu einem der einflussreichsten Männer Roms aufgestiegen war, hatte seine Frau Macht über ihn gewonnen, was ihn zunehmend in Verlegenheit brachte. Immer wieder versuchte er, seiner Rolle als Paterfamilias gerecht zu werden, der sowohl über ihr Leben als auch über das ihres Sohnes Avitus zu bestimmen hatte. Doch er wusste genauso gut wie seine Gattin, dass er es ohne sie niemals so weit nach oben geschafft hätte – was zum einen an ihrer einflussreichen Familie lag, zum anderen daran, dass sie mit Caracalla das Lager geteilt hatte, als dieser noch ein junger Mann gewesen war.

Noch heute erfüllte es ihn mit Scham, dass er dem jungen Augustus, um ihm zu schmeicheln, aus einer trunkenen Laune heraus seine Frau angeboten hatte. Peinlicherweise hatten die beiden sein Angebot nicht nur angenommen, Soaemias hatte auch danach noch weiterhin hartnäckig versucht, ihn zu verführen, obwohl ihr Caracalla seit jener gemeinsamen Nacht eine Abfuhr nach der anderen erteilte.

Eine Folge dieses aus Machtstreben arrangierten Liebesakts war, dass er sich nicht sicher sein konnte, wer der wahre Vater seines Sohnes war. Eine weitere war, dass der Kaiser ihn zum Befehlshaber der Prätorianer und der städtischen Kohorten ernannt hatte. Als Caracallas rechte Hand war er gegenwärtig wohl der zweitmächtigste Mann der Welt.

War es das wert gewesen? In gewisser Weise schon, wenn er ehrlich zu sich war. Es wurde nur allmählich Zeit, dass er seiner Frau wie ein echter römischer Mann entgegentrat. »Reden wir doch in meinem Schlafgemach weiter«, sagte er ruhig.

»Nein, du erzählst es mir jetzt«, verlangte Soaemias.

Marcellus warf Gannys einen Blick zu. Der betrachtete interessiert eine Wand und gab sich alle Mühe, so zu tun, als wäre er nicht da.

»Begleite mich in mein Gemach, Liebste. Bitte.«

Soaemias schnalzte missbilligend mit der Zunge, folgte ihm aber dennoch. »Marcellus! Was ist nur in dich gefahren?«, fragte sie, sobald sie den kleinen Raum neben seiner Schreibstube betreten hatten.

»Soaemias, ich bin ein sehr mächtiger Mann und verlange, dass du mir mit Hochachtung begegnest. Wenn du mir etwas zu sagen hast, dann nur unter vier Augen. In der Öffentlichkeit, auch vor unseren Sklaven, solltest du dich betragen wie eine gehorsame Frau. Wie eine gute römische Matrone.«

Soaemias sah ihn verächtlich an. »Ich bin die Nichte der Kaiserin und auch ohne dich eine sehr mächtige Frau.«

»Du bist zuvörderst mein Eheweib, und ich wünsche, dass du dich auch so benimmst«, sagte Marcellus. »Wenn du mir etwas zu sagen hast, sag es mir, wenn wir unter uns sind. Doch wenn du mir vor anderen Leuten nicht mit der gebührenden Ehrfurcht begegnest, wird das Folgen für dich haben.«

Soaemias starrte ihn ungläubig an, und Marcellus wurde mit einem Mal nervös. Warum nur fiel es ihm so schwer, sich durchzusetzen? Warum gelang es ihm nicht, die natürliche Ordnung in seinem eigenen Heim aufrechtzuerhalten? Er war die rechte Hand des Kaisers und besaß beträchtliche Macht, doch Herr in seinem eigenen Haus war er nicht. Das musste sich ändern. Er musste endlich die Würde und Erhabenheit eines römischen Edelmanns an den Tag legen.

»Ist das klar?«

»Ja.«

»Sehr gut.«

»Und dir sollte Folgendes klar sein: Wenn du noch einmal so mit mir sprichst, ob unter vier Augen oder nicht, werde ich dir mit einem Messer die Eier abschneiden, wenn du schläfst, und sie Elagabal opfern.«

Marcellus blieb der Mund offen stehen. Doch anstatt sie als Strafe für diese anmaßenden Worte zu züchtigen, verzagte er unter ihrem strengen Blick und ließ die Schultern hängen. Warum nur ließ er sich von ihr beherrschen? Er fühlte sich regelrecht entmannt von der Macht, die sie über ihn hatte.

»Geliebter Ehemann, der du Herr über mich bist, möchtest du mir nicht von der heutigen Ratsversammlung erzählen?«, fragte sie in süßlichem, unterwürfigem Ton. Vielleicht konnte sie wenigstens in der Öffentlichkeit so tun, als hätte sie Achtung vor ihm. Mehr verlangte er ja nicht.

Er ging im Raum auf und ab. »Liebste, wir befinden uns in einer sehr vorteilhaften Situation. Wir haben der Gunst des Kaisers nicht nur unseren Aufstieg zur Macht, sondern auch unser Leben zu verdanken. Die Männer, die er zum Tode verurteilt hat … Es waren so viele.«

»Wer?«

Marcellus nannte ihr die Namen, die er in Erinnerung behalten hatte. Es waren längst nicht alle.

Soaemias hörte sich die Namen mit aufeinandergepressten Lippen an. »Bald werden viele der wichtigsten Ämter Roms sowie einige Sitze im Senat neu zu vergeben sein. Wir sollten zusehen, dass wir sie nach Möglichkeit mit unseren Verwandten, Klienten und Freunden besetzen.«

Marcellus nickte zustimmend. »Macht ist vergänglich. An einem Tag scheint Papinianus' Stellung bei Hof unangreifbar, am nächsten wird er vor den Augen des Senats in Stücke gehackt.«

»Und bald wird ihm sein Sohn in Elagabals Arme folgen.«

»Richtig. Ein Schicksal, vor dem wir unser eigenes Kind bewahren müssen. Soaemias, lass uns an einem Strang ziehen. Wir müssen uns beim Kaiser unentbehrlich machen, jeden seiner Befehle nach Kräften erfüllen und meine Position weiter festigen. Unser Leben könnte davon abhängen. Kann ich auf dich zählen?«

Soaemias trat auf ihn zu und drückte ihm einen sanften

Kuss auf den Mundwinkel. »Aber natürlich, Liebster. Möchtest du mich zur täglichen Opferung begleiten? Avitus wird die Zeremonie durchführen. Meine Mutter wird ebenfalls anwesend sein.«

Marcellus zögerte. Er stammte aus Apamea, einer von den Makedonen gegründeten Stadt in Syrien, war im Glauben an die griechisch-römischen Götter aufgewachsen. Seine Frau hingegen verehrte Elagabal, den höchsten Gott ihrer Heimatstadt Emesa. Der Sohn, den sie mit Marcellus hatte, würde eines Tages wie schon Julia Domnas Vater vor ihm das Amt des Hohepriesters dieses Gottes übernehmen. Sowohl Soaemias als auch Avitus verehrten die Götter aus Emesa mit tiefster Hingabe und Leidenschaft, und für Marcellus war es besser, sich weder über diese Götter lustig zu machen noch es ihnen gegenüber an Hochachtung fehlen zu lassen – eine Lektion, die er schon vor langer Zeit gelernt hatte. Noch dazu war er innerlich aufgewühlt, da er gerade im Streit mit seiner Frau den Kürzeren gezogen hatte. Obwohl ihm so viele andere drängende Aufgaben und Sorgen im Kopf herumgingen, nickte er.

»Dann wollen wir Elagabal huldigen«, sagte seine Frau.

Sie hatten diesem höchsten aller Götter einen Tempel in einem kleinen Raum im hinteren Teil ihrer Domus geweiht – das Elagabalium. Soaemias hatte ihm erklärt, dass Elagabal einst ein Berggott gewesen sei, und diese Bedeutung hatte sein Name in der alten Sprache Emesas. Er war die älteste Gottheit Emesas und wurde dort bereits seit ewigen Zeiten verehrt, hatte im Lauf der Zeit jedoch die Gestalt eines Sonnengottes angenommen, genauer gesagt die des Sol invictus, der unbesiegten Sonne. Die Fresken an den Wänden des Elagabaliums zeigten Opferszenen vor dem Hintergrund einer syrischen Landschaft, das Mosaik auf dem Boden stellte eine strahlende, von untergeordneten Göttern umgebene Sonne dar, über der ein majestätischer Adler schwebte. Am hinteren Ende des Raumes stand ein Altar aus Marmor, in seiner Mitte ein kegelförmiger schwarzer Stein, das Abbild eines heiligen, angeblich vom Himmel gefallenen Steinbrockens, der sich im Elagabaltempel in Emesa befand.

Marcellus hatte immer noch nicht ganz verstanden, ob dieser in Emesa aufbewahrte Stein ein Symbol für den Gott, der Gott selbst oder irgendetwas dazwischen war, und er ahnte, dass das auch seinen Anhängern nicht ganz klar war. Der Stein vor ihm jedenfalls war nur ein Sinnbild, auch wenn ihn Soaemias vom Hohepriester persönlich hatte segnen lassen.

Julia Maesa kniete mit geschlossenen Augen in der Mitte des Raums. Nun war ihre Ähnlichkeit mit Julia Domna unverkennbar, auch wenn Julia Maesas Gesicht etwas strengere Züge aufwies als das der Kaiserin: Die ältere hatte eine wohlgeformte Nase, die der jüngeren erinnerte an die eines Nagetiers. Die ältere hatte große, freundliche Augen, die jüngere schwere Lider, die sie müde wirken ließen. Nach Marcellus' Dafürhalten spiegelte ihre äußere Erscheinung ihre innerliche Hässlichkeit wider, aber zugegebenermaßen konnte er seine Schwiegermutter einfach nicht leiden.

Als sie eintraten, drehte sich Julia Maesa zu ihnen um und bedachte Marcellus mit einem verächtlichen Blick. Ihrer Tochter hingegen hielt sie mit einem Lächeln die Hand hin. Die Eheleute gingen links und rechts von ihr auf die Knie.

Außerdem waren sechs einfach gekleidete Sklaven anwesend. Vier davon hielten Musikinstrumente bereit: Trommel, Zimbel, Pfeife und Flöte. Die beiden anderen, eine junge, hübsche Frau und eine bucklige, zahnlose Greisin, stellten

Elagabals Gefährtinnen Astarte, die Göttin des Wassers und der Fruchtbarkeit, sowie die große Erdmutter Atargatis dar.

Ihr achtjähriger Sohn stand vor dem Altar. Er trug ein langärmliges, goldbesticktes Zeremoniengewand im syrischen Stil, das ihm bis zu den Füßen reichte. Auf seinem Kopf saß eine mit roten, blauen und grünen Edelsteinen besetzte Krone, und er war schwer mit Armreifen, Halsketten und Ringen aus Gold und Silber behängt. In einer Hand hielt er einen Zweig, das heilige Symbol der Fruchtbarkeit. Seine Wangen waren übertrieben weiß geschminkt, seine Augen umrahmte ein schwarzer Rußstrich, der an den Winkeln der östlichen Mode entsprechend eine Aufwärtsbewegung vollführte. Der Junge nahm keine Notiz von Vater, Mutter oder Großmutter, so versunken war er in die Anbetung seines Gottes. Marcellus, Soaemias und Julia Maesa verneigten sich vor dem Stein.

»Ihr Kinder, nun ist es Zeit, dem allmächtigen Elagabal zu huldigen, dem Gott der Berge, dem Gott der Sonne, dem höchsten aller Götter, ob römisch, griechisch oder ägyptisch.«

Obwohl Avitus regelmäßig das Gebet anleitete, konnte sich Marcellus nicht daran gewöhnen, von seinem Sohn als »Kind« angesprochen zu werden. Avitus hatte eine hohe, näselnde Stimme und lispelte leicht, was sich womöglich mit dem Alter legen würde – genau wie auch gewisse andere Eigenheiten, wie Marcellus inständig hoffte. Immerhin trug er beim Gebet Männerkleidung, und auch wenn es eine syrische Tracht war, gefiel es seinem Vater, ihn zur Abwechslung nicht in einer Stola oder – zu seinem nicht geringen Entsetzen – völlig nackt herumlaufen zu sehen.

Ein weiterer Sklave brachte ein männliches, erst einen Tag altes Kalb, das noch nach Milch und Nachgeburt roch, stellte es auf den Altar, hielt es aufrecht und strich ihm beruhigend über den Kopf.

Avitus nahm ein Messer mit gekrümmter, äußerst scharfer Klinge zur Hand. Obwohl Marcellus schon vor Monaten Bedenken angemeldet hatte, bestand Soaemias darauf, dass Avitus bei dieser Zeremonie alle Pflichten eines Priesters übernahm. Wenigstens hatte er sich dabei noch keinen Finger abgeschnitten.

Der Trommler stimmte einen langsamen, leisen Takt an, die Zimbel folgte ihm mit einem perlenden, sanften Ton, Pfeife und Flöte steuerten eine gespenstisch trillernde Melodie bei.

»Großer Elagabal, wir bitten dich, deine allheilige Gattin Astarte und deine Mutter Atargatis, unser unbedeutendes Opfer zusammen mit unseren Leibern, Herzen und Seelen anzunehmen.«

Avitus fuhr mit der Klinge in einem Bogen über den Hals des Kalbes. Sie war so scharf, dass das junge Tier noch nicht einmal zurückzuckte. Geschickt fing Avitus das herausspritzende Blut in einer Schüssel auf – ohne sich dabei das Gewand zu beschmutzen, wie Marcellus zufrieden feststellte. Blutflecke waren aus diesem feinen Zwirn so gut wie unmöglich zu entfernen.

Die Vorderbeine des Kalbs gaben nach, dann fiel es zur Seite um. Es trat aus, sein Blick huschte panisch durch den Raum und wurde dann trüb. Das Tier schnappte nach Luft, dann atmete es immer langsamer und blieb schließlich reglos auf dem Altar liegen.

Avitus nahm einen Weinkrug, leerte ihn in die Schüssel und schwenkte diese, um die beiden Flüssigkeiten zu vermischen. Etwas davon schüttete er als Opfer auf den Boden vor dem Altar, dann hob er die Schüssel und trank, wobei das

Blut sein Kinn hinunterlief und auf sein Gewand tropfte. Marcellus stieß einen stummen Fluch aus. Aller Wahrscheinlichkeit nach würde er demnächst ein kleines Vermögen für neue Zeremonienkleidung ausgeben müssen.

Die Musiker erhöhten Tempo und Lautstärke. Avitus reichte Marcellus die Schüssel. Dieser nahm einen Schluck von der salzigen, warmen Flüssigkeit und gab sie an Soaemias weiter, die ebenfalls trank. Nachdem auch Julia Maesa an der Reihe gewesen war, erhoben sie sich, fassten sich an den Händen und bildeten zusammen mit Avitus und den beiden die göttlichen Begleiterinnen verkörpernden Sklavinnen einen Kreis. Dann tanzten sie um den Stein und sangen im Takt der Musik Lobeshymnen an die Götter aus Emesa.

Die Musik näherte sich dem Höhepunkt. Sie tanzten schneller und schneller und atmeten vor Inbrunst und Anstrengung immer schwerer. Marcellus' Herz raste, und gegen seinen Willen spürte er, wie er von der Macht des Augenblicks mitgerissen wurde. Frommer Ernst lag in Maesas und Soaemias' Mienen, sein Sohn hingegen schien sich in einem ekstatischen Rausch zu befinden. Mit zusammengekniffenen Augen drehte er den Kopf wild im Kreis, bis die Musiker mit einem Laut wie Donnerhall verstummten. Alle fielen auf die Knie und schlossen in stummer Andacht die Augen.

Dann richtete sich Avitus langsam wieder auf, und Maesa, Soaemias und Marcellus folgten seinem Beispiel. Der Junge öffnete die Arme. »Meine Kinder, geht mit dem Segen Elagabals, des höchsten aller Götter.«

»Ja, Vater«, sagten Maesa, Soaemias und Marcellus.

»Und jetzt setzt du dich wieder an die griechische Grammatik«, fügte Soaemias hinzu. »Gannys hat die Erlaubnis, dich übers Knie zu legen, wenn du nicht fleißig lernst.«

Avitus wurde rot, drehte sich um und rannte davon.

»Warte doch wenigstens, bis er sich umgezogen hat, bevor du ihn daran erinnerst, dass er noch ein Kind ist«, sagte Marcellus.

»Die schönen Tage seiner Kindheit sind gezählt. Sie wird kürzer sein als die vieler anderer.«

Marcellus fragte sich kurz, was diese Bemerkung zu bedeuten hatte, dann kehrten seine Gedanken wieder zu seinen anderen Sorgen zurück. »Sklave, bring mir einen Becher mit Wein. Ich bin im Tablinum.« Er gab Soaemias einen Kuss auf die Wange, nickte Julia Maesa zu und ging in sein Arbeitszimmer, um sich der ihm obliegenden Planung der vielen Spiele, Theateraufführungen, Wagenrennen und Hinrichtungen zu widmen.

»Mir reicht's«, sagte Silus. »Ich will das nicht mehr.«

»Du kannst die Arcani nicht einfach verlassen«, sagte Oclatinius so lapidar, als handle es sich dabei um eine allgemein bekannte Tatsache.

»Glaubt Ihr etwa, Ihr könnt mich aufhalten?«

»Selbstverständlich.«

Silus funkelte Oclatinius böse an. Der alte Spion verzog keine Miene. Er war nicht ohne Gefühle, doch wenn er sie zeigte, dann zu einem bestimmten Zweck. Seine Selbstbeherrschung und sein Gleichmut hatten schon viele zur Verzweiflung getrieben.

»Ihr habt mir etwas ganz anderes versprochen, als Ihr mich rekrutiert habt.«

»Ach ja? Und was genau habe ich dir versprochen? Damals in Britannien habe ich bei den Göttern geschworen, dir etwas zu beschaffen. Weißt du noch, was das war?«

Silus dachte an jenen Augenblick zurück. Kurz nach dem Tod seiner Familie hatte er nicht mehr ein noch aus gewusst, da hatte ihn Oclatinius unter seine Fittiche genommen, ihn zum Spion ausgebildet und ihm in Aussicht gestellt, Vergeltung für seine Frau und seine Tochter zu üben. Daraufhin hatte Silus den Arcani und ihrem Anführer die Treue geschworen. Doch direkt versprochen hatte ihm Oclatinius eigentlich nichts, oder? Er kramte in seinem Gedächtnis, doch ihm wollte kein Versprechen einfallen, das ihm der Alte jemals gegeben hätte.

»Versprechen sind Fesseln. Ich vermeide sie, wo ich kann«, sagte Oclatinius. »Aber wenn ich doch einmal ein Versprechen gebe, stehe ich zu meinem Wort. Wie etwa zu meinem Schwur, Kaiser Antoninus treu zu dienen.«

»Damit meint Ihr Kaiser Caracalla, richtig?«, fragte Atius.

Sowohl Silus als auch Oclatinius bedachten ihn mit einem finsteren Blick, und er hielt verlegen den Mund.

»Na ja, direkt versprochen habt Ihr mir vielleicht nichts«, gab Silus zu. »Aber ich hätte nicht gedacht, dass so etwas von einem Arcanus verlangt wird. Ich bin kein Spion mehr, noch nicht mal ein Attentäter. Ich bin ein Henker, schlicht und einfach.«

»Wir alle müssen tun, was der Kaiser von uns verlangt. Glaubst du, mir macht es Spaß, Männer ermorden zu lassen, die Rom mit Ehre und Würde gedient haben?«

»Warum tut Ihr es dann?«

»Wie ich schon sagte: Ein Eid ist eine Fessel. Ich habe geschworen, dem Kaiser zu dienen, und das werde ich auch bis ans Ende meines Lebens tun. Und du hast denselben Schwur geleistet.«

Silus senkte den Blick. Auch er war ein Mann, der zu seinem Wort stand – solange es eben möglich war. Es gab Wichtigeres als einen Schwur, was jedoch nicht hieß, dass er seine Versprechen nicht achtete – wie zum Beispiel das, Tituria auf der Insel zu besuchen, auf die sie verbannt worden war. Dieses Versprechen würde er auf alle Fälle halten. Da hatte er einen Einfall. »Ich hätte gerne Urlaub.«

Oclatinius starrte ihn an. »Wie bitte?«

»Dienstfreie Zeit. Eine Pause. Oclatinius, ich habe das alles hier so satt. Ich kann nicht mehr.«

»Im Laufe der letzten acht Tage hat ein Kaiser den anderen ermordet, die Prätorianer haben ihre eigene Stadt geplündert und wurden dazu benutzt, den Senat einzuschüchtern. Dass ein ehemaliger Prätorianerpräfekt vor dem Senat in Stücke gehackt wurde, weißt du ja selbst. Viele wichtige und bekannte Bürger dieser Stadt sollen hingerichtet werden, der Gehorsam der Armee ist nur durch Bestechung zu erreichen, und das Volk weiß nicht, ob es jubeln, aufbegehren oder sich vor Angst verstecken soll. Und da willst du Urlaub?«

»Da hat er nicht unrecht«, sagte Atius.

Silus fragte sich, warum er mit diesem Riesentrottel überhaupt befreundet war. Davon einmal abgesehen hatte Oclatinius tatsächlich nicht unrecht.

»Habt Ihr keinen Auftrag außerhalb Roms für mich? Ich will weg von diesem Wahnsinn.«

»Silus, es auszusprechen fällt mir schwer, aber du bist mein bester Mann. Ihr seid meine besten Männer. Ich verzichte in so heiklen Zeiten nur ungern auf euch, aber ich will auch nicht, dass ihr aus Ernüchterung oder Verzweiflung eure Aufgaben nicht mehr ordentlich erledigt oder am Ende noch desertiert. Ich weiß, dass ich euch viel zumute, doch der Kaiser verlangt uns allen eine Menge ab. Er wird etlichen Männern alles nehmen, also seid froh, dass ihr nicht dazugehört.«

»Herr, hat der Kaiser den Verstand verloren?«, fragte Atius in seiner unverblümten Art.

»Um die Wahrheit zu sagen, Atius: Ich weiß es nicht. Ich glaube nicht. Obwohl sein Tun von Trauer, Wut und Angst geleitet wird, entbehrt es nicht der Vernunft. Er sichert seine Position und tut nichts anderes als das, was viele Herrscher und Kaiser in der Geschichte Roms auch getan haben, ohne dass man sie des Wahnsinns bezichtigt hätte.«

Atius nickte, und auch Silus konnte Oclatinius' Einschätzung nur beipflichten. Doch das machte das, was man ihm zu tun befahl, nicht leichter.

»Silus, im Augenblick habe ich sowieso keine Verwendung für dich. Die Vollstreckung der meisten Todesurteile werden die Prätorianer und die städtischen Kohorten übernehmen. Der Kaiser hat es sich noch einmal anders überlegt und möchte, dass sie in der Öffentlichkeit vollzogen werden und nicht bei Nacht und Nebel von seiner Geheimpolizei. Außerdem können Festus und seine Männer zur Abwechslung auch mal etwas tun.«

»Traut Ihr Festus über den Weg, Herr?«, fragte Silus.

»Weshalb fragst du?«

»Es ist nur so eine Ahnung, Herr. Ich habe keine Beweise gegen ihn, aber mein Bauchgefühl sagt mir, dass er uns schon des Öfteren Schwierigkeiten gemacht hat.«

»Festus hat dich nicht zu kümmern, und du wirst das, was du soeben gesagt hast, außerhalb dieser vier Wände nicht wiederholen. Hast du mich verstanden?« Bemerkenswerterweise zitterte Oclatinius' Stimme und war etwas höher als sonst.

»Ja, Herr. Verzeiht.«

Oclatinius schüttelte den Kopf. »Nein, ich muss mich entschuldigen. Überlasst Festus bitte mir. Unsere Lebenswege haben sich schon sehr oft gekreuzt. Dienstlich und … privat.«

Silus wartete vergebens auf eine nähere Erläuterung.

»Silus, ich will nicht, dass du den Arcani den Rücken kehrst«, sagte Oclatinius stattdessen. »Ich könnte dich dazu zwingen, hierzubleiben und deine Pflicht zu tun, doch wenn ich mir so ansehe, wie du dich im letzten Jahr gemacht hast, bezweifle ich, dass ich damit Erfolg haben würde. Ich werde über deine Bitte nachdenken. Aber zuerst habe ich noch eine Überraschung für dich.«

Er ging zu dem Sklaven, der neben der Tür seiner Amtsstube stand, und gab ihm einen Befehl, woraufhin dieser davoneilte.

Silus war gespannt. »Was denn, Herr?«

»Du weißt doch, was das Wort ›Überraschung‹ bedeutet, oder etwa nicht?«

Einen Augenblick später öffnete sich die Tür, und eine dickliche Frau mittleren Alters betrat mit verwirrtem Blick und einem kleinen Hund auf den Armen den Raum.

»Apicula!«, rief Silus.

»Herr!« Ihre Wiedersehensfreude schien aufrichtig. Sie setzte den Hund ab, lief zu ihm und drückte ihn fest an sich. »Herr, was für ein Glück, Euch wohlauf zu sehen.« Silus erwiderte erfreut, aber auch etwas unbeholfen ihre Umarmung. Mit einem breiten Lächeln errötete sie und löste sich verlegen von ihm.

Silus hörte ein hohes Kläffen zu seinen Füßen. Der Hund sprang auf und ab und versuchte verzweifelt, auf sich aufmerksam zu machen.

»Issa!« Silus bückte sich und nahm die Hündin auf die Arme. Sie wedelte wie wild mit dem Stummelschwanz und fing sofort an, sein Gesicht abzulecken. Issa stank aus dem Maul, was ihren schlechten Zähnen und der Angewohnheit geschuldet war, jegliche Exkremente – ob menschlich oder tierisch –, die sie irgendwo fand, zu fressen, dennoch wollte Silus sie nicht wieder loslassen. Sie war ihm lieb und teuer, war sie doch alles, was ihm von seiner Familie geblieben war.

Er sah Oclatinius an. Der lächelte milde. »Wo habt Ihr sie gefunden?«, fragte Silus.

»Ich wusste die ganze Zeit, wo sie sich versteckt hält.«

Silus, Atius und Apicula sahen ihn entgeistert an.

»Aber Ihr habt mich doch losgeschickt, um sie umzubringen!«, sagte Atius in anklagendem Ton.

»Erst nachdem mir mein Spion verraten hatte, dass und wohin sie geflohen war.«

»Aber ich habe doch so sehr darauf geachtet, dass mir niemand folgt«, sagte Apicula. »Ich konnte bei einem ehemaligen Freier in einem Dorf in der Nähe von Rom unterkommen. Einem Bauern, der immer am Markttag in der Stadt war.«

Oclatinius sah sie verschmitzt an.

»Was ist mit der Wachstafel? Hast du sie in Sicherheit gebracht?«, fragte Silus. Auf besagter Tafel war ein Brief des Senators Titurius, in dem stand, dass seine Tochter Tituria Caracalla im Bett mit seiner Stiefmutter Julia Domna erwischt hatte.

»Herr, es tut mir so leid«, sagte Apicula untröstlich. »Ich hatte sie ständig bei mir, und als ich den Bauernhof meines alten Freundes erreicht hatte, habe ich sie im Boden meiner Stube vergraben. Aber als der Bote von Oclatinius gekommen ist, wollte ich noch einmal danach sehen, und da war sie verschwunden. Ich kann mir das nicht erklären. Der Lehmboden war völlig unberührt, aber die Kiste, in die ich die Tafel gelegt hatte, war leer.«

Silus schlug die Hand vor den Mund. Die Tafel war der Beweis dafür, dass der Kaiser Unzucht mit seiner Stiefmutter getrieben hatte. Wenn das an die Öffentlichkeit gelangte, wäre das eine Katastrophe für Caracalla – und das Todesurteil für Silus und Tituria. Silus hatte dem Kaiser versprochen, die Tafel zu hüten, und solange er das tat, würde auch Tituria am Leben bleiben.

»Apicula«, flüsterte er. »Oh nein.«

Oclatinius holte eine zusammengeklappte Wachstafel aus seinem Schreibtisch, wischte den gröbsten Schmutz davon ab, pustete den Staub herunter und reichte sie Silus.

»Ihr hattet sie die ganze Zeit über?«, fragte Silus verdattert.

»So etwas lässt man nicht einfach herumliegen, auch nicht vergraben auf einem Bauernhof irgendwo auf dem Land. Ich fand, dass sie bei mir besser aufgehoben ist.«

»Aber warum habt Ihr sie nicht dem Kaiser gegeben?«

»Damit ich meinen besten Mann verliere? Du traust mir ja nicht viel zu.«

Silus schüttelte den Kopf. »Und warum gebt Ihr sie mir jetzt?«

»Das war doch die Vereinbarung, oder nicht? Ihr verwahrt die Tafel, und im Gegenzug bleibt Tituria am Leben. Inzwischen ist die Tafel zwar keine so große Bedrohung mehr für den Kaiser, da sein Bruder sie nicht mehr gegen ihn verwenden kann. Doch noch steht Caracallas Herrschaft auf Messers Schneide, da könnte ihm die Tafel durchaus gefährlich werden. Jedenfalls hast du dein Druckmittel zurück und kannst Tituria weiterhin beschützen. Aber ich vertraue darauf, dass du die Tafel nun besser verwahrst.«

Silus drehte die Tafel in den Händen hin und her. »Ihr könnt mir vertrauen«, sagte er.

»Wirklich?«

Silus sah ihm in die Augen. »Ja. Ganz bestimmt.«

Damit schien Oclatinius zufrieden und nickte. »Dann nimm deine Sklavin und deinen Hund, der übrigens aus dem Maul stinkt wie die Cloaca Maxima …«

»Auch da hat er nicht unrecht«, murmelte Atius.

»… und ruh dich etwas aus«, fuhr Oclatinius fort, ohne der Bemerkung Beachtung zu schenken.

»Ja, Herr.« Silus klemmte sich Issa unter den Arm und scheuchte Apicula und Atius vor sich her aus dem Raum. Schon überlegte er fieberhaft, wo er die Tafel am besten verstecken konnte. Viele verwahrten ihre Reichtümer oder teure Handelsgüter in den Tempeln, wo sie jedoch nicht besonders sicher waren, wie die Plünderung durch die Prätorianer gezeigt hatte. Schließlich fasste Silus den Entschluss, sie vorerst bei irgendeinem kleinen Bankier in Verwahrung zu geben und sie später irgendwo jenseits der Stadtmauern zu vergraben.

Er schloss die Tür hinter sich. Wie lange würde es wohl dauern, bis er wieder in diese Stube gerufen wurde und den nächsten traurigen Auftrag erteilt bekam?

Der Mann hinter Soaemias hielt ihre Hüfte gepackt und stieß immer schneller in sie hinein, wobei sein Hodensack in immer kürzerem Abstand mit einem leisen, feuchten Geräusch gegen ihre Haut klatschte. Sie stöhnte jedes Mal, wenn er tief in sie eindrang. Er näherte sich dem Höhepunkt – und sie sich mit ihm. Es war ein Wettrennen: Würde sie es schaffen, ihn vor ihm zu erreichen? Sie griff zwischen ihre Beine, um mit den Fingern nachzuhelfen, dann drückte sie den Rücken durch und verdrehte die Augen, als der Orgasmus sie erfasste.

Sie hatte sich gerade rechtzeitig wieder in der Gewalt, um sich von ihm zu lösen. Er stöhnte, und sein Samen spritzte auf ihren Rücken. Mit einem zufriedenen Grinsen drehte sie sich um und blickte zu ihm auf.

»Das war knapp«, sagte er.

»Gefährlich knapp«, pflichtete sie ihm bei. »Aber hat die Gefahr nicht ihren eigenen Reiz?«

»Ich weiß nicht so recht«, sagte er.

Sie streckte die Hand aus, ergriff seine Hoden, zwei weiche Früchte in einem Beutel, und drückte sanft. Als sie immer kräftiger zupackte, verzog er das Gesicht.

»Wenn das schon schmerzhaft für dich ist, dann stell dir mal vor, du wärst tatsächlich entmannt worden, anstatt es nur allen weiszumachen.«

Gannys hob eine Augenbraue. »Nein, lieber nicht. Außerdem – wenn ich kastriert wäre, würdet Ihr Euch jetzt bestimmt nicht so gut fühlen.«

»Schon möglich. Ich hatte noch keinen Eunuchen, aber wie man hört, sind sie zu ordentlicher Leistung in der Lage, sofern sie im Erwachsenenalter kastriert wurden. Und das ganz ohne Furcht vor einer ungewollten Schwangerschaft.«

Gannys löste sich vorsichtig aus ihrer Umarmung und legte sich rücklings auf das Bett. »Das haben wir alles meiner Mutter zu verdanken.«

»Deiner Mutter?«

»Sie wollte immer eine Tochter, keinen Sohn. Als ich noch ein Kind war, wollte sie mich immer in Mädchenkleidung zwingen. Sehr zu ihrem Missfallen habe ich mich stets geweigert.«

Soaemias seufzte. »Avitus zieht sich freiwillig wie ein Mädchen an. Auch ohne mein Zutun.«

»Und Ihr lasst es ihm durchgehen.«

»Ich kann ihm einfach nichts verbieten. Ich will nur das

Beste für ihn, Gannys. Er ist so ein wunderbares Kind – aufgeweckt, aufmerksam und unserem Gott treu ergeben.«

»Gesegnet sei der Name Elagabals. Jedenfalls erzählte meine Mutter – ob aus Boshaftigkeit oder dem wahnhaften Wunsch, es möge tatsächlich so sein – überall herum, ich sei Eunuch von Geburt. Dass ich ohne Eier auf die Welt gekommen sei.«

Soaemias kicherte. »Aber deine erste Begegnung mit einer Frau hat das doch schnell widerlegt, oder nicht?«

Gannys schüttelte den Kopf. »Meine Mutter war eine sehr besitzergreifende Frau. Da mein Vater schon vor meiner Geburt gestorben war, begriff sie sich als Paterfamilias. Die Sklaven durften sich nicht um mich kümmern, nur ihr war es gestattet, mich zu baden oder anzuziehen. Als ich dann älter wurde, verbot sie mir den Umgang mit Mädchen. Bei ihrem Tod war die Lüge schon so sehr Teil meines Lebens, dass ich nicht wusste, wie ich sie wieder aus der Welt schaffen sollte. Daher habe ich nur Sklavinnen beigewohnt, die zum Schweigen verpflichtet waren, oder Huren, die nicht wussten, dass ich aus einer unbedeutenden Ritterfamilie stammte und von Geburt an angeblich Eunuch war. Ihr seid die erste frei geborene Frau, mit der ich das Lager teile.«

»Welche Ehre«, sagte Soaemias. »Und zugegebenermaßen auch ein wunderbarer Genuss. Marcellus ist alt und langweilig. Ob ich Befriedigung finde, ist ihm egal. Für eine römische Adelige ist es nicht einfach, außerhalb des Ehebettes etwas Freude zu suchen, ohne gleich einen Skandal heraufzubeschwören. Einen richtigen Mann im Haus zu haben, den alle Welt für einen Eunuchen hält, sich mit ihm zu vergnügen, ohne dass sich alle das Maul darüber zerreißen – da hat mir deine Mutter ein sehr kostbares Geschenk gemacht.«

»Ich bezweifle, dass das die Absicht dieser verrückten alten Kuh gewesen wäre«, sagte Gannys bitter, was Soaemias erneut zum Lachen brachte.

»Egal – du bist hier in meinem Bett, während mein Mann sich abmüht, die Wünsche unseres wahnsinnigen Kaisers zu erfüllen.«

Obwohl sie ganz offensichtlich allein in Soaemias' Schlafgemach waren, sah sich Gannys ängstlich um. Dem Kommandanten der Prätorianer Hörner aufzusetzen war gefährlich, aber längst nicht so gefährlich, wie gegen Caracalla selbst das Wort zu erheben.

»Gannys, du benimmst dich wie ein schreckhaftes Huhn. Caracalla ist wankelmütig, ein Mörder, ein Tyrann und als Herrscher völlig unfähig.«

»Er wird nicht ewig regieren.«

Soaemias sah ihn prüfend an. »Da hast du recht. Wie dem auch sei – du magst dich für einen richtigen römischen Mann halten, aber du stehst in meinen Diensten, und es ist deine Pflicht, mich zufriedenzustellen. An die Arbeit.«

Sie packte ihn an den Haaren und zwang seinen Kopf an ihrem Körper hinab zwischen ihre Beine. Er brachte seine Zunge auf eine Weise zum Einsatz, wie es ein richtiger römischer Mann zumindest bei seiner Frau noch nicht einmal in Erwägung gezogen hätte. Sie schloss die Augen und gab sich ganz den Empfindungen hin.

Viertes Kapitel

»In Numidien steht das Volk kurz vor der Rebellion«, sagte Oclatinius. Einem Kaiser – insbesondere einem so unberechenbaren, wie es Caracalla gegenwärtig war – schlechte Nachrichten zu überbringen, stellte immer ein gewisses Risiko dar. Oclatinius jedoch war in seinem langen Leben so oft in dieser Situation gewesen, dass er nur wenig Furcht verspürte und keine zeigte. »Einer meiner Männer hat aus Cirta berichtet. Die Stadt ist in zwei Lager gespalten, Augustus. Offenbar stehen sich dort Eure Anhänger und die des Geta gegenüber, und in der Provinz selbst scheint es sich ähnlich zu verhalten.«

»Und auf welcher Seite ist der Statthalter?«

»Quintus Cornelius Valens hat Euch zwar den Treueeid geschworen, doch dem Bericht meines Spions zufolge spinnt er insgeheim Intrigen gegen Euch. Er versucht einzuschätzen, wie viel Rückhalt er in Numidien hat, und sucht sogar bei den Mächtigen Roms Unterstützung.«

»Bei wem zum Beispiel?«, fragte Caracalla mit bedrohlich leiser Stimme.

»Das vermochte der Spion nicht zu sagen.«

Caracalla wandte sich Marcellus zu. »Was hältst du davon?«

»Rom ist in Eurer Hand, Augustus. Wenn Eurer Herrschaft Gefahr droht, dann aus den Provinzen.«

Ein dünnes Lächeln erschien auf Caracallas Lippen. »Deine Zuversicht in allen Ehren, doch es gibt noch viel zu tun, bis ich unangefochtener Herrscher Roms bin. Aber wir machen Fortschritte. Was die Provinzen hingegen angeht, hast du sicher recht. Welche Legionen befinden sich gerade in Afrika?«

»In Numidien selbst nur die III Augusta und einige kleinere Abordnungen anderer Legionen. Die in Alexandria stationierte II Traiana könnte sich Valens möglicherweise anschließen. Sie ist zwar ein ganzes Stück von Numidien entfernt, doch auf dem See- oder Landweg recht schnell zu erreichen. Die VII Gemina aus Hispania ist noch näher, aber die Statthalter auf der Halbinsel stehen fest auf unserer Seite. Das hoffe ich zumindest.«

»Wie Ihr wisst, ist Numidien nicht weit von Sizilien entfernt«, fügte Oclatinius hinzu. »Und von dort ist es nur noch ein Katzensprung nach Rom. Augustus, die Legionen in Britannien, Germanien und Syrien sind Euch treu, doch wenn Valens mit seiner Legion nach Rom marschiert und unterwegs weitere Truppen auf seine Seite zieht, bleiben Euch nur die Prätorianer und die II Parthica, um ihm entgegenzutreten. Das reicht womöglich, ist aber beileibe keine beruhigende Übermacht. Noch größere Sorgen sollten wir uns allerdings machen, wenn sich Valens tatsächlich in Richtung Osten in Bewegung setzt und den ägyptischen Statthalter und die II Traiana dazu bringt, sich ihm anzuschließen. Sobald er die Getreidelieferungen nach Rom unterbindet, wird das Volk hungern. Und wenn Ihr kein Brot mehr an die Plebs verteilen könnt, wird Eure Herrschaft schnell zu Ende sein.«

»Das weiß ich selbst«, sagte Caracalla verdrießlich. Er seufzte. »Ich muss jemanden mit der nötigen Amtsgewalt entsenden, um in der Provinz für Ordnung zu sorgen.«

»Dioga?«, schlug Oclatinius vor.

»Nein, dem fehlt die militärische Erfahrung.«

»Wie wäre es mit Oclatinius hier?«, warf Marcellus ein.

»Bei allem Respekt, Oclatinius, aber dafür hast du nicht das nötige Gewicht. Du kannst zwar Angst und Schrecken verbreiten, stehst aber im Rang nicht hoch genug, um eine Legion zu befehligen oder gar einen Statthalter abzulösen. Außerdem brauche ich dich hier in Rom so dringend wie nie zuvor«, sagte Caracalla.

»Dann bleibt nur noch Marcellus«, sagte Oclatinius.

Marcellus hob abwehrend die Hände. »Augustus, mein Platz ist an Eurer Seite.«

»Gibt es denn sonst niemanden?«, fragte Caracalla mit einem Hauch von Verzweiflung. »Auf Marcellus möchte ich in diesen schwierigen Zeiten ebenfalls nur ungern verzichten.«

»Wie Marcellus gerade schon so richtig bemerkt hat, droht die Gefahr nicht aus Rom, sondern aus den Provinzen. Marcellus ist Euer treuester Verbündeter, und er besitzt die Weisheit und den Verstand, um diese Bedrohung aus der Welt zu schaffen.«

Marcellus machte ein finsteres Gesicht. Er hatte wenig Lust auf diesen Posten weitab vom Zentrum der Macht, andererseits wollte er der Lobeshymne, die Oclatinius soeben auf ihn angestimmt hatte, nicht widersprechen.

»Oclatinius, du hast recht«, sagte Caracalla. »Tut mir sehr leid, Marcellus, aber du bist genau der richtige Mann. Du wirst nach Numidien reisen und den dortigen Statthalter ablösen.«

Marcellus nickte schicksalsergeben. »Habt Dank, Augustus. Es ist mir eine Ehre.«

Es war tatsächlich eine Ehre. Marcellus entstammte vergleichsweise bescheidenen Verhältnissen und war außergewöhnlich schnell in den Kreis der Mächtigen aufgestiegen, insbesondere seit dem Tod des Plautianus, einem Vertrauten von Septimius Severus, der Marcellus inbrünstig gehasst hatte. Seit Plautianus vor einigen Jahren wegen Verrats hingerichtet worden war, hatte Marcellus den angesehenen Posten des für die Aquädukte zuständigen Prokurators und anschließend den des Prokurators der Provinz Britannia bekleidet. Doch in den Senatorenstand war er bislang nicht erhoben worden.

»Eine weise Entscheidung, Augustus«, sagte Oclatinius. »Dürfte ich Euch empfehlen, Marcellus mit weitreichenderen Befugnissen auszustatten? Derzeit ist er Prätorianerpräfekt und Stadtpräfekt, aber vom Stand her nach wie vor lediglich Ritter. Als Senator würde ihm seine Aufgabe sicher leichter fallen.«

»Da hast du recht, Oclatinius. Was schlägst du vor?«

»Macht ihn zu einem Senator im Rang eines Proprätors. Dann wird niemand mehr daran zweifeln, dass er es mit einem ehrfurchtgebietenden Mann zu tun hat, der in direktem Auftrag des Kaisers und des Senats handelt.«

»So soll es sein.«

Marcellus lächelte Oclatinius mit aufrichtiger Dankbarkeit an, doch der zuckte nur mit den Schultern.

»Marcellus, ich kann dir leider nur wenige Truppen zur Unterstützung mitschicken«, sagte Caracalla. »In Italien befindet sich neben den Prätorianern nur eine einzige Legion, und wenn ein anderer Statthalter sich dazu entschließt, gegen Rom zu marschieren, werde ich jeden Mann brauchen. Doch du sollst eine kleine Abordnung von Legionären der II Parthica als Eskorte erhalten – die Gefolgschaft der III Augusta musst du dir allerdings selbst erringen.«

Marcellus wirkte verunsichert – und das zu Recht: Allein mit seinem Charme bewaffnet in eine Provinz einzumarschieren, die kurz vor der Rebellion stand, war keine leichte Aufgabe.

»Wenn Ihr gestattet«, sagte Oclatinius, »möchte ich vorschlagen, dass Silus und Atius Marcellus begleiten. Ihre Fähigkeiten könnten für Marcellus bei der Erfüllung seines Auftrags von unschätzbarem Wert sein.«

»Und wenn sie hier in Rom gebraucht werden?«, fragte Caracalla.

»Die Prätorianer, die städtischen Kohorten, die Speculatores, die Frumentarii, die Truppen, über die Festus als Hüter des kaiserlichen Schlafgemachs verfügt, sowie die Priester, Seher und Astrologen, die als Spitzel in seinen oder meinen Diensten stehen, werden für das, was es hier in Rom zu erledigen gibt, mehr als ausreichen. Außerdem sollten wir bedenken, dass die Anhänger Getas in Anbetracht dessen, was die beiden für Euch getan haben, womöglich Rache üben wollen und ihnen nach dem Leben trachten. Es wäre nur vernünftig, sie vorsichtshalber aus Rom wegzubeordern …«

»Schon gut, ich habe verstanden«, sagte Caracalla. »Sie sollen Marcellus begleiten.«

Marcellus sah Oclatinius dankbar an.

»Marcellus, wir brauchen Nachfolger für die beiden Ämter, die du innehast«, sagte Caracalla.

»Quintus Maecius Laetus ist bereits Prätorianerpräfekt«, sagte Marcellus. »Er könnte zusätzlich auch noch das zweite Präfektorenamt übernehmen.«

»Ja, da fällt mir aus jüngster Zeit ein Beispiel dafür ein, dass ein Mann ein Amt übernommen hat, das sich vorher zwei Männer teilen mussten«, sagte Caracalla trocken.

Oclatinius und Marcellus sahen sich unsicher an – erwartete der Kaiser, dass sie lachten? Glücklicherweise nahm ihnen Caracalla die Entscheidung ab, indem er weitersprach: »Laetus ist ein hoffnungsloser Fall. Ich traue ihm nicht über den Weg. Als das Gerücht die Runde machte, dass er von meinen Proskriptionen betroffen sein könnte, hat er eine Krankheit vorgeschoben, um nicht im Palast erscheinen zu müssen. Dabei war es überhaupt nie meine Absicht, diesen Feigling hinrichten zu lassen. Nein, es hat keinen Sinn, ihn beide Ämter ausfüllen zu lassen. Das wird dieser Versager niemals schaffen.«

»Wie wäre es mit Gnaeus Marcius Rustius Rufinus?«, fragte Oclatinius. »Er hat einen guten Ruf und ist schon seit vielen Jahren ein treuer Diener Roms und seiner Kaiser.«

»Einverstanden«, sagte Caracalla. »Und als Stadtpräfekt?«

»Hier möchte ich Gaius Julius Asper vorschlagen«, sagte Marcellus. »Er und sein Sohn sind die diesjährigen Konsuln. Er besitzt große Erfahrung, und seine Treue zu Eurem Vater und zu Euch ist unbestritten.«

»Oclatinius?«

»Ich bin nicht ganz so überzeugt von seiner … Befähigung für dieses Amt, aber Marcellus hat recht: Seine Treue ist über jeden Zweifel erhaben, und gegenwärtig ist das mehr wert.«

»Gut, dann ist es entschieden. Es warten bereits mehrere Senatoren auf mich, und ich will, dass ihr bei dieser Audienz ebenfalls anwesend seid.«

»Zuvor möchte ich Euch noch auf eine weitere Angelegenheit hinweisen«, sagte Oclatinius in dem Bewusstsein, dass das, was er vorzubringen hatte, noch heikler war als die Lage in Numidien.

»Ja?«

»Die Vestalinnen.«

»Was ist mit ihnen?«

»Augustus, es machen gewisse Gerüchte die Runde, was die Keuschheit von vier der Vestalinnen betrifft.«

»Vier?«, rief Marcellus.

»Vier.«

»Über die Keuschheit der Vestalinnen wird ständig getratscht«, sagte Caracalla. »Einmal hieß es sogar, ich hätte eine entjungfert.«

»Das Gerücht betrifft nicht Euch, Augustus, sondern Euren Bruder.«

Caracalla wurde plötzlich so still, dass Oclatinius schlucken musste. »Augustus, man munkelt, dass Geta nach dem Tod Eures Vaters den Tempel regelmäßig im Geheimen aufgesucht hat, um Unzucht mit vier Priesterinnen zu treiben. Nur die jüngste sowie die Virgo Vestalis maxima blieben unberührt.«

»Kein Wunder, die eine ist sechs und die andere sechzig«, fügte Marcellus hinzu.

Oclatinius beobachtete die widerstreitenden Gefühle, die sich auf dem Antlitz des Kaisers widerspiegelten, als sich dieser allmählich über die Folgen dessen bewusst wurde, was er soeben gehört hatte. Einerseits ließ das seinen Bruder in einem sehr ungünstigen Licht erscheinen, und alles, was das Andenken Getas befleckte, half Caracalla, seine Tat zu rechtfertigen. Andererseits war er als Kaiser auch Pontifex maximus und damit für die Vestalinnen verantwortlich. Das Volk würde es nicht hinnehmen, dass er einen solchen Frevel, einen Verrat an der Stadt selbst, ungestraft durchgehen ließ.

»Ist das wahr?«, fragte er.

Oclatinius breitete in einer Geste bedauernder Ungewissheit die Hände aus. »Bis jetzt ist es mir noch nicht gelungen, das Gerücht zu bestätigen. Meine Spione haben Geta mehrmals beim Betreten des Tempels beobachtet, doch das könnte auch politische Gründe gehabt haben. Womöglich wollte er die Unterstützung der Priesterinnen gewinnen. Viele erhoffen sich auch eine Prophezeiung oder einen Rat von den Vestalinnen und vertrauen ihnen deshalb alle möglichen Geheimnisse an. Vielleicht wollte er diese in Erfahrung bringen oder einen Blick in die im Tempel aufbewahrten Testamente werfen.«

»Für viele werden allein diese Besuche Beweis seiner Schuld sein.«

»Ich könnte die Sklaven der Vestalinnen foltern lassen, um mehr herauszufinden. Mit Eurer Erlaubnis natürlich«, sagte Oclatinius.

Caracalla schüttelte den Kopf. »Das bringt nichts. Hier zählt allein, was das Volk glaubt. Und du weißt so gut wie ich, wie sinnlos es ist, Sklaven zu foltern. Sie sagen bereitwillig alles, was wir ihrer Meinung nach hören wollen, um die eigene Haut zu retten, und würden die Vestalinnen aller möglichen Verbrechen bezichtigen, Wahrheit hin oder her.«

Oclatinius nickte zustimmend. Er hatte keine Skrupel, was den Einsatz der Folter anging, wenn es die Umstände erforderten oder der Betreffende es verdient hatte. Üblicherweise kam jedoch nicht viel mehr dabei heraus als ein übel zugerichteter oder gar toter Sklave, wodurch die übrige Dienerschaft abgeschreckt wurde und erst recht keine Hilfe mehr von ihr zu erwarten war. Oclatinius empfand keine Freude dabei, Schmerzen um ihrer selbst willen zuzufügen, und da er von Amts wegen bereits für so viel Tod und Elend sorgte, wollte er ansonsten so weit wie möglich davon verschont bleiben. »Wie lautet Euer Befehl, Augustus?«

Caracalla seufzte. »Marcellus, du sorgst vor deiner Abreise dafür, dass den Vestalinnen der Prozess gemacht wird. Sie sollen für schuldig befunden und hingerichtet werden.«

Müde rieb er sich über das Gesicht. »Und jetzt lasst die Senatoren vor.«

»Wir sollen wohin?« Soaemias' Stimme klang wie das kreischende Jaulen einer Füchsin.

Marcellus schüttelte den Kopf. Seine Frau tat sich ganz offensichtlich schwer damit, sich mit seinem neuen Posten abzufinden. Doch solange sie ihrem Zorn nicht in der Öffentlichkeit Luft machte, war er bereit, ihn über sich ergehen zu lassen. »Das ist eine große Ehre, Liebste«, sagte er. »Endlich gehöre ich dem Senat an, noch dazu im Rang eines Proprätors. Und dazu werde ich Statthalter einer Provinz.«

»Momentan bist du Stadtpräfekt und Prätorianerpräfekt, das sind doch die wahrhaft mächtigen Ämter. Das kannst du gerne bei Suetonius nachlesen, wenn du mir nicht glaubst. Was meinst du wohl, wie Claudius Kaiser geworden ist? Oder Galba? Wieso hatte Seianus wohl so großen Einfluss? Die Prätorianer waren sogar in der Lage, Didius Julianus den Thron zu verkaufen!«

»So beruhige dich doch. Das Amt eines Prätorianerpräfekten ist ein Danaergeschenk. Um dafür Beispiele zu finden, musst du nicht allzu weit in der römischen Geschichte zurückgehen. Denk nur an Plautianus und Papinianus.«

»Aber … Numidien? Ein ruhmreicher Posten ist das nicht.«

»Aber ein ehrenvoller, außerdem werde ich dem Imperium damit einen wertvollen Dienst erweisen. Für dich wird wohl eher von Interesse sein, dass wir auf großen Reichtum hoffen dürfen. Sobald ich den Aufstand, der sich dort zusammenbraut, niedergeschlagen und die Provinz befriedet habe, erwartet mich ein äußerst lukrativer Statthalterposten.«

Soaemias ging auf und ab und suchte nach Worten, um ihrer Wut Ausdruck zu verleihen. »Und unser Sohn? Er wird eines Tages Hohepriester sein. Wenn wir Rom schon verlassen müssen, können wir dann nicht wenigstens in den Osten gehen – in Richtung unserer Heimat und der Geburtsstätte unseres Herrn Elagabal?«

»Ich gehe, wohin der Kaiser es mir befiehlt, Liebste«, sagte Marcellus, der sich nicht aus der Ruhe bringen ließ. Seine Frau war unzufrieden, doch er wusste nicht genau, weshalb. Selbstverständlich verließ sie Rom – den Sitz der Macht – nur ungern, doch es war ja nicht für immer, und in diesen unruhigen Zeiten konnte etwas Abstand von den Wirren der Hauptstadt sicher nicht schaden.

»Du wirst ablehnen«, sagte sie plötzlich. »Sag ihm, dass du als Prätorianerpräfekt unabkömmlich bist.«

»Er hat bereits einen Nachfolger für mich gefunden.«

Soaemias raufte sich die Haare und stieß ein wütendes Kreischen aus. »Du bist ein hoffnungsloser Fall, Marcellus.«

»Bitte sei so gut und verausgabe dich, solange wir unter uns sind. Ich muss dich doch sicher nicht daran erinnern, welche Folgen ein solcher Wutausbruch in der Öffentlichkeit hätte. Übrigens – mir ist zu Ohren gekommen, dass Avitus gestern ein Seidenkleid getragen hat.«

»Na und?«

»Du bestärkst ihn noch in seinen Absonderlichkeiten. Dieser Unsinn muss ein Ende haben, er ist alt genug. Von jetzt an wird er ausschließlich Männerkleidung tragen. Und nun entschuldige mich bitte, ich muss vier unglückliche Vestalinnen hinrichten lassen. Bis später zum Abendessen.«

Unter den vielen Zuschauern auf dem Forum, die der Verurteilung der Vestalinnen beiwohnen wollten, waren auch Silus, Apicula und Atius. Die Stimmung der Menge schwankte zwischen Entsetzen und Vorfreude. Caracalla saß auf einem hohen Thron, der wiederum auf einem Podest stand, und schaute auf die vier Vestalinnen herab, die sich ängstlich aneinanderdrängten. Sie waren in die Tracht ihres Amtes gekleidet, bestehend aus einer langen weißen Wollstola, einer an der Schulter geschlossenen Palla, die den Kopf bedeckte. Das Suffibulum, das weiße wollene Tuch, das üblicherweise ihre Gesichter verhüllte, war zurückgeschlagen. An ihren kunstvoll geflochtenen Zöpfen waren rote und weiße Wollbänder befestigt – Sinnbild ihrer Verpflichtung, das Feuer der Vesta nicht verlöschen zu lassen, sowie ihrer Reinheit und Keuschheit. Daneben standen zwei weitere, ebenso gekleidete Priesterinnen – eine alte Frau und ein junges Mädchen – und hielten sich wehklagend an den Händen.

»Clodia Laeta, Aurelia Severa, Pomponia Rufina, Cannutia Crescentina«, verkündete Marcellus, der auf dem Podest zu Füßen des Throns stand, »das Priesterkollegium hat euch für schuldig befunden, euer Keuschheitsgelübde gebrochen zu haben. Ein solcher Frevel bringt ganz Rom in Gefahr, was umso schwerer wiegt, als ihr eure Verbrechen mit dem Verräter Geta begangen habt. Wie es seit den Tagen der römischen Könige Brauch ist, lautet die Strafe dafür, lebendig begraben zu werden.«

Marcellus trat vor, nahm den zitternden, tränenüberströmten Vestalinnen einer nach der anderen das Suffibulum ab und riss ihnen die Bänder aus dem Haar. Die beiden Priesterinnen, die von dem Urteil verschont geblieben waren, traten vor und hüllten die Todgeweihten in graue Tücher, wie man sie bei einem Begräbnis über den Verstorbenen zu breiten pflegte. Das kleine Mädchen wollte sich an Clodia Laeta klammern, doch ein Soldat der städtischen Kohorten riss sie zurück, was empörte Rufe aus der Menge zur Folge hatte.

Clodia Laeta wandte sich dem Thron zu. »Der Kaiser

weiß, dass ich Jungfrau bin und mir meine Reinheit bewahrt habe«, sagte sie mit lauter Stimme.

Caracalla nickte mit steinerner Miene den Wachen zu, die die Vestalinnen zu vier bereitstehenden Sänften führten. Sobald sie darin Platz genommen hatten, wurden die Vorhänge zugezogen, um sie vor den Blicken der Menge zu verbergen. Anschließend trug man sie an der Spitze einer Prozession aus ernst dreinblickenden Priestern und den lamentierenden Angehörigen der Verurteilten durch die Menge, die sich nicht so recht zwischen Empörung angesichts der Behandlung dieser jungen Frauen, Zorn über ihre angeblichen Missetaten oder Freude über den anstößigen Nervenkitzel entscheiden konnte.

Schließlich erreichte der Zug den Campus Sceleratus, das »Verbrecherfeld« in der Nähe der Porta Collina. Da es sowohl verboten war, das Blut einer Vestalin zu vergießen, als auch, jemanden – ob tot oder lebendig – innerhalb der Stadtmauern zu bestatten, hatte man dort unter einem aufgeschütteten Hügel vor der Stadtmauer eine kleine Kammer in die Erde gegraben und Nahrungsmittel und Wasser für mehrere Tage sowie eine Lampe, einen Tisch und vier Liegen hineingebracht. Auf diese Weise wurden die beiden Gesetze umgangen, da man die Priesterinnen genau genommen nicht begrub, sondern lediglich in einen mit allem Notwendigen ausgestatteten Raum sperrte.

Als die Sänften ihr Ziel erreicht hatten, hob Caracalla die Hände zum Himmel und betete zu den Göttern. Anschließend zog er den Vorhang der ersten Sänfte beiseite und hielt Clodia Laeta die Hand hin, um ihr hinauszuhelfen. So verfuhr er auch mit den anderen drei Vestalinnen, bis sie schließlich vor dem Hügel standen und entsetzt die Leiter anstarrten, die in die Finsternis der unterirdischen Kammer führte.

Zwei Speculatores der Prätorianer traten vor. Silus war erleichtert darüber, dass Oclatinius nicht ihn damit beauftragt hatte, die Hinrichtung zu vollziehen. Er bezweifelte, dass er diesen Befehl hätte befolgen können.

Die jungen Frauen mussten nacheinander die Leiter hinabsteigen. Jede Vestalin warf noch einen letzten Blick auf das Tageslicht und ihre Angehörigen, bevor sie in der Dunkelheit verschwand.

Als Letzte war Cannutia Crescentina an der Reihe. Die große, dürre Frau zitterte wie Espenlaub. Als sie am oberen Ende der Leiter angekommen war, hielt sie plötzlich inne. Der Speculator drängte sie zum Weitergehen, doch sie riss sich los und rannte davon.

Die verblüffte Menge sah ihr hinterher. Ihr Schleier flatterte, ihre nackten Füße klatschten auf das Straßenpflaster.

Marcellus erspähte Silus in der Menge. Ihre Blicke trafen sich, als die panische Vestalin an ihm vorbeilief.

»Silus!«, rief er. »Schnapp sie dir.«

Trotz allen Mitgefühls für die arme Frau war er so sehr daran gewöhnt, Befehle zu befolgen, dass er ihr ohne nachzudenken hinterherlief. Unter dem Jubel der johlenden Menge folgte er ihr durch eine enge Straße. Da sie einen verwunderten Straßenhändler beiseitestoßen musste und beinahe über ein mit der Schnauze im Dreck wühlendes Schwein stolperte, holte Silus schnell auf. Sobald sie ihn hinter sich bemerkte, lief sie eine Treppe an der Seite einer Insula hinauf, die zu den oberen Stockwerken führte.

Silus nahm zwei Stufen auf einmal, trotzdem konnte er kaum mit der jüngeren und leichtfüßigeren Frau mithalten. Schließlich erreichte sie das Ende der Treppe und rannte auf das Dach des Mietshauses. Als Silus ebenfalls dort ankam, stand sie bereits an der Kante. Da die Verfolgungsjagd vom

Campus Sceleratus aus deutlich zu sehen gewesen war, hatte sich bereits eine kleine Menge auf der Straße darunter gebildet. Von hier oben aus, fünf Stockwerke höher, konnte er sogar den Thron erkennen, auf dem Caracalla saß und sie zusammen mit dem an seiner Seite stehenden Marcellus beobachtete.

Silus streckte vorsichtig die Hand nach ihr aus. »Cannutia, tu das nicht. Komm da runter.«

Sie schüttelte den Kopf und wich einen Schritt vor ihm zurück.

»Bitte nicht. Es muss doch alles seine Ordnung haben. Du willst die Götter sicher nicht erzürnen.« Silus war sich durchaus bewusst, wie hohl diese Worte klangen.

»Ich will nicht sterben«, sagte sie. Ihre Stimme war kaum lauter als ein Flüstern. »Aber dumm bin ich auch nicht. Dort unten zu verschmachten, ist ein grässlicher Tod. So geht es schneller.«

»Nimm meine Hand, bitte. Komm wieder nach unten. Willst du nicht bei deinen Priesterinnenschwestern sein?«

»Ich bin unschuldig«, sagte sie. »Kein Mann hat mich je berührt.« Sie sah ihm in die Augen. Tränen liefen über ihre Wangen. »Glaubst du mir?«

»Ich glaube dir«, sagte er und meinte es ehrlich. Sie erwiderte seinen Blick, dann nickte sie.

»Danke«, sagte sie und trat über die Kante.

Sie fiel, ohne einen Laut von sich zu geben. Dafür schrie die Menge auf, als sie mit einem dumpfen, endgültigen Schlag auf dem Boden aufkam. Ohne über die Kante zu sehen, verließ Silus das Dach und ging langsam die Treppe hinunter. Auch auf den in einer wachsenden Blutlache liegenden Leichnam warf er keinen einzigen Blick.

Die Henker hatten bereits die Leiter aus dem Loch gezogen und machten sich daran, die Gruft zuzuschütten. Das Spektakel war vorüber und die Menge zerstreute sich. Eine gewisse Enttäuschung war zu spüren, als sich allmählich die Erkenntnis breitmachte, dass die Frauen nicht vor Publikum sterben würden. Atius klopfte Silus auf die Schulter. »Gehen wir was trinken?«

Silus schüttelte langsam den Kopf.

Marcellus kam zu ihm herüber. »Du warst zu langsam. Hoffentlich hast du nicht den Zorn der Götter auf dich gezogen.«

»Wohl kaum«, sagte Silus. »Ich habe mich hier heute nicht versündigt. Und das arme Mädchen erst recht nicht.«

Marcellus verengte die Augen zu Schlitzen, ging jedoch nicht weiter auf die kaum verhüllte Kritik am Kaiser ein. »Das will ich auch hoffen«, sagte er. »Immerhin werden wir uns in nächster Zeit öfter sehen.«

Silus runzelte verwirrt die Stirn. »Wie meint Ihr das, Herr?«

Doch Marcellus hatte einen Senator entdeckt, den er dringend sprechen musste. Er ließ Silus stehen, ging rufend und winkend auf den Mann zu, legte ihm einen Arm um die Schultern und verschwand mit ihm in der Menge. Silus starrte den Hügel an, unter dem die drei völlig verängstigten jungen Frauen bald unaussprechliche Qualen erleiden würden, und ihm wurde übel.

»Wie geht es deiner Hand?«, fragte Caracalla.

»Sie verheilt, aber langsam«, sagte Julia Domna. Sie hatte einen mit Schnitzereien und einem fließenden Muster aus Elfenbeinintarsien geschmückten Sessel gewählt, auf den nur eine Person passte. Dort saß sie auf einem Seidenkissen, hatte die Hände sittsam im Schoß gefaltet und den Blick auf den Boden gerichtet. Caracalla hatte sich in geziemender Entfernung auf einer Holzbank niedergelassen. Mehrere Sklaven standen bereit, um ihnen auf ein Fingerschnippen hin Wasser, Wein oder andere Erfrischungen zu bringen.

»Du hast die Verurteilung verpasst.«

»Ja.«

»Es musste sein.«

»Wenn du das sagst.«

»Sie waren schuldig, Julia.«

»Wenn du davon überzeugt bist, kann ich ja wohl schlecht anderer Meinung sein, nicht wahr, Augustus?«

Caracalla stieß ein entnervtes Seufzen aus. »Was willst du von mir?«, rief er.

»Was hast du mir denn anzubieten? Kannst du mir zurückgeben, was ich verloren habe?«

Caracallas Miene verdüsterte sich, und tiefe Falten erschienen auf seiner breiten Stirn. »Habe ich dir nicht verboten zu trauern?«

»Ja, Augustus. Ich habe die Amphore mit meinen Tränen fest versiegelt und werde darauf achten, dass sie auch verschlossen bleibt. Damit mir nicht dasselbe Schicksal zuteilwird, das Cornificia durch deine Hand erleiden musste.«

»Cornificia hat sich das Leben genommen.«

Julia Domna sah ihn mit einem unendlich traurigen Blick an.

»Julia, ich brauche dich«, sagte er.

Sie sah sich übertrieben deutlich unter den in Hörweite befindlichen Sklaven um, doch Caracalla beachtete sie gar nicht. Er beugte sich vor und nahm ihre unversehrte Hand. Julia ließ es geschehen, doch ihre Finger lagen schlaff in seinem Griff. »Ich brauche deine Hilfe und deinen Rat. Ich brauche deine Liebe. Ich brauche …« Nun warf auch er den Sklaven einen Blick zu. »Ich brauche alles.«

»Ich stehe zu deiner Verfügung, Augustus. Ich bin deine treue Dienerin.«

Er ließ ihre Hand los und lehnte sich wieder zurück. »Wie lange soll das noch so weitergehen?«

»Wie lange ist Geta noch tot?«, gab sie zurück.

Caracalla sprang so ruckartig auf, dass die schwere Holzbank mit einem lauten Poltern nach hinten umkippte und die Sklaven vor Schreck zusammenzuckten.

»Raus!«, brüllte er, worauf sie das Weite suchten wie Kätzchen vor einem wilden Hund. »Julia, ich will, dass es wieder so wird wie früher.«

Julia Domna sah ihn an, ihre Augen glänzten immer feuchter und waren kurz davor, überzulaufen, doch es flossen keine Tränen. »Das will ich auch, Antoninus. Mit ganzem Herzen. Aber was vergangen ist, ist vergangen.«

Er ging vor ihr auf die Knie. »Was soll ich tun?«

Sie atmete aus. Es war wie ein sanfter Windhauch. Sie hob die Hand, berührte seine Wange, streichelte den lockigen Bart. »Ich weiß es nicht. Ganz ehrlich.«

Caracalla ließ den Kopf hängen. Einen Augenblick später stand er auf und kehrte ihr den Rücken zu. »Es gibt noch viel Blut zu vergießen. Und danach werde ich Rom verlassen und mich auf einen Feldzug gegen die Germanen begeben. Ich hoffe …« Seine Stimme brach und er verstummte. »Verzeih, Julia.« Mehr hatte er nicht zu sagen. Er verließ ihre Gemächer, ohne sich noch einmal umzudrehen, und so sah er auch die Tränen nicht, die sie schließlich doch vergoss.

»Er wird Rom bald verlassen.«

»Mit welchem Ziel?«

»Numidien.« Festus beobachtete einen Betrunkenen, wie er an ihnen vorbeitorkelte, sich gegen die Wand lehnte und sich ausgiebig erbrach. Dann schwankte er weiter. In wenigen Tagen war Vollmond. Im silbrigen Licht warf der Steinbogen, unter dem sie saßen, einen unheimlichen Schatten. »Um sich um den Aufstand zu kümmern, nehme ich an.«

»Wie ich sehe, seid Ihr gut unterrichtet«, stellte sein Gegenüber fest.

Festus blickte in die im Schatten der Kapuze liegenden Augen des Mannes. »Das ändert die Lage«, sagte er.

»Es ändert nur den Zeitpunkt. Ihr werdet doch bereit sein?«

»Versteht sich.«

»Euch ist doch bewusst, dass ich mit dem höchsten nur denkbaren Einsatz spiele?«

»Selbstverständlich.«

Der Kopf unter der Kapuze nickte. »Ihr werdet von mir hören.«

Festus sah der Gestalt hinterher, bis sie in der dunklen Gasse verschwunden war. Ein aufgeregter Schauder durchfuhr ihn. Nun gut, Oclatinius. Möge das Spiel beginnen.

»Ihr fahrt nach Numidien«, sagte Oclatinius.

»Wo liegt Numidien?«, fragte Atius.

»Afrika«, sagte Oclatinius, woraufhin Atius ihn immer noch verständnislos ansah.

»Immer weiter nach Süden bis zum Meer«, sagte Silus. »Und dann noch ein Stück weiter.«

»Sag das doch gleich.«

Silus hätte niemals zugegeben, dass er nicht viel genauer hätte sagen können, wo Numidien lag. Nur dass es weit von Rom entfernt war, das wusste er genau. Je weiter, desto besser. »Weshalb Numidien, Herr?«

»Ihr werdet Marcellus und seine Familie begleiten. Er hat den Auftrag, den Statthalter abzulösen.«

»Und wir sind seine Leibwächter?«, fragte Atius.

»Mehr als das«, sagte Oclatinius. »Ihr befolgt seine Befehle, obwohl ihr natürlich nach wie vor in meinen Diensten steht. Da ich jedoch in Rom verbleibe, müsst ihr gewisse Entscheidungen selbstständig treffen. Ich setze großes Vertrauen in euch – das ist euch doch bewusst?«

»Ja, Herr. Aber Ihr habt uns noch immer nicht gesagt, weshalb Ihr uns dorthin schickt.«

»Die Provinz ist in Aufruhr, und Quintus Cornelius Valens, der derzeitige Statthalter, plant möglicherweise einen Aufstand gegen den Kaiser. In diesem Fall wird er entweder direkt nach Rom marschieren oder Ägypten erobern und uns aushungern. Marcellus soll ihn ablösen und die Ordnung wiederherstellen. Eure Aufgabe ist es, ihn mit allen nötigen Mitteln zu unterstützen, wozu auch ein Anschlag auf den amtierenden Statthalter gehören wird.«

Silus nickte. »Das alte Spiel also«, sagte er verbittert.

»O nein, Silus. Ganz und gar nicht. Der Statthalter ist ein Verräter. Er stellt eine Bedrohung für die Sicherheit Roms dar, die beseitigt werden muss. Marcellus hingegen ist ein guter Mann. Ihr seid für den Schutz seines Lebens und das seiner Familie verantwortlich.«

»Ja, Herr. Aber weshalb gerade wir?«

»Erstens seid ihr tüchtige Männer, denen ich diese enorm wichtige Aufgabe zutraue. Zweitens hast du doch selbst den Wunsch geäußert, Rom zu verlassen. Und drittens: Weil euer Leben in Gefahr sein könnte, wenn ihr hierbleibt.«

»Festus?«, fragte Silus.

Oclatinius runzelte die Stirn. »Dafür gibt es keine Anhaltspunkte. Ihr habt in ziemlich kurzer Zeit den Zorn vieler

Leute erregt und euch eine Menge Feinde gemacht. Sagen wir: Es ist eine vorübergehende Vorsichtsmaßnahme, bis sich die Lage wieder etwas entspannt hat.

Eure Reise wird euch übrigens über Syrakus führen. Marcellus will ein paar Tage dort verbringen, um den Statthalter Siziliens und andere wichtige Amtsträger zu treffen. Ihr habt also Zeit für einen kleinen Abstecher.«

»Einen Abstecher wohin?«, fragte der ahnungslose Silus verwirrt.

»Nach Lipari! Zu Tituria!«, rief Oclatinius, entrüstet über Silus' Begriffsstutzigkeit.

Ein breites Lächeln erschien auf Silus' Gesicht, und plötzlich wurde ihm so leicht ums Herz wie schon seit Langem nicht mehr.

»Vielen Dank, Herr.« Er nahm Oclatinius' Hand und schüttelte sie kräftig. »Ich bin Euch zu überaus großem Dank verpflichtet.«

»Ihr werdet in zwei Tagen aufbrechen. Nehmt diesen kaiserlichen Siegelring mit, um euch die nötige Amtsgewalt zu verschaffen.«

Er gab Silus einen goldenen Ring, in den das Profil Caracallas graviert war. Silus steckte ihn an einen Finger, was er für den sichersten Ort hielt, um etwas so Wertvolles aufzubewahren.

»Dann macht euch reisefertig«, fuhr Oclatinius fort. »Silus, gib Apicula genug Geld, um nicht zu verhungern oder aus der Wohnung geworfen zu werden. Atius, du verabschiedest dich von deinen Wirten und Huren. Sie werden dich sicher vermissen. Ich wünsche euch viel Glück. Und nun macht, dass ihr rauskommt.«

Fünftes Kapitel

Auch diesmal war die mehrtägige Reise auf einem Schiff, das beständig auf und ab, hin und her und in jede mögliche Richtung schwankte, keine angenehme Erfahrung für Silus. Wenn er sich nicht gerade übergab, war ihm zumindest schlecht, und er hatte keinen Appetit. Den meisten Legionären an Bord ging es nicht anders. Atius dagegen war guter Dinge. Er trank mit den Matrosen, teilte Zwieback, gesalzenen Fisch und Seemannsgarn mit ihnen.

Marcellus' Gesichtsausdruck nach zu urteilen, ging es ihm nicht besser als Silus, auch wenn er sein Bestes tat, um es sich nicht anmerken zu lassen. Soaemias wiederum schien von der Seekrankheit verschont geblieben zu sein und ging so selbstverständlich ihren täglichen Beschäftigungen nach, als wäre sie auf dem Forum Romanum. Die über die Bordwand schwappenden Brecher, die spritzende Gischt, die plötzlichen Rollbewegungen des Decks oder der eiskalte Regen schienen nicht mehr als kleine Unannehmlichkeiten für sie zu sein.

Als Silus eingeladen wurde, mit Marcellus' Familie an einem ihrer Rituale teilzunehmen, leistete er ohne groß darüber nachzudenken Folge, da er sich keinem Gott besonders verbunden fühlte. Atius dagegen lehnte höflich ab. Sein Glauben verbot es ihm, andere Götter als den Christus anzubeten, auch wenn er nicht dessen allerbeflissenster Anhänger war. Silus setzte sich und verfolgte hochachtungsvoll die Zeremonie, die um einen seltsam geformten schwarzen Stein herum stattfand, den die Sklaven unter Ächzen und Stöhnen an Bord geschleppt hatten. Er beobachtete das Singen und Tanzen und schließlich die Opferung eines Lämmchens. Der kleine Avitus führte, in feine priesterliche Gewänder gekleidet, mit einer Selbstverständlichkeit durch das Ritual, als hielte er sich für Elagabals Stellvertreter auf Erden.

Nach der Zeremonie lehnte Silus mit Issa im Arm auf der Backbordseite an der Reling und betrachtete die italienische Küste, die in der Entfernung langsam an ihnen vorbeiglitt. Soaemias stellte sich neben ihn, ohne etwas zu sagen. Der Kapitän eines in entgegengesetzter Richtung vorbeisegelnden Fischerboots winkte ihnen zu. Silus winkte zurück, dann geriet er in Verlegenheit, als er Soaemias' amüsierten Blick bemerkte.

»Kennst du den Berg da drüben?«, fragte sie und deutete auf eine weit entfernte Erhebung, die vor lauter Gischt und Dunst kaum zu sehen war.

»Ja, ich habe diese Reise schon einmal unternommen«, sagte Silus. »Das ist der Vesuv.«

Soaemias nickte. »Und kennst du auch seine Geschichte?«

»Natürlich. Der Untergang von Pompeji und Herculaneum ist allgemein bekannt. Mein Vater hat mir davon erzählt, als ich noch ein Kind in Britannien war.«

»Bergen wohnt große Macht inne. Sie verstecken sie in ihrem Inneren. Die Menschen laufen auf ihnen herum, bestellen das Land, bauen ihre Häuser und haben keine Ahnung von diesen uralten Wesen, oder wozu sie fähig sind. Bis diese irgendwann so wütend auf die Sterblichen sind, dass sie sie vernichten.«

Silus wollte sich die Angst und das Leid jener, die bei dem

Vulkanausbruch unter der Asche begraben worden waren, gar nicht erst vorstellen. Er hatte in letzter Zeit genug Elend gesehen und hoffte, dass er auf dieser Reise endlich Ruhe davon hatte, wenn auch nur vorübergehend. Er strich seiner kleinen Hündin über den Kopf und fand Trost in dieser einfachen Geste und ihrer liebevollen Reaktion darauf.

»Elagabal bedeutet auf Aramäisch eigentlich ›Gott der Berge‹. Mein Gott wurde als Berggott verehrt, lange bevor man ihn mit der Sonne in Verbindung brachte.«

Silus nickte und war sich nicht ganz sicher, weshalb sie ihm das erzählte.

»Elagabal ist ein wahrhaft mächtiger Gott, Silus. Und mein Sohn wird einmal sein Hohepriester sein.«

»Ein Amt, das er mit Sicherheit gut erfüllen wird«, sagte Silus und hoffte, dass das die richtige Antwort war.

»Er wird große Macht besitzen. Göttliche Macht.«

»Als Hohepriester?«

Sie warf ihm einen Seitenblick zu und drehte sich dann mit dem Rücken zur Reling. Avitus saß im Schneidersitz auf dem Deck und summte mit geschlossenen Augen vor sich hin. Die Matrosen bedachten ihn mit argwöhnischen Blicken, manche machten auch Gesten, die das Böse abwehren sollten. Gannys war stets in der Nähe des Jungen und behielt ihn im Auge.

»An wen erinnert er dich?«

Silus betrachtete den Jungen, auf dessen kindlichem Gesicht noch keine Spuren von Akne oder Bartflaum zu erkennen waren. Zuerst fiel ihm eine gewisse Ähnlichkeit mit Julia Domna auf, was nicht weiter überraschte, sie war schließlich seine Großtante. Er sah noch einmal genauer hin: Die Nase des Jungen war zart, nicht breit und flach. Sein Mund war weich, nicht hart und mürrisch.

Doch dann regnete mit einer Welle, die gegen das Schiff brach, etwas Gischt auf Avitus nieder, woraufhin dieser die breite, prominente Stirn runzelte. Silus blieb vor Erstaunen der Mund offen stehen.

»Wollt Ihr damit sagen ... Ist sein Vater etwa ...?« Silus brachte die Worte nicht über die Lippen.

Soaemias lächelte ihm verschwörerisch zu. »Heute bist du hier, um Marcellus zu dienen. Aber eines Tages wird vielleicht mein Sohn deine Hilfe benötigen. Wirst du ihm dann zur Seite stehen?«

Silus fielen Oclatinius' Worte ein: Versprechen waren Fesseln, die es nach Möglichkeit zu vermeiden galt. Aber dann blickte ihn die wunderschöne syrische Mutter des Jungen auf eine seltsam durchdringende und gebieterische Art an, die ihn völlig verzauberte.

»Ja, Herrin. Ich werde alles in meiner Macht Stehende tun, um ihm beizustehen, sollte er meine Hilfe eines Tages einmal benötigen.«

Soaemias nickte zufrieden.

»Wir sind zu langsam«, sagte Aziz zum mindestens zehnten Mal.

»Wie ich Euch bereits mehrmals sagte, nutzen wir den Wind so gut wie möglich, und die Remiges rudern so schnell, wie sie es über längere Strecken hinweg können«, erwiderte Tamas ungeduldig. Der Kapitän gab sich keine Mühe, seinen Ärger zu verbergen. »Sicher, wir könnten noch schneller fahren, doch dann sind sie bald erschöpft und wir verlieren am Ende sogar Zeit.«

Aziz mahlte mit den Kiefern. Er hatte kaum Zeit gehabt, um sich vorzubereiten. Festus hatte ihm nur einen einzigen Tag gegeben, um ein schnelles Schiff zu finden, das ihn und genug bewaffnete Männer, um einen kleinen Legionärstrupp zu besiegen, nach Süden brachte. Aziz hatte sich am Hafen umgesehen, und mithilfe von Beziehungen und viel Geld war es ihm gelungen, eine kleine, aus Gladiatoren, obdachlosen Veteranen und anderen zwielichtigen Gestalten bestehende Schar kampferprobter Männer zusammenzustellen. Dann hatte er ein schnelles Handelsschiff gefunden, das normalerweise dem Transport verderblicher Waren diente, und seinem Kapitän, der aus Kilikien stammte, eine fürstliche Entlohnung versprochen. Beim Anblick der bunt zusammengewürfelten Truppe aus Bettlern und Verbrechern hatte Tamas fast einen Rückzieher gemacht. Aziz hatte sein Angebot noch einmal erhöhen müssen, und schließlich hatte die Gier die Oberhand gewonnen. Festus hatte gesagt, dass Geld bei diesem Auftrag keine Rolle spiele, und Aziz nahm ihn beim Wort.

Die kilikischen Piraten waren im ganzen Imperium berüchtigt, weshalb Aziz auch nicht davon ausging, dass der Kapitän Skrupel haben würde, wenn er ihm eröffnete, was er tatsächlich vorhatte. Doch Strömung und Wind schienen sich gegen sie verschworen zu haben, und sie hatten erst einen halben Tag später als von Aziz erhofft die Segel setzen können. Nun lief er mit geballten Fäusten auf dem Deck auf und ab und betete für besseren Wind.

»Der Vesuv«, sagte Tamas und zeigte auf den Berg in der Entfernung.

Aziz griff in seinen Umhang und berührte den kleinen kegelförmigen schwarzen Stein, der stets an einem Lederband um seinen Hals hing.

Steh mir bei, Gott der Berge.

Silus war es gelungen, etwas Brot und Eintopf bei sich zu behalten, und nun begab er sich zum Heck, stellte sich an die

Reling und richtete den Blick fest auf den Horizont. Diesen Kniff hatte ihm einer der Matrosen gegen die Übelkeit empfohlen, und es schien zu helfen, obwohl ihm nicht ganz klar war, weshalb. Anscheinend konnte er seinem Körper auf diese Weise vorgaukeln, dass er nicht beständig vom Seegang hin und her geworfen wurde. Sie waren nur noch etwa eine halbe Tagesreise von der Straße von Messana entfernt, und von dort war es nicht mehr weit bis Syrakus, wo er Marcellus seinen Geschäften überlassen und Tituria besuchen würde, so, wie er es ihr versprochen hatte. Issa saß zu seinen Füßen und leckte sich mit eifrigen Zungenschlägen den Hintern. Die kleinc Hündin war alles, was ihm von seiner ermordeten Familie geblieben war, und sein größter Trost. Er freute sich, dass er sie zu diesem Auftrag hatte mitnehmen können.

In mittlerer Entfernung fiel ihm ein Schiff auf. Er hatte es bereits bemerkt, aber da war es noch am Horizont gewesen. Wenn es weiter so schnell fuhr, würde es sie bald einholen. Vielleicht handelte es sich um einen kaiserlichen Boten mit dringenden Befehlen für einen Provinzstatthalter im Osten oder Süden, der die Spitze Italiens umrunden musste. Doch während er das Schiff beobachtete, bekam er immer mehr den Eindruck, dass es direkt auf sie zuhielt, und ihn befiel eine ungute Vorahnung.

Er ging zum Kapitän und zeigte ihm, was er gesehen hatte. »Was ist das für ein Schiff?«

Der Kapitän schirmte die Augen mit der Hand vor der Mittagssonne ab, die zu dieser Jahreszeit immer noch ziemlich tief am Himmel stand, kniff die Augen zusammen und runzelte die Stirn. »Sieht aus wie ein schnelles Handelsschiff. Die scheinen es aber eilig zu haben. Der Kapitän treibt seine Ruderer ganz schön an.«

»Aber warum?«

»Keine Ahnung. Bei dieser Geschwindigkeit werden seine Männer bald ermüden. Viel Zeit wird er dadurch nicht gewinnen.«

»Vielleicht hat er sein Ziel ja schon bald erreicht?«

»Aber hier in der Nähe sind es keinerlei nennenswerte Handelsposten, die eine solche Eile rechtfertigen würden.«

»Was gibt es denn sonst noch hier?«

Der Kapitän zuckte mit den Schultern. »Nur uns.«

Silus beobachtete weiter das Schiff. Auf See war die schnellste Route zwischen zwei Häfen nicht die gerade Linie, weil man den Kurs nach dem Wind ausrichten musste – so viel wusste er inzwischen über die Kunst des Segelns. Doch hier schien es ihm so, als ob dieses Schiff mit voller Absicht auf sie zumanövrierte.

»Tu mir einen Gefallen, bring meinen Hund unter Deck und schließ ihn ein«, bat er einen in der Nähe stehenden Matrosen. »Ich muss mit Marcellus reden.« Der Seemann nahm die übelriechende Hündin, die sofort versuchte, sein Gesicht abzulecken, murrend in Empfang und hielt sie auf Armeslänge von sich weg.

Als Silus Marcellus seine besorgniserregende Beobachtung mitgeteilt hatte, folgte ihm dieser zum Kapitän, um sich das Schiff vom Heck aus selbst anzusehen.

»Sind sie etwa hinter uns her?«, fragte Marcellus.

»Schon möglich«, erwiderte der Kapitän.

»Wie weit ist es bis zum nächsten sicheren Hafen?«

»Zu weit. Sie werden uns vorher einholen, wenn das tatsächlich ihre Absicht ist.«

»Kapitän, tu mir einen Gefallen«, sagte Marcellus. »Bring meine Frau und meinen Sohn unter Deck in Sicherheit. Und Gannys auch.«

Der Kapitän verdrehte die Augen und ging davon, um Marcellus' Befehl auszuführen, wobei er leise vor sich hinmurmelte, dass er niemandes Sklave sei.

»Sind das Piraten?«, fragte Silus.

»Möglich. Allerdings wäre das so nahe bei Rom recht ungewöhnlich. Das müssten schon ziemlich freche Piraten sein.«

»Was könnte das sonst bedeuten? Ist jemand hinter Euch her?«

»Das ist schon wahrscheinlicher. Ich werde den Legionären sagen, dass sie sich kampfbereit machen sollen.«

»Und ich sorge dafür, dass Atius wieder nüchtern wird.« Angesichts der frühen Stunde war dies eine etwas ungerechte Bemerkung. Atius hatte bislang lediglich einen Becher stark verwässerten Wein getrunken und war deshalb völlig nüchtern. Als Silus ihm von der möglicherweise nahenden Gefahr berichtete, legte er sofort den Brustpanzer an und bewaffnete sich mit seinem Kurzschwert. Silus rüstete sich ähnlich aus, dann gingen sie wieder zum Heck, um das sie verfolgende Schiff weiter zu beobachten, während sich auch die Legionäre um sie herum zum Kampf bereitmachten.

»Ihr habt uns mit aller Macht verfolgt. Was wollt ihr von uns?«, schrie der Kapitän hinüber, als das Schiff auf der Backbordseite bis auf Rufweite herangekommen war.

»Holt eure Segel ein und überlasst uns eure Ladung, dann wird niemand zu Schaden kommen«, entgegnete der am Bug stehende Kapitän des anderen Schiffes.

»Ihr macht einen Fehler. Dieses Schiff ist im Auftrag des Kaisers unterwegs. Wir befördern nur Nachrichten, aber nichts, was für einen Piraten von Interesse wäre.«

»Dann macht es euch ja sicher nichts aus, wenn wir uns mit eigenen Augen davon überzeugen.«

»Das ist unmöglich. Wir führen Dokumente mit uns, die für die Sicherheit des Imperiums von Belang sind und die wir unmöglich herausgeben dürfen. Ihr könntet sie an die Feinde des Imperiums verkaufen.«

»Das war keine Bitte. Holt eure Segel ein oder wir werden entern.«

Nun ergriff Marcellus das Wort. »Hört mich an«, rief er über den immer weiter schrumpfenden Spalt zwischen den beiden Schiffen hinweg. »Ich bin Sextus Varius Marcellus, Proprätor und neuer Statthalter von Numidien. Wenn ihr die Verfolgung auf der Stelle einstellt, habt ihr nichts weiter zu befürchten. Andernfalls solltet ihr euch im Klaren darüber sein, dass wir in der Lage sind, uns gegen euch zur Wehr zu setzen. Wenn ihr nicht aufgebt, werde ich euch bis auf den letzten Mann kreuzigen lassen. Ihr werdet wahnsinnig vor Durst am Kreuz hängen, während die Ratten an euren Zehen nagen und die Krähen euch die Augen aushacken!«

Der Kapitän des anderen Schiffs lachte. Als das Schiff gleichzog, sahen sie auch die Männer, die zum Entern bereit nebeneinander an der Reling standen. Sie waren längst nicht so gut ausgerüstet und bewaffnet wie die Legionäre, zahlenmäßig jedoch weit überlegen: Den lediglich zehn Soldaten der Legio II Parthica sowie Marcellus, Silus und Atius standen dreißig hartgesottene Männer gegenüber.

Silus und Atius sahen sich an. Es würde ein harter Kampf werden.

Das andere Schiff drehte plötzlich bei, und ihr eigener Kapitän konnte nicht mehr rechtzeitig ausweichen. Die Legionäre schleuderten ihre Wurfspeere auf die Angreifer. Ein grauhaariger Pirat taumelte, von zwei Speeren getroffen, nach hinten, ein weiterer stürzte in den Spalt zwischen den Schiffen, die gleich darauf mit einem lauten Krachen und aufspritzendem Wasser gegeneinanderstießen. Die sich bis zum Brechen biegenden Planken ächzten und knarrten.

Ein Dutzend Piraten sprang unter Gebrüll auf das gegnerische Deck, bevor die Schiffe wieder auseinandertrieben und der Spalt zu breit wurde. Nun ging es in den Nahkampf. Die Legionäre bildeten mit ihren Schilden eine Mauer und stießen mit ihren Kurzschwertern nach den Piraten. Zwei weitere Angreifer gingen schreiend zu Boden, doch es waren zu wenige Legionäre, um über das gesamte Deck hinweg eine Verteidigungslinie zu bilden. Die Piraten umzingelten sie und drangen auf die Unglücklichen an den Flanken ein, die sich daraufhin ihren Angreifern zuwenden mussten. Die Gefechtsformation löste sich auf.

Marcellus stand zusammen mit Silus und Atius hinter den Legionären und biss sich auf die Lippen. Als einem Legionär mit einer Axt der Schädel eingeschlagen wurde, entstand eine Lücke in der Gefechtsreihe. Marcellus zog sein Schwert, um dessen Platz einzunehmen, doch Silus hielt ihn zurück. Atius trat an seiner Stelle vor, griff schnell nach dem Schild des getöteten Legionärs und ging mit einer schnellen Folge von Hieben auf den angreifenden Piraten los.

Nun standen sich auf beiden Seiten in etwa gleich viele Männer gegenüber, doch auf dem Deck des feindlichen Schiffes standen noch weitere Piraten und brannten darauf, in den Kampf einzugreifen, sobald sich die Schiffe wieder nahe genug zum Entern waren. Der Kapitän von Marcellus' Schiff bemühte sich um Abstand zu den Piraten, doch diese waren schneller und kamen allmählich wieder näher.

»Herr«, rief Silus. »Wir müssen diese Drecksäcke auf unserem Deck außer Gefecht setzen, bevor der nächste Schwung hinübergesprungen kommt.«

»Ja, aber wie?«

Silus hatte oft an vorderster Front gekämpft und viele Handgemenge mit blutrünstigen Barbaren überstanden. Marcellus hingegen besaß zwar viel Erfahrung in der Verwaltung des Reiches und hatte wohl auch schon Truppen in die Schlacht geführt, doch Silus vermutete, dass er hier zum ersten Mal einen blutigen Kampf Mann gegen Mann aus nächster Nähe erlebte.

»Wir müssen vorrücken«, sagte Silus.

Marcellus runzelte die Stirn, dann begriff er, was Silus vorhatte. Noch standen die Legionäre Schild an Schild und konnten gerade noch verhindern, dass die Piraten, die am Rande des Decks kämpften, weiter vordrangen. Wenn sie die Angreifer nur zwei Schritt zurückzwangen, würden sie über Bord gehen. Doch dazu war es unerlässlich, die gängige römische Taktik aufzugeben, die für den Kampf gegen eine Übermacht das Einnehmen und Halten einer Verteidigungsposition vorsah, und Druck auf die Angreifer zu machen.

»Legionäre, ich zähle bis drei, dann werdet ihr Schritt für Schritt vorrücken«, schrie Marcellus.

Die verzweifelt kämpfenden Legionäre bestätigten den Befehl mit einem kurzen, gequälten Grunzen.

»Eins, zwei, drei – vorrücken!«

Silus warf sich gegen Atius' Rücken, und Marcellus drückte gegen einen Legionär in der Mitte der Gefechtslinie. Die Piraten rutschten auf den mittlerweile vor Blut glitschigen Planken ein Stück zurück.

»Noch einmal – vorrücken!«, schrie Marcellus, und die Legionäre traten geschlossen einen weiteren Schritt vor. Die Piraten kamen dem Rand des Schiffes, hinter dem das Meer wogte und schäumte, gefährlich nahe und waren nun weniger mit Kämpfen als vielmehr damit beschäftigt, nicht über Bord zu gehen. Ein Legionär stieß mit seinem Gladius nach einem bereits an der Kante taumelnden Piraten, der daraufhin das Gleichgewicht verlor und mit einem Schrei in die Wellen fiel.

»Und noch einmal – vorrücken!« Mit dem nächsten Schritt stürzte ein halbes Dutzend Piraten über die Reling. Im selben Moment zog das Piratenschiff wieder gleich. Es spielte keine Rolle, ob die Männer, die ins Wasser gefallen waren, schwimmen konnten oder nicht – als die beiden Schiffe erneut gegeneinander krachten, wurden sie zwischen den Bordwänden zermalmt wie Ameisen unter einer Stiefelsohle.

Da die Masse der Gegner, gegen die sie mit aller Kraft gedrückt hatten, so plötzlich verschwunden war, drohten nun die Legionäre in die Nähe der gefährlichen Bordkante zu geraten und das Gleichgewicht zu verlieren.

»Legionäre, auf meinen Befehl zwei Schritte zurücktreten«, schrie Marcellus, ohne dass ihn Silus dazu auffordern musste. »Eins, zwei.«

Die Legionäre zogen sich auf eine sichere, stabile Verteidigungsposition zurück und bereiteten sich auf die nächste Woge der Angreifer vor. Zwei Piraten hatten sich nicht von den Legionären von Bord drängen lassen und kämpften immer noch weiter. Einer starb, als ihm ein Legionär seinen Gladius in den Hals stieß, der andere jedoch geriet hinter die Gefechtslinie und ging mit hocherhobenem Schwert auf Marcellus los. Der starrte das nächste Dutzend Piraten an, das gerade auf das Schiff sprang, und bemerkte die drohende Gefahr nicht.

Silus lenkte den Hieb des Piraten ab, sodass die Klinge gegen einen Mast prallte. Marcellus zuckte zusammen und sah sich ängstlich um, während Silus – der den Befehl hatte, den Statthalter zu beschützen – vortrat und den Angreifer von ihm abdrängte.

Eine lange Narbe zog sich von der Stirn seines Gegners über ein trübes, wässriges Auge bis auf die Wange. Sein ungepflegter Bart war bereits teilweise ergraut, sein Atem stank nach Wein und Fischsoße und er kämpfte wie ein Gladiator. Nach dem fehlgeschlagenen Überraschungsangriff auf Marcellus war er nun vorsichtiger geworden. Er hob das Schwert, um zustechen zu können, sobald sich die Gelegenheit dafür bot.

Silus wäre lieber gegen einen Veteranen der regulären Armee angetreten, der in erster Linie für den Kampf in der Formation ausgebildet war, aber wenig Erfahrung im Handgemenge hatte. Gladiatoren hingegen taten den lieben langen Tag nichts anderes, als Mann gegen Mann zu kämpfen oder sich darauf vorzubereiten. Sie kannten jeden noch so ehrlosen oder hinterhältigen Kniff – ihr Überleben in der Arena hing davon ab.

Silus umkreiste den ehemaligen Gladiator, während die Legionäre erneut in Reihe Aufstellung nahmen, um die neue Gruppe in Empfang zu nehmen, die auf das Schiff gesprungen war. Silus nahm das Schwert seines Gegners nur am Rande wahr – seine Aufmerksamkeit galt den Augen des Gladiators, da ihm diese lange vor der tatsächlichen Bewegung der Waffe verraten würden, was er als Nächstes vorhatte – ein kleines Zusammenziehen der Augenwinkel oder sich weitende Pupillen reichten oft als Hinweis.

Das wusste der Gladiator selbstverständlich auch, und als Silus ihn mit einer Finte täuschen wollte, wehrte er sie mit Leichtigkeit ab. Er ließ sofort einen eigenen Hieb folgen, den Silus wiederum parierte. Sein Gegner stand ihm im Schwertkampf offensichtlich in nichts nach.

Unvermittelt stürmte der Pirat auf Silus zu und bedrängte ihn mit einer ganzen Folge von horizontal geführten Hieben. Silus wich erst einen Schritt und dann noch einen in Richtung der Reling auf der anderen Seite des Schiffs zurück. Gleichzeitig sah er, dass auch die Legionäre von der zweiten Angriffswelle zurückgedrängt wurden. Marcellus kämpfte nun an der Seite von Atius, der sein Bestes tat, um den Statthalter zu beschützen und alle Angriffe auf ihn abzuwehren. Mittlerweile befanden sich fast alle Piraten auf diesem Deck, auf dem Piratenschiff selbst war nur noch die Mannschaft. Der Großteil dieser Seeleute war unbewaffnet, nur wenige hatten sich mit Messern, Hämmern oder anderen Werkzeugen ausgerüstet. Solange sie nicht angegriffen wurden, schienen sie auch nicht am Kampf teilnehmen zu wollen. Ebenso verhielt es sich mit den Matrosen auf Silus' Schiff, die sich mit angespannten und ängstlichen Mienen, aber untätig im Hintergrund hielten.

Silus machte einen Schritt nach vorne und deckte den Angreifer nun seinerseits mit einer Serie von Hieben und Stichen ein. Der Gladiator grunzte angestrengt, wich aber nur ein kleines Stück zurück. Das Gefecht dauerte an und Silus' Arme wurden immer schwerer. Er fragte sich, wie lange er noch gegen einen Mann durchhalten konnte, der tagein, tagaus nichts anderes tat, als sich an den Waffen zu üben.

Dann bemerkte Silus im Augenwinkel eine Bewegung am Schiffsbug. Er drehte den Kopf und übersah dabei um ein Haar einen auf seinen Unterleib gezielten Stoß. Gerade noch rechtzeitig machte er einen Satz nach hinten, erkämpfte sich wieder etwas Raum und trat dann einen Schritt zurück, um sich etwas Bewegungsfreiheit zu verschaffen.

Avitus war an Deck gekommen. Er trug einen kleinen schwarzen Stein unter dem Arm und hielt ein kurzes Messer in der Hand. Issa klemmte unter seinem anderen Arm. Sie hechelte, wedelte mit dem Schwanz und betrachtete interessiert das Getöse um sich herum.

Was im Namen aller Götter der Unterwelt hatte der Junge vor?

Mit wachsendem Entsetzen sah Silus, wie Avitus sich vor den Stein hinkniete, laut in seiner fremden östlichen Sprache betete und das Messer gegen die Kehle der völlig arglosen Hündin hielt.

Silus brüllte vor Wut und ging zum Angriff über. Der Pirat wich vor der plötzlichen, ungestümen Attacke zurück und ließ dabei endlich seine Deckung fallen. Silus nutzte die Gelegenheit zu einem Schwertstoß, der in der Nähe der Achsel durch die Blutgefäße und Muskeln des Gladiators fuhr. Dieser ließ das Schwert fallen und hob mit schmerzverzerrtem Gesicht die Hand zum Zeichen, dass er sich ergab. Doch Silus hatte keine Zeit, sich noch länger mit ihm aufzuhalten. Das Messer des Jungen kam Issa immer näher.

Silus stieß sein Schwert tief in die Brust des Piraten.

»Avitus! Nicht!«, schrie er dann aus voller Kehle.

Er kam zu spät.

Aber ein anderer war schneller.

Ein Mann, dessen Gesicht unter einer Kapuze verborgen war, sprang vom Bug des Piratenschiffs herüber und landete leichtfüßig und mit federnden Knien auf dem hin und her schlingernden Deck. Es dauerte keinen Herzschlag, da hatte er schon das Gleichgewicht wiedergefunden und rannte zu Avitus hinüber, der gerade das Messer auf den Hals der Hündin zubewegte. Der Unbekannte schlang einen Arm um die Taille des Jungen, hob ihn auf und nahm ihn mit sich.

Issa landete mit einem verärgerten Jaulen auf dem Deck, begriff schnell, dass es wohl das Beste war, das Weite zu suchen, und verschwand hinter ein paar Fässern.

Der Mann mit der Kapuze zerrte Avitus zur Reling. Der Junge wehrte sich mit Händen und Füßen, biss und kratzte wie eine Wildkatze. Dies verschaffte Silus die Zeit, den Mann einzuholen, seinen Arm zu packen und umzudrehen. Avitus befreite sich und trat dem Angreifer kräftig gegen das Schienbein. Der schrie auf, und Silus ließ Avitus' Tritt einen auf die Kehle des Mannes gezielten Faustschlag folgen.

Der Unbekannte wich blitzschnell aus, und im nächsten Moment stand er auch schon mit einem Messer in der Hand kampfbereit da.

Silus schob den Jungen hinter sich und hob das Schwert. Sein Gegner war schlank und nicht besonders groß, aber ganz offensichtlich in bester körperlicher Verfassung. Unter der Kapuze blitzten zwei von Wut und gleichzeitig kalter Berechnung erfüllte Augen hervor, das übrige Gesicht war nicht zu erkennen. Der Mann warf einen kurzen Blick nach rechts, wo sich gerade das Schlachtenglück zugunsten der Legionäre zu wenden schien. Die Soldaten wandten dieselbe Taktik an wie vorhin, um die Piraten zurückzudrängen. Von diesen brachen mehrere, die ihre Kameraden ins Meer hatten stürzen sehen, den Angriff ab und sprangen auf ihr Schiff zurück. Damit war der Kampf entschieden. Die Fliehenden wurden von Schwertern durchbohrt oder stürzten schreiend ins schäumende Meer. Die Wenigsten schafften es zurück auf ihr Schiff.

Der Unbekannte fauchte vor Wut, trat mit zwei Schritten aus der Reichweite von Silus' Klinge, drehte sich um und sprang vom Bug zurück auf das Piratenschiff. Silus rannte ihm bis zur Reling hinterher, machte aber keine Anstalten, ihm auf das andere Schiff zu folgen. Der Mann mit der Kapuze gab seinem Kapitän den Befehl zum Beidrehen.

Die Ruder tauchten ins Wasser, und kurz darauf entfernte sich das Piratenschiff, drehte hart ab und glitt in Richtung Backbord davon, während das andere weiter geradeaus fuhr.

Silus starrte dem fliehenden Gegner einen Moment lang hinterher, dann drehte er sich wutentbrannt zu Avitus um. »Was bei allen Göttern hattest du mit meinem Hund vor?«

Avitus sah ihn gleichmütig an. »Es sah schlecht für uns aus, weshalb ich entschied, den großen Elagabal mithilfe eines Opfers um Beistand zu bitten.«

»Du wolltest meinen Hund deinem komischen Gott opfern?« Silus wurde immer lauter. Ohne nachzudenken, holte er aus, um diesem altklugen kleinen Scheißer eine Ohrfeige zu verpassen.

Kräftige Finger schlossen sich um sein Handgelenk. Als Silus voller Zorn herumwirbelte, blickte er in Marcellus' blutbespritztes Gesicht, auf dem trotz aller Erschöpfung ein gefasster, entschlossener Ausdruck lag. »Was soll das, Silus?«

»Weg von meinem Sohn, du Grobian«, schrillte eine Frauenstimme, noch bevor Silus antworten konnte.

Soaemias trat zwischen die beiden Männer und verpasste Silus einen kräftigen Stoß. Dann kniete sie sich neben ihren Sohn hin und schlang die Arme um ihn, was sich Avitus mit einem leicht verwirrten Gesichtsausdruck gefallen ließ.

Silus schüttelte Marcellus' Hand ab und schnippte mit den Fingern. Issa kam angerannt, sprang auf seine Arme, leckte ihm über das Gesicht und wedelte wie wild mit dem Schwanz. Er kraulte sie hinter den Ohren, hielt jedoch inne, als Soaemias so nahe an ihn herantrat, dass ihr Gesicht kaum eine Handbreit von seinem entfernt war. »Wie kannst du es wagen! Du sollst uns beschützen, nicht die Hand gegen meinen Jungen erheben. Marcellus, dieser Rohling muss sofort hingerichtet werden.«

»Ganz meine Meinung«, sagte Gannys, der kurz nach Ende des Kampfes mit Soaemias an Deck gekommen war. »Das ist völlig untragbar. Lasst ihn kreuzigen.«

Sie hatten zwei Gefangene gemacht, alle anderen Piraten waren tot oder geflohen. Einer war so schwer verletzt, dass er nicht mehr lange zu leben hatte. Die Legionäre waren größtenteils damit beschäftigt, ihre Wunden und die ihrer Kameraden zu versorgen. Nur wenige hatten die Auseinandersetzung am Bug mitbekommen und waren neugierig näher gekommen.

Silus machte einen Schritt nach vorne. Gannys wich zurück, doch Soaemias blieb, wo sie war. Nun beugte er sich so nahe zu ihr vor, dass sich ihre Nasen fast berührten. »Eines möchte ich mal klarstellen«, sagte er. »Dieser Hund gehört zu meiner Familie, ganz genauso, wie Euer Sohn zu Eurer gehört. Avitus hat versucht, meinen Hund umzubringen. Das werde ich nicht zulassen.«

»Silus«, fuhr Marcellus ihn an. »Tritt sofort zurück.«

»Lass es gut sein, Silus«, sagte Atius. »Es ist ja nichts passiert. Der Kleinen geht's gut.«

Silus drehte sich zu Marcellus um. »Ich habe geschworen, Euch und Euren Sohn zu beschützen. Aber ich warne Euch: Sollte noch einmal irgendjemand meinem Hund nach dem Leben trachten, werde ich mich nicht mehr an diesen Eid gebunden fühlen und keine Verantwortung für die Folgen übernehmen. Habt Ihr mich verstanden?«

Ohne eine Antwort abzuwarten, marschierte er in Richtung Heck davon. Dort stand er dann, den Hund fest an sich gedrückt, und fragte sich, was er tun sollte, wenn die gute alte Issa – das Letzte, was ihm von seinem früheren Leben geblieben war – von ihm ging.

Silus blieb den Rest des Tages für sich. Er war zwar unverletzt, aber seine Muskeln schmerzten von den Anstrengungen des Kampfes. Stundenlang stand er am Bug, starrte mit

Issa auf dem Arm auf das Meer hinaus und verlor sich in guten und schlechten Erinnerungen.

Am Abend sprach er mit Marcellus und Atius über den Angriff. Jeder stellte seine eigenen Mutmaßungen an: Atius war der Ansicht, dass es nichts weiter als ein gewöhnlicher Piratenüberfall gewesen war, Silus und Marcellus hingegen konnten angesichts der vielen politischen Ränkespiele, die sie in den letzten zwei Jahren mitbekommen hatten, nicht an einen Zufall glauben. Marcellus vermutete einen seiner Person geltenden Mordanschlag – entweder als Rache für die Rolle, die er beim Untergang Getas gespielt hatte, oder weil jemand Caracalla schwächen und selbst nach der Macht greifen wollte. Letzteres kam Silus nicht unwahrscheinlich vor, doch irgendetwas am Verhalten des Unbekannten mit der Kapuze hatte ihn misstrauisch gemacht. Warum hatte er versucht, den Jungen zu entführen? Um sich Marcellus gefügig zu machen? Um ein Lösegeld zu erpressen?

Dieser Mann war kein gewöhnlicher Pirat, da war sich Silus sicher. Jede seiner Bewegungen war geschmeidig, fließend und äußerst effizient gewesen. Anders als der ehemalige Gladiator, der ausschließlich im Nahkampf ausgebildet worden war, schien der Unbekannte über gewisse Fähigkeiten zu verfügen, die eher auf einen Spion oder Attentäter schließen ließen. Oder auf einen Arcanus.

Silus war sich der Tatsache bewusst, dass Atius und er nicht die einzigen Arcani waren. Oclatinius unterhielt nicht nur ein ganzes Netz von Spionen und Spitzeln, er gebot außerdem über eine Handvoll gut ausgebildeter Attentäter wie Silus und Atius. Aber es waren eben nur wenige und über das ganze Imperium verteilt. War der Unbekannte einer von Oclatinius' Leuten? Das ergab keinen Sinn. Vielleicht arbeitete er auf eigene Rechnung, möglicherweise war er aber auch ein abtrünniger Arcanus oder diente einer bisher unbekannten Macht oder Person. Da sie diese Fragen nicht beantworten konnten, kamen sie überein, dass es müßig war, weiter darüber zu sprechen. Marcellus entschuldigte sich für das Benehmen seiner Frau und seines Sohnes. Silus gab ihm widerstrebend die Hand und zog sich dann zurück.

Am nächsten Tag kam Avitus mit einem kleinen, harten Stück Schiffszwieback in der Hand zu ihm. Dass man versucht hatte, ihn zu entführen, schien ihn nicht groß beunruhigt zu haben. Er wirkte weder zurückhaltend noch schüchtern. »Das ist für Issa«, sagte er.

Silus betrachtete den Zwieback. »Den kann sie nicht kauen. Sie ist schon sehr alt und hat schlechte Zähne.«

Avitus nickte und ging ohne ein weiteres Wort davon. Kurze Zeit später kehrte er mit einer Schüssel voll dampfendem Hühnereintopf zurück. »Das kann sie sicher fressen.«

Als ihr der köstliche Essensduft in die Nase stieg, begann Issa in Silus' Armen zu zappeln. Silus nickte und setzte sie ab, Avitus stellte ihr die Schüssel hin. Der Eintopf war nicht zu heiß für die kleine Hündin: Sie schnappte sich gierig die weichen Fleischstücke und schlabberte dann die leckere Brühe.

Silus beobachtete sie mit nachsichtigem Lächeln, dann sah er Avitus verwundert an. Dieser erwiderte völlig ruhig seinen Blick. »In jenem Augenblick schien es mir das Gebotene«, sagte Avitus schließlich. »Da ich unsere Niederlage fürchtete, wollte ich Elagabal ein Opfer darbringen, um uns alle vor dem Tod zu erretten. Es musste etwas von Wert sein, etwas, das geliebt wird. Aber was wir wirklich brauchten, wart Ihr. Ihr habt gestern meinem Vater und mir das Leben gerettet.«

Silus öffnete den Mund, um etwas zu sagen, schwieg dann

aber. Dieser Argumentation konnte er nicht widersprechen. Wenigstens hatte Avitus in Issa nicht einfach nur das nächstbeste Opfer gesehen. Er hatte sie mit Bedacht ausgewählt, weil er wusste, wie viel sie Silus bedeutete.

Avitus kniete sich neben die Hündin und kraulte sie hinter den Ohren. Sie warf ihm einen misstrauischen Blick zu, offensichtlich besorgt darüber, dass er ihr die leckere Mahlzeit wieder wegnehmen könnte. Doch schließlich kam sie zu dem Schluss, dass er es wohl gut mit ihr meinte, und fraß weiter. »Ich werde nicht noch einmal versuchen, sie zu opfern.«

»Das ist nett von dir.« Silus konnte sich die sarkastische Bemerkung nicht verkneifen, dennoch wusste er das Friedensangebot des Jungen zu schätzen. »Danke, dass du ihr den Eintopf gebracht hast. Wie du siehst, ist sie ganz begeistert.«

»Avitus! Was machst du da? Entferne dich von diesem Rohling. Silus, lass bloß meinen Sohn in Ruhe.«

Silus blickte auf. Soaemias stürmte mit vor Wut rotem Gesicht auf sie beide zu. Er wollte gerade zu einer ebenso wütenden Erwiderung ansetzen, als sich Avitus aufrichtete. »Beruhige dich, Mutter. Dein Benehmen ist ungehörig«, sagte er gleichmütig.

Die beiden Erwachsenen sahen den Jungen erstaunt über seine so wenig kindliche Ausdrucksweise an.

»Avitus …«

»Nein, Mutter. Silus hat meinem Vater gestern das Leben gerettet und mich davor bewahrt, in die Hände dieser Verbrecher zu fallen. Ohne ihn hättest du uns beide verloren.«

Soaemias sah erst Silus, dann Avitus und dann wieder Silus an. Issa hatte die Schüssel mittlerweile sauber geleckt, und Silus bückte sich und nahm sie auf die Arme.

»Avitus, es ist Zeit, Elagabal zu huldigen. Komm und leite

uns beim Gebet an«, sagte Soaemias und hielt ihrem Sohn die Hand hin. Der Junge nahm sie, und Silus sah den beiden nach, als sie sich zusammen mit durch die Bewegung des Schiffes verursachten, unstetem Gang entfernten. Sie unterschieden sich nicht von einer ganz normalen Mutter mit ihrem Sohn. Silus schüttelte den Kopf – ihre Verbindung schien weit über die gewöhnliche Beziehung zwischen Elternteil und Kind hinauszugehen. Er wandte den Blick wieder dem Meer zu. Im Dunst in der Entfernung wurde die Küste Siziliens sichtbar.

Syrakus war einst die bedeutendste griechische Stadt des gesamten Mittelmeeres und zu ihrer Blütezeit weit mächtiger als rivalisierende Städte wie Karthago oder Athen. Doch das war vor der Eroberung durch die Römer während der Punischen Kriege und den damit einhergehenden Verwüstungen gewesen. Seitdem hatte Syrakus an Bedeutung verloren und war keine eigenständige Macht mehr, sondern nur noch Provinzhauptstadt, wenn auch eine lebhafte und betriebsame. Dafür sorgte ihr wichtiger Handelshafen für Waren aus West und Ost sowie für die Ausfuhr der von der Insel selbst stammenden Güter.

Als sie im Hafen von Bord gingen, landeten sie mitten in einem Getümmel aus Sklaven und Arbeitern mit schweren Getreidesäcken auf dem Rücken, Eselskarren mit seltenen Gewürzen und Parfüms sowie Ochsengespannen, die mit Amphoren voll Olivenöl und Wein beladen waren.

Die Legionäre mussten dem künftigen Statthalter von Numidien samt Familie und Gefolge einen Weg durch die Menge bahnen. Sie geleiteten sie durch die Stadt zum Palast des Statthalters, in dem sich Marcellus mit seiner Familie aufhalten würde, solange er auf der Insel zu tun hatte. Die beiden Arcani, die sie begleitet hatten, verabschiedeten sich vor den Toren des Palastes. Ohne sich zu erkundigen, was Silus in der Zwischenzeit vorhatte, gab ihm Marcellus den Befehl, sich noch vor Ende der Woche wieder dort einzufinden, da er dann die Reise nach Numidien fortzusetzen gedachte. Silus versicherte ihm, dass er schon früher wieder zurück sein würde, und gab ihm dann beinahe freundschaftlich die Hand. Er hatte Marcellus nichts vorzuwerfen, und auch sein Sohn hatte auf seine Art versucht, seinen Fehler wiedergutzumachen. Marcellus' Frau strafte ihn weiterhin mit Verachtung, doch das kümmerte ihn nicht weiter – was sie von ihm hielt, war ihm einerlei.

Silus und Atius kehrten zum Hafen zurück und hörten sich nach einem Schiff um, das an Lipari vorüberfuhr. Um jemanden anzuheuern, der sie direkt dorthin brachte, fehlte ihnen das Geld, und obwohl so viele Schiffe und Boote in allen Größen vor Anker lagen, dass sie kaum alle im Hafen Platz fanden, dauerte es geraume Zeit, bis sie endlich einen Kapitän fanden, dessen Weg grob in Richtung dieser Insel führte: Der gut gelaunte Seebär wollte am nächsten Morgen mit einer Ladung Marmor nach Neapolis aufbrechen. Lipari stellte für ihn nur einen kleinen Umweg dar, trotzdem ließ er sich seinen Dienst fürstlich entlohnen. Silus verschluckte sich beinahe vor Schreck, als er ihnen seinen Preis nannte, nach längerem Feilschen wurde man sich aber handelseinig. Der Kapitän schärfte ihnen ein, bei Tagesanbruch rechtzeitig an Bord zu kommen, wenn sie nicht wollten, dass er ohne sie abfuhr.

Sie suchten sich eine billige Herberge in Hafennähe, dann überredete Atius Silus dazu, das Nachtleben der alten Stadt zu erkunden. Sie verbrachten den Abend damit, zu trinken, auf Hahnen- und Ringkämpfe zu wetten und zu würfeln.

Dann konnte Atius wie üblich einer einheimischen Schönheit nicht widerstehen und verbrachte eine halbe Stunde zu einem annehmbaren Preis mit ihr. Anschließend ließen sie sich an einem Tisch vor einer Taverne nieder und tranken Wein, obwohl sie bereits genug hatten.

Sie beobachteten die Sklaven an einer Anlegestelle in der Nähe, die selbst zu dieser späten Stunde noch fleißig damit beschäftigt waren, diverse Waren ein- und auszuladen. Silus gelangte zu dem Schluss, dass es ihm trotz des vielen Unglücks, das ihm widerfahren war, trotz aller Trauer und aller Vorwürfe, die er sich machte, in diesem Augenblick eigentlich ganz gut ging. Er war in einer lebendigen, quirligen Stadt fernab von Rom, und bald würde er ein Versprechen einem Kind gegenüber einlösen, das ihm sehr am Herzen lag. Er strich Issa über den Kopf. Sie war den Abend über ziemlich brav gewesen, nur einmal hatte sie einem Legionär, der dienstfrei gehabt hatte, auf die Sandalen gepinkelt, was sich aber mit einer Einladung auf ein Getränk leicht wieder ins Lot hatte bringen lassen. Sie hatten es tatsächlich geschafft, den Abend ganz ohne eine Schlägerei zu überstehen.

Ein köstlicher Duft von gebratenem Fleisch waberte zu ihnen herüber. Silus' Magen knurrte. Obwohl gefüllt mit Flüssigkeit, war darin bestimmt noch Platz für eine Wurst oder eine Pastete. Leider war er zu faul zum Aufstehen. Er trank stattdessen noch einen Schluck Wein und nutzte die – im Vergleich zum Inneren der Taverne – herrschende Ruhe, um sich mit Atius zu unterhalten. »Tut mir leid, dass ich mich auf der Reise wie der letzte Arsch aufgeführt habe.«

»Ist mir gar nicht aufgefallen«, erwiderte Atius. »Wie soll man da denn einen Unterschied zu sonst erkennen?«

»Du weißt schon, was ich meine.«

»Ich weiß, wie viel dein Hund dir bedeutet und warum.

Aber was soll aus ihr werden? Du führst ein unstetes Leben und wirst sie nicht immer irgendwo sicher unterbringen können, während du durch die Gegend läufst und auf Befehl Leute umbringst.«

Er hatte recht. Silus hätte Issa bei Apicula lassen sollen, aber in seiner Niedergeschlagenheit hatte er das Bedürfnis gehabt, bedingungslose Liebe zu spüren, und die bekam er von ihr auch – unter der Bedingung, dass er für genug Streicheleinheiten und Futter sorgte. Vielleicht war das selbstsüchtig von ihm gewesen. Da hatte er eine Idee, die ihm schmerzhaft, aber auch gut und richtig erschien. Er entschied jedoch, dass er im Moment zu betrunken war, um ernsthaft darüber nachzudenken, und wechselte das Thema.

»Was hältst du von dem Glauben, dem Marcellus' Familie anhängt? Von ihrem Elagabal-Gott?«

Atius spuckte aus. »Es gibt nur einen Gott.«

»Ja, natürlich.« Was die Götter anging, so war sich Silus nicht sicher, woran er glauben sollte. Der Mithraskult gefiel ihm, aber er hatte auch Ehrfurcht vor den alten olympischen Göttern. Den neuen Gottheiten aus dem Osten – Serapis und Christus – begegnete er dagegen mit Argwohn. Woran er hingegen fest glaubte, waren Geister und Zauberei. »Na ja, vermutlich ist es nicht merkwürdiger, einen schwarzen Stein anzubeten als einen Mann, der gekreuzigt wurde wie ein gewöhnlicher Verbrecher.«

»Sei bloß vorsichtig«, knurrte Atius.

Silus hob die Hände. »Nichts für ungut, ich weiß, wie viel dir dein Glaube bedeutet. Es ist schon spät, sollen wir schlafen gehen?«

Atius leerte seinen Becher und musste sich beim Aufstehen am Tisch festhalten. Silus hob Issa hoch, der bereits die Augen zufielen. Er würde sie sehr vermissen.

Sechstes Kapitel

Als sie ans Ufer gerudert kamen, warteten dort bereits zwei Prätorianer auf sie. Der Kapitän des Frachtschiffes hatte Silus und Atius versprochen, sie in drei Tagen wieder an Bord zu nehmen. Wenn sie dann nicht abreisebereit auf ihn warteten, würde er ohne sie weitersegeln, denn er habe seine Zeit schließlich auch nicht gestohlen.

Sie sprangen aus dem Ruderboot, zogen es durch die Brandung ans Ufer und nahmen ihr Gepäck heraus. Issa wartete, bis sie sich ganz sicher war, dass ihr vom Meer keine Gefahr mehr drohte, machte dann einen Satz aus dem Boot, lief aufgeregt eine Weile im Kreis und blieb dann schlagartig stehen, um sich zu erleichtern.

»Ich bin Zenturio Tuccius«, sagte ein Prätorianer in barschem Ton. »Niemand darf diese Insel betreten. Wer seid Ihr und was wollt Ihr hier?«

»Willkommen auf Lipari«, sagte Atius. »Die Küche unserer hervorragenden Tavernen ist sehr zu empfehlen, und bei einem Spaziergang entlang der Klippen hat man eine atemberaubende Aussicht.«

Silus trat seinem Freund unauffällig gegen das Schienbein. »Gaius Sergius Silus, Zenturio der Arcani«, sagte er. »Und das hier ist Legionär Atius, ebenfalls Arcanus.«

»Und das hier ist Issa«, sagte Atius. »Kriegshündin auf Heimaturlaub.«

Silus seufzte. »Zenturio Tuccius, wir haben die ausdrückliche Erlaubnis von Oclatinius Adventus, dem Kommandanten der Arcani, diese Insel zu betreten. Ich trage das Siegel des Kaisers persönlich.« Er zeigte dem Zenturio den Ring mit Caracallas Abbild, den er von Oclatinius erhalten hatte.

»Na schön«, sagte Tuccius widerwillig. »Aber jetzt weiß ich immer noch nicht, was Ihr hier zu suchen habt.«

»Wir wollen die Gefangene besuchen.«

Die Prätorianer tauschten einen vielsagenden Blick. »Was für eine Gefangene?«, fragte Tuccius.

Silus lachte freudlos. »Zenturio, ich bitte dich. Selbst wenn wir nichts von ihr wüssten – ist es nicht merkwürdig, dass auf dieser kleinen, unbedeutenden Insel ein Prätorianertrupp stationiert ist? Wir wollen Tituria besuchen. Bringt uns zu ihr.«

»Warum wollt Ihr sie sehen?«

»Soldat, du hast nicht den nötigen Rang, um das zu erfahren.«

Der Prätorianer kochte vor Wut. Silus ließ sich nicht davon anstecken und verzog keine Miene.

»Na schön«, knurrte Tuccius. »Ich bringe Euch zu Ihr. Sie hat gerade Unterricht bei ihrer Erzieherin. Aber da dürfen wir sicher stören.«

Die Prätorianer nahmen ihnen die Waffen ab und durchsuchten ihr Gepäck, dann führten sie sie über eine lange Steintreppe die steilen Klippen zu einer Villa hinauf. Das Gebäude selbst war verwahrlost, die Gärten verwildert, die Büsche schon lange nicht mehr in Form geschnitten worden. Unkraut wuchs durch die geborstenen Pflastersteine auf ihrem Weg. Das Gebälk über den Säulen vor der Fassade war mit grünen Flechten, das Dach mit Moos bedeckt.

Silus war schon einmal auf dieser Insel gewesen. Zusammen mit Daya, um einen Auftrag auszuführen. Bei der Erinnerung an die tote Arcana und das, was sie hier getan hatten, verkrampften sich seine Eingeweide. Er biss die Zähne zusammen und verdrängte jeden Gedanken daran aus seinem Kopf.

Die Prätorianer führten sie durch das Atrium, dessen Impluvium grün vor Algen und Laichkraut war, und in einen offenen Raum, in dem eine rundliche Frau mittleren Alters im Schneidersitz auf dem Boden hockte. Ihr gegenüber und mit dem Rücken zu ihnen saß Tituria. Silus betrachtete Lehrerin und Schülerin einen Augenblick lang wie gelähmt. Er wollte nach dem Mädchen rufen und sie umarmen, hatte aber auch Angst davor, wie Tituria auf seinen Anblick reagieren würde.

Issa hingegen zauderte nicht. Sie lief zu Tituria und sprang auf ihren Schoß. Die Erzieherin schrie auf und wich zurück. »Eine Ratte!«, kreischte sie.

Issa stützte sich mit den Vorderpfoten auf Titurias Schulter ab und leckte ihr wie wild das Gesicht.

»Issa! Pfui, hör auf, hör auf«, kicherte Tituria. »Ich weiß doch, wo deine Zunge vorher war.« Sie hob die Hündin hoch und drehte sich um. Als sie Silus in der Tür stehen sah, erstarrte sie.

Sie sahen sich eine Weile einfach nur an. Silus' Herz schlug so schnell, dass er fürchtete, es würde gleich zerspringen. Zögerlich streckte er die Arme nach ihr aus, und als sie nicht gleich auf ihn zugerannt kam, kam er sich wie ein Narr vor. Doch bevor er die Hoffnung verlor, stürmte sie los, schlang ihre Arme um ihn und presste ihr Gesicht an seine Brust. Er drückte sie an sich, und dann brachen sie beide in Tränen aus. Silus vergaß dabei nicht, dass Atius direkt hinter ihm stand. Er konnte sich gut vorstellen, dass dieser nun entweder peinlich berührt von einem Fuß auf den anderen trat, blöd grinste oder ihn gar auslachte. Aber das war ihm völlig egal.

Als sie sich schließlich voneinander lösten, wischte sich Silus die Augen und die laufende Nase ab. Tituria tat es ihm gleich und sah lächelnd zu ihm auf. »Du bist wirklich hergekommen.«

Silus nickte. »Ich habe es doch versprochen.«

Nun gewann auch die Frau, die Tituria gerade Unterricht erteilt hatte, ihre Fassung zurück und kam auf Silus zu. »Ich bin Myrtis, Tituria̲s Erzieherin. Und wer seid Ihr?«

»Ich bin Gaius Sergius Silus. Und das hier ist Lucius Atius.« Er deutete vage hinter sich.

»Und was führt Euch hierher?« Sie schien nervös und versuchte durch einen etwas brüsken Ton, sich das nicht anmerken zu lassen.

»Das muss Euch nicht kümmern. Tituria und ich werden nun ein bisschen spazieren gehen. Atius hätte sicher gerne Wein und etwas zu essen, und ich könnte auch etwas vertragen, wenn wir wieder zurück sind. Wärst du so freundlich?«

Er legte einen Arm um Titurias Schulter und führte sie hinaus. Issa folgte ihnen auf dem Fuße.

»Danke, dass du sie so zurechtgestutzt hast, Silus. Sie ist nicht besonders nett«, sagte Tituria, sobald sie außer Hörweite waren.

»Behandelt sie dich nicht gut? Dem kann ich schnell ein Ende …«

»Aber nein, nicht doch. Sie macht nur keinen Hehl daraus, dass sie so wenig auf dieser Insel sein will wie ich. Deswegen hat sie immer schlechte Laune und ich deshalb auch.«

Sie verließen die Villa und folgten einem Pfad, der an den Klippen entlangführte. Tituria deutete nach Süden. »Die Insel da heißt Vulcanus. Manchmal kommt der Gott Vulkan dorthin und facht das Feuer unter der Erde an. Die Halbinsel an der nördlichsten Spitze da, das ist Vulcanulus. Sie ist erst vor dreihundert Jahren aus dem Meer gekommen.«

»So schlecht ist deine Lehrerin doch gar nicht.«

»Aber sie bringt mir lieber Nähen, Weben und Kochen bei statt Rhetorik, Griechisch, Philosophie und Geschichte. Ich muss immer darum betteln, dass sie mich das lehrt, was mich wirklich interessiert.«

»Du bist wirklich ein aufgewecktes Kind, meine Kleine.« Ihre Neugier hatte Tod und Verderben über ihre Familie gebracht – und ihr selbst die Verbannung auf diese Insel. Doch er war nicht so grausam, sie daran zu erinnern.

»Silus, mir ist so langweilig. Und ich bin einsam. Myrtis hasst mich, weil sie wegen mir hier festsitzt, und die Prätorianer hassen mich aus demselben Grund. Ich darf keinen Besuch haben – wenn Schiffe anlegen oder Boote ans Ufer kommen, lassen sie niemanden zu mir. Muss ich denn für immer hierbleiben?«

»Das weiß ich nicht«, sagte Silus wahrheitsgemäß. »Ich hoffe nicht.« Er fragte sich, was er tun konnte, um ihr Exil zu verkürzen. Dass Caracalla allen Verbannten die Rückkehr gestattet hatte, galt nicht für Tituria. Der Kaiser war zwar gewillt, jenen zu vergeben, die sich seinem Vater gegenüber etwas hatten zuschulden kommen lassen, doch Tituria schien weiterhin eine Bedrohung für ihn darzustellen. Wenn er nur etwas hätte, das er dem Kaiser anbieten konnte – vielleicht würde sich dieser dann auf einen Handel einlassen. Oder er konnte sie eines Tages, wenn genug Gras über die Sache gewachsen war, heimlich von hier wegbringen. Im Moment jedoch wollte er ihr keine falschen Hoffnungen machen. Doch er hatte etwas anderes, das er ihr geben konnte.

Er setzte sich auf einen Felsen und schlug mit der flachen

Hand auf seine Knie. Issa sprang auf seinen Schoß. Wie immer war sie überglücklich, dass man ihr Aufmerksamkeit schenkte. Dann legte er die Arme um die kleine Hündin, sog tief ihren Geruch ein und drückte seine Wange an ihr Fell. Eine Flut von Erinnerungen brach über ihn herein: an den Vicus in Britannien, in dem er gelebt hatte. Wie er mit seiner Frau über die Hündin gestritten und wie sie sich beide gefreut hatten, als ihre kleine Tochter mit ihr gespielt hatte. Schließlich seufzte er und reichte Tituria das Tier. »Jetzt gehört sie dir.«

Issa schmiegte sich an Tituria, die Silus mit großen Augen ansah. Nach dem Tod ihrer Familie war Issa das erste Lebewesen gewesen, auf das Tituria wieder reagiert hatte. Die kleine Hündin bedeutete ihr ganz offensichtlich immer noch sehr viel. »Ist das dein Ernst?«, fragte sie.

»Sie ist schon eine alte Dame. Zu alt, um mich bei meinen Abenteuern quer durch das Reich zu begleiten. Sie braucht jemanden, bei dem sie ihren Lebensabend verbringen kann.«

»Ich? Du vertraust sie mir an?«

»Ich wüsste nicht, wer besser dafür geeignet wäre.«

Tituria drückte Issa wie eine Spielzeugpuppe an sich. Tränen stiegen in ihre Augen.

Dann saßen sie schweigend nebeneinander da und blickten auf das Meer hinaus, bis der Wind zu kalt wurde und ihre Mägen knurrten.

Myrtis hatte in der Villa Brot, Käse, Oliven und Datteln für sie vorbereitet. Silus fragte sich, ob sie absichtlich ein so karges Mahl auftischte und es darauf anlegte, dass sie sich beschwerten. In diesem Fall vergaß sie allerdings, dass sie Soldaten bewirtete, denen es egal war, was sie aßen, solange es nicht verdorben und genug war, um ihre Bäuche zu füllen.

Atius, Silus und Tituria aßen und unterhielten sich dabei

über Belanglosigkeiten – Wetter, Kleidung, was Issa gerne fraß und wie oft man sie ausführen musste. Den Nachmittag verbrachten sie damit, Issa apportieren zu lassen oder verschiedene Spiele zu spielen – Latrunculi, Tali, Verstecken. Dabei fand sich Silus plötzlich allein in genau demjenigen Raum wieder, in dem er zusammen mit Daya Caracallas Frau Plautilla und deren Tochter ermordet hatte. Ein Schauer lief ihm den Rücken herunter, als er sich in dem kleinen Zimmer umsah. Hatte man die Asche der beiden so bestattet, wie es sich gehörte? Oder waren ihre Schatten noch hier? Standen sie vielleicht gerade direkt hinter ihm und hauchten ihren kalten Atem in seinen Nacken?

Als Tituria ihn entdeckte und ein erfreutes Kreischen ausstieß, erschrak er so sehr, dass er einen Satz machte und sein Herz zu rasen begann. Er atmete ein paarmal tief durch, um sich zu beruhigen, lächelte sie dann traurig an und fuhr ihr durchs Haar.

»Jetzt bin ich dran«, rief sie und rannte davon.

Atius und Silus übernachteten zusammen in einem Zimmer, das Myrtis widerwillig für sie hergerichtet hatte. Es dauerte nicht lange, bis Atius eingeschlafen war und laut schnarchte. Silus, der mit geschlossenen Augen neben ihm auf dem Rücken lag, war hellwach. Vor seinem geistigen Auge verschmolz das verblassende Bild von Plautilla und ihrem Kind mit den leblosen, blutüberströmten Gesichtern seiner eigenen Frau und seiner Tochter.

Schließlich gab er es auf und ging nach draußen. Dabei kam er an Myrtis' Zimmer vorbei. Das Quietschen ihres Betts und das heisere Stöhnen, das aus dem Raum drang, waren selbst im Atrium und sogar draußen bei den Klippen zu hören. Er setzte sich auf die Felskante und ließ die Beine baumeln. Unter ihm krachten die vom Winterwind aufgepeitschten Wellen gegen die Klippen, und die Gischt spritzte mehrere Manneslängen hoch. Das Meer war stärker als jeder Mensch. Selbst der Kaiser mit all seinen Legionen konnte nichts dagegen ausrichten, wenn sich die See gegen ihn wandte, eine Flotte versenkte oder eine Stadt überflutete. Es konnte ohne die geringste Störung im Rhythmus von Ebbe und Flut töten. Eine Welle hielt nicht inne, wenn sie über einen Menschen hinwegrollte, und die Gezeiten wechselten sich ab wie zuvor. Es würde keinen Unterschied machen, wenn er sich hier und jetzt von dieser Klippe stürzte. Silus starrte in die Dunkelheit, und eine Träne fiel hinab in die See. Ein Tropfen inmitten unzähliger anderer.

Er schüttelte diese Gedanken ab. Schon möglich, dass die Welt ihn nicht brauchte und er nicht die Welt. Aber er war noch lange nicht bereit, sie freiwillig zu verlassen. Und jeder, der dabei nachhelfen wollte, konnte sich auf einen harten Kampf gefasst machen.

Nein, er war gerade nicht besonders glücklich, und er war sich auch nicht so sicher, wofür er eigentlich kämpfte. Aber das konnte sich eines Tages ja vielleicht wieder ändern. Und bis dahin würde er einfach weitermachen.

Der Gott des Berges und der Sonne, der große Elagabal, war ihm wohlgesonnen, da war er sich sicher. Aziz hatte an diesem Morgen zu ihm gebetet und ihm ein Opfer dargebracht, auf dass er seine Aufgabe erfolgreich zu Ende führen möge. Die Sonne war durch die Wolken gedrungen und wärmte ihn. Aziz befielen nur selten Zweifel an dem, was er tat, und das auch nur, bis er zu Elagabal betete und ihn dieser mit einer geradezu ekstatischen Gewissheit erfüllte.

Den Beweis dafür, dass es Elagabal tatsächlich gut mit ihm meinte, erhielt er, als er sein Opfer zusammen mit seiner

Familie den Palast des Statthalters verlassen und in die Stadt gehen sah. Der große Berggott hatte ihn hierhergeführt – und die eine oder andere Erkundigung, die er im Vorfeld eingeholt hatte.

Marcellus war weder dumm noch leichtsinnig und ließ sich von vier Legionären begleiten. Der Überfall auf sein Schiff hatte ihn vorsichtiger werden lassen – in Rom war er oft nur in Begleitung eines einzigen Sklaven als Leibwächter herumgelaufen.

Aber das spielte keine Rolle. Aziz hatte sich gut vorbereitet. Die meisten Überlebenden seiner Piratenmannschaft hatten ihn verlassen, sobald sie in Syrakus angekommen waren. Aber ein halbes Dutzend Männer war an seiner Seite geblieben, und er hatte bei einem Syrer, der mit seiner Verbrecherbande über einen heruntergekommenen Stadtteil in Hafennähe herrschte, ein weiteres halbes Dutzend angeheuert.

Dann hatte Aziz geduldig auf den richtigen Moment gewartet. Er wusste, dass Soaemias keinesfalls die ganze Zeit über im Statthalterpalast herumzusitzen gedachte, ohne wenigstens einmal auf den Markt zu gehen und die Sehenswürdigkeiten von Syrakus zu besichtigen. Und er wusste, dass Marcellus seiner Frau keine Bitte abschlagen konnte.

Aziz folgte der Familie unauffällig und mit einigem Abstand durch die von Griechen gegründete Stadt, die beinahe so alt war wie Rom selbst. Syrakus war bei Weitem nicht so voll und laut wie die römische Hauptstadt, aber dennoch quirlig und lebhaft. In dem Labyrinth aus kleinen Gassen drängten sich nicht nur Einheimische und Besucher, sondern auch Fuhrwerke, die in Rom tagsüber nicht auf den Straßen erlaubt waren.

Aziz war den Eheleuten nahe genug, um sie streiten zu

hören. Marcellus fühlte sich nicht sicher und flehte seine Frau förmlich an, wieder in den Statthalterpalast zurückzukehren, doch sie wischte seine Bedenken mit einer Handbewegung beiseite und steuerte auf einen Marktstand mit teuren, aus dem Osten importierten Seidenkleidern zu. Ihr Sohn und der Lehrer namens Gannys stellten sich zu ihr, betasteten den Stoff und lobten die Güte der Ware.

Das war die Gelegenheit, auf die Aziz gewartet hatte. Die Familie war weit genug vom Palast entfernt und gerade abgelenkt. Er stieß den Jungen an, den er als Boten in Dienst genommen hatte, woraufhin dieser zu den in der Nähe wartenden Männern rannte. Nun musste Aziz sich auf den Gehorsam und die Fähigkeiten seiner Handlanger verlassen – etwas, das ihm grundsätzlich nicht behagte. Er hielt den Atem an und wartete.

Plötzlich ertönte von der anderen Seite des Marktplatzes ein lautes Krachen, gefolgt von ebensolchen Stimmen. Ein erboster Kunde hatte den Holztisch des Marktstands umgeworfen, Schmuck aus Silber und Bronze verteilte sich auf der Straße. Der Verkäufer schrie auf den Kunden ein, während sich die Vorbeigehenden beeilten, die wertvollen Ringe und Ketten, die in die Rinnsteine und Fugen zwischen den Steinen des Straßenpflasters gerollt waren, aufzusammeln und in ihren Taschen verschwinden zu lassen.

Die Legionäre aus Marcellus' Gefolge sahen sich nervös nach der Unruhe um, die sich zusehends in einen Tumult verwandelte. Zwei Soldaten gingen hinüber, um für Ruhe zu sorgen, die anderen beiden griffen nach ihren Waffen und hielten in der Menge nach etwaigen Gefahren Ausschau.

Die Legionäre verschwanden in der Menschenmenge, in der sich auch mehrere von Aziz' Männern befanden. Sie schoben sich hinter die Soldaten und schnitten ihnen so den

Rückweg zu Marcellus ab. Gleichzeitig näherten sich seine übrigen Männer aus allen Richtungen dem Statthalter und seiner Familie.

Aziz' Straßenräuber waren weder Schauspieler noch Spione. Einige bemühten sich zwar, sich nicht anmerken zu lassen, was sie vorhatten, dennoch begriffen die Legionäre schnell, dass sich ihnen mindestens zwei Männer näherten. Sie riefen Marcellus eine Warnung zu und zogen ihre Schwerter.

Aziz' Männer stürmten nun gleichzeitig los, wobei sie arglose Passanten aus dem Weg stießen oder mit Schwertknauf oder Axtgriff beiseite prügelten.

Die beiden Parteien prallten mit einem Lärm aufeinander, der über den ganzen Marktplatz hallte. Acht von Aziz' Männern – die anderen hatten den Tumult am Marktstand ausgelöst – kämpften nun gegen nur zwei Legionäre und Marcellus selbst. Aziz beobachtete den Kampf aus sicherer Entfernung.

Auf dem Platz drängten sich schreiende Menschen, die entweder zu fliehen versuchten, anderen zu Hilfe eilten oder ihre Habseligkeiten in Sicherheit bringen wollten. Das gereichte Marcellus und seinen Leuten zum Vorteil, da sich die Angreifer erst durch das unübersichtliche Gedränge kämpfen mussten und nicht gleichzeitig attackieren konnten. Die Verteidiger hingegen konnten sich hinter den Menschen verstecken. Die Männer, die Aziz in Syrakus rekrutiert hatte, waren nicht ganz so brauchbar wie seine Gladiatoren und Veteranen aus Rom: Sie waren nicht für den Kampf ausgebildet und körperlich schwach, dafür aber viel zu selbstsicher. Trotz ihrer Überzahl konnten sie kaum etwas gegen Marcellus und dessen Männer ausrichten.

Außerdem hatten die beiden Legionäre, die den Streit auf

der anderen Seite des Platzes hatten schlichten wollen, den Angriff mittlerweile mitbekommen und eilten ihren Kameraden zu Hilfe. Auch sie wurden von den fliehenden Marktbesuchern und Händlern aufgehalten, kamen Marcellus und seiner Familie jedoch immer näher.

Aziz beobachtete das Ganze immer noch aus sicherer Entfernung und wartete auf den richtigen Moment.

Marcellus und die beiden Legionäre hatten sich im Halbkreis um Gannys, Marcellus' Frau und sein Kind aufgestellt, die sich mit schreckensgeweiteten Augen aneinanderklammerten und entsetzt den Kampf verfolgten, der nur wenige Schritt von ihnen entfernt tobte. Ohne sie aus den Augen zu lassen, setzte sich Aziz in Bewegung und glitt in weitem Abstand zu dem Gefecht auf seiner Linken durch die Menge.

Einer seiner Männer wurde von einem Schwerthieb am Hals getroffen und ging zu Boden, wo er vergeblich versuchte, dem Blutstrom mit der Hand Einhalt zu gebieten. Ein Legionär zog sich eine Verwundung am rechten Oberarm zu, wechselte die Waffe in die andere Hand und kämpfte etwas ungelenker als zuvor weiter. Die herbeieilenden Legionäre sahen sich plötzlich einem Angriff von hinten durch die Männer ausgesetzt, die den Tumult ausgelöst hatten, erreichten aber dennoch unverletzt ihre Kameraden. Nun hatte Marcellus wieder vier Legionäre an seiner Seite, doch auch die Zahl der Angreifer war gewachsen.

Die überlegene Ausbildung und Übung der Soldaten machte sich bezahlt. Aziz' Männer rangen bereits nach Atem und ermüdeten zusehends. Als ein wütender Marcellus einem von ihnen mit dem beidhändig geführten Schwert den Schädel spaltete, verloren sie vollends den Mut.

Marcellus begriff, dass sich das Blatt gewendet hatte, und spornte seine Männer an, die Angreifer endgültig in die Flucht zu schlagen, woraufhin die Legionäre sie Schritt für Schritt unter beständigen Hieben und Stichen zurückdrängten.

Nun war der richtige Zeitpunkt gekommen.

Im Schutz der kreischenden Menschenmenge und von den Kämpfenden unbemerkt schlich sich Aziz hinter Marcellus und seine Männer.

Gannys erspähte ihn aus dem Augenwinkel, drehte sich um und öffnete den Mund.

Aziz traf ihn mit dem Ellbogen an der Schläfe, woraufhin er ohne einen Laut zu Boden ging.

Soaemias starrte Aziz an. Er stieß sie grob beiseite, woraufhin sie nach hinten taumelte, über den Saum ihrer Stola stolperte und auf dem Hintern landete.

Der Junge sah ihn mit seinen durchdringenden blauen Augen an. Einen kleinen Moment lang erstarrte Aziz, in den Bann gezogen von der reinen Macht dieses Blickes.

»Elagabal, gib mir Kraft«, flüsterte er, stülpte dem Jungen schnell einen großen Sack über den Kopf, zog ihn hinunter bis zu seinen Füßen, warf sich das Bündel über die Schulter, drehte sich um und suchte das Weite.

Diesmal verhinderte der Sack, dass der Junge ihn biss oder kratzte. Nun konnte ihn nichts mehr aufhalten, schon gar nicht die Arcani, die – wie Aziz wusste – weit weg von hier waren.

Er warf einen Blick über die Schulter. Marcellus und seine Männer waren so sehr mit ihren Gegnern beschäftigt, dass sie nicht einmal mitbekommen hatten, was gerade hinter ihrem Rücken passiert war. Soaemias starrte Aziz mit offenem Mund hinterher. Einige entscheidende Augenblicke lang war sie wie gelähmt, dann schrie sie los, doch die Kämpfenden nahmen keine Notiz von ihr.

Aziz verließ den Platz und verschwand in einer schmalen

Gasse. Dann sah er sich noch einmal um. Seine Männer waren tot, verletzt oder – da sie sowieso nur halbherzig gekämpft hatten – unversehrt, aber in die Flucht geschlagen. Doch das spielte keine Rolle. Er hatte seinen Auftrag erfüllt. Marcellus' Tod wäre nur eine willkommene Dreingabe gewesen.

Er blieb stehen, bis er sah, wie sich Marcellus zu seiner wie ein Häufchen Elend am Boden kauernden Frau umdrehte. Als der Statthalter bemerkte, dass sein Sohn verschwunden war, wirbelte er mit einem verzweifelten Gesichtsausdruck um die eigene Achse und rief immer wieder seinen Namen. Aziz umklammerte fest seine Beute und rannte durch die Gasse in Richtung Hafen.

»Silus, du blödes Arschloch! Wo warst du? Du solltest mich doch beschützen!«

Silus und Atius blieben wie angewurzelt stehen. Sobald sie wieder in Syrakus angelegt hatten, waren sie direkt zum Statthalterpalast marschiert und hatten sich bei Marcellus zurückgemeldet.

Der Abschied war ihm sehr schwergefallen. Er hatte Tituria versprochen, zurückzukehren und alles zu tun, um sie von der Insel zu befreien, wobei er mit größter Vorsicht zwischen falscher Hoffnung und Verzweiflung navigiert hatte wie zwischen Skylla und Charybdis. Doch gegen den Ausdruck tiefsten Unglücks in Titurias Augen hatte er nichts ausrichten können. Bevor er und Atius in das Boot gestiegen und losgerudert waren, damit sie zum verabredeten Zeitpunkt wieder von ihrem Schiff aufgelesen wurden, hatte sie sich fest an ihn geklammert und nicht loslassen wollen.

Als sie davonfuhren, hatte Tituria Issa in ihren Armen gehalten – wenigstens dieser Anblick war tröstlich gewesen.

Die kleine Hündin hatte ihrem in der Ferne verschwindenden Herrchen verwundert hinterhergeblickt, aber da er sie schon oft längere Zeit allein gelassen hatte, konnte sie nicht ahnen, dass es diesmal anders war. Und so wedelte sie mit dem Schwanz und leckte Titurias tränenüberströmtes Gesicht.

Silus war daher in entsprechend düsterer Stimmung und nicht bereit, sich Marcellus' Ton gefallen zu lassen. »Ihr habt doch gewusst, dass wir ein paar Tage nicht bei Euch sein würden. Oclatinius hat es ausdrücklich gestattet.«

»Und wenn dir der Kaiser persönlich die Erlaubnis erteilt hat, das ist mir scheißegal! Du warst nicht zur Stelle, um uns zu beschützen!«

Nun erst fiel Silus Marcellus' wilder Blick auf, dazu die blauen Flecken, Schrammen und Schnittwunden in seinem Gesicht und auf seinen Unterarmen. Er sah Soaemias an, die außergewöhnlich still dasaß, dann Gannys, der eine hühnereigroße Beule an der Schläfe hatte.

»Was ist passiert, Herr?«, fragte er und bemühte sich, die eigenen Gefühle außen vor zu lassen.

Marcellus ließ sich auf einen Stuhl fallen und legte eine Hand auf die Stirn. »Sie haben meinen Sohn entführt, Silus. Meinen Sohn.«

Silus starrte ihn schockiert an. Auch Atius schwieg. Diesmal kam ihm kein dummer Spruch oder eine witzige Bemerkung über die Lippen.

»Wann?«, fragte Silus.

»Gestern.«

»Was genau ist passiert, Herr?«

Marcellus vergrub das Gesicht in den Händen, und seine Schultern hoben sich ein, zwei Mal. Dann rieb er sich grob über das Gesicht und sah mit glänzenden Augen zu Silus auf. Mit brechender Stimme beschrieb er den Hinterhalt auf dem

Marktplatz, wie sie sich erfolgreich gegen die Angreifer zur Wehr gesetzt hatten, wie er sich schließlich umgedreht, den benommenen Gannys und seine hysterische Frau gesehen und begriffen hatte, dass sein Sohn entführt worden war.

Als er mit seinem Bericht fertig war, herrschte betretene Stille.

Schließlich brach Soaemias das Schweigen. »Lass ihn hinrichten«, sagte sie mit seltsam ausdrucksloser Stimme.

Alle sahen sie verwirrt an.

»Was?«, fragte Marcellus. »Wen?«

»Silus. Er soll hingerichtet werden. Er hat dich im Stich gelassen, und nun ist unser Sohn fort, wenn nicht gar tot. Silus muss sterben.«

Silus starrte sie ungläubig an. »Aber ich kann doch gar nichts dafür, Herr.«

»Und woher soll ich das wissen?«, schrie Marcellus plötzlich. »Ich weiß nur, dass mein Junge weg ist und du nicht hier warst und für unsere Sicherheit gesorgt hast!«

Silus trat einen Schritt zurück und fragte sich, ob es nicht am vernünftigsten wäre, die Flucht zu ergreifen. Die beiden Legionäre, die neben der Tür standen, ahnten, was er vorhatte, und rückten etwas enger zusammen.

Marcellus schüttelte den Kopf. »Bring ihn mir zurück, Silus. Sonst werde ich dich tatsächlich hinrichten lassen.«

Silus focht einen inneren Kampf darum aus, weder die Angst noch die Wut die Oberhand gewinnen zu lassen. Diese ungerechte Behandlung streute weiteres Salz in seine frischen Wunden. Er trat vor und packte Marcellus mit beiden Händen am Kragen seiner Tunika.

Die Legionäre an der Tür machten einen Schritt auf ihn zu, doch Atius vertrat ihnen den Weg und zog sein Schwert halb aus der Scheide.

»Ich werde Euren Sohn finden, Herr«, fauchte Silus, dass Speichel auf die Wangen des künftigen Statthalters von Numidien sprühte. »Es ist nicht meine Schuld, dass er entführt wurde, aber es ist meine Aufgabe, ihn zu Euch zurückzubringen. Und das werde ich auch tun – nicht *wegen*, sondern *trotz* Eurer Drohungen. Und Ihr« – er schubste Marcellus zurück auf seinen Stuhl und drehte sich zu Soaemias herum – »Ihr überlegt es Euch in Zukunft zweimal, bevor Ihr einem Arcanus gegenüber Drohungen aussprecht.«

Soaemias zuckte erschrocken zusammen. »Marcellus«, flüsterte sie mit ängstlicher Stimme. »Wirst du ihm diese Unverschämtheit etwa durchgehen lassen?«

Doch Marcellus war ein geschlagener Mann. »Vergib mir, Silus«, sagte er. »Der Junge ist mein Ein und Alles. Du weißt selbst, was es bedeutet, ein Kind zu verlieren. Lass nicht zu, dass mir dasselbe widerfährt. Finde meinen Jungen. Bitte.«

Silus atmete mehrmals tief durch und spürte, wie er mit jedem Atemzug ruhiger wurde. »Ich werde alles tun, was in meiner Macht steht, Herr. Komm mit, Atius«, sagte er, als er sich wieder einigermaßen im Griff hatte, drehte sich um und marschierte zur Tür.

Die beiden Legionäre versperrten ihm unsicher den Weg. Sie wussten augenscheinlich nicht, was sie nun tun sollten. Marcellus hatte das Gesicht wieder in den Händen vergraben und weinte nun völlig ungehemmt.

»Aus dem Weg. Sofort.« Silus musste nicht nach seinem Schwert greifen – die Drohung wirkte auch so.

Die Legionäre wechselten einen Blick und traten dann beiseite. »Bring ihn zurück, er ist ein guter Junge«, flüsterte ihm einer der Soldaten zu, als er an ihnen vorbeilief.

Silus blieb kurz stehen und nickte. Dann verließ er den Palast.

Das Naheliegende war, mit den Legionären zu sprechen, die den Hinterhalt auf dem Marktplatz miterlebt hatten. Diese konnten ihnen allerdings bis auf die Tatsache, dass es sich nicht um erfahrene Kämpfer gehandelt hatte, kaum etwas Brauchbares über die Angreifer mitteilen. Sie hatten einen Gefangenen gemacht, einen Mann aus Syrakus, dem vom Gladius eines Legionärs die Achillessehne durchtrennt worden war, als er sich zur Flucht gewandt hatte.

Er sprach Griechisch, womit Silus ein wenig vertraut war. Auch wenn er es nicht fließend beherrschte, hatte ihm sein Vater zumindest die Grundlagen jener Sprache beigebracht, die man in weiten Teilen des Imperiums und vor allem in den höheren Kreisen sprach. In Rom hatte er viele Gelegenheiten gehabt, sich darin zu üben. Auch wenn er Latein bevorzugte, war es manchmal leichter, sich in der Muttersprache des Gegenübers unterhalten zu können. Auch Atius hatte als Kind etwas Griechisch gelernt, als ihn seine Mutter in ihrem Glauben unterwiesen hatte, denn die Worte des Christus waren in dieser Sprache ebenso niedergelegt wie die Septuaginta, die heiligen Schriften der Juden, die auch für die Anhänger des Christus von Bedeutung waren.

Die beiden konnten sich also ohne große Schwierigkeiten mit dem Straßenräuber unterhalten. Ihre Sprachkenntnisse erstreckten sich sogar auf ein paar Kraftausdrücke. »Wer hat dich angeheuert, du Schwanzlutscher?«, fragte Silus ohne Umschweife.

Der auf einer Schilfmatratze liegende Syrakuser starrte sie trotzig an. »Leck mich.«

Silus ging neben ihm in die Knie und betrachtete den tiefen Schnitt, den der Mann auf der Rückseite seiner Wade davongetragen hatte. »Das sieht ja übel aus«, sagte er und stieß einen Finger in die Wunde. Der Gefangene schrie auf und krümmte sich vor Schmerzen, doch Atius hielt ihn fest. Silus drehte den Finger in der Wunde, zog ihn wieder heraus und betrachtete die daran hängenden Hautfetzen und Klümpchen von geronnenem Blut. Dann wischte er seine Hand an der Tunika des Mannes ab. »Wer hat dich angeheuert?«, fragte er noch einmal.

Der Gefangene atmete schwer und biss die Zähne zusammen. »Ich weiß nicht, wie er heißt«, murmelte er dann. »Und wenn ihr mich noch so quält …«

Silus nahm ihn beim Wort und drückte seinen Finger ein weiteres Mal in die Wunde. Der Mann schrie auf und fluchte. »Aufhören … aufhören …«, ächzte er dann. »Ich sage euch alles, was ich weiß. Seinen Namen kenne ich nicht, aber er hat Griechisch mit östlichem Akzent gesprochen. Wie die Syrer, die am Hafen arbeiten.«

»Wie hat er ausgesehen?«

»Er hat immer eine Kapuze getragen. Ein kleiner Kerl, aber auch ziemlich zäh.«

»Was hat er euch aufgetragen?«

»Dass wir einen wichtigen Römer töten und seinen Sohn entführen sollen.«

Silus hob eine Augenbraue und sah Atius an. Es war also nicht ausschließlich ein Anschlag auf Marcellus' Leben gewesen, vielmehr war Avitus von Anfang an das Ziel. Und so, wie der Mann den Entführer beschrieben hatte, klang er ganz wie der Unbekannte, gegen den er auf dem Schiff gekämpft hatte. Auch dabei hatte es sich also nicht um einen einfachen Piratenüberfall gehandelt.

»Mehr werden wir aus dem nicht herausbekommen«, sagte Silus zu der Wache. »Habt ihr noch mehr von seinen Kameraden hier?«

»Nur ihre Leichen.«

»Was werdet ihr mit dem hier machen?«

»Mit weniger als der Kreuzigung wird er wohl nicht davonkommen.«

Der Gefangene sah sie an, ohne etwas von dem, was da auf Latein gesprochen wurde, zu verstehen.

Armer Kerl, dachte Silus. Aber für ein derartiges Verbrechen konnte er keine mildere Strafe erwarten.

Anschließend gingen sie auf den Marktplatz, der wie immer voller Menschen war, die nach günstigen Angeboten Ausschau hielten und mit den Standbesitzern feilschten, die lautstark ihre Waren anpriesen. Von dem Kampf war keine Spur mehr zu sehen.

Silus und Atius sprachen mit verschiedenen Händlern und Handwerkern und fanden schließlich einen Zeugen des Vorfalls, der etwas Brauchbares zu erzählen hatte. Es war ein Verkäufer, dessen Stand sich auf der anderen Seite des Platzes befand – weit entfernt von der Stelle, an der der Junge entführt worden war. Trotzdem hatte er gesehen, wie ein nicht besonders groß gewachsener Mann mit Kapuze auf dem Kopf den Jungen geschnappt, in einen Sack gesteckt und davongetragen hatte. Für ein As zeigte er ihnen sogar die Gasse, in der der Entführer mit seinem Opfer verschwunden war.

Silus und Atius sahen sich in der schmalen, schmutzigen Straße um, die hauptsächlich an mehrstöckigen Wohnhäusern mit Geschäften im Erdgeschoss vorbeiführte. Sie befragten mehrere Ladenbesitzer, bevor ihnen ein Schuster erzählte, dass er einen Mann mit einem Sack hatte vorbeirennen sehen, in dem es heftig gezappelt hatte. Aus Neugier hatte er seinen Lehrling angewiesen, ihm in sicherem Abstand zu folgen. Dieser war ihm bis zum Hafen hinterhergelaufen und hatte ihn dort verloren.

Im Hafen herrschte wie immer Hochbetrieb, und die Sklaven schwitzten trotz des milden Winterwetters bei der Arbeit. Die Hafenarbeiter und Seemänner waren generell kein besonders mitteilsamer Haufen. Erst als Silus ihnen Geld anbot, wurden sie gesprächiger. Trotzdem dauerte es mehrere Stunden, bis sie jemanden fanden, der ihnen weiterhelfen konnte.

Dabei handelte es sich um einen kretischen Kapitän namens Iason. Er hatte gerade die Beladung seines Schiffes beaufsichtigt, als er den Mann mit der Kapuze dabei beobachtet hatte, wie er mit einem zappelnden Sack das Nachbarschiff betreten und unter Deck verschwunden war. Der Kapitän dieses Schiffs war Iason bekannt: Sie grüßten sich, wenn sie sich sahen, unterhielten sich über das Wetter oder tauschten Neuigkeiten über Gefahren entlang der Schifffahrtswege aus. Manchmal unterhielten sie sich auch über ihre Waren, ihre Arbeit oder das Leben allgemein, doch Iason war nicht gut genug mit ihm befreundet, als dass er ihn über den seltsamen Mann hätte ausfragen können. Aber er kannte das nächste Ziel des Schiffes. »Der Kapitän handelt mit Räucherwerk und Gewürzen und fährt dafür regelmäßig zwischen Alexandria und Syrakus hin und her«, sagte Iason. »Offenbar macht er einen guten Schnitt dabei.«

»Fährst du dieselbe Strecke?«, fragte Silus.

»Nein. Ich bringe Wein von Kreta nach Ostia. In Syrakus halte ich nur an, um meine Vorräte aufzustocken.«

»Könnte er dieses Mal ein anderes Ziel anlaufen?«

»Das bezweifle ich. Der Mann ist ein Gewohnheitstier. Seit ich ihn kenne, ist er immer nur von hier nach Alexandria und wieder zurück gefahren. Wenn ihr woandershin wollt, müsst ihr euch auch ein anderes Schiff suchen.«

»Wann ist er abgefahren?«

»Er ist heute Morgen mit der Flut ausgelaufen.«

Silus fluchte. Hätte sich Marcellus nicht den ganzen gestrigen Tag in seinem Selbstmitleid gesuhlt, hätte er seinen Sohn vielleicht noch befreien können, bevor dieser Sizilien verlassen hatte. Aber das ließ sich nun nicht mehr ändern. »Wann geht das nächste Schiff nach Alexandria?«

»Ich weiß von keinem, das in nächster Zeit in diese Richtung fährt. Vielleicht trifft morgen oder übermorgen eins ein, das nach ein paar Tagen Aufenthalt wieder dorthin zurückkehrt.«

Silus schüttelte den Kopf. Sie mussten der Spur folgen, solange sie noch heiß war. »Kannst du uns dorthin bringen?«

»Ich?«, fragte Iason überrascht. »Ich fahre doch nicht nach Alexandria. Ich habe den Laderaum voll mit edlem Wein, der nach Ostia gebracht werden muss.«

»Verdirbt der Wein denn so schnell?«

»Nun ja ... Nein, eigentlich wird er mit der Zeit immer besser, aber darum geht es nicht.«

»Wir werden dir nicht nur deinen Schaden ersetzen, sondern dich fürstlich entlohnen.«

»Aber in Ostia wartet eine Frau auf mich.«

»Gibt es in Alexandria denn keine Frauen?«, fragte Atius.

»Doch, sicher.«

Silus nannte ihm den Preis, den sie ihm zu zahlen bereit waren.

»Dafür kannst du dir eine Menge Frauen leisten«, bemerkte Atius.

Iason schluckte, dann hielt er Silus die Hand hin. Der schlug ein. »Wann können wir ablegen?«

»Wenn wir noch bis morgen ...«

»Wir müssen so schnell wie möglich los.«

Iason dachte einen Moment lang nach. Ganz offensichtlich hatte er Angst, die großzügige Summe, die man ihm geboten hatte, an einen anderen Kapitän zu verlieren, wenn er nicht schnell genug handelte. »In zwei Stunden sind wir mit dem Einladen der Vorräte fertig.«

»Gut, bis dahin sind wir wieder zurück.«

Als Silus Marcellus die Neuigkeiten überbrachte, lächelte der Statthalter tapfer. »Danke, Silus. Ich wusste ja, du lässt mich nicht im Stich.«

»Noch habe ich ihn nicht gerettet. Darf ich fragen, warum Ihr nicht schon gestern nach Eurem Sohn gesucht habt?«

Marcellus verzog das Gesicht. »Soaemias war am Boden zerstört, da konnte ich sie nicht allein lassen. Ich habe den sizilischen Statthalter gebeten, nach den Angreifern zu suchen, aber angeblich waren sie wie vom Erdboden verschluckt.«

Silus ließ es dabei bewenden, obwohl er der Ansicht war, dass Marcellus mehr hätte tun sollen. Bei all seiner Tapferkeit und seiner Befähigung in manchen Gebieten schien es dem Statthalter gelegentlich an Tatkraft und gesundem Menschenverstand zu mangeln. Silus vermutete, dass er einfach auf die Rückkehr der Arcani gewartet hatte – in der Hoffnung, dass sich diese der Sache annehmen würden.

»Atius und ich brechen in Kürze nach Alexandria auf.«

»Wir werden euch begleiten«, sagte Soaemias plötzlich, die bis eben schweigend, mit gesenktem Kopf und scheinbar völlig geistesabwesend neben Marcellus gesessen hatte.

»Aber Liebste …«, sagte Marcellus.

»Herrin«, sagte Silus. »Alexandria ist meines Wissens eine gefährliche Stadt. Lasst Atius und mich das machen.«

»Nein. Er ist mein Sohn. Für ihn gehe ich überallhin.«

»Wir reisen in zwei Stunden ab …«

»Bis dahin sind wir bereit.«

Silus sah Marcellus an, der resigniert mit den Schultern

zuckte. »Gut, dann in zwei Stunden am Hafen«, sagte Silus seufzend. »Verspätet Euch nicht.«

Selbstverständlich kamen sie zu spät. Und als Soaemias' Sklaven endlich all ihr Gepäck, ihre Kleidertruhen, ihren Schmuck, ihre Schminkutensilien, den schwarzen Stein und anderes Ritualzubehör an Bord gebracht hatten und die Legionäre sowie Gannys und die Sklaven ebenfalls an Bord gegangen waren, lagen sie bereits vier Stunden hinter der geplanten Abfahrtszeit zurück.

Iason protestierte angesichts des Gewichts der zusätzlichen Passagiere und ihres Gepäcks, auch wenn das Schiff Silus' laienhaftem Blick nach nicht tiefer im Wasser lag als vorher. Nach einer kleinen Erhöhung des Fahrtpreises und einigen zusätzlichen Gebeten und Opfern an Poseidon war der Kapitän schließlich zur Abfahrt bereit.

Soaemias setzte sich im Schneidersitz an den Bug, schloss die Augen und betete zu Elagabal. Die Matrosen warfen ihr misstrauische Blicke zu und machten insgeheim Zeichen, um das Böse abzuwehren.

Sie segelten an der sizilischen Küste entlang nach Süden, dann auf der offenen See des Mare Nostrum nach Osten bis nach Griechenland und drehten schließlich in südöstliche Richtung ab, nach Ägypten und Alexandria. Alle Segel waren gesetzt und die Ruderer beschäftigt.

Ein schnelles Schiff konnte die Strecke unter idealen Bedingungen in zehn Tagen bewältigen, doch die Winterwinde und ungünstige Strömungen erschwerten die Reise. Zweimal mussten sie vor schweren Stürmen in einem Hafen Schutz suchen.

Nachdem sie die griechische Halbinsel hinter sich gelassen hatten, um das Mare Nostrum von Norden nach Süden zu durchqueren, gab es keine sicheren Häfen mehr. Das unablässige Schlingern des Schiffes verursachte erneut schlimme und anhaltende Übelkeit bei Silus. Er aß die ganze Reise über kaum etwas und behielt noch weniger bei sich.

Einmal, bei einem gewaltigen Sturm, war er überzeugt davon, dass das Schiff mit Mann und Maus untergehen würde. Die Wellen türmten sich haushoch auf und der Wind brachte einen Mast zu Fall, woraufhin das Segel zusammen mit einem schreienden Matrosen im Meer landete. Ein Legionär wurde von einer plötzlichen Welle über Bord gespült und verschwand im dunklen Wasser.

Iason trieb seine Ruderer zur Eile an und ließ die Segel einholen. Unter Deck flehten Soaemias, Marcellus und Gannys Elagabal um Rettung an. Atius bat Christus und Maria um Vergebung seiner Sünden, und Silus rief Jupiter, Mithras, Poseidon, Brigantia, die Laren, seine Vorfahren und überhaupt alle an, die ihm nur einfielen.

Welche Gottheit sie letztlich auch erhörte: Der Sturm ließ nach, und die Mannschaft konnte die Schäden so weit beheben, dass das Schiff seetüchtig blieb und seine Reise fortsetzen konnte. Einige Matrosen hätten die syrische Hexe, wie sie sie insgeheim nannten, am liebsten über Bord geworfen, ein Vorhaben, dem auch Silus nicht abgeneigt war. Doch als die Fahrt weiterging, nahm Soaemias wieder ihren Platz am Bug ein und betete weiter zu Elagabal. Sie strafte Silus beharrlich mit Nichtbeachtung, was diesem nur recht sein konnte.

Nach etwa drei Wochen verkündete der Ausguck endlich, dass das Ziel ihrer Reise in Sicht war. Alexandria bot einen atemberaubenden Anblick. Obwohl sich am dunklen Horizont noch kein Sonnenstrahl zeigte, wies ihnen der große Leuchtturm den Weg.

Silus hatte keine Ahnung, wie es möglich war, dass das Licht seines Feuers über diese enorme Entfernung hinweg auf das Meer hinausstrahlte und so die Schiffe – darunter auch ihres – sicher in den Doppelhafen führte. Je näher sie kamen, desto niedriger wurden die Wellen. Dann brachen die ersten Sonnenstrahlen durch die Wolken und tauchten den östlichen Horizont in flammendes Orange.

Als sie im heller werdenden Tageslicht auf die Küste zusteuerten, sah Silus das Feuer und die Spiegel, die seinen Schein verstärkten, oben auf dem gewaltigen Turm – es war der berühmte Pharos von Alexandria, eines der sechs noch existierenden Weltwunder. Die entsetzliche Überfahrt war vorüber, und sie konnten endlich an die Arbeit gehen.

Siebtes Kapitel

Sobald das Schiff in den Großen Hafen einfuhr, den östlichen der beiden Häfen, die von einem Heptastadion genannten Damm geteilt wurden, war die Wasseroberfläche spiegelglatt. Die halb natürliche, halb menschengemachte Bucht war so gut vor den Wellen geschützt, dass das Schiff trotz der starken Winde, die auf dem offenen Meer tobten, auf diesem kurzen letzten Abschnitt der Reise dahinglitt wie ein Lastkahn auf einem Kanal.

Silus kam es beinahe unwirklich vor, nach drei Wochen beständigen Schlingerns wieder auf einen unbewegten Horizont blicken zu können. Ein Lotse kam an Bord und leitete sie zu ihrem Ankerplatz.

Iason stellte sich neben ihn. »Bist du zum ersten Mal hier?«, fragte der Kapitän.

»Ich bin aus Britannien«, sagte Silus. »Für mich war ja bereits Rom weit weg von zu Hause. Jetzt kommt es mir vor, als wäre ich von einem Ende der Welt zum anderen gereist.«

»Die Welt ist viel größer, als du glaubst, mein Freund.«

»Kennst du dich in der Stadt aus?«

»Ein wenig. Sie ist alt, aber nicht so alt wie viele andere Städte. Alexander der Große hat sie gegründet. Daher auch der Name.«

»Ja, das weiß ich.«

»Angeblich haben sie, als sie beschlossen hatten, hier eine große Stadt zu bauen, die Straßen und Viertel mit Mehl auf dem Boden markiert, weil sie keine Kreide hatten. Die Vögel fraßen es sofort auf und die Leute hielten das für ein schlechtes Omen. Ein Wahrsager erklärte Alexander dann, dass es bedeutete, die Stadt würde einmal die ganze Welt ernähren. Und er hatte recht. Ohne Alexandria und Ägypten müssten die Römer verhungern.«

Silus stieß einen beeindruckten Pfiff aus. Obwohl der Schiffsverkehr im Winter stark abnahm, herrschte im Hafen reger Betrieb und viele Schiffe lagen vor Anker.

Doch dann erregte die Stadt hinter dem Hafen seine Aufmerksamkeit. Obwohl ihre Blütezeit schon lange vor der Eroberung durch die Römer vorüber gewesen war, bot sie einen atemberaubenden Anblick.

Genau wie damals, als er die abgelegene Provinz Britannia am nördlichen Rand des Imperiums verlassen und zum ersten Mal die Stadt Rom betreten hatte, kam er auch jetzt aus dem Staunen nicht mehr heraus. Rom war allerdings schmutzig, chaotisch und über Jahrhunderte hinweg ungehemmt nach den ständig wechselnden Bedürfnissen der Bewohner seines sich stetig vergrößernden Reiches gewachsen.

Alexandria dagegen war geplant, erdacht vom Eroberer der Welt, dem größten Feldherrn, den es je gegeben hatte. Seine Nachfolger hatten es zu einem Zentrum der Kultur und Gelehrsamkeit gemacht, dessen Licht in den Nebel und die Dunkelheit der Unwissenheit leuchtete wie das Licht seines berühmtesten Bauwerks in die Nacht hinaus. Silus verschlug es beim Anblick der gewaltigen Fassaden aus Kalkstein und Marmor, der Obelisken, Paläste und Gärten und anderen Gebäude, deren Zweck er nur erahnen konnte, die Sprache.

Atius brachte seine Gefühle auf den Punkt: »Heilige Scheiße, Silus!«

Silus wusste, dass ihn sein staunender Blick als unbedarften Neuankömmling entlarvte, doch das war ihm egal. Die Stadt war über die Maßen schön. So prächtig. Hinter ihm fiel die frühe Morgensonne auf den auf der Insel Pharos stehenden Leuchtturm, der ihre Strahlen sammelte und aus einer Höhe von vierhundert Fuß auf das Meer hinaussandte. Vor ihm ragte das gewaltige Caesarium, der große der Kaiserverehrung dienende Tempel, in den Hafen. Silus konnte einen kurzen Blick hineinwerfen und sah aufgetürmte Opfergaben in Form von Weihebildern und Statuen aus Gold und Silber, er sah Säulenhallen, Säle, Gärten und Haine und weitläufige Innenhöfe. Etwas weiter südwestlich thronte das Serapeum, der mit Säulengängen und Marmor geschmückte Tempel de Serapis samt seiner vielen Nebengebäude, über Stadt und Hafen. Wo Silus auch hinschaute, sah er Tempel in allen Größen und Formen – erbaut, um den Gottheiten, denen sie geweiht waren, zu huldigen und um ihr Wohlwollen zu buhlen.

Atius und Silus gingen gemeinsam von Bord und durch den Hafen, wobei sie die Schauerleute und Arbeiter dort ebenso wenig beachteten wie Marcellus' Rufe oder Soaemias Kreischen: »Silus! Atius! Wo wollt ihr hin?« Es war einfach zu überwältigend. Silus' Gedanken kreisten allein darum, wie klein und unbedeutend er im Vergleich zu dieser wunderbaren Stadt war, die er gerade besuchen durfte.

Dies änderte sich schlagartig, als Atius die Katze trat.

Es war ein dummer Zufall. Genau wie Silus hatte Atius mit offenem Mund die Prachtbauten und Tempel bewundert. Und weil er nach oben schaute, übersah er eine schwarze

Katze, die sich auf dem Holzsteg im Licht des frühen Morgens sonnte. Bis zu diesem Augenblick war der Katze ihr Leben lang nur untertänigste Verehrung entgegengebracht worden, die so weit ging, dass selbst die Fahrer voll beladener Fuhrwerke und Karren einen Bogen um sie machten, damit sie sie nicht störten. Das Tier sah zwar, dass sich Atius' Fuß näherte, doch da es nichts anderes als sklavische Ehrerbietung kannte, machte es keine Anstalten, ihm auszuweichen.

Atius hätte eine Katze auf seinem Weg normalerweise sanft, aber bestimmt zur Seite geschoben. Da er sie jedoch nicht einmal bemerkte, versetzte er ihr, als er gerade zum nächsten Schritt ausholte, mit seinem schweren Stiefel einen so kräftigen Tritt, dass sie durch die Luft geschleudert wurde. Das Tier stieß ein markerschütterndes Kreischen aus und spreizte im Flug die Beine. Anstatt jedoch auf den Füßen zu landen, prallte es mit dem Kopf gegen die Kante des Holzstegs, fiel mit einem Platschen ins Wasser und ging unter.

Atius sah sich verwirrt um. »So ein dämliches Vieh«, sagte er mit einem schiefen Grinsen. »Hoffentlich ist ihr nichts passiert.«

Den Arbeitern in der Nähe war allerdings nicht zum Grinsen zumute. Sie legten beinahe gleichzeitig die Arbeit nieder, richteten den Finger auf ihn und verfielen in unheilvolles Getuschel. Wer nicht von diesem heiligen Zorn ergriffen wurde – wie etwa zwei langhaarige, bleiche gallische Sklaven und ein dunkelhäutiger äthiopischer Aufseher –, entfernte sich mit vorsichtigen Schritten.

Aus den Augenwinkeln bemerkte Silus eine schlanke Gestalt, die über den Holzsteg rannte, lossprang und fast geräuschlos ins Wasser eintauchte. Er stieß Atius, dem allmählich dämmerte, dass er für den Zorn der Einheimischen verantwortlich war, mit dem Ellenbogen an. Immer mehr

Arbeiter kamen hinzu und ließen sich erzählen, was geschehen war, immer weitere Finger richteten sich auf Atius.

Nun holten auch Marcellus, Soaemias, Gannys und die vier Legionäre zu Silus und Atius auf. »Was ist hier los?«, wollte Marcellus wissen.

»Atius hat eine Katze getötet. Das wird hier wohl nicht gerne gesehen.«

Gannys keuchte. »Er hat was?«

»Warum der Aufstand?«, fragte Atius mit einem ungewohnt ängstlichen Ton in der Stimme.

»Du verfluchter Narr«, zischte Soaemias. »Weißt du nicht, dass die Katze den Ägyptern heilig ist?«

Silus erinnerte sich dunkel daran, dass man den kleinen, mit Zähnen und Krallen bewehrten Pelzträgern, die man in Britannien höchstens zur Bekämpfung von Nagetieren hielt, hierzulande große Verehrung entgegenbrachte. Womöglich war diese Katze ja eine ganz vortreffliche Rattenfängerin.

»Wir entschuldigen uns für den Unfall mit der Katze«, rief Silus der schnell wachsenden Menge zu, die allmählich einen Kreis um sie bildete. »Wir werden dem Besitzer den Schaden selbstverständlich ersetzen.«

»Still, Silus!«, warnte Soaemias, doch es war zu spät. Aus dem empörten Flüstern wurden wütende Schreie.

»Katzenmörder!«

»Frevel!«

»Tod dem Missetäter!«

Das erste Wurfgeschoss war eine weiche Frucht, die Silus' Oberarm traf, kurz darauf folgten Holzstücke und Keramik, als die Menge auf der Suche nach Waffen Warenkisten und ihren Inhalt zerschlug. Die kleine Gruppe, die soeben von Bord gegangen war, rückte eng zusammen. Sie hoben abwehrend die Hände und kehrten langsam über den Holzsteg zu ihrem Schiff zurück. Die Hafenarbeiter kamen immer näher.

»Halt! Hier ist die Katze!« Eine schlanke, völlig durchnässte Frau, der das Wasser aus dem langen Haar lief, stand auf dem Steg, die Katze lag mit nassem Fell auf der Seite, rührte sich nicht und atmete auch nicht. Die wütenden Arbeiter drehten sich um und verstummten, als sie das heilige Tier tot daliegen sahen. Dann wandten sie sich mit noch hasserfüllterem Blick wieder Silus und den anderen zu.

»Augenblick, Augenblick!«, rief Silus mit dem Mut der Verzweiflung. Als er noch ein kleiner Junge gewesen war, hatte er mitangesehen, wie sein Vater ein Kind vom Stamm der Maeatae aus einem Fluss gezogen hatte. Zum Erstaunen aller, die das Mädchen bereits für tot gehalten hatten, war es seinem Vater gelungen, sie aus dem Orkus zurückzuholen, indem er auf ihre Brust gedrückt und Luft in ihren Mund geblasen hatte. Ob das auch bei einem Tier möglich war, wusste er nicht, doch was hatte er schon zu verlieren?

Er kniete sich neben den reglosen Körper, legte die Finger hinter den Ellenbogen der Katze und ertastete einen immer schwächer werdenden, aber doch spürbaren Puls. Er drückte mit der Handfläche auf die Brust des Tieres, woraufhin ein kleiner Strahl schaumigen Wassers aus seinem Maul schoss. Silus bemitleidete sich selbst dafür, was er alles tat, um Atius aus der Patsche zu helfen, dann beugte er sich vor und pustete so kräftig in die Schnauze der Katze, dass sich ihr Brustkorb hob. Auf diesen drückte er in regelmäßigen Abständen, auch wenn er nicht wusste, wie schnell oder wie kräftig er dies zu tun hatte. Sehr wohl bewusst war ihm dagegen, wie viel von der Rettung dieses kleinen Tiers abhing: sein Auftrag ebenso wie das Leben von Avitus und Atius!

Die Katze holte keuchend Luft, krümmte den Rücken

und streckte die Beine aus. Die Menge, die atemlos alles verfolgt hatte, gab ebenfalls ein erleichtertes und erstauntes Keuchen von sich. Doch Silus zweifelte noch, da er genau diese krampfhaften Bewegungen bei Soldaten beobachtet hatte, die kurz darauf gestorben waren. Doch dann holte die Katze noch einmal Luft, hustete und prustete und atmete dann regelmäßig weiter. Sie behielt die Augen geschlossen, berührte jedoch mit der Tatze ihre Schnauze, wie um eine Fliege zu verscheuchen.

Silus setzte sich erleichtert hin. Die Frau, die dem ertrinkenden Tier hinterhergesprungen war, hob es auf und hielt es in die Höhe. »Sie lebt! Der Fremde hat die heilige Katze gerettet. Ich werde mich um sie kümmern, bis sie wieder bei Kräften ist. Der Kamerad des Fremden soll nicht dafür bestraft werden. So habe ich, Tekosis, Priesterin der Isis, es bestimmt. Kehrt wieder an eure Arbeit zurück. Der Segen von Isis, der Schwester und Gattin des Osiris und Mutter des Horus, der Schöpferin und Beschützerin des Meeres und der Häfen, der Ernte und des großen Landes Ägypten, sei mit euch. Wer sie verehrt, dem werden Fülle und Behaglichkeit im nächsten Leben zuteil.«

Die Menge zerstreute sich murrend. Atius traf mehr als ein hasserfüllter Blick, Silus dagegen betrachteten sie mit einer Mischung aus Angst und Ehrfurcht.

Silus wandte sich der Priesterin zu. »Vielen Dank«, sagte er. »Du hast uns gerettet.«

Tekosis wiegte die Katze wie einen Säugling in den Armen. »Ich habe nicht euch Narren gerettet, sondern Bastet hier«, sagte sie nüchtern. Sie sprach Griechisch mit einem starken Akzent, den Silus bereits von den in Rom lebenden Ägyptern kannte. Erst jetzt betrachtete er sie genauer: Ihr langes, weißes Gewand klebte an ihrem schlanken Körper, und aus dem langen, schwarzen Haar, das über ihren Rücken hinabfiel, tropfte noch Wasser. Sie hatte eine spitze Nase und große Augen. Der Kajalstrich, der sie in Mandelform umrandete und betonte, war bis über ihre hohen Wangenknochen verschmiert.

Silus bekam so wenig Luft wie die Katze vorhin. Irgendwann wurde ihm klar, dass er sie bereits länger anstarrte, als es sich geziemte. Sie legte den Kopf schief und sah ihn mit einem fragenden Lächeln an.

»Äh … wer ist Bastet?« Etwas anderes fiel ihm nicht ein.

Sie deutete auf die Katze. »Das hier ist Bastet.«

»Und du … bist eine Priesterin der Isis?«

»Mit Namen Tekosis, ja. Willst du dich nicht auch vorstellen?«

»Ich bin Silus. Aus Britannien.«

»Egal, woher du stammst, du bist nur ein weiterer Römer.«

»Bist du das nicht auch?«

»Ich bin Ägypterin«, sagte sie mit einem wütenden Funkeln in den Augen.

Während Silus noch überlegte, was er darauf erwidern sollte, erschien Atius an seiner Seite. »Silus, das war ja ganz erstaunlich. Ich dachte wirklich, ich bin geliefert. War das Zauberei?«

Auch Tekosis wartete neugierig, wie er diese Frage beantwortete.

»Selbstverständlich nicht«, gab Silus entrüstet zurück. »Hast du mich schon jemals zaubern sehen? Das habe ich von meinem Vater gelernt. Das arme kleine Tier hatte keine Luft mehr in der Lunge, und ich habe sie ihm zurückgegeben.«

Tekosis nickte, offenbar zufrieden mit dieser Erklärung.

»Silus, Atius!« Soaemias' Stimme schnitt das Gespräch ab

wie ein rostiges Messer. »Lasst die Einheimischen zufrieden und helft mir.«

Silus zuckte bedauernd mit den Schultern. »Ich möchte mich für deine Hilfe bedanken, wie es sich gehört. Wo kann ich dich wiedersehen?«

»Das dürfte nicht allzu schwierig sein. Ich bin die Priesterin des Tempels der Isis Lochias.«

Silus nickte, murmelte einen Abschiedsgruß und kehrte zu Marcellus und Soaemias zurück.

Marcellus fächelte sich mit der Hand Luft zu und atmete hörbar aus. »Das war ja ein Empfang!«, sagte er. »Man hat mir zwar gesagt, dass die Alexandriner reizbar sind, aber damit habe ich nicht gerechnet.«

»Er hat ihr heiliges Tier missachtet. Man sollte ihn als Zeichen unseres guten Willens hinrichten lassen.«

Silus blieb der Mund offen stehen. Soaemias forderte nun schon zum dritten Mal den Tod eines der beiden Arcani in ihrer Begleitung. Allmählich hatte er das Gefühl, dass sie sie nicht leiden konnte. »Es war ein Unfall, Herrin. Außerdem hat die Katze überlebt.«

»Ich habe mit meinem Ehemann gesprochen und nicht nach deiner Meinung gefragt, Arcanus.«

Silus wollte gerade etwas erwidern, da hob Marcellus beschwichtigend die Hand. »Meine liebe Frau, das Einzige, was jetzt zählt, ist die Befreiung unseres Sohnes. Silus und Atius haben uns auf die Spur seines Entführers gebracht, und es ist ihre Aufgabe, ihn zu uns zurückzubringen. Wenn sie dabei versagen, werde ich noch einmal über deine Bitte nachdenken.«

Soaemias sagte nichts mehr, obwohl sie sichtlich unzufrieden mit ihrem Gatten war. Und auch Silus hatten seine Worte kaum besänftigen können.

»Silus, Atius«, sagte Marcellus. »Geleitet uns zum Palast des Präfekten. Und wenn irgend möglich ohne Attentat, Entführung oder Tumult.«

Das Amt des Präfekten von Ägypten war mit einer so großen Macht verbunden, dass man es keinem Mitglied des Senats anvertrauen wollte. Die Provinz war die Kornkammer Roms, und wer in Ägypten herrschte, war durchaus in der Lage, Druck auf die Hauptstadt auszuüben – was der Grund dafür war, dass man die Präfekten stets aus dem Ritterstand wählte. Dass die Ritter im Rang unter den Senatoren standen, sagte natürlich nichts über die Befähigung des Präfekten aus, machte es aber unwahrscheinlicher, dass es ihm gelang, genug Unterstützer für einen Aufstand oder gar den Griff nach dem Thron hinter sich zu scharen.

Bedauerlicherweise wurde kein Präfekt darüber unterrichtet, wie diese einzigartige Provinz mit ihren obskuren Gesetzen und Bräuchen, ihrem schwer zu durchschauenden Götterglauben und der launischen Bevölkerung am besten zu regieren sei. Lucius Baebius Aurelius Juncinus war erst seit wenigen Monaten im Amt und schien dessen bereits müde.

Marcellus und Silus saßen zusammen mit dem Präfekten bei Wein und Trauben auf bequemen Holzstühlen in einem üppig mit Gold und Silber geschmückten Versammlungsraum. Juncinus war ein umgänglicher Mann jenseits der vierzig mit gepflegtem Bart und einem Körperbau, der auf regelmäßige Leibesübungen und genügsame Ernährung schließen ließ. Neben ihm saß ein großer Mann mit östlichen Gesichtszügen. Juncinus hatte ihn als Gratidius vorgestellt, den Legaten der in Alexandria stationierten Legio II Traiana.

Währenddessen sah sich Atius im Palast nach einem Quartier für die beiden Arcani um, Soaemias beaufsichtigte sowohl die Sklaven in ihrem Gefolge als auch die des Palastes beim Auspacken, ließ die ihr und ihrem Gatten zustehenden Gemächer wohnlich einrichten und nahm anschließend ein Bad.

Der Präfekt bemerkte, dass Silus den prächtig ausgestatteten Raum bewunderte. »Dieser Palast gehörte einem der Ptolemäer, leider weiß ich nicht mehr, welchem. Es gibt ja so viele, und alle haben sie ihre Schwestern geheiratet. Aber Geschmack hatten sie durchaus.«

Silus nickte unverbindlich. Das Leben im Luxus hatte ihn nie gereizt. Er war zufrieden mit seiner kleinen, heruntergekommenen Wohnung in der Subura und wäre in einer kleinen Hütte im Norden Britanniens oder gar einem Zelt im Wald wahrscheinlich noch glücklicher gewesen.

»Was ist das nur für ein Land?«, fragte Marcellus. »Wir sind kaum von Bord gegangen, da kam es schon zu einem Aufruhr. Ich verstehe ja, dass Katzen hier heilig sind, aber …«

»Die Katze hat überlebt, daher habt ihr noch einmal Glück gehabt«, sagte Gratidius. »Einmal haben sie einen römischen Soldaten hingerichtet, weil er aus Versehen ein solches Tier getötet hat. Wäre diese Katze heute gestorben, hätten wir deinen Diener wohl oder übel kreuzigen müssen, um einen Volksaufstand zu verhindern.«

»Sind die Verhältnisse hier wirklich so instabil?«

»Bei Junos Titten, diese Stadt ist ein Hort des Wahnsinns«, sagte Juncinus. »Ich bin nun schon geraume Zeit hier und habe die hiesigen Verhältnisse trotzdem erst im Ansatz begriffen. Man hat mich damals hierherbeordert, um Aquilas Platz einzunehmen, weil ich ein guter Soldat bin und das römische Recht kenne. Doch auf das, was mich hier erwartete, war ich nicht vorbereitet. Die Menschen hier sind samt und sonders irre.«

»Baebius Juncinus«, sagte Marcellus. »Wir brauchen deine Hilfe.«

»Selbstverständlich. Wie könnte ich einem Proprätor, der das Amt des Stadt- und Prätorianerpräfekten bekleidet hat und die Gunst des Kaisers genießt, meine Unterstützung versagen?«

Silus glaubte, einen ironischen Unterton wahrzunehmen, den Marcellus entweder nicht bemerkt hatte oder nicht beachten wollte.

»Du hast sicher gehört, dass ich das Amt des Statthalters von Numidien übernehmen werde?«

»In der Tat. Die wichtigen Neuigkeiten aus Rom erreichen uns selbst im Winter sehr zügig. Wir haben bereits zwei Wochen nach Getas Ableben davon erfahren.«

Silus bemerkte, dass sich der Präfekt um Neutralität bemühte und Worte wie »Ermordung« vermied.

»Wir wurden auf dem Weg hierher zweimal angegriffen. Einmal in der Nähe von Neapolis, wobei wir zunächst von einem Piratenüberfall ausgingen.«

»Piraten, so nahe bei Rom? Das kommt dieser Tage nur noch selten vor.«

»Richtig. Doch dann kam es in Syrakus zu einem zweiten Angriff. Dabei wurde mein ...« Seine Stimme brach und er trank einen Schluck Wein.

Silus beendete den Satz: »Der Sohn des Statthalters wurde verschleppt.«

»Verschleppt?« Juncinus wirkte verwirrt. »Wohin?«

»Wenn wir das wüssten, hätten wir ihn bereits befreit.«

Juncinus stieß einen leisen Pfiff aus. »Offenbar will jemand dem Aufstand in Numidien zum Erfolg verhelfen und verhindern, dass du den Statthalter ablöst.«

»Das ist die naheliegendste Erklärung«, sagte Marcellus.

»Aber weshalb sollten sie meinen Sohn entführen? Inwiefern kann das ihrer Sache nutzen?«

»Nun ja«, sagte Juncinus, »jetzt steckst du erst mal hier fest, nicht wahr? Und Numidien ist ein ganzes Stück von Ägypten entfernt.«

»Es wäre doch einfacher, mich umzubringen.«

»Für mich klingt es so, als hätten sie das bereits versucht«, sagte Gratidius. »Meinst du nicht auch, äh ... Silus, richtig?«

»Ja, Legat. Und ja, die Piraten hätten ihn getötet, wenn ich nicht eingegriffen hätte. Den Legionären zufolge haben das auch die Angreifer in Syrakus versucht.«

»Und als ihnen das nicht geglückt ist, haben sie als nächstbeste Maßnahme seinen Sohn entführt.«

»Schon möglich«, sagte Silus.

»Du scheinst nicht davon überzeugt«, bemerkte Marcellus.

»Ich meine nur ... Es klingt so, als wäre derjenige, der Avitus auf dem Schiff entführen wollte, derselbe, dem es in Syrakus gelungen ist. Er hat jedes Mal abgewartet, bis alle vollauf mit dem Kampf beschäftigt waren, um sich dann in einem günstigen Augenblick Euren Sohn zu schnappen.«

Marcellus runzelte die Stirn. »Worauf willst du hinaus?«

»Ich könnte mich auch irren, aber mir kommt es so vor, als hätten es die Angreifer gar nicht auf Euch abgesehen. Den Jungen zu entführen war ihnen wichtiger, als Euch zu töten.«

»Aber das ergibt doch keinen Sinn«, sagte Marcellus. »Was wollen sie denn mit einem achtjährigen Jungen? Außer als Geisel, um Lösegeld zu erpressen, hat er keinen Wert für sie. Da gibt es doch beileibe einfachere Möglichkeiten, um an Geld zu kommen.«

»Womöglich wollen sie ihn als Druckmittel einsetzen, um Euch, wenn Ihr erst einmal Statthalter von Numidien seid, zu etwas zu zwingen, das gegen den Willen des Kaisers ist.«

Marcellus schüttelte den Kopf. »Caracalla würde mich sofort ersetzen und hinrichten lassen, wenn ich mich seinen Befehlen widersetze. Das liegt doch auf der Hand.«

Nach einer Weile des nachdenklichen Schweigens ergriff Juncinus wieder das Wort. »Ihr habt mir immer noch nicht verraten, was euch nach Alexandria verschlagen hat.«

Marcellus nickte Silus zu, woraufhin ihm dieser die Überlegungen erläuterte, die sie hierhergeführt hatten.

»Ich verstehe, doch wie kann ich da helfen?«

»Wir hatten gehofft, dass du uns das sagen kannst«, sagte Marcellus. »Du kennst dich hier aus.«

»Wie bereits erwähnt, ist das eben nicht der Fall.«

»Gebt Ihr uns freie Hand, um nach dem Jungen zu suchen?«, fragte Silus.

»Selbstverständlich. Aber ich rate euch, keine Gesetze zu übertreten, weder römische noch ägyptische. Oder religiöse. Oder griechische, alexandrinische, jüdische oder ... oder ... Ihr Götter, wie gerne wäre ich wieder in Rom.«

»Also habt ihr keinen guten Rat für uns, wo wir mit der Suche anfangen sollen?«

»Leider nicht. Nein.«

Marcellus ließ die Schultern hängen.

»Aber«, fuhr Juncinus fort, »ich kann euch mit jemandem bekannt machen, der euch vielleicht eine größere Hilfe ist.«

»Ja?«

»Kanopion, der Hypomnematographus.«

Silus warf Marcellus einen Blick zu, um sich zu vergewissern, dass ihn der Statthalter nicht auf den Arm nehmen wollte. Marcellus blickte ebenso verständnislos drein.

»Der Hypomnematographus ist der Verwalter meines Archivs. Er ist Bürger Alexandrias und Mitglied der Bule.«

»Der Bule?«, fragte Marcellus.

Juncinus warf die Hände in die Luft. »Ich sage doch, es ist verwirrend. Sprecht mit Kanopion, er kann euch das alles besser erklären, als ich dazu jemals in der Lage sein werde. Ich würde euch allerdings raten, einen Stapel Wachstafeln mitzunehmen, damit ihr euch Notizen machen könnt.«

Die Amtsstube des Hypomnematographus befand sich im Palast des Präfekten. Nachdem Juncinus sie mit Kanopion bekannt gemacht und diesem befohlen hatte, sich Zeit für seine Gäste zu nehmen, verabschiedete er sich. Silus hätte es vorgezogen, unter vier Augen mit ihm zu sprechen, da er befürchtete, dass sich Marcellus in dieser Angelegenheit zu sehr von seinen Gefühlen leiten ließ. Doch der Statthalter bestand darauf, bei dem Gespräch dabei zu sein, außerdem hatte Juncinus sie darauf hingewiesen, dass sich Kanopion als Angehöriger des städtischen Adels ohne die Anwesenheit eines Höhergestellten sowieso nicht mit einem einfachen Mann wie Silus abgegeben hätte. Silus fasste dies nicht als Beleidigung auf – dass die Hochwohlgeborenen auf ihn herabschauten, war er bereits aus Rom gewohnt. Auch der Hypomnematographus hielt sich für etwas Besseres als den einfachen Soldaten aus dem fernen Norden, ganz egal, über welche Fähigkeiten oder welches Ansehen dieser verfügen mochte.

Kanopion hatte griechische Züge: gewelltes, bereits ergrauendes Haar, große braune Augen, einen vollen Mund und eine lange, gerade Nase ohne den römischen Höcker, die er im wahrsten Sinne des Wortes sehr hoch trug. Er blickte von seinem hohen Stuhl auf die beiden Männer vor sich herab und machte sich nicht die Mühe, seine Verachtung zu verbergen, wenn er mit Silus sprach.

Silus ließ sich davon nicht abschrecken. »Was genau macht ein Hypopneumoniagrapus denn so?«, fragte er unter bewusster Verballhornung des Amtstitels.

»Ein *Hypomnematographus*«, sagte Kanopion unter Betonung der korrekten Aussprache, »ist ein hochrangiger Beamter und Berater des Präfekten in rechtlichen Angelegenheiten. Er wird aus den Mitgliedern der Bule erwählt. Das ist der Rat der Stadt«, fügte er hinzu, als ihn Silus verständnislos ansah.

»Das klingt ja nach einem sehr wichtigen Posten. Römischen Bürgern dürft Ihr allerdings nichts vorschreiben, habe ich recht?«

»Ich … Nein, das nicht. Dafür sind andere …«

»Vielen Dank. Wir möchten Euch nur ein paar Fragen stellen. Der Präfekt hat gesagt, dass Ihr dem Statthalter hier gerne behilflich sein werdet.«

Kanopions Blick huschte zwischen den beiden hin und her. Offenbar war ihm nicht ganz klar, wer hier das Sagen hatte. »Selbstverständlich. Ich stehe ganz zu eurer Verfügung.«

»Der Sohn des Statthalters wurde entführt, und wir glauben, dass man ihn nach Alexandria gebracht hat. Durch das raue Wetter auf See kann er nicht sehr lange vor uns hier eingetroffen sein. Nun möchten wir von Euch wissen, wie wir am besten nach einem Schiff suchen, das vor Kurzem angelegt hat, und wo der Junge stecken könnte.«

Kanopion lehnte sich zurück und breitete die Hände aus. »Eure erste Frage kann ich beantworten. Die zweite eher nicht.«

»Dann fangt mit der ersten an.«

»Ihr müsst den Prokurator des Pharos aufsuchen.«

Marcellus seufzte, und Silus wusste auch, weshalb – die Verwaltung dieser Stadt schien sich grundlegend von der in anderen Teilen des Imperiums zu unterscheiden. Marcellus stammte aus Syrien, hatte in Britannien gekämpft, Severus nach Afrika begleitet und in Rom hohe Ämter bekleidet, doch hier schien er völlig überfordert.

»Und wer ist das?«

»Der Beamte, der am Hafen die Liegegebühr eintreibt. Er ist auch für den Schutz der Seewege vor Piratenangriffen und der Bedrohung durch feindliche Mächte zuständig. Und – was für euch von Bedeutung sein dürfte – er wacht mit strengem Blick darüber, welche Personen und Waren den Hafen erreichen und wieder verlassen.«

»Aber als wir eingelaufen sind, mussten wir uns nicht bei ihm melden«, sagte Marcellus verwirrt.

»Er hätte einen Mann von Eurem Rang nicht mit derartigen Belanglosigkeiten aufgehalten, doch seid gewiss, dass Euer Kapitän sofort nach Eurer Ankunft der Amtsstube des Prokurators des Pharos eine genaue Aufstellung seiner Mannschaft, seiner Passagiere und seiner Ladung übermittelt hat.«

»Also können wir so herausfinden, wann das besagte Schiff angelegt hat und wer an Bord war?«, fragte Silus, dessen Neugier geweckt war.

»Die Bediensteten des Prokurators werden euch die gewünschte Auskunft geben können, sofern ihr ihnen genug Einzelheiten über das Schiff nennen könnt. Selbstverständlich können sie euch nur die Namen nennen, die die Personen an Bord angegeben haben. Vielleicht gelingt es euch, den Beamten aufzutreiben, der das Schiff beim Einlaufen überprüft hat. Der weiß sicher mehr.«

»Wir sind dir sehr verbunden«, sagte Marcellus, und Silus nickte ihm ebenfalls dankbar zu.

»Und die andere Frage?«, wollte Silus wissen. »Wie sollen wir in dieser Stadt einen entführten Jungen finden?«

Kanopion legte die Fingerspitzen aneinander und drückte sie an die Lippen. »Um seinen Aufenthaltsort zu ermitteln, werdet ihr vermutlich alle möglichen Leute bestechen, bedrohen oder sonst wie um Hilfe bitten wollen.«

Silus zuckte mit den Schultern. So ausgedrückt klang es nicht nach einem besonders guten Plan, doch etwas anderes fiel ihm nicht ein.

»Wenn ich euch die hiesigen Verhältnisse etwas genauer erklären dürfte?«

Marcellus bedeutete dem Hypomnematographus durch ein Schieflegen des Kopfes, dass er fortfahren sollte.

»Alexandria wurde vor über fünfhundert Jahren von Alexander dem Großen gegründet, als er …«

Marcellus hob die Hand. »Ist die Geschichtsstunde wirklich notwendig?«

»Sie kann nicht schaden, wenn ihr das Zusammenleben der verschiedenen Völker hier verstehen wollt«, sagte er etwas verschnupft. »Ich kann euch aber auch die Kurzfassung anbieten.«

»Das wäre sehr hilfreich. Die Zeit drängt.«

»In Alexandria gibt es viele Volksgruppen. Die größten sind die Griechen und Ägypter. Dazu kommen die Römer – hauptsächlich in der Verwaltung und dem Militär tätig – sowie Juden, auch wenn diese nicht mehr so zahlreich sind wie einst, da nach einem Aufstand vor etwa hundert Jahren viele getötet oder verbannt wurden.

Die Griechen hier sind Nachfahren jener Männer, die Ptolemaios I. begleiteten, als ihm bei der Teilung von Alexanders Reich Ägypten zufiel. Die Ägypter wiederum bewohnen dieses Land schon seit dem Anbeginn der Zeit.

Nach den Römern, die als Eroberer hier herrschen, verfügt der griechische Teil der Einwohner, zu dem auch ich gehöre, über die größte Macht der Stadt. Wir haben eine eigene Ratsversammlung, die Bule, die das Recht hat, Steuern zu erheben. Die Familien, die ihr angehören, bilden den Adel Alexandrias. Alle anderen – ob Griechen, Alexandriner, Juden oder Sonstige – bilden den Ochlos. Den Pöbel.«

Silus dämmerte allmählich, wo Kanopion seinen Platz in der Gesellschaft verortete. Genau wie die Griechen in Griechenland erkannte er die römische Herrschaft zwar pro forma an, machte aber kaum einen Hehl daraus, dass er sich, seine Familie und seine Freunde den Besatzern – und allen anderen – haushoch überlegen fühlte.

»Was ist mit den Christen?«, fragte Silus. »Angeblich gibt es hier sehr viele.«

Kanopion dachte nach. »Das ist schwer zu sagen. Der Vater des Kaisers – gesegnet sei sein Name – befahl vor zehn Jahren, die Christen zu vertreiben. Wer nicht die Flucht ergriff oder sich versteckte, wurde enthauptet oder verbrannt. Es war selbst für uns, die wir dem Glauben an die alten Götter anhängen, eine schwere Zeit. Doch nach und nach sind sie zurückgekehrt, und auch wenn der vergöttlichte Septimius Severus bei Strafe verboten hat, zum Christentum zu konvertieren, predigen sie heute offen auf den Straßen. Anders als einen Griechen oder Juden oder Ägypter kann man einen Christen nicht an seiner Hautfarbe oder Nasenform erkennen, auch wenn manche von ihnen der Meinung sind, sie würden ein eigenes Volk bilden.«

»Und weil es so viele verschiedene Gruppen gibt, kommt die Stadt auch nie zur Ruhe?«, fragte Silus.

»Ja, unter anderem. Die Anhänger unserer Götter hassen die Christen, die Christen hassen die Juden. Die Ägypter hassen die Griechen, die Griechen verachten die Ägypter. Und alle hassen die Römer. Nun ja, nicht alle«, fügte er hastig hinzu, als er Marcellus' drohende Miene bemerkte. »Ich zum Beispiel habe selbstverständlich größte Hochachtung vor der Kultur und Macht Roms.«

»Ihr habt ›unter anderem‹ gesagt«, bemerkte Silus. »Warum ist es hier denn sonst noch so unruhig?«

»Die Ägypter können ihre Geschichte länger als jedes andere Volk zurückverfolgen und sind der Ansicht, dass man ihnen dafür nicht die gebührende Hochachtung zuteilwerden lässt. Die Alexandriner wiederum halten ihre Stadt für einzigartig. Einerseits sehen sie sich als Teil Ägyptens, andererseits sind sie der Ansicht, dass sie etwas Besseres als der Rest Ägyptens seien.

Doch wahrscheinlich liegt es einfach nur in der Natur des Pöbels. Die Menschen hier sind von Geburt an launisch und fassen alles als Beleidigung auf. Wenn jemand nicht grüßt. Wenn sie nicht ins Badehaus dürfen. Wenn es ein bestimmtes Gemüse nicht auf dem Markt gibt.«

»Sehr aufschlussreich, aber wie hilft uns das bei der Suche nach meinem Sohn?«, fragte Marcellus.

Silus legte eine Hand auf seinen Arm. »Herr, wir sind beide fremd hier. Wir müssen in Erfahrung bringen, wie man mit den Einheimischen spricht und sie um Hilfe bittet, ohne sie vor den Kopf zu stoßen.«

»Da wünsche ich viel Erfolg«, sagte Kanopion. »Sie würden einen Römer nicht einmal anspucken, wenn er in Flammen stünde. Es sei denn, sie sind ihm noch etwas schuldig.«

Schuldig?, dachte Silus. War ihm die Priesterin womöglich etwas schuldig, weil er die heilige Katze ins Leben zurückgebracht hatte? Nein, es war wohl eher andersherum. Geistesgegenwärtig hatte sie die Menge beruhigt und ihn und Atius gerettet. Allerdings war sie die einzige Ägypterin, die er bisher kennengelernt hatte, und es klang nicht so, als könne man hier schnell Freundschaften schließen. Außerdem gab es – auch wenn er es sich nicht eingestehen wollte – einen weiteren Grund, sie wiederzusehen. Seit dem ersten Blick auf ihr Gesicht und ihren Körper in der nassen Tunika hatte er sie nicht mehr vergessen können. Es war womöglich kein schlechter Einfall, wenn er und Atius ihr einen Besuch abstatteten. Nach nochmaliger Überlegung kam er jedoch zu dem Schluss, dass es besser war, Atius nicht mitzunehmen. Immerhin war sie eine Priesterin der Isis und er ein Jünger des Christus: Silus konnte sich nicht darauf verlassen, dass sich sein Freund nicht durch eine ungebührliche Bemerkung in Schwierigkeiten brachte. Nein, er würde die Priesterin allein aufsuchen.

Als sich Silus dem Tempel der Isis auf der Halbinsel Lochias näherte, schlug sein Herz schneller, als es nach dem kurzen Fußweg vom Palast hierher hätte sollen. Der Tempel war direkt am Ufer auf einem kleinen Erdhügel errichtet worden, damit er die umliegenden Gebäude überragte. Silus ging durch einen von Säulengängen umschlossenen Vorhof und ein reich verziertes Tor und betrat den hell erleuchteten Raum dahinter. Auf den farbenfrohen Fresken an den Wänden waren vor einem ausnahmslos rot-weißen Hintergrund Szenen aus den Geschichten über die ägyptischen Götter dargestellt. Mehrere Gläubige saßen in stillem Gebet versunken da. Außer den Schritten eines Tempeldieners, der Sand und Staub aus den Ecken fegte, war nichts zu hören.

Eine Wandmalerei erregte seine Aufmerksamkeit – er vermutete, dass es sich bei der darauf dargestellten Göttin um Isis handelte. Eine Schlange wand sich um ihre Handgelenke, und zu ihren Füßen lag ein lang gestrecktes grünes Tier mit einem ebenso langen Schwanz, Schuppen und einem merkwürdigen, schnabelähnlichen Maul voller Zähne. Während er noch überlegte, was die Kreatur darstellen sollte, hörte er eine Stimme hinter sich. Sein Herz, das sich gerade erst beruhigt hatte, fing erneut an zu klopfen.

»Silus, nicht wahr?«

Er wirbelte herum und erblickte Tekosis vor sich. Nun setzte sein Herz einen Schlag aus. Sie trug ein langes, bis zu den Füßen reichendes Gewand und einen Schal um den Kopf. Auch wenn diesmal nur ihre Unterarme und ihr Gesicht zu sehen waren, verschlug es ihm angesichts ihrer Schönheit die Sprache. Dunkle Haarsträhnen, die dem Schal entkommen waren, fielen ihr in die Stirn. Der nach ihrem Bad im Hafen verschmierte Kajalstrich war nun wieder sorgfältig gezogen und betonte ihre sowieso schon großen Augen.

Sie lächelte ihm freundlich zu, und seine Kehle schnürte sich zusammen.

»Hast du etwa deinen Namen vergessen?«

»Ja. Nein. Doch. Silus. Das bin ich.«

Sie gab ein leises Lachen von sich, das wie eine liebliche Melodie aus den sanften Tönen einer Lyra war.

Bei Pans Eiern, Silus, nun reiß dich aber zusammen. Du hast einen Auftrag, also hör auf, dich wie ein liebeskranker Junge aufzuführen, der gerade erst die Bulla losgeworden ist und zum ersten Mal die Toga virilis angelegt hat.

»Das wäre dann ja geklärt. Willst du Isis huldigen oder bist du aus einem anderen Grund hier?«

»Eigentlich habe ich dich gesucht.«

»Das ist ja ganz reizend von dir.«

Silus biss fest auf die Innenseite seiner Wange, um sich zur Aufmerksamkeit zu mahnen und zu verhindern, dass sein auf ihr Gesicht gerichteter Blick ihren Körper hinunterwanderte. »Es ist kein Freundschaftsbesuch«, sagte er. »Auf ein Wort?«

Dies schien Tekosis nicht allzu sehr zu enttäuschen, und obwohl sich die aufwärts gebogenen Mundwinkel zu einer geraden Linie verzogen, verließ das Lächeln nicht ihre Augen.

»Gehen wir in meine Gemächer.«

Tekosis übernahm die Führung. Unwillkürlich starrte Silus ihre schwingenden Hüften an. Ihr Götter!

Ihre Gemächer umfassten mehrere Räume, darunter ein Schlafzimmer und ein Empfangs- und Aufenthaltsraum. Sie bedeutete ihm, auf einem Holzstuhl mit Stoffbezug Platz zu nehmen, und setzte sich ihm gegenüber. Silus konnte durch den dünnen Vorhang ins Schlafzimmer blicken – er sah ein üppig gepolstertes Bett, einen Waschtisch samt Schüssel und einen Nachttopf in der Ecke. Sie bemerkte seinen Blick.

»Fühlst du dich hier nicht wohl?«

»Ich sorge mich nur um die nötige … Schicklichkeit. Nicht meinetwegen selbstverständlich. Darfst du als Priesterin denn ganz allein einen Mann in deinem Quartier empfangen?«

Wieder stieß sie ihr melodisches Lachen aus. »Als Priesterin der Isis kann ich tun und lassen, was ich will. Wir sind hier nicht in Rom, und ich bin auch keine jungfräuliche Vestalin.«

Als sie die Priesterinnen der Vesta erwähnte, verdüsterte sich Silus' Miene. Er hatte sich bemüht, so wenig wie möglich an dieses schreckliche Erlebnis zu denken, doch jetzt sah er die von Entsetzen erfüllten Mienen der jungen Frauen, die lebendig begraben wurden, wieder deutlich vor sich und hörte einmal mehr den dumpfen Aufprall, mit dem die verzweifelte Flucht der letzten Vestalin geendet hatte.

Etwas berührte sein Knie und holte ihn ins Hier und Jetzt zurück. Tekosis hatte sich besorgt zu ihm vorgebeugt. »Bitte entschuldige. Wir haben gehört, was diesen armen Frauen widerfahren ist. Warst du dabei?«

Silus nickte, und diesmal lag es nicht an der Schönheit der Priesterin, dass er kein Wort herausbrachte.

Tekosis stand auf, ging zu einem kleinen Tisch und füllte Wein aus einem Krug in zwei Gläser, wovon sie Silus eines reichte. Er ließ die blutrote Flüssigkeit darin kreisen und beäugte sie misstrauisch. Einen so dunklen Wein hatte er noch nie gesehen. Tekosis bemerkte seinen Argwohn.

»Als der große Sonnengott Re alt wurde, spotteten die Menschen über ihn. Er rief seine Tochter, die Göttin Hathor, Gebieterin der Sterne, Herrin über die Liebe und Beschützerin des Sonnengottes, zu sich und befahl ihr, die Frevler zu bestrafen. Doch dabei fand sie Freude am Töten und hörte nicht mehr auf, sondern riss in der Gestalt der Löwin Sachmet wahllos Menschen, um ihr Blut zu trinken. Als Re sah, dass die Menschen vor ihrer Vernichtung standen, dauerten sie ihn, doch selbst die Götter konnten ihrem Blutdurst keinen Einhalt gebieten. Als sie schlief, mischten die Götter Wein mit rotem Farbpulver und gossen ihn über das Land. Sachmet erwachte, hielt es für Blut und trank alles leer. Danach war sie so berauscht, dass sie das Töten vergaß und wieder ruhig und fröhlich wurde.

Deshalb trinken wir bis zum heutigen Tag blutroten Wein, und in bestimmten Gegenden wird noch das Fest der Trunkenheit zu ihren Ehren gefeiert.«

»Das klingt ja vielversprechend«, sagte Silus und nahm einen großen Schluck. Der Wein war sehr süß und mit ihm unbekannten Kräutern und Spezereien gewürzt. An dieses Getränk konnte er sich gewöhnen, auch wenn es sich kaum mit dem britannischen Bier vergleichen ließ.

»Möchtest du mir jetzt verraten, weshalb du hier bist, wenn du weder Isis huldigen noch mich besuchen willst?«, fragte Tekosis. »Ja wohl nicht, um meinen Wein zu probieren.«

Silus nahm noch einen Schluck. »Eigentlich wollten wir gar nicht nach Alexandria. Vor unserer Ankunft wusste ich so gut wie nichts über diese Stadt, und ich kenne auch niemanden hier. Aber ich habe einen Auftrag. Ich suche nach … etwas. Und dazu brauche ich jemanden, der die Stadt gut kennt. Bislang habe ich nur mit dem Präfekten gesprochen, der jedoch von nichts eine Ahnung hat, und dem Hypomnema… Hypoenema…«

»Der Hypomnematographus«, vollendete Tekosis. »Ein Mann, der sich seiner Bedeutung überaus bewusst ist.«

»Was für ein aufgeblasener Wichtigtuer.« In Tekosis' Gegenwart fühlte er sich ganz ungezwungen. Sie beruhigte ihn, wie sie die aufgebrachte Menge beruhigt hatte. Er fragte sich, ob es daran lag, dass sie eine Priesterin war. Oder war sie ein Naturtalent?

»Wonach suchst du denn?«

»Nach einem Jungen.«

Tekosis hob die Augenbrauen.

»Nein, nicht so. Ich meine einen ganz bestimmten Jungen. Er wurde entführt.«

»Verstehe. Und du glaubst, dass er hier in Alexandria ist?«

»Ja. Das Schiff, auf dem er verschleppt wurde, war auf dem Weg nach Alexandria. Wir haben uns beim Prokurator des Pharos erkundigt, und ihm zufolge ist es vor drei Tagen hier eingetroffen. Der Junge befindet sich nicht unter den gemeldeten Besatzungsmitgliedern, doch er war ganz sicher an Bord. Das Schiff ist bereits wieder losgefahren, doch der Prokurator hat es vorher von seinen Beamten gründlich durchsuchen lassen. Der Junge war nicht mehr an Bord, daher müssen sie ihn hier irgendwo in Alexandria versteckt haben.«

»Das tut mir sehr leid und du hast mein Mitgefühl. Aber ich wüsste nicht, wie ich dir da weiterhelfen könnte.«

»In Britannien, selbst in Rom würde ich jetzt mit Zeugen sprechen, Hinweise verfolgen, Türen eintreten, in anderer Leute Häuser eindringen, jemanden bestechen oder bedrohen. Doch nach dem Empfang, den man uns gestern bereitet hat, habe ich das starke Gefühl, dass ich damit hier nicht weiterkomme. Alexandria scheint mir eine außergewöhnlich gefährliche Stadt zu sein, und offen gestanden habe ich keine Ahnung, wo ich anfangen soll.«

Tekosis nickte. »Das kann ich gut verstehen. Was weißt du über die hiesigen politischen Verhältnisse?«

»Der Hypomnemomomo... Kanopion hat versucht, sie uns zu erklären, doch eben aus seiner speziellen Sichtweise. Für ihn ist niemand, der nicht von Adel ist, der Rede wert. Ich dagegen vermute, dass der Entführer nicht zu den Reichen und Mächtigen dieser Stadt gehört.«

»Ein aufgeblasener Wichtigtuer, wie du schon gesagt hast. Seinesgleichen – der griechische Adel – hält sich für allen anderen Menschen überlegen, doch er vergisst, dass sie hier die Neulinge sind. Unsere Zivilisation ist weitaus älter.«

»Also bist du eine echte Ägypterin?«

»Halbgriechin väterlicherseits, wie ich zu meiner Schande gestehen muss. Aber ich wurde von meiner Mutter aufgezogen und bin zuallererst Ägypterin und Alexandrinerin. Meine größte Hoffnung ist, dass sich Ägypten eines Tages von den Römern und Griechen befreien wird, die auf den gebeugten Rücken meiner Landsleute stehen.«

»Du bist eine Rebellin?«

Tekosis lächelte. »Selbstverständlich nicht, das wäre ja Verrat. Außerdem sind die Römer und Griechen nicht die einzige Bedrohung der ägyptischen Kultur.«

»Wer denn noch?«

»Die Christen.« Ihr hübsches Gesicht verzerrte sich zu einer hässlichen Fratze der Wut.

»Sie bedrohen dich? Predigen sie nicht Frieden und Liebe?« So viel hatte er von Atius mitbekommen, und wenn alle Anhänger des Christus so waren wie sein Freund, gab es nicht viel, was Silus an dieser merkwürdigen Glaubensgemeinschaft auszusetzen hatte.

»Frieden und Liebe wollen sie nur für sich selbst. Wenn man kein Christ ist oder keiner werden will, fällt man in ihren Augen der Verdammnis anheim. Außerdem glauben sie genau wie die Juden nur an einen einzigen Gott. Die alten Götter wollen sie vernichten und mit ihrem eigenen dreifachen Gott ersetzen.

Und die Juden sind auch nicht ungefährlich. Vor hundert Jahren gab es einen großen Aufstand, als sie die Tempel der alten Götter, so wie diesen hier, niederreißen und entweihen wollten. Danach wurden sie aus Alexandria vertrieben. Aber nun werden es wieder immer mehr hier, und wer weiß, wann sie sich wieder gegen die ägyptischen und römischen Götter wenden werden.«

»Aber wir Römer sind doch sehr duldsam gegenüber fremden Göttern«, sagte Silus. »Wir heißen sie willkommen und verehren sie auch selbst. Mithras, Isis und Serapis haben in Rom viele Anhänger. Die Christen und Juden dagegen dulden keine anderen Götter, noch nicht einmal die vergöttlichten Kaiser. Das macht sie bei den Römern ziemlich unbeliebt.«

»Dass es in Rom viele Anhänger der Isis gibt, ist mir bekannt … Und zu welchen Göttern betest du, Silus?«

»Ich habe nicht wirklich …« Wieder suchte er nach Worten. Wie machte sie das nur? »Ich meine: zu allen, irgendwie. Zu jedem dieser Götter.«

»Und wen bittest du als Erstes um Hilfe in der Not?«

»Das ist wohl Mithras. Aber ich war schon lange in keinem Mithräum mehr. Ich bin auch nicht initiiert, nicht einmal als Rabe.« So nannte man den niedrigsten der sieben Weihegrade dieses Kults.

Tekosis erhob sich abrupt. »Komm mit.«

Sie führte ihn aus dem Zimmer und durch einen geräumigen Versammlungsraum zu einer schweren Holztür im hinteren Teil des Heiligtums, den sie mit einem großen Schlüssel aus Bronze öffnete. Dann ging sie hindurch und bedeutete Silus, ihr zu folgen.

Sonnenlicht fiel durch die vergitterten Fenster hoch oben in den Wänden, welche wie auch im übrigen Tempel mit beeindruckenden Darstellungen der Göttin bemalt waren. Neben Isis waren noch andere Götter zu sehen – der bärtige Serapis, der ibisköpfige Thot und der käferköpfige Re. Sie wurden von allerhand seltsamen Kreaturen eingerahmt, darunter auch ein dickes Tier, das aussah wie ein riesenhaftes Schwein, aber im Wasser zu leben schien, und wieder jene lang gestreckten Eidechsen mit den furchteinflößenden Zähnen.

Noch beeindruckender als seine Wände war der Inhalt des Raums: eine große Marmorstatue von Isis und Serapis, die sich an den Händen hielten, sowie silberne und goldene, mit kultischen Symbolen verzierte Becher, Teller und Schalen.

Den Ehrenplatz nahm eine einen Fuß große, goldene Statue der Isis ein, die an der gegenüberliegenden Wand auf einem Altar aus Marmor mit eingelegtem Gold stand. Sie hielt ein Papyruszepter und ein Anch-Symbol in den Händen, hatte einen kleinen, leeren Thron auf dem Kopf und stillte gerade den Horusknaben. Die Statue war nicht nur wunderschön, sondern auch sicher äußerst wertvoll.

»Hier im Sacrarium bewahren wir die heiligsten und wertvollsten Schätze des Tempels auf«, erklärte Tekosis.

»Wunderschön«, sagte Silus und stieß einen Seufzer der aufrichtigen Bewunderung aus. Weihrauchduft erfüllte die Luft, und aus der Haupthalle des Tempels war harmonischer Gesang zu hören. Er war in einem kunstvoll dekorierten, mit kostbaren Schätzen angefüllten Raum, und das auch noch in Gegenwart einer atemberaubend schönen Frau. Ihm wurde ein wenig schwindlig, und er musste zweimal tief durchatmen, um sich zu beruhigen.

»Beeindruckend, nicht wahr?«, sagte Tekosis. »Hier sind wir Isis ganz nah.«

In diesem Augenblick, in diesem Raum und in Gegenwart dieser Frau wollte er das gerne glauben.

»Willst du mehr über sie wissen?«

Er nickte und betrachtete die Figur auf dem Altar.

»Isis ist die Schwester und die Ehefrau von Osiris und die Mutter von Horus. Sie ist gütig, mütterlich und fürsorglich und hilft uns auf dem Weg ins Jenseits. Außerdem besitzt sie große magische Kräfte und beschützt die Erde, den Himmel und das Meer. Sie ist die klügste aller Götter und hat sogar Macht über das Schicksal.«

»Du bist ja ziemlich überzeugt von deiner Göttin.«

Tekosis sah ihn überrascht an. »Wer ist das denn nicht von seinem Gott?«

»Na ja, von unseren gibt es mehrere, die meiner Meinung nach nicht so besonders sind. Jupiter zum Beispiel ist ein Ehebrecher und Vergewaltiger. Mars ist für Tod und Zerstörung zuständig. Pan hat eine Nymphe umgebracht, nur weil sie ihm die kalte Schulter gezeigt hat.«

Tekosis sah ihn nachdenklich an. »Die Natur der römischen und griechischen Götter ist ganz anders als die der ägyptischen.«

Silus drehte sich zu ihr. »Warum hast du mich hierhergebracht?«

»Ich glaube, dass du auf der Suche nach einer tieferen Wahrheit bist.«

Er schüttelte den Kopf. »Ich bin nur ein einfacher Mann, ohne viel Tiefgang.«

Sie sah ihn an, und er hatte das Gefühl, dass sie bis in seine Seele blickte. »Da wäre ich mir nicht so sicher.«

Silus schluckte, dann schüttelte er den Kopf, um den süßen Duft und die verführerischen Gedanken daraus zu vertreiben.

»Hilfst du mir?«

»Den Jungen zu finden? Nein.«

»Aber ...« Er starrte sie verständnislos an.

»Hast du mir nicht zugehört? Ich bin Alexandrinerin und Ägypterin. Ich tue, was die Beamten des Kaisers und die Bule von mir verlangen, aber abgesehen davon gehöre ich Isis. Und die interessiert sich nicht für römische Jungen.«

»Aber denk doch nur an seine Eltern. Oder daran, was für Ängste dieses Kind in diesem Augenblick ausstehen muss.«

Tekosis streckte die Hand aus und berührte seine Wange. »Du bist ein guter Mensch. Ich werde Isis bitten, dir bei deiner Suche zu helfen. Aber jetzt wird es Zeit für meine Andacht. Bitte entschuldige mich.«

»Dann heißt es jetzt wohl Abschied nehmen«, sagte Silus enttäuscht. Plötzlich fühlte er sich wie ein leerer Weinschlauch.

»Ich würde mich sehr freuen, wenn du mich wieder besuchen kommst.«

»Sagst du mir wenigstens Bescheid, falls dir etwas zu Ohren kommt?«

Sie dachte kurz nach. »In Ordnung. Auf Wiedersehen, Silus.«

Silus sah sie lange und voller Erwartung an, obwohl er selbst nicht so recht wusste, was genau er erwartete. Dann drehte er sich um und ging niedergeschlagen davon. Der Besuch im Heiligtum hatte nichts gebracht, weder für ihn selbst noch für den entführten Jungen. Er trottete aus dem Tempel und zurück in den Palast des Präfekten.

Achtes Kapitel

Atius betete und sang mit den anderen Teilnehmern des Gottesdienstes in der kleinen Kirche, doch mit den Gedanken war er ganz woanders. Dass Silus ohne ihn zu der Priesterin gegangen war, ärgerte ihn. Zum einen, weil er nun das Gefühl hatte, dass sein Freund ihm nicht vertraute, zum anderen, weil er die hübsche junge Frau auch selbst gerne wiedergesehen hätte. Er war versucht, Alexandria noch ein bisschen auf eigene Faust zu erkunden, doch nach dem Vorfall bei ihrer Ankunft befürchtete er, dabei jemandem über den Weg zu laufen, der ihn wiedererkannte und ihm die Sache mit der Katze nicht verziehen hatte. Die überall in der Stadt spürbare Götterverehrung, die in den zahllosen Tempeln und heiligen Symbolen und Tieren Ausdruck fand, hatte ihn daran erinnert, dass er seinem eigenen Gott schon lange nicht mehr gehuldigt hatte. Deshalb hatte er, als er im Palast einen Sklaven mit einem fischförmigen Anhänger gesehen hatte, diesen nach einer Kirche gefragt.

Die Kirche war kein eigens zum Gottesdienst errichteter Bau, sondern eigentlich nur ein schmuckloser Raum in einem Wohnhaus, in dem so oft christliche Zusammenkünfte stattgefunden hatten, dass es inzwischen allein diesem Zweck diente: eine Domus ecclesia, eine Hauskirche. An einem Ende des Raums stand ein Altar mit einem Kreuz aus Marmor darauf, die Wände waren mit eher laienhaft ausgeführten Darstellungen aus dem Leben des Christus bemalt: die Speisung der Fünftausend, die Bergpredigt, Geburt und Kreuzigung.

Atius wusste gar nicht so genau, warum er hier war. Er war schon sein ganzes Leben lang Anhänger des Christus. Seine Mutter hatte ihn von frühester Kindheit an mit den Geschichten und Lehren des Messias vertraut gemacht. Der Glaube an diesen Gott war ihm völlig selbstverständlich. Er wäre nie auf die Idee gekommen, ihn zu hinterfragen, und ebenso wenig nahm er es besonders genau damit. Die zehn Gebote brach er mit schöner Regelmäßigkeit, besonders jene, die mit Lügen, Töten oder Ehebruch zu tun hatten. Einmal hatte er sogar die Sklavin seines Nachbarn begehrt, bis ihm eingefallen war, dass auch das zu den Verboten gehörte.

Der halbe Raum war voll mit betenden Menschen – Griechen, Römer, Ägypter sowie Syrer und Juden aus dem Osten. Manche trugen kostbare Gewänder, andere waren in Lumpen gekleidet, doch alle knieten. Auf der Straße würden die Wohlhabenderen unter den Anwesenden die Ärmeren sicher keines Blickes würdigen, doch hier, beim Gottesdienst, reichten sie sich die Hände, sangen, beteten und verehrten gemeinsam den Christus.

Der Priester, der den Gottesdienst leitete, hatte bereits ergrauendes rotes Haar, eine hohe Stirn und eine spitze Nase. Er wirkte sehr nervös und aufgeregt. Vielleicht entsprach es seinem Naturell, dachte Atius, oder er lebte in ständiger Angst vor der Obrigkeit – schließlich hatte in Alexandria vor gerade mal einem Jahrzehnt ein Massaker an Christen stattgefunden.

Nach einem weiteren Gebet räusperte er sich. »Brüder und Schwestern in Christus«, sagte er dann mit bebender Stimme. »Heute wird uns eine große Ehre zuteil. Origenes ist unter uns, Sohn des Märtyrers Leonidas. Er wird euch das Abendmahl spenden.«

Die Gottesdienstbesucher schnappten hörbar nach Luft, als jemand aus der ersten Reihe, dessen Gesicht bislang von einer Kapuze verdeckt gewesen war, aufstand und diese zurückschlug. Der Mann, der darunter zum Vorschein kam, war Ende zwanzig, hatte griechische Gesichtszüge, tiefschwarzes Haar und ein rundes, beinahe weiblich wirkendes Gesicht. Atius beobachtete ihn mit verhaltener Neugier. Auch wenn er selbst noch nie von diesem Mann gehört hatte – seinen Glaubensgenossen schien er nicht fremd zu sein.

Der Mann drückte dem Priester kurz die Hand. »Danke, Bruder Johannes.«

Demütig nahm er das Brot, das ihm der Priester reichte, und brach es in zwei Hälften. Dabei sprach er mit fester und klarer Stimme: »Unser Christus brach das Brot bei seinem letzten Abendmahl. Und er sagte: ›Nehmet, esset, das ist mein Leib, der für euch gebrochen wird; solches tut zu meinem Gedächtnis‹«.

Er gab das Brot an die Gemeinde weiter. Jeder nahm einen Bissen und schluckte ihn mit geschlossenen Augen. Als alle damit fertig waren, wurde der Rest des Brotes wieder an den Priester zurückgereicht, der ihn aufaß. Dann segnete er einen silbernen, mit Wein gefüllten Kelch und gab ihn an Origenes weiter. Wieder ergriff dieser das Wort: »Er nahm den Kelch nach dem Abendmahl und sprach: ›Dieser Kelch ist das neue Testament in meinem Blut; solches tut, so oft ihr's trinket, zu meinem Gedächtnis‹«.

Der Kelch machte ebenfalls die Runde, und jeder nahm ehrfürchtig einen kleinen Schluck. Der Wein war süß und stark, Atius spürte, wie er seine Kehle hinunterrann und sich in seinem Magen breitmachte. Es war zwar nicht sein erstes

Abendmahl, allerdings war es schon geraume Zeit her, dass er an einem teilgenommen hatte. Irgendetwas war anders als früher, auch wenn er nicht genau wusste, was. Weil es an diesem fremdartigen Ort stattfand? Oder weil es Origenes mit einer solchen Ernsthaftigkeit zelebrierte? Oder steckte da noch mehr dahinter? War der Christus wirklich unter ihnen?

Als das Abendmahl vorüber war und Johannes den letzten Schluck Wein getrunken hatte, saßen sie alle einfach nur schweigend mit gesenkten Köpfen und geschlossenen Augen da. Diese Art von innerer Einkehr hatte Atius schon seit Längerem nicht mehr geübt. Normalerweise hielten ihn der Wein oder das duftende Parfüm der Frauen in seiner Gegenwart von allzu tiefsinnigen Gedanken ab. Doch nun war er ganz allein in der Dunkelheit hinter seinen Augenlidern, und alles, was er aus dem stillen Raum hörte, war der Atem der anderen Gottesdienstbesucher.

Er dachte über das Leben nach, das er in letzter Zeit geführt hatte. Es war ein gewalttätiges Leben, voll Krieg, Kampf und Mord. Was würde seine Mutter dazu sagen? Was würde Christus davon halten, falls er just an diesem Tag in all seiner Pracht wiederkehrte? Es war keine schöne Vorstellung.

»Brüder und Schwestern, Anhänger des Christus.« Origenes' Worte rissen ihn aus seinen Gedanken. »Diese Welt ist ein wunderbarer Ort. Zu Gottes Schöpfung gehören die zerbrechliche Zartheit eines Spatzen und die Schönheit einer Rose ebenso wie die Macht und Größe der Berge und Flüsse. Aber auch der Teufel wandelt hier auf Erden und führt uns beständig in Versuchung, damit wir uns von Gott und seinen Lehren entfernen. Manche sagen, dass diese Welt so eingerichtet ist, dass man ihnen unweigerlich verfallen muss. Wer aber so etwas behauptet, der sollte in sich gehen und sich fragen, ob es nicht einen anderen Grund für seine Verfehlungen gibt. Nehmen wir zum Beispiel einmal an, dass ein Mann sich vornimmt, keiner Frau mehr beizuwohnen. Und nehmen wir auch einmal an, dass eine Frau ihn umwirbt und ihn schwach werden lässt. Trägt dann nur sie die Schuld, dass er seinen Vorsatz vergisst? Nein, er selbst begeht die Verfehlung, denn er genießt die Wollust und gibt sich ihr bereitwillig hin. Ein stärkerer und weiserer Mann ist denselben Versuchungen ausgesetzt, doch er wird ihnen durch seine Vernunft und seine Tugend widerstehen, denn diese schmälern die Begierde.

So verhält es sich mit allen Versuchungen, sei es, die Armen und Bedürftigen zu vernachlässigen, sei es, sich den Sünden des Körpers hinzugeben oder dem Herrn, unserem Gott, nicht aufrichtig zu huldigen oder ihn gar zu verleugnen. Wir alle können solchen Versuchungen widerstehen und den rechten Weg einschlagen. Jeder Einzelne von uns ist dazu befähigt, nach dem Willen des Herrn, unseres Gottes, zu leben.«

Es folgte ein Moment des nachdenklichen Schweigens. Dann las der Priester einen Abschnitt aus der Septuaginta. »Das ist das Wort des Herrn. Amen«, sagte er schließlich.

»Amen«, wiederholte die Gemeinde.

»Geht mit Gottes Segen. Geht in Liebe und Frieden und im Namen unseres Herrn, Amen.«

»Amen«, wiederholten die Anwesenden noch einmal. Dann standen sie auf, manche schneller, andere langsam und mit steifen Gliedern, je nach Alter, Gesundheitszustand und Körperfülle. Sie reichten sich die Hände und wünschten sich gegenseitig den Frieden des Herrn.

Eine hübsche junge Frau mit langen dunklen Haaren, die über eine Seite ihres Gesichts fielen, strahlenden blauen Augen und vollen roten Lippen hielt Atius' Hand etwas länger als notwendig und sah ihn mit einem koketten Lächeln an.

Er ließ ihre Hand los und drehte sich um. Vorne beim Altar verabschiedete sich Origenes gerade von mehreren Gemeindemitgliedern, die ihm mit großem Respekt und Ehrfurcht begegneten. Atius ließ die junge Frau stehen, ging zu ihnen hinüber und wartete geduldig, bis er an der Reihe war, diesem hochgeachteten Christen die Ehre zu erweisen.

Als er dem Mann mit dem ernsten, gütigen Gesicht gegenüberstand, fiel ihm nichts mehr von dem ein, was er sich gerade überlegt hatte. Er stand einfach nur vor ihm, öffnete und schloss den Mund wie ein Fisch auf dem Trockenen. Doch als Origenes ihn anlächelte, verschwand seine Nervosität, auch wenn er sich weiterhin nicht erinnern konnte, was er hatte sagen wollen.

»Wie heißt du, Bruder?«

»Atius.« Mehr bekam er nicht heraus.

»Kelte?«

Atius nickte. »Keltiberer, Herr.«

»Es ist nicht nötig, dass du mich mit ›Herr‹ ansprichst. Vor Gott sind wir alle gleich.«

»Ja, He... Bruder.«

»Seit wann folgst du Christus nach?«

»Schon mein ganzes Leben lang. Meine Mutter hat mir schon als kleines Kind alle Geschichten über unseren Herrn erzählt.«

»Und trotzdem scheinst du dich hier unwohl zu fühlen.«

Diesem Mann entging nichts. »Ich bin ein nicht ganz so frommer Anhänger des Herrn, wie ich es sein sollte«, sagte Atius, ließ den Kopf hängen und wurde rot, was äußerst ungewöhnlich bei ihm war.

»Niemand von uns ist so fromm, wie er es sein sollte. Nur Gott selbst ist ohne Fehler.«

»Aber ich habe viele Sünden begangen.«

»Es ist auch niemand frei von Sünde. Doch dich scheint etwas zu bedrücken, Bruder.«

Atius musste sich selbst eingestehen, dass dem so war. Es war lange her, dass er einmal innegehalten und nachgedacht hatte, und nun überrollten ihn seine Gedanken regelrecht. Er schämte sich, als ihm Tränen in die Augen stiegen, und sah sie mit Entsetzen vor sich auf den Boden tropfen.

Origenes nahm sein Kinn und hob seinen Kopf, damit er ihm in die Augen sehen konnte. »Bruder, du bist hier neu und weißt vielleicht nicht, dass ich mich verstecken muss. Der Obrigkeit gefallen meine Predigten nicht. Ich habe Unterschlupf bei einer reichen Witwe namens Phryne gefunden, die ebenfalls dem Christus nachfolgt. Sie lebt in einer Villa in der Nähe des dem Pan gewidmeten Parks und wird einen Bruder in Christus sicher gerne als Gast empfangen. Dort können wir uns weiter unterhalten.«

»Das würde ich sehr gerne tun.«

Origenes nickte. »Geh in Frieden, Atius.« Er gab ihm die Hand.

»Geht in Frieden, He… Bruder.«

Atius stolperte aus der Domus ecclesia hinaus in das gleißende Sonnenlicht und machte sich nachdenklich auf den Rückweg zu seinem Quartier.

»Was ist los mit dir?«, fragte Silus.

Atius starrte in einen Becher mit Traubensaft, den er geistesabwesend in der Hand schwenkte. »Nichts«, sagte er abwehrend. »Und was ist mit dir?«

»Auch nichts«, sagte Silus, der bis eben den Kopf in den Händen vergraben hatte und nun eine Miene zur Schau stellte, die einem hauptberuflichen Totenkläger zur Ehre gereicht hätte.

Dann schwiegen sie wieder. Sie saßen in einer Taverne in der Nähe des Präfektenpalastes. Von dem kurzen Weg vom Palast zum Tempel der Isis Lochias einmal abgesehen, hatte Silus noch nicht viel von der Stadt mitbekommen. Doch allein die vielen Menschen, die an ihrem Tisch vor der Taverne vorbeigingen, verschafften ihm eine Ahnung von der Vielfältigkeit ihrer Bewohner. In Rom waren natürlich auch Menschen aus aller Herren Länder zu Hause, doch die gebürtigen Italiener waren in der Überzahl. Alexandria dagegen war seit seiner Gründung Heimat von Juden, Ägyptern und Griechen gewesen. Dazu kamen noch all die Einwanderer aus Asien und Afrika: Syrer, Mauretanier, Galater, Äthiopier und Händler, die noch weiter aus dem Osten stammten, wie etwa Parther und Inder.

»Ich habe jemanden kennengelernt«, sagte Atius.

»Diese Priesterin finde ich sehr nett«, sagte Silus im selben Augenblick.

Sie sahen einander erstaunt an.

»Du hast jemanden kennengelernt?«, fragte Silus.

»Du findest die Priesterin nett?«, fragte Atius.

»Nein, du zuerst«, sagte Silus. »Erzähl.« Seit Menenia – der Tochter ihres Befehlshabers in Britannien, die er vor den Barbaren gerettet hatte – hatte Atius keine Beziehung mehr gehabt, und auch das war nichts Ernstes gewesen, zumindest hatte Atius nicht den Eindruck erweckt. Wenn er also nun jemanden kennengelernt hatte, der ihn griesgrämig und nachdenklich werden ließ, war das eine äußerst interessante Neuigkeit. Allerdings machte er keine Anstalten, weiter davon zu erzählen. »Wie war es mit der Priesterin?«, fragte er stattdessen.

Auch Silus hatte seit dem Tod seiner Frau keine Beziehung mehr gehabt. Er hatte sich noch nicht einmal eine Hure genommen, dies allerdings weniger aus Gründen der Sittlichkeit, sondern weil er kein Bedürfnis danach verspürt hatte. Nur seiner Arcana-Kameradin Daya war er etwas nähergekommen. Und dann hatte er sie getötet. »Ach, eigentlich ist nichts passiert. Sie wollte mir nicht helfen.«

»Aber?«

Silus presste die Lippen zusammen, entschied sich dann aber, dass es nicht schaden konnte, sich seinem besten Freund anzuvertrauen. »Sie hat irgendetwas an sich. Sie ist einfach ... betörend.« Er erwartete, dass Atius in Gelächter ausbrach oder etwas Sarkastisches sagte, doch sein Freund hörte einfach nur aufmerksam zu. »Ist ja auch egal. Eine schöne junge ägyptische Priesterin ist eine ziemlich alberne Fantasie.«

»Warum denn? Da sind schon merkwürdigere Dinge passiert. Außerdem kannst du sie ja noch mal besuchen. Sie fragen, ob sie etwas in Erfahrung gebracht hat.«

»Ja, vielleicht. Ich könnte morgen noch mal zu ihr in den Tempel gehen. In Marcellus' Auftrag natürlich.«

»Natürlich.«

»Jetzt bist aber du dran. Wie heißt sie?«

»Es ist keine Sie.«

»Nicht?«, fragte Silus überrascht. Ihm war eigentlich egal, zu welchem Geschlecht sich jemand hingezogen fühlte, obwohl er wie in Rom üblich Männer verachtete, die im Liebesakt eine unterwürfige Rolle einnahmen, sei es gegenüber einer Frau oder einem anderen Mann. Das konnte er sich bei Atius allerdings nur schwer vorstellen. Und dass er Interesse an Männern hatte, war ihm auch noch nie aufgefallen. Doch vielleicht hatte er bislang nur nicht den richtigen getroffen. »Na, dann erzähl mir von ihm. Wie sieht er aus?«

»Darum geht es eigentlich nicht, Silus. Es ist eher so, dass er mein Herz berührt hat.«

»Dein Herz?«, fragte Silus erstaunt. »Das muss aber jemand ganz Besonderes sein – du hast ihn doch gerade erst kennengelernt.«

»Ja, ist er, aber nicht so, wie du denkst.«

»Ich bin ganz Ohr.«

Atius fuhr sich mit der Hand über das Gesicht. »Warum ist das nur so schwer zu erklären?«, fragte er. Silus nahm ganz richtig an, dass es eine rhetorische Frage war, und schwieg. »Also gut«, fuhr Atius fort. »Wie du weißt, bin ich ein Anhänger des Christus.«

»Ja sicher, das weiß ich, seitdem wir uns damals in dem Gefängnis in Kaledonien kennengelernt haben. Du hast immer wieder dasselbe Loblied auf den Christus angestimmt.«

»Genau. Ich wurde von meiner Mutter in diesem Glauben erzogen, und bislang habe ich nie weiter darüber nachgedacht. Der Glaube an den Christus war immer völlig selbstverständlich für mich. So wie beim Wagenrennen, da ist man ja auch sein Leben lang Anhänger eines Rennstalls.«

»Ich glaube, die meisten Leute sehen das nicht so verbissen. Sie haben vielleicht einen Lieblingsgott, aber es ist ihnen egal, welchen Göttern die anderen Leute huldigen, solange ihnen dadurch kein Nachteil entsteht. Oft beten die Menschen ja auch zu verschiedenen Göttern, je nachdem, was sie mit ihrem Gebet erreichen wollen. Oder wenn sie ein Fest zu Ehren eines bestimmten Gottes besuchen.«

»Ich weiß, aber wir Christen sind angehalten, nur diesen einen Gott und sonst keinen anzubeten.«

»Und deswegen kriegt ihr immer wieder Ärger, das ist schon seit Neros Zeiten so. Ihr und vorher die Juden.«

»Was ich eigentlich sagen wollte: Mein Glaube ist Teil meines Lebens, aber kein besonders wichtiger. Ich habe mich nie groß damit beschäftigt, es sei denn, ich habe gebetet oder einen Gottesdienst besucht, was aber offen gestanden nicht besonders oft der Fall war.«

Da hatte er recht, wie Silus wusste. Es war wesentlich wahrscheinlicher, Atius mit einer Frau zu überraschen als beim Gebet. »Und was ist jetzt anders?«

»Dieser Mann, er heißt Origenes, hat etwas gesagt, das mir viel bedeutet hat. Ach, ich weiß nicht so recht. Ich komme mir dämlich vor, wenn ich es laut ausspreche.«

»Raus damit.«

»Es lag nicht so sehr daran, was er gesagt hat, auch wenn es sehr tiefgründige und bedeutungsvolle Worte waren, sondern wie. Es war ... als würde Gott direkt zu mir sprechen.« Atius verstummte, lief rot an und starrte wieder in seinen Becher.

Silus legte ihm eine Hand auf die Schulter. »Danke, dass du dich mir anvertraut hast, mein Freund. Es ist nicht leicht, über solche Dinge zu sprechen, nicht wahr? Egal, ob es um Liebe oder Trauer oder Ähnliches geht.«

Atius sah auf und lächelte ihn dankbar an. »Du könntest mir einen Gefallen tun.«

»Klar.«

»Begleite mich, wenn ich ihn besuche.«

Silus zögerte. »Atius, ich bin doch kein Christ. Warum willst du mich dabeihaben? Willst du, dass er mich bekehrt?«

»Aber nein, nicht doch. Es ist einfach nur ... Ich bin nervös.«

Silus lachte, verstummte dann aber abrupt, als er merkte, wie peinlich seinem Freund die ganze Sache war.

»Schon gut, mach dich ruhig über mich lustig. Ich habe es mit ganzen Barbarenhorden aufgenommen, ich wurde gefoltert, und ich habe dabei geholfen, gefährliche Männer aus dem Weg zu räumen. Aber jetzt habe ich Angst davor, einem Prediger gegenüberzutreten.«

»Mach dir deswegen keine Gedanken«, sagte Silus. »Es gibt noch andere Formen der Macht außer körperlicher Kraft oder einer hohen Stellung. Wenn du möchtest, dass ich mitkomme, dann begleite ich dich selbstverständlich. Erwarte aber nicht, dass ich dem Christus und seinen Engeln Lobeshymnen singe.«

»Wir möchten zu Phryne«, sagte Atius.

Der Pförtner, ein bulliger Ägypter, musterte sie geringschätzig von oben bis unten. »Die Herrin ist sehr beschäftigt.«

»Wir kommen auf Einladung des … eines Mannes, der hier zu Gast ist.«

Dabei schien der Pförtner die Ohren zu spitzen, sagte aber nichts. Atius feuchtete einen Finger an und malte einen Fisch an die Wand des Vestibüls. Der Pförtner betrachtete das Zeichen, das schnell trocknete und eine Spur im Staub hinterließ. Dann entfernte er es hastig mit dem Ärmel seiner Tunika und starrte sie finster an. »Wartet hier.«

»Ist es denn so gefährlich, ein Anhänger des Christus zu sein?«, fragte Silus.

»Darüber habe ich mir noch nie Gedanken gemacht. Da gab es ein paar Edikte, und wir wurden auch verfolgt, aber davon war ich nie betroffen, weil ich mich immer eher unauffällig verhalten habe. Hier in Alexandria kam es übrigens vor nicht allzu langer Zeit zu einem großen Massaker an den Christen. Deswegen sind sie wohl immer noch vorsichtig.«

Auf dem Weg zu dieser beeindruckenden, in einem ausnehmend schönen Stadtviertel gelegenen Villa waren sie an einem Theater, einem Badehaus und hübsch angelegten, gepflegten und zur Erholung der Alexandriner geschaffenen Gärten vorbeigekommen. Alle Häuser um den Park des Pan herum waren prächtig und üppig mit Friesen und Statuen geschmückt. Das Viertel war zwar nicht mit dem Palatin, aber doch mit manch anderen reichen Vierteln Roms wie beispielsweise einem Teil des Esquilin vergleichbar.

Der Pförtner kehrte kurz darauf zurück und winkte die beiden herein. Er führte sie in einen Warteraum und ließ sie auf den weichen Polstern vornehmer Sitzmöbel Platz nehmen. Silus sah sich um. Die Wandmalereien zeigten gefällige, unverfängliche Motive: den Nil und das Meer, Bäume und Vögel. Symbole des Christus oder eines anderen Gottes waren nirgendwo zu entdecken. Er nahm an, dass es sich um eine Vorsichtsmaßnahme handelte. Sicherlich wurden hier die Anhänger aller möglichen Götter empfangen, darunter auch griechische und römische Beamte, die sicherlich nicht erfreut über allzu deutliche Hinweise auf den Glauben an Christus waren.

Eine dunkelhäutige äthiopische Sklavin brachte ihnen Wasser und Datteln. Silus nahm die Erfrischungen gerne an, Atius lehnte dankend ab. Sein Freund war anscheinend zu aufgeregt, um etwas zu essen. Sie warteten schweigend, bis schließlich eine ältere Dame den Raum betrat. Silus und Atius sprangen auf und beugten respektvoll die Köpfe. Die Dame gab beiden die Hand und bedeutete ihnen dann, sich wieder zu setzen. Sie selbst nahm auf einem Sessel gegenüber Platz und ließ sich von ihrer Sklavin einen Becher mit Wasser geben.

»Ich heiße Phryne«, ihre Stimme war zwar vom Alter etwas heiser, aber dennoch klar und fest. »Ihr wollt mich sprechen, sagte mein Pförtner?«

»Ja«, sagte Atius. »Beziehungsweise nein. Eigentlich nicht Euch … Aber das soll nicht heißen, dass … Ich meine, ich bin mir sicher, dass Ihr …«

»Mein Freund will sagen, dass ihn ein Mann namens Origenes hierher eingeladen hat.«

»Ach ja? Tsts.« Sie schüttelte den Kopf. »Der Junge ist einfach zu vertrauensselig. Vor allem, wenn man bedenkt, was mit seinem Vater passiert ist.«

»Verzeiht«, sagte Atius. »Silus, wir sollten wieder gehen. Wir stören hier nur.«

Silus nahm Atius' Zurückhaltung und Zaghaftigkeit mit Erstaunen zur Kenntnis und fragte sich, ob das gegenüber dem dreisten Sarkasmus, den Atius bisher an den Tag gelegt hatte, eine Verbesserung darstellte. Wenn diese Verwandlung von Dauer war, würde er seinen alten Freund sicher vermissen.

»Unsinn«, sagte Phryne. »Ich bin nur eine pingelige alte Frau. Nyx, geh zu unserem Hausgast. Er ist vermutlich gerade im Gebet. Warte, bis er damit fertig ist, dann bring ihn hierher.«

»Ja, Herrin«, sagte die Sklavin und ging.

»Ihr wandelt also ebenfalls auf dem rechten Pfad?«, fragte Phryne.

»Mein Freund Atius hier ist ein Anhänger des Christus. Ich habe ihn nur hierher begleitet«, sagte Silus, als Atius nicht antwortete.

Phryne lächelte sie warm an. »Nun ja, vielleicht wirst du heute etwas sehen oder hören, das dein Leben ändern wird.«

»Vielleicht«, sagte Silus und erwiderte unwillkürlich das Lächeln.

In diesem Moment betrat Origenes den Raum. An seiner Seite war Bruder Johannes, der mit ihm den Gottesdienst geleitet hatte. Silus erhob sich, um ihm die Hand zu geben, aber Origenes bedeutete ihm, sitzen zu bleiben. Dann geschah etwas Seltsames: Origenes ließ sich von der Sklavin eine Schüssel mit Wasser geben, kniete vor Silus nieder, schnürte seine Sandalen auf und zog sie ihm eine nach der anderen aus. Silus sah Atius verwirrt an, doch der zuckte nur mit den Schultern.

Origenes nahm ein Tuch und wusch damit Staub und Sand von Silus' Füßen. Der fand es zwar überaus merkwürdig, aber zugegebenermaßen durchaus angenehm, die Füße gewaschen zu bekommen. Als Origenes fertig war, trocknete er Silus mit einem anderen Tuch ab und wiederholte das Ganze bei Atius, der den heiligen Mann währenddessen ehrfürchtig anstarrte.

Als Origenes fertig war, setzte er sich und lächelte sie beide an. Phryne verbeugte sich respektvoll vor ihm und befahl ihrer Sklavin, die Schüssel wegzubringen. »Ich überlasse euch nun eurem Gespräch, meine Brüder«, sagte sie dann und verließ auf ihre Sklavin gestützt den Raum.

»Jesus Christus sagte: ›So nun ich, euer Herr und Meister, euch die Füße gewaschen habe, so sollt ihr auch euch untereinander die Füße waschen. Ein Beispiel habe ich euch gegeben, dass ihr tut, wie ich euch getan habe.‹«

Silus sah verwirrt drein, Atius und Bruder Johannes nickten jedoch zustimmend.

»Wie heißt du, Bruder?«, fragte Origenes.

»Silus.«

»Und du bist ein Freund von Atius, unserem Bruder in Christus?«

»Ja, Herr.«

»Nenn mich bitte nicht ›Herr‹. Ich bin ein Diener Gottes und allen, die ihm nachfolgen oder sein Wort empfangen wollen.«

»Ich bin nur hier, um Atius zu begleiten … Bruder.«

»Ich verstehe«, sagte Origenes und wandte sich an Atius.

»Und du, Bruder? Was führt dich in das Heim unserer Schwester in Christus, der guten Phryne?«

»Du hast mich eingeladen, dich zu besuchen, Herr ... Bruder. Und ich wollte mehr von dir hören.«

»Ich werde dir nicht predigen, aber ich werde dir zuhören. Und wir können uns über das Leben und die Wege des Herrn unterhalten.«

»Das würde ich sehr gerne tun.«

Silus unterdrückte ein Seufzen. Da erwartete ihn ja ein spannender Vormittag. »Bevor wir über Religion und Philosophie sprechen, darf ich dich um einen Gefallen bitten?«, fragte er Origenes.

»Wenn es in meiner Macht liegt, erfülle ich ihn gerne.«

»Ich weiß nicht, ob Atius dir erzählt hat, weshalb wir in Alexandria sind.«

»Darüber haben wir nicht gesprochen.«

»Wir sind im Auftrag von Sextus Varius Marcellus hier, dem neuen Statthalter von Numidien.«

Origenes erstarrte. »Ihr seid im Auftrag Roms hier?«

»So ist es.«

»Verstehe. Brüder, womöglich habe ich die Gastfreundschaft von Phryne etwas über Gebühr genutzt. Sie ist eine einfache, arme alte Frau, und ich sollte nicht auch noch Gäste einladen, die ihr zusätzliche Umstände machen. Darf ich euch also bitten, wieder zu gehen? Vielleicht treffen wir uns ja einmal bei anderer Gelegenheit wieder ...«

Silus hatte nicht den Eindruck, dass es sich bei Phryne um eine arme und einfache Frau handelte. Im Gegenteil, er konnte sich durchaus vorstellen, dass ihr diese Beschreibung missfiel. Jedenfalls war er froh, dass sie sich nun verabschieden konnten, ohne dass er sich einen Vorwand dafür ausdenken musste.

Doch dann meldete sich Atius zu Wort: »Ein Zenturio kam zu Christus und sprach: Herr, mein Diener liegt zu Hause und ist gichtbrüchig und hat große Qual.«

Origenes sah Atius argwöhnisch an, schwieg aber. Atius blickte nach oben und versuchte, sich an die Worte zu erinnern. »Jesus sprach zu ihm: Ich will kommen und ihn gesund machen. Der Zenturio antwortete und sprach: Herr, ich bin nicht wert, dass du unter mein Dach gehest; sondern sprich nur ein Wort, so wird mein Diener gesund. … denn …«, Atius geriet ins Stottern.

»Denn ich bin ein Mensch, der Obrigkeit untertan«, half ihm Origenes weiter, »und habe unter mir Soldaten; und wenn ich sage zu einem: Gehe hin! so geht er; und zum andern: Komm her! so kommt er; und zu meinem Knecht: Tu das! so tut er's. Da das Jesus hörte, verwunderte er sich und sprach zu denen, die ihm nachfolgten: Wahrlich ich sage euch: Solchen Glauben habe ich in Israel nicht gefunden! Und Jesus sprach zu dem Zenturio: Gehe hin; dir geschehe, wie du geglaubt hast. Und sein Sklave ward gesund zu derselben Stunde.«

Atius nickte dankbar.

»Warum erwähnst du diese Geschichte?«, fragte Origenes.

»Meine Mutter hat sie mir erzählt. Sie sagte, dass es keinen Unterschied macht, ob man Jude oder Römer oder Keltiberer ist, solange man an Christus glaubt.«

Origenes schürzte die Lippen und senkte dann den Kopf. »Du beschämst mich.« Er sah zu Silus. »Wie lautet deine Bitte?«

»Wir suchen nach einem Kind, Marcellus' Sohn. Er wurde entführt und nach Alexandria gebracht. Wir sind seiner Spur gefolgt, doch nun haben wir sie verloren. Alexandria ist eine sehr große und sehr verwirrende Stadt.«

Origenes nickte. »Das ist eine ehrenvolle Aufgabe. Auf den ersten Blick hielt ich euch für … Nun, es spielt keine Rolle. Wie kann ich euch helfen?«

Silus war sich nicht sicher, ob die Bemerkung über ihr Aussehen eine Beleidigung darstellte. Er fuhr sich über den struppigen Bart und ertastete dabei auch ein paar flache Narben. Vermutlich machte er tatsächlich den Eindruck eines gewalttätigen Mannes. »Du kennst sicher viele Menschen hier. Die Leute vertrauen dir – zumindest deine Leute. Ist dir irgendetwas über ein entführtes Kind zu Ohren gekommen, den Sohn eines bedeutenden Mannes?«

»Nein, tut mir leid. Davon habe ich nichts gehört. Aber du hast recht, die Menschen vertrauen mir viele Dinge an. Wie alt ist der Junge denn?«

»Etwa acht oder neun.«

»Und wie heißt er?«

»Varius Avitus Bassianus.«

»Und gibt es sonst noch etwas über ihn zu sagen?«

Silus zögerte. Avitus' Glaube würde bei Origenes sicher nicht auf Gegenliebe stoßen, dennoch war es ein wichtiger Hinweis. »Er ist ein Anhänger Elagabals, eines Gottes aus dem Osten, und soll eines Tages dessen Hohepriester werden.«

Origenes runzelte die Stirn. »Es gibt eine Menge falscher Propheten in Alexandria«, sagte er dann. »Aber er ist noch ein Kind und kann nichts für seine Erziehung. Er hat noch viel Zeit, die Wahrheit zu erkennen und den rechten Pfad einzuschlagen.«

»Dann hilfst du uns also?«

»Ich bezweifle, dass ich in dieser Sache viel ausrichten kann, aber ja, ich werde tun, was in meiner Macht steht. Schließlich geht es ja auch um ein armes, unschuldiges Kind, das seinen Eltern entrissen wurde. Und schließlich hat der Christus gesagt, dass den Kindern das Reich Gottes gehört.«

»Danke.«

»Und nun wollen wir uns nicht weiter mit irdischen Dingen befassen. Atius, sag mir, wie groß ist Gott?«

»Gott ist ... sehr groß?«

»Natürlich ist er das. Aber wie groß ist er?«

»Ich weiß es nicht.«

»Das ist die richtige Antwort. Ich pflege lang und ausführlich über diese Dinge nachzudenken und in solchen Fragen um Einsicht zu beten. Ich habe bereits grundlegend bewiesen, dass Gott keine körperliche Gestalt hat, und aus diesem Grund können wir Gott auch nicht verstehen oder auf irgendeine Weise messen. Wenn wir also kraft unserer eigenen Überlegungen und Schlussfolgerungen etwas über Gott herauszufinden trachten, dann muss Gott zwangsläufig – wohlgemerkt: zwangsläufig! – sehr viel größer sein, als wir es uns überhaupt vorstellen können.«

Atius öffnete den Mund und schloss ihn dann wieder. Er verengte die Augen und strengte sich an, das Gesagte nachzuvollziehen. Silus versuchte es nicht einmal. »Solche Überlegungen mögen für Philosophen und Anhänger deines Glaubens ja einen gewissen Reiz ausüben«, sagte er. »Aber für einen einfachen Soldaten wie mich ist das etwas zu theoretisch. Meine Aufgabe lautet lediglich, den Jungen zu finden. Atius, du kannst bleiben und dich weiter mit diesem weisen Mann unterhalten. Ich muss mich jetzt leider entschuldigen.«

»Wie du wünschst«, sagte Origenes. »Es war mir eine Freude, dich kennenzulernen.«

Silus stand auf, verbeugte sich respektvoll vor Origenes und klopfte Atius auf die Schulter. Sein Freund nahm ihn kaum wahr, seine ganze Aufmerksamkeit galt dem christlichen Gelehrten. Im Gehen hörte Silus, dass sie die Unterhaltung über ihren Glauben fortsetzten.

Silus wanderte ziellos in den Straßen Alexandrias umher. Er wusste nicht, was er von der neu entdeckten Begeisterung seines Freundes für das Christentum halten sollte, aber Atius konnte schließlich tun und lassen, was er wollte. Silus hatte noch nie versucht, ihn von irgendetwas abzuhalten – außer, er hatte wirklich etwas ganz außergewöhnlich Dämliches vor.

Vom Park des Pan war es nicht weit bis zur Via Canopica, einer großen, breiten Allee, die die Stadt von Osten nach Westen durchschnitt und nicht weniger eindrucksvoll war als die Via Sacra in Rom und auf der es ebenso lebhaft zuging. Inmitten des geschäftigen Treibens warben alle möglichen Händler und Handwerker nach Kundschaft. Im Westen führte die Straße zu einem riesigen Marktplatz, der Agora, die in etwa dem Forum in Rom entsprach. Einen Moment lang war Silus versucht, die Stadt mit ihren vielen Attraktionen zu erkunden und dabei alles andere zu vergessen – seine Befehle, seinen Auftrag, die betörende Priesterin.

Doch dann rief er sich in Erinnerung, dass er eine Aufgabe zu erledigen hatte, und bislang war er mit der Suche nach dem Jungen nicht besonders weit vorangekommen. Es war gut möglich, dass man ihn wieder aus der Stadt herausgeschafft und an einen anderen Ort im riesigen römischen Imperium gebracht hatte.

Doch das bezweifelte Silus. Warum hätten die Entführer dann überhaupt die lange und gefährliche Reise von Syrakus nach Alexandria unternehmen sollen, wenn andere Städte doch viel näher gelegen hatten?

Sollte er Tekosis noch einen Besuch abstatten? Vielleicht hatte sie ja etwas in Erfahrung gebracht. Er erlaubte sich sogar die lächerliche Vorstellung, dass sie ihn womöglich gerne wiedersehen würde. Er seufzte und folgte der Via Canopica nach Osten und bewunderte die beeindruckenden Tempel, Denkmäler und anderen Bauwerke auf dem Weg. Wenn ihm dazu noch Zeit blieb, musste er unbedingt jemanden anheuern, der ihn herumführte und ihm alles erklärte.

Er ging am Bruchion vorbei, dem Palastviertel, in dem sich auch der Präfektenpalast befand, und weiter nach Osten in Richtung des Tempels der Isis Lochias. Er spürte, wie sich sein Herzschlag vor Aufregung beschleunigte, und bemühte sich, die Schmetterlinge in seinem Bauch so wenig wie möglich zu beachten.

Eine schreiende Frau kam aus dem Tempel und direkt auf ihn zugerannt. Sie lief so schnell, dass der Saum ihrer Tunika um ihre Knie flatterte. Silus blieb überrascht stehen. Als sie ihn erblickte, stieß sie ein weiteres Kreischen aus und änderte die Richtung.

Was war da los?

Nun rannte ein Tempeldiener mit glatt rasiertem Kopf und langer Tunika aus dem Heiligtum. »Hilfe!«, schrie er. »Diebe!«

Silus hielt ihn am Arm fest, als er an ihm vorbeikam. »Was ist da los?«

»Diebe und Mörder sind im Tempel. Ich muss sofort Hilfe holen.« Er riss sich los und lief davon.

Silus zog sein Schwert und rannte nun ebenfalls los, wenn auch in die andere Richtung.

Es dauerte einen Augenblick, bis er sich an die Dunkelheit im Inneren des Tempels gewöhnt hatte. Dann sah er zwei stämmige Männer. Einer packte die Marmorstatue einer Katze und warf sie auf den Boden. Die Statue war aus massivem Stein und hielt stand, nur der Kopf brach ab und rollte davon. Der Mann lachte.

Der zweite Mann hatte seine Hand um die Kehle eines Priesters gelegt und drückte ihn gegen die Wand, während er mit der anderen Faust auf sein Gesicht einschlug. Der glatzköpfige Priester versuchte vergeblich, sich zu befreien. Blut rann aus seiner Nase.

Bevor Silus reagieren konnte, zog der Angreifer ein Messer aus seinem Gürtel und stieß es dem Priester unter den Rippen in den Körper.

Noch während der Priester nach seinem Mörder griff und dabei langsam an der Wand hinabrutschte, rammte Silus dem Angreifer die Schulter in den Rücken, sodass dieser mit dem Gesicht voraus gegen die Wand prallte, zu Boden ging und besinnungslos liegen blieb.

Der andere Angreifer blieb einen Moment starr vor Schreck stehen, hatte sich aber schnell wieder in der Gewalt. Er hob den steinernen Katzenkopf auf und warf ihn nach Silus. Der Arcanus wich nach links aus, der Kopf krachte gegen die Ziegelwand. Nun zog der Mann eine Axt hervor und stieß einen Fluch auf Ägyptisch aus. Dann stürzte er sich auf Silus. Der hob sein Schwert, um die auf seinen Kopf gezielte Axtklinge nach unten abzulenken, und ging sofort zum Gegenangriff über.

Der Mann war zwar kein geübter Kämpfer, aber groß und sehr angriffslustig. Er schwang seine Axt auf Hüfthöhe von links nach rechts und wieder zurück, sodass Silus zweimal einen Satz nach hinten machen musste.

Doch sein Gegner war zu berechenbar. Beim dritten Hieb trat Silus zur Seite und versenkte sein Schwert in den Eingeweiden des Mannes, drehte es einmal herum und zog es dann wieder heraus. Der Ägypter griff nach dem Loch in seinem

Bauch, aus dem Blut und eine braune, nach Exkrementen stinkende Flüssigkeit strömten. Dann kippte er nach vorne um.

Nun hörte Silus den Ruf eines Mannes aus dem Tempelinneren. Ein anderer lachte, dann stieß eine Frau einen lauten, verzweifelten Schrei aus. Silus rannte in den großen Versammlungsraum neben Tekosis' Gemächern.

Der Lärm kam aus dem Sacrarium, dessen schwere Holztür weit offen stand. Silus rannte hinein.

Er sah sich drei Männern gegenüber. Einer hielt mit staunender Miene die goldene Isisstatue in die Höhe, die anderen beiden hielten die auf dem Altar liegende Tekosis fest. Ihr Kleid war zerrissen, ihre Lippe war aufgeplatzt und blutete. Sie weinte und wehrte sich verzweifelt, als einer der Männer zwischen ihre Beine trat, sich vorbeugte und mit der Hand eine nackte Brust packte.

Mit einem Wutschrei holte Silus mit dem Schwert in beiden Händen aus und schlug mit aller Kraft zu. Die sorgfältig geschärfte Klinge durchtrennte den Hals von Tekosis' Peiniger. Der Kopf löste sich von den Schultern, drehte sich dabei mehrmals um sich selbst und landete dann mit einem schweren, dumpfen Laut auf dem Boden. Der Rumpf des Mannes kippte nach vorne auf Tekosis, Blut spritzte stoßweise aus seinem Hals und über ihr Gesicht und ihren Körper.

Tekosis schrie wie am Spieß. Der Mann am anderen Ende des Altars, der ihre Schultern festgehalten hatte, starrte Silus ungläubig an. Sein Staunen war sein Tod. Silus sprang auf den Altar und holte erneut mit dem Schwert in beiden Händen aus. Der Mann ließ Tekosis los und hob die Hände, um den Hieb abzuwehren.

Er hätte genauso gut versuchen können, einen einstürzenden Turm aufzuhalten. Silus legte all seine Kraft und sein ganzes Gewicht in den Stoß. Das Schwert drang hinter dem Schlüsselbein tief in die Brust des Mannes, wo es Herz und Lunge durchschnitt – es war der Todesstoß eines Gladiators. Der Mann fiel beinahe geräuschlos nach hinten um und riss dabei Silus das Schwert aus den Händen.

Der Arcanus wirbelte zu dem dritten Mann herum, dem er sich nun wohl unbewaffnet stellen musste. Doch der Angreifer war verschwunden. Und mit ihm die goldene Statue.

Silus entschied sich dagegen, den Mann zu verfolgen. Tekosis versuchte immer noch unter heftigem Schluchzen, sich von dem Rumpf zu befreien. Silus sprang vom Altar, griff den Kragen der Tunika des Kopflosen und zog ihn zur Seite. Tekosis rutschte vom Altar und landete mit dem Hintern auf dem Boden, dann kroch sie auf Händen und Füßen von Silus weg, bis sie mit dem Rücken gegen die Wand stieß.

Dort saß sie und weinte so heftig, dass sie kaum Luft bekam. Sie hatte eine Hand abwehrend ausgestreckt und versuchte mit der anderen, ihr zerrissenes Kleid zusammenzuhalten. Silus ging in einem angemessenen Abstand zu ihr in die Hocke.

»Tekosis«, sagte er leise. »Ich bin es, Silus. Erinnerst du dich an mich?«

Sie starrte ihn einen Moment lang an. Dann legte sie eine Hand auf den Mund, ihr Körper verkrampfte sich, sie beugte sich zur Seite und übergab sich immer und immer wieder, bis ihr Magen völlig leer war. Schließlich sah sie Silus unglücklich an. Erbrochenes und Speichelfäden hingen um ihren Mund, ihr weißes Kleid war so rot wie die Schürze eines Schlachters, Tränen liefen über ihre Wangen.

Silus riss von der Tunika eines Angreifers ein vergleichsweise sauberes Stück Stoff ab und ging damit zu Tekosis, die vor ihm zurückwich und sich noch fester an die Wand presste. Er gab beruhigende Laute von sich, als würde er sich einem verängstigten Tier nähern, dann spuckte er auf den Stoff und wischte damit vorsichtig Blut, Tränen und Erbrochenes aus ihrem Gesicht.

Anschließend hielt er ihr die Hand hin. Sie zögerte, ließ sich dann aber von ihm aufhelfen. Sobald sie stand, wollte sie ihn von sich wegstoßen, doch ihre Beine gaben nach. Er fing sie auf und stützte sie, bis sie wieder aus eigener Kraft stehen konnte. Dann half er ihr aus dem Sacrarium. Auf dem Weg in ihre Gemächer sah sie die Spuren der Verwüstung, die Leichen des Priesters und seines Mörders. Er brachte sie in ihr Zimmer, ging wieder hinaus, schloss die Tür hinter sich und sah nach dem noch lebenden Angreifer. Der Mann atmete geräuschvoll durch die gebrochene Nase und war kaum bei Bewusstsein. Silus riss zwei Stoffstreifen von seiner Tunika und drehte sie zu behelfsmäßigen Seilen zusammen, mit denen er seine Hände und Füße fesselte. Dann zog er sein Schwert aus der Brust des Toten und wischte es sorgfältig an dessen Kleidung ab. Als es sauber war, steckte er es in die Scheide und stellte sich mit verschränkten Armen vor die Tür zu Tekosis' Gemächern.

Von dahinter hörte er ihr leises Weinen und das Plätschern des Wassers, mit dem sie sich wusch. Silus wartete lange und klopfte dann zaghaft an die Tür, woraufhin ein Schrei ertönte. »Bitte verzeih, ich wollte dich nicht erschrecken, sondern nur wissen, wie es dir geht«, sagte er.

Sie antwortete nicht – aus ihren Gemächern drang kein Laut mehr. Dann ging die Tür auf.

Tekosis' Haar war nass, ihr Gesicht sauber. Sie trug ein makelloses weißes Kleid und war so verletzlich und so schön, dass es Silus den Atem raubte.

Einen langen Augenblick stand sie einfach nur da, dann

war sie mit zwei schnellen Schritten bei ihm, nahm ihn fest in die Arme, vergrub den Kopf an seiner Schulter und weinte. Er zögerte, dann erwiderte er die Umarmung und hielt sie fest, bis sie aufhörte zu schluchzen.

Schließlich entließ er sie vorsichtig aus seinen Armen. Sie trat zurück und wischte sich über Augen und Nase.

»Danke, dass du mich vor …« Sie brachte den Rest des Satzes nicht über die Lippen. Silus nickte einfach nur.

»Wer war das?«, fragte er.

»Ägypter. Irgendwelche Strauchdiebe vom Land. Jemand hat sie dafür bezahlt, das zu tun.«

»Wer tut denn so etwas?«

»Die Juden.« Sie spuckte aus. »Sie hassen alle, die anderen Glaubens sind, und haben selbst nur einen Gott, dem niemand außer ihnen huldigen darf – so, wie sie keinem anderen Gott huldigen dürfen, weil in ihren Augen alle anderen falsche Götter sind.«

»Gibt es denn viele Juden hier in der Stadt?«

»Weniger als früher, Isis sei Dank. Vor hundert Jahren haben sie einen Aufstand angezettelt, bei dem viele von ihnen getötet wurden. Damals haben sie viele Tempel entweiht und zerstört, das Serapeum, das Nemeseion, die Heiligtümer der griechischen, römischen und ägyptischen Götter. Sogar meinen Tempel, den Tempel der Isis Lochias. Dafür wurden sie bestraft. Nachdem die Römer den Aufstand niedergeschlagen hatten, haben die Griechen und die Alexandriner sie alle niedergemetzelt. Doch nun kommen sie still und heimlich wieder in die Stadt gekrochen, und es werden immer mehr. Sie scheuen das Licht der Öffentlichkeit, doch es gibt viele Gerüchte über sie: dass sie wieder Nichtjuden ermorden, unsere Tempel entweihen und unsere Kinder für ihre Rituale stehlen. Man sollte sie den wilden Tieren vorwerfen.«

Silus schwieg entsetzt über diese Hasstirade. Dass die Juden im Imperium nicht besonders beliebt waren, hatte er bereits mitbekommen. Wo er aufgewachsen war, hatte es keine Juden gegeben, und er war sich auch nicht sicher, ob er überhaupt schon einmal einen kennengelernt hatte. Vielleicht waren unter den Soldaten der in Britannia stationierten Hilfstruppen Juden gewesen – er hatte sich nie danach erkundigt und auch keine Unterschiede zwischen den Männern aus dem Osten des Reiches gemacht.

Zwar mochten die Römer keine Fremden und hatten auch keine Achtung vor anderen Völkern oder ihrer Kultur, aber ein derart blanker Hass gegenüber einem anderen Volk des Imperiums war ihm bisher noch nicht begegnet. Gegenüber den Feinden des Reiches natürlich, aber nicht gegenüber den eigenen Mitbürgern und Nachbarn. Er fragte sich, warum die Juden überhaupt noch irgendwo leben durften, wenn sie derart bösartig waren.

»Vielleicht solltest du einen Schluck Wein trinken.«

Silus ging zu dem Krug auf dem kleinen Tisch, aus dem ihn Tekosis bei seinem ersten Besuch bewirtet hatte und in dem sich noch ein Rest Wein befand. Er schenkte einen Becher voll und reichte ihn ihr. Sie trank mit zitternden Händen und gab sich Mühe, dabei nichts zu verschütten.

Es klopfte an der Tür.

»Priesterin der Isis, bist du hier?«

Silus öffnete und sah sich einem römischen Legionär mit gezogenem Schwert gegenüber. Hinter ihm betrachteten drei weitere Soldaten die Schäden und die Leichen.

»Wer bist du?«, bellte ihn der Legionär an und richtete das Schwert auf Silus' Kehle. »Was machst du hier?«

»Ich bin Zenturio Silus von den Arcani und handle im Auftrag von Statthalter Sextus Varius Marcellus.«

»Oha.« Der Legionär ließ das Schwert sinken und salutierte. »Verzeiht, Herr. Was ist hier passiert?«

»Das versuche ich gerade selbst herauszufinden. Sie haben die Priesterin angegriffen und einen Priester getötet. Und es wurde etwas gestohlen.«

»Gestohlen?«, fragte Tekosis verwirrt. Vor lauter Angst und Verzweiflung hatte sie gar nicht mitbekommen, dass die Isisstatue geraubt worden war.

»Die große Goldstatue deiner Göttin«, sagte Silus. »Einer der Angreifer hat überlebt und sich mit ihr aus dem Staub gemacht.«

»Oh nein.« Tekosis legte eine Hand auf ihre Brust und wurde noch blasser, als Silus es für möglich gehalten hätte.

»War die Statue denn wertvoll?«, fragte der Soldat.

»Ihr Wert in Gold ist bedeutungslos«, fuhr sie ihn an. »Sie ist Verkörperung meiner Göttin hier auf Erden, gesegnet und heilig. Und jetzt ist sie in den Händen der Juden, und sie werden sie entweihen und besudeln.« Sie bedeckte ihr Gesicht mit den Händen und fing wieder an zu weinen.

»Die Juden?«, fragte der Legionär verwirrt.

»Sie glaubt, dass die Juden hinter diesem Überfall stecken.«

»Ist sicher auch so«, sagte der Legionär. »Diesem widerlichen Haufen kann man nicht über den Weg trauen.«

»Es gibt doch gar keinen Hinweis darauf, dass sie es waren«, gab Silus zu bedenken.

Der Legionär zuckte wenig überzeugt mit den Schultern.

Tekosis krallte sich in Silus' Tunika fest. »Silus, wirst du mir helfen? Bring uns unsere heilige Statue zurück. Ohne sie ist der Tempel entweiht.«

Silus zögerte. »Legionär, ich würde mich gerne unter vier Augen mit der Priesterin unterhalten. Ein paar von deinen

Leuten sollen den Mann, den ich gefangen genommen habe, zum Palast des Präfekten bringen und in eine Zelle werfen. Ich will ihn später befragen.«

»Natürlich, Herr.« Der Legionär verließ den Raum und schloss die Tür hinter sich. Tekosis sah Silus erwartungsvoll an. Silus überlegte einen Augenblick lang. Er suchte nach den richtigen Worten, um seinen Gedanken Ausdruck zu verleihen, und fragte sich, ob er das überhaupt tun sollte.

Schließlich brach Tekosis das Schweigen. »Du hast mir das Leben gerettet«, sagte sie.

»Schon möglich. Vielleicht hätten sie dich aber auch verschont.«

»Warum denn das? Sie waren bereit, eine Priesterin zu schänden, warum sollten sie sie nicht auch ermorden? Den Priester haben sie ja auch getötet.«

Silus antwortete nichts darauf.

»Was wolltest du mit mir besprechen? Wirst du mir helfen?«

Silus bewegte die Lippen und suchte nach Worten. »Ich habe dich gestern um deine Hilfe gebeten.« Tekosis sah ihn mit steinerner Miene an. »Du hast gesagt, dass dich das nichts angeht und auch nicht interessiert«, fuhr er dann fort.

»Nicht mit diesen Worten.«

Silus versuchte sich zu erinnern. »Du hast gesagt, dass du Isis gehörst und dass die Göttin sich nicht für das Schicksal eines römischen Jungen interessiert.«

»Ja, so ähnlich.«

»Dann sag mir also, wieso ich – und der allmächtige Kaiser von Rom, dem ich diene – mich für die Statue deiner Göttin interessieren sollten?«

Wut loderte kurz in Tekosis' Blick auf, war aber ebenso schnell wieder verschwunden. Sie hatte in der letzten Stunde zu viel durchgemacht, um noch die Kraft für so ein forderndes Gefühl wie Zorn zu haben, und ließ die Schultern hängen. »Tu es für mich, ja?«

»Wozu brauchst du mich überhaupt? Ich bin nicht von hier und kenne mich in Alexandria auch nicht aus.«

»Ich weiß, wer die Arcani sind, ich kenne euren Ruf und weiß, was ihr tut. Und ich habe keine Männer, die ich mit so etwas beauftragen könnte. Wie du schon gesagt hast: Die Römer wird das alles hier kaum interessieren.«

Silus legte den Kopf schief. »Und was springt für mich dabei heraus?«

Tekosis lief rot an und zog ihr Kleid noch enger um den Körper.

»Inwiefern würde mir das meine Aufgabe erleichtern?«, verbesserte er sich.

»Ach so.« Sie dachte einen Moment lang nach. »Ich habe zwar keine Soldaten und auch keine Spione oder Attentäter, aber ich bin in dieser Stadt hoch angesehen und kenne viele Menschen. Ich kann mich für dich umhören und die richtigen Leute fragen. Versprechen kann ich dir nichts, aber ich werde mein Bestes geben.«

»Ein Handel also. Meine Hilfe gegen deine.«

»Wenn das notwendig ist, damit du mir beistehst, dann ja.«

Silus nickte und hielt ihr die Hand hin. »Abgemacht. Ich suche deine Göttin und du meinen entführten Jungen.«

Er schüttelte Tekosis' Hand, in die die Kraft zurückgekehrt war.

Silus sah sich in Tekosis' Privatgemächern um, die im Gegensatz zum restlichen Tempel keine Schäden davongetragen hatten. »Wohnst du hier?«

»Ja.«

»Soll ich dir eine andere Bleibe suchen? Solange der Tempel in Ordnung gebracht wird?«

Tekosis lächelte. »Ich werde mich nicht aus meinem Heim und meinem heiligen Tempel vertreiben lassen. Ich bleibe hier.«

»Gut. Dann gehe ich jetzt und befrage den überlebenden Angreifer, aber ich werde die Legionäre zur Bewachung des Tempels abstellen. Ich komme wieder, wenn es etwas zu berichten gibt.«

»Danke. Ich hoffe, dass ich dann auch Neuigkeiten für dich habe. Und noch etwas, Silus: Bitte behalte für dich, dass die Statue gestohlen wurde. Wenn das bekannt wird, bricht in der Stadt das Chaos aus. Ich werde das Sacrarium verschlossen halten und allen sagen, dass ich es von Neuem segnen muss.«

Silus nickte. »Ich werde die Legionäre anweisen, dass sie es ebenfalls für sich behalten. Die wollen sicher auch keinen Aufstand, schließlich müssten sie sich ja dann auch darum kümmern.«

Tekosis schenkte ihm ein schmales Lächeln. »Danke, Silus. Danke für alles.« Sie nahm seine Hand und drückte sie, und mit einem Mal schien sich vor seinem geistigen Auge alles – Rotz und Wasser, Erbrochenes und Blut und böse Worte – in Wohlgefallen aufzulösen.

Neuntes Kapitel

Im Keller des Präfektenpalastes befand sich eine angemessen feuchte und stinkende Zelle. Der ägyptische Gefangene war mit den Händen an die Wand gekettet und mittlerweile bei vollem Bewusstsein. Sein Gesicht war vom Zusammenstoß mit dem Mauerwerk des Tempels gezeichnet.

»Warum sich die Mühe machen und ihn verhören?«, murmelte der Legionär, der sie einließ und die Tür hinter ihnen schloss. »Die Juden stecken dahinter, das weiß doch jeder.«

Dann waren Silus und Atius mit dem Gefangenen allein. Silus stellte sich dicht vor den Mann hin, woraufhin dieser ihm eine lange Reihe ägyptischer Worte entgegenschleuderte, von denen vermutlich keines als Kompliment gedacht war. Silus hob den Zeigefinger und stach ihm damit grob ins Auge.

Der Mann schrie auf, rüttelte an seinen Ketten, versuchte vergeblich, das Auge mit der Hand zu bedecken, und stieß eine weitere Salve derber Flüche aus. Silus hob noch einmal den Finger, woraufhin der Gefangene den Kopf so weit wie möglich von ihm abwandte. Atius packte ihn fest am Kinn und drehte sein Gesicht wieder Silus zu.

»Du sprichst doch sicher Griechisch, oder?«

Es folgte ein weiterer Schwall ägyptischer Flüche, und Silus stach ihm noch einmal mit dem Finger ins Auge, woraufhin der Gefangene erneut aufschrie.

»Ja, ja, ich spreche Griechisch«, sagte er.

»Sieh an, wir machen Fortschritte«, bemerkte Atius.

»Wie heißt du?«, fragte Silus.

»Anchtakelot.«

»Also, Anchtakelot: Wer hat euch dazu angestiftet?«, fragte Silus. »Du wirst den heiligen Tempel der Isis ja nicht zum Spaß überfallen haben – oder wegen einer wertvollen Statue, die du sowieso nicht verkaufen kannst.«

Der Mann grunzte. Silus hob den Finger.

»Ja, jemand hat uns beauftragt.«

»Na bitte. Und wer?«

Der Ägypter presste die Lippen aufeinander.

»Es gibt noch weitaus wirkungsvollere Folterinstrumente als meinen Finger«, sagte Silus.

»Und was geschieht jetzt mit mir?«

Silus und Atius wechselten einen Blick. »Du hast einen Priester getötet. Was glaubst du denn?«

»Wenn ihr wissen wollt, wo die gestohlene Statue ist oder wer hinter der ganzen Sache steckt, dann lasst mich frei.«

»Oder wir foltern dich so lange, bis du es uns im Tausch gegen einen schnellen Tod erzählst.«

Anchtakelot verließ der Mut und er fing an zu zittern. »Ich sage euch alles. Lasst mich gehen.«

Silus wandte sich zu Atius um. »Was glaubst du, wie fanatisch ist der wohl?«, flüsterte er ihm hinter vorgehaltener Hand auf Latein zu.

»Keine Ahnung«, flüsterte Atius zurück. »Noch kennen wir seine Beweggründe nicht. Machst du dir Sorgen, dass er uns unter der Folter Blödsinn erzählt und wir das erst merken, wenn er schon tot ist?«

»Möglich wär's.« Silus wandte sich wieder dem Ägypter zu. »Na schön, ich mache dir folgenden Vorschlag: Du erzählst uns alles, was du weißt, und wir prüfen es nach. Und wenn du die Wahrheit gesagt hast, werden wir uns dafür einsetzen, dass du eine milde Strafe bekommst.«

Der Ägypter dachte nach. Ihm war bewusst, dass dies ein sehr großzügiger Vorschlag war. »Ich stamme aus der Nähe von Damanhur, das die Griechen Hermopolis Mikra nennen. Ein Mann kam in unser Dorf und hat uns viel Geld versprochen, wenn wir einen Tempel überfallen und etwas daraus stehlen. Wir bestellen die Felder an den Ufern des Nils, und die letzte Nilschwemme ist nicht besonders üppig ausgefallen. Es sind schwere Zeiten.«

»Die Nilschwemme?«

Der Mann sah Silus und Atius verwirrt an. »Was, habt ihr noch nie von der Nilschwemme gehört?«

Silus zuckte mit den Achseln.

»Das Nilhochwasser ist in Ägypten das wichtigste Ereignis des Jahres. Wenn der Nil zu hoch steigt, saufen wir ab, wenn er nicht genug Wasser führt, verhungern wir. Gut ist alles dazwischen. Aber weshalb sprechen wir überhaupt darüber?«

»Du hast damit angefangen.«

»Richtig. Also, man hat uns angeheuert, um eine Statue zu stehlen, außerdem sollten wir etwas Schaden anrichten, wenn wir schon mal dort waren. Von dem Geld, das wir dafür bekommen, können wir unser Dorf ein ganzes Jahr lang ernähren.«

»Dein Dorf lebt, aber ein Priester musste sterben. Und eine Priesterin wurde geschändet.«

»Geschändet? Ich habe doch niemanden …«

»Du nicht, aber einer von deinen Kumpanen. Zumindest hat er es versucht. Jetzt ist er tot.«

Der Gefangene hatte den Anstand, sich beschämt abzuwenden.

»Wer hat dich angeheuert?«

»Ich weiß nicht, wie er heißt.«

»War es ein Jude?«, fragte Atius.

»Kann ich nicht sagen.«

»Wie hat er geredet? Wie ausgesehen? Hat er sich wie ein Jude angehört?«

»Ich habe nicht mit ihm gesprochen!«

»Wer denn dann?«

»Mencheperresenb!«

»War das ein Fluch?«

»So heißt mein Bruder!«

Scheiße. Der hier wusste gar nichts. »Und wo ist dein Bruder?«, fragte Silus mit der Befürchtung, dass derjenige, der ihnen den Auftraggeber des Überfalls hätte nennen können, seinem Schwert zum Opfer gefallen war.

»Er konnte entkommen. Mit der Statue. Er hat sicher gedacht, dass ich tot bin. Sonst hätte er mich niemals zurückgelassen.«

Silus stieß einen missbilligenden Laut aus. Sowohl Gier als auch Angst waren für sich genommen bereits mächtige Beweggründe. In Kombination vermochten sie einen Mann durchaus dazu zu bringen, seinen Bruder – ob lebend oder tot – im Stich zu lassen.

»Und jetzt ist er in euer Dorf zurückgekehrt?«

»Das hatten wir zumindest vor. Der Mann, der uns angeheuert hat, wollte fünf Tage nach dem Überfall zu uns kommen, um die Statue abzuholen und uns das Geld zu geben.«

Jetzt machten sie wirklich Fortschritte. Sie mussten nur in dieses Dorf gehen, dem Bruder dieses Mannes – Menchisoundso, er musste sich das aufschreiben – eine ordentliche Abreibung verpassen und auf den geheimnisvollen Auftraggeber warten. Ohne Hilfe würden sie es wohl kaum mit einem ganzen Dorf aufnehmen können, doch es war sowieso an der Zeit, Marcellus von dem, was sie erfahren hatten, zu unterrichten.

»Wo genau liegt dieses Dorf?«

»Was gibt es denn, Silus?«, fragte Marcellus. Er klang angespannt, hatte dunkle Ringe unter den Augen, wirre Haare und einen ebensolchen Bart. Ganz offensichtlich hatte er nicht viel geschlafen.

»Herr, wir benötigen ein paar Legionäre.«

»Habt ihr ihn gefunden?«

In Marcellus' Stimme lag ein so hoffnungsvoller Ton, dass es Silus kaum übers Herz brachte, ihn zu enttäuschen. »Nein, Herr.«

»Aber ihr habt eine Spur?«

»Nicht unbedingt, Herr.«

»Verflucht noch mal, Silus, habt ihr überhaupt irgendwelche Fortschritte gemacht?«

»Ich weiß nicht, warum du dich überhaupt noch mit diesen Nichtsnutzen abgibst«, sagte Soaemias. Sie saß in einem gepolsterten Sessel und ließ sich von ihrer Ornatrix das Haar richten. »Schick sie nach Rom zurück. Sie machen doch alles nur noch schlimmer.«

Marcellus warf ihr einen verärgerten Blick zu, widersprach jedoch nicht. Immerhin hatte sie nicht noch einmal verlangt, Silus hinrichten zu lassen.

»Silus, wozu brauchst du diese Männer denn?«, fragte Marcellus.

»Herr, Alexandria ist der reinste Albtraum. So viele verschiedene Gruppierungen, die sich alle spinnefeind sind. Die Stadt ist wie ein Haus in der Subura, das beim geringsten

Funken in Flammen aufgehen und die ganze Stadt zerstören könnte.«

»Normalerweise pflegst du dein Versagen nicht mit irgendwelchen Vorwänden zu rechtfertigen«, sagte Marcellus.

»Das ist kein Vorwand, sondern die Wahrheit. Außerdem habe ich nicht versagt.« Noch nicht, dachte Silus insgeheim.

»Also schön, sprich weiter.«

Silus holte tief Luft und atmete langsam aus. »Ich habe eine Frau kennengelernt.«

Marcellus verdrehte die Augen, sagte aber nichts.

»Eine Priesterin der Isis. Diejenige, die uns zu Hilfe kam, als Atius sein kleines … Missgeschick passiert ist.«

»Und was ist mit ihr?«

»Ich bin zu ihr in den Tempel gegangen, um noch einmal ihre Hilfe zu erbitten.«

»Wie sähe diese Hilfe denn aus?«

»Den Priesterinnen und Priestern kommt früher oder später alles zu Ohren, was in dieser Stadt geschieht. Ich wollte sie uns gewogen machen, damit sie sich für uns umhört.«

»Und, ist sie uns gewogen?«

»Anfangs war sie es nicht, doch dann wurde ihr Tempel überfallen und ich konnte ihr zu Hilfe eilen. Im Gegenzug hat sie sich bereit erklärt, mir zu helfen – wenn ich ihr einen Gefallen tue.«

»Nämlich?«

»Ich soll ein wichtiges Artefakt ihres Glaubens wiederbeschaffen, das bei dem Überfall gestohlen wurde, und herausfinden, wer dahintersteckt.«

»Das waren sicher die Juden«, sagte Marcellus. »Und wie gedenkst du dieses Artefakt zu finden?«

»Ich konnte es bis zu einem Dorf südlich von Alexandria zurückverfolgen. Wenn ich rechtzeitig mit einem kleinen

Trupp vor Ort bin, kann ich denjenigen gefangen nehmen, der für den Überfall verantwortlich ist.«

»Das alles kommt mir vor wie eine gewaltige Zeitverschwendung.«

»Herr, wenn das Volk erfährt, dass die Statue gestohlen wurde, wird es zu einem Aufstand kommen.«

»Das ist mir egal, und wenn Alexandria vom Meer verschluckt wird! Ich will meinen Sohn zurück!«

Marcellus hob die Stimme, Silus hingegen blieb ganz ruhig. »Aber was, wenn Euer Sohn in die Unruhen hineingerät? Wenn er in einem brennenden Gebäude gefangen ist oder von der wütenden Menge niedergetrampelt wird?«

Dies schien Marcellus zur Einsicht zu bringen.

»Außerdem können wir so Euren Sohn finden. Wir sichern uns die Hilfe einer Einheimischen, die sich viel besser hier auskennt als der Präfekt oder die Griechen. Die herrschen zwar über diese Stadt, haben aber keinen Schimmer, was darin vor sich geht.«

»Das ist doch lächerlich«, warf Soaemias ein. »Marcellus, wieso hörst du dir diesen Unfug überhaupt an? Lass diese Schwachköpfe rauswerfen.«

»Und wie lautet dein Plan zur Rettung unseres Sohnes, Liebste?«

»Wir treiben ein paar Juden und Anhänger dieses Christus zusammen, lassen sie hinrichten und drohen damit, dass wir immer so weitermachen, bis wir unseren Sohn wiederhaben.«

Silus biss die Zähne zusammen, sagte aber nichts. Er spürte, dass sich Atius an seiner Seite vor Wut verkrampfte, und berührte leicht seinen Arm, um ihn von einer Dummheit abzuhalten.

»Offen gestanden kommt mir das Gelingen deines Plans doch recht unwahrscheinlich vor, Silus.«

»Herr, ich meine, dass dieses Vorgehen im Augenblick am meisten Erfolg verspricht – außerdem würde so der Frieden in der Stadt gewahrt bleiben. Was Eure werte Gattin vorschlägt, würde hingegen das genaue Gegenteil bewirken.«

Marcellus zögerte.

»Herr, gebt uns die Legionäre, damit wir morgen den Nil hinabfahren und diese Sache regeln können«, bat Silus, noch bevor Marcellus etwas sagen konnte. »Sobald wir zurück sind, werden wir Euren Jungen befreien. Und wenn uns das nicht gelingt, könnt Ihr immer noch tun, was Eure Frau sagt.«

»Na schön. Aber wenn ich meinen Sohn nicht bald wiederhabe, werden Köpfe rollen, und diese Stadt kann von mir aus zum Orkus gehen.«

»Jawohl, Herr.«

Am Tag nach dem Überfall auf den Tempel hatte Silus den Eindruck, dass überhaupt nichts geschehen war. Zumindest ließ sich Tekosis äußerlich nichts anmerken. Sie war ruhig und gelassen, makellos gekleidet und zurechtgemacht. Schminke bedeckte ihre Blutergüsse, und auch die Schwellung um ihre geplatzte Lippe war auf den ersten Blick nicht zu erkennen.

Sie kniete in der Haupthalle des Tempels auf einem Kissen vor einem kleinen Altar. Neben ihr saß eine weiße Taube in einem Goldkäfig und drehte neugierig den Kopf hin und her. Silus beobachtete, wie Tekosis die Arme zum Himmel hob und ein Gebet sprach. Sie öffnete den Käfig, nahm den Vogel heraus und streichelte ihn beruhigend mit den Fingerspitzen. Anstatt zu flattern, saß das Tier ruhig da.

Mit einer fließenden Bewegung nahm sie ein scharfes, gekrümmtes Messer vom Altar, schlitzte der Taube die Kehle auf und hielt sie über eine Silberschale. Der Vogel zuckte und wehrte sich, doch sie setzte ihre sanften Liebkosungen fort, bis er sich nicht mehr rührte und sein Kopf zur Seite fiel. Sorgfältig legte sie die Taube auf dem Altar ab, nahm die Schale in beide Hände, hob sie an die Lippen, warf den Kopf zurück und nahm einen großen Schluck. »Wir danken dir, große Göttin«, sagte sie, nachdem sie die Schale wieder zurückgestellt hatte. »Nimm dieses Opfer als Zeichen unserer Verehrung an.«

Tekosis bemerkte Silus, der vom Rand aus zugesehen hatte, lächelte und winkte ihn zu sich.

Wie immer war er etwas nervös in ihrer Gegenwart. Sie hielt ihm beide Hände hin, er nahm sie und drückte aus einer Laune heraus einen Kuss auf eine Hand. Sie gab ein perlendes kleines Lachen von sich und zog die Hände wieder zurück.

»Wie geht es dir?«, fragte er mit ehrlicher Besorgnis.

»Die Göttin heilt alle Wunden, Silus. Ich bin so gut wie neu.«

Ein Blick auf ihre noch leicht geschwollene Lippe verriet ihm, dass das nicht ganz die Wahrheit war, doch er freute sich, sie nach diesem schrecklichen Überfall so munter vorzufinden. Ihm war bewusst, welch verheerende Folgen es für eine Frau haben konnte, wenn ihr Gewalt angetan oder dies auch nur versucht wurde, auch wenn solche Wunden nicht immer sofort ins Auge sprangen. Er fragte sich insgeheim, wie ihr wohl wirklich zumute war, doch um sich danach zu erkundigen, kannte er sie nicht gut genug. »Es gibt Neuigkeiten«, sagte er stattdessen. »Die Männer, die dich überfallen haben, kommen aus einem Dorf in der Nähe von Hermopolis Mikra.«

»Bei uns heißt diese Stadt Damanhur«, verbesserte sie ihn.

»Ja. Genau die. Man hat ihnen Geld dafür versprochen, die Statue zu stehlen und den Tempel zu entweihen.«

»Die Juden«, sagte sie mit wütender Miene. »Ich wusste es doch.«

»Der Mann, der ihnen den Auftrag erteilt hat, wird die Statue in ein paar Tagen bei ihnen im Dorf abholen. Mein Herr wird mir ein paar Männer zur Verfügung stellen, mit denen wir dorthin reisen, die Statue holen und denjenigen verhaften werden, der hinter der ganzen Sache steckt. Dann werden wir es ja herausfinden.«

Tekosis lächelte, machte einen Schritt auf ihn zu und schlang die Arme um ihn. Sie drückte ihm einen sanften Kuss auf die Wange und trat wieder zurück. »Danke, Silus«, sagte sie. »Du ahnst ja nicht, wie wichtig das für mich ist. Und für Alexandria.«

»Vergiss unsere Abmachung nicht«, sagte Silus. Seine Haut prickelte an der Stelle, die sie mit ihren Lippen berührt hatte. »Während ich weg bin, musst du dich auf die Suche nach dem Jungen machen.«

»Aber natürlich«, sagte sie. »Ich werde alles tun, was in meiner Macht steht, aber ich kann nichts versprechen.«

Silus nickte.

»Wann brichst du auf?«, fragte sie.

»Wir wollen nicht zu früh ankommen, wer weiß, wie lange wir uns die Dorfbewohner vom Leib halten müssen. Morgen Vormittag segeln wir los.«

»Und bis dahin?«

Er zuckte mit den Achseln.

»Wieso siehst du dir nicht unsere großartige Stadt an?«

»Das ist eine gute Idee, aber wie fange ich das am besten an?«

»Brauchst du jemanden, der dich herumführt?«

»Besser wäre es. Weißt du denn, wo ich so jemanden finden kann?«

Sie lachte wieder. »Du Esel. Ich versuche gerade, dir meine Dienste anzubieten.«

»Ach so. Ja. Das ist sehr nett von dir. Hast du denn keine Verpflichtungen mehr hier?«

»Ich bin für heute fertig. Gehen wir.«

Silus taten die Beine weh. Alexandria war eine riesige Stadt, und ihm kam es so vor, als hätte er sie mehrmals durchquert, obwohl er in Wahrheit kaum etwas davon gesehen hatte. Tekosis hatte ihm das Museion und die große Bibliothek gezeigt, und sie waren über das zugehörige Gelände mit seinen Gärten und Säulengängen spaziert.

Dann hatten sie in einer Exedra Platz genommen, jenen halbkreisförmigen Nischen mit Sitzbänken, die sich in regelmäßigen Abständen zwischen den Säulenreihen fanden, und die Gelehrten beobachtet, die mit ernsten Mienen vorbeigingen, entweder leidenschaftlich miteinander debattierend oder allein ihren Gedanken nachhängend – was sie schweigend, aber auch nicht selten mit lauter Stimme taten. Tekosis hatte sie als von sich eingenommene, abgehobene Traumtänzer bezeichnet, eine Einschätzung, der Silus durchaus zustimmte.

Dann hatte sie ihm die Bibliothek gezeigt, deren unzählige Schriftrollen beinahe alle Bücher enthielten, die jemals geschrieben worden waren. Sie hatte ihm erzählt, dass die Ptolemäer – die ursprünglichen Herrscher Alexandrias – jedes Schiff, das den Hafen anlief, nach Büchern durchsuchen ließen, diese beschlagnahmten und erst zurückgaben, nachdem eine Kopie davon erstellt worden war. Auch wenn zu Zeiten Julius Caesars ein Brand einen Teil der Bibliothek vernichtet hatte, überstieg die Menge des hier versammelten Wissens Silus' Vorstellungskraft bei Weitem.

Nun saßen sie ganz hinten in einer Vorlesung und hörten einem langhaarigen Philosophen dabei zu, wie er seinen gebannten Schülern mit lauter Stimme seine Ansichten zur aristotelischen Metaphysik vortrug. Es ging um die Existenz, und wie etwas weiterexistieren konnte, obwohl es sich veränderte. Dabei fiel Silus ein, wie seinem Vater einmal beim Holzhacken ein Axtblatt kaputtgegangen war und er ein neues hatte kaufen müssen. In der darauffolgenden Woche war der Stiel zerbrochen, und er hatte sich einen neuen schnitzen müssen. Dann hatte er von Silus wissen wollen, ob es immer noch dieselbe Axt wie zuvor war – eine Frage, die ihm in seiner Jugend so manche schlaflose Nacht bereitet hatte.

Beim Gedanken an eine Axt tauchten schlagartig weit unwillkommenere Erinnerungen in seinem Kopf auf: das Gewicht des blutbeschmierten Beils in seiner Hand und die Schmerzenslaute des sich zu seinen Füßen windenden Papinianus.

Tekosis bemerkte seine plötzliche Ernüchterung, nahm seine Hand, und sie verließen die Vorlesung. »Alles in Ordnung? Besonders spannend war es nicht, ich weiß.«

Er lächelte schwach. »Von Philosophie bekomme ich Kopfschmerzen.«

»Du bist weder ein Freund des Glaubens noch der Philosophie. Was bist du dann, Silus?«

»Praktisch veranlagt, würde ich sagen.«

Tekosis nickte. »Ja, das kann ich mir vorstellen. Möchtest du noch mehr sehen?«

Als Nächstes besichtigten sie das Grab Alexanders des Großen. Die Vorstellung, dass der größte Feldherr, den die Welt jemals gesehen hatte, in einem Glassarkophag unter dieser kleinen Pyramide ruhte, erfüllte Silus mit Ehrfurcht. Genauso ging es allerdings auch den vielen anderen Menschen, die sich um das Mausoleum drängten, um dem Toten die Ehre zu erweisen, ihn anzubeten oder lediglich ihre Neugier zu befriedigen, sodass sie nicht näher herankamen.

Stattdessen führte ihn Tekosis zum Serapeum, das sich auf einem Hügelkamm im Südwesten der Stadt erhob und von beinahe jedem Punkt in Alexandria aus zu sehen war. Wie schon das Museion bestand auch diese gewaltige Tempelanlage aus mehreren durch Innenhöfe verbundenen Gebäuden – einer Bibliothek, Hörsälen und Heiligtümern zu Ehren verschiedener Götter. Tekosis besuchte zuerst den Schrein der Isis, um dem dortigen Hohepriester ihre Aufwartung zu machen.

Dann gingen sie in den gewaltigen, von riesigen Marmorsäulen umgebenen Serapistempel. Sobald sie eintraten, zog eine kolossale Statue des Gottes unweigerlich ihre Blicke auf sich. Die ausgestreckten Arme waren so lang, dass sie über Silus' Kopf zu beiden Seiten die Tempelwände berührten.

Tekosis nahm Silus an der Hand und führte ihn in eine Ecke des Tempels. »Sieh dir das an.«

Silus wartete, bis sich seine Augen an das Dämmerlicht des Tempels gewöhnt hatten, dann betrachtete er stirnrunzelnd eine merkwürdige Apparatur, die aus einem Wasserspeicher und einem undurchschaubaren Mechanismus aus Zahnrädern und Hebeln bestand.

»Hast du einen Obolus?«, fragte Tekosis.

Silus fischte eine der kleinen Silbermünzen aus seinem Geldbeutel, die in der griechischsprachigen Hälfte des Imperiums als Zahlungsmittel dienten, und reichte sie ihr. Sie steckte den Obolus in die seltsame Maschine und hielt ein Tongefäß unter eine Ausgussöffnung. Mit einem metallischen Surren floss Wasser in das Gefäß, bis es zu etwa drei Vierteln gefüllt war, dann versiegte der Wasserstrahl mit einem plötzlichen Klicken.

»Was ist das denn?«, fragte Silus erstaunt.

»Manche halten es für ein Wunder, doch tatsächlich ist das hier eine von dem großen Erfinder Heron erdachte Maschine. Wenn man eine Münze einwirft, erhält man eine genau abgemessene Menge Weihwasser. Das erspart den Priestern diese eintönige Arbeit.«

Sie spritzte das Wasser auf ihr Gesicht und ihren Hals und tat dasselbe bei Silus. »Der Segen von Isis und Serapis möge mit dir sein. Nun bist du gereinigt. Komm, ich zeige dir noch mehr solche Wunder.« Sie gingen zu einer weiteren Maschine mit vielen beweglichen Teilen, die Tekosis zufolge die Erde und ihre Position im Zentrum des Universums darstellte. Dann betrachteten sie einen unaufhörlich sprudelnden Brunnen, bei dem irgendein verborgener Mechanismus dafür zu sorgen schien, dass das Wasser ohne menschliches Zutun unaufhörlich sprudelte. Auf einem Tisch befanden sich kleine Figuren von Herkules und einem Drachen: Wenn man einen Stein anhob, schoss Herkules einen Pfeil auf den Drachen, woraufhin dieser ein zischendes Geräusch von sich gab. Und schließlich sahen sie noch eine Puppe, die Luft in eine Trompete blies und dieser Töne entlockte, wenn man einen Hebel betätigte.

Tekosis musste über Silus' Verblüffung lachen. So etwas hatte er noch nie gesehen.

»Wie ist das nur möglich?«, fragte er.

»Alexandria ist das Zentrum allen Wissens, Silus. Mehr noch als Athen oder Rom. Die Bibliothek und das Museion haben die größten Philosophen und Erfinder hierhergelockt. Mag sein, dass der Glanz dieser Stadt etwas verblasst ist, doch ich bin mir sicher, dass ihr eine weitere Blütezeit bevorsteht.«

»Wie das?«

Sie berührte sein Gesicht mit der Hand. »Den Göttern dieser Stadt ist nichts unmöglich. Isis und Serapis werden uns schützen und nähren, so, wie sie es schon immer getan haben.«

Bei der sanften Berührung ihrer Finger gab er unwillkürlich ein leises Seufzen von sich.

»Begleitest du mich zum Tempel zurück?«, fragte sie.

»Selbstverständlich.«

Er hielt ihr den Arm hin, sie nahm ihn, und sie machten sich auf den Rückweg, auf dem Tekosis dem wissbegierigen Silus noch weitere Sehenswürdigkeiten zeigte.

Als sie den Tempel der Isis Lochias erreichten, wurde es bereits dunkel. Silus warf den drei Betenden, die sich in der ansonsten menschenleeren Haupthalle aufhielten, einen misstrauischen Blick zu, kam aber schnell zu dem Schluss, dass die beiden alten Frauen und das kleine Kind keine Gefahr darstellten. Er begleitete Tekosis bis zur Tür, die in ihre Gemächer führte. »Dann gute Nacht.«

Sie trat vor und küsste ihn sanft auf die Lippen. Er sah sie verdattert an. Sie kraulte seinen Bart mit den Fingerspitzen, dann schlang sie die Arme um seinen Hals und küsste ihn etwas leidenschaftlicher. Er erwiderte den Kuss. Sie schmeckte nach Gewürzen und roch nach einem starken, aber nicht zu aufdringlichen Parfüm. Ihr warmer Körper fühlte sich so schmal und zerbrechlich in seinen Armen an, dass er Angst hatte, sie zu zerquetschen, wenn er sie zu fest an sich drückte.

Schließlich lösten sie sich voneinander. Er sah ihr tief in die Augen. »Da komme ich nicht mit. Du bist doch eine Priesterin.«

Wieder das perlende Lachen. »Silus, du bist wirklich seltsam. Ich bin doch keine Vestalin. Isis ist die Göttin des Himmels, die Schöpferin des Sonnenaufgangs, die Göttin der Liebe und der Fruchtbarkeit. Sie ist die Frau des Osiris und die Mutter des Horus. Glaubst du, dass so eine Göttin züchtig ist?«

»Nein, aber ...«

»Die Göttin lebt durch mich. Sie ist in mir. Soll ich sie etwa durch ein Verhalten beleidigen, das gegen ihre Natur ist?«

»Auf gar keinen Fall«, sagte Silus, der sich dieser Argumentation nur zu gern beugte.

Sie nahm seine Hand und zog ihn mit sich in ihre Gemächer, erhellt nur von einer einzelnen Lampe, in der Duftöl brannte. Sie löste eine Fibel auf ihrer Schulter, dann ließ sie ihr Gewand mit einem Achselzucken zu Boden gleiten. Als er ihren nackten, zierlichen Körper vor sich sah, keuchte er auf. Sie zog ihn zu sich und ging langsam rückwärts, bis ihre Waden gegen das Bett stießen. Sie ließ sich mit dem Rücken darauf fallen und blickte zu ihm auf. Er zögerte. Schluckte. Und dann glitt er auf sie und verlor sich in ihren Armen.

Zehntes Kapitel

Silus war froh, dass die Fahrt zu Ende war – diesmal allerdings nicht, weil er Schiffsreisen im Allgemeinen verabscheute. Den Nil hinabzusegeln verhielt sich zur Überquerung des Mare Nostrum im tiefsten Winter wie ein sanftes Streicheln zu einem Gladiatorenkampf auf Leben und Tod. Außerdem war der Kapitän ein guter Reiseführer gewesen, der ihnen die Eigenheiten des Lebens am Nil erklärt hatte. In Ägypten gab es anders als in der übrigen Welt nur drei Jahreszeiten: Die Nilschwemme, wenn der große Fluss über die Ufer trat und Wasser und fruchtbare Erde brachte, dauerte von Juli bis November. Dann zog sich das Wasser wieder zurück, und die Aussaat konnte beginnen, was im April oder Mai geschah. Und schließlich folgte noch die Zeit vor der nächsten Überschwemmung, wenn es galt, das Korn zu ernten, die Dämme auszubessern und die Bewässerungskanäle freizuräumen. Von diesem Kreislauf hing nicht nur der Wohlstand Ägyptens, sondern auch die Getreideversorgung der Stadt Rom ab. Das Volk brachte Hapi, dem Gott des Nilhochwassers, zahlreiche Opfer dar, damit der Fluss genug Wasser mit sich führte, um die Felder fruchtbar zu machen, aber nicht so viel, dass er die Dämme und die Häuser an seinem Ufer zerstörte.

Auch der Kapitän brachte Hapi große Verehrung entgegen, schließlich hingen sein Leben und sein Auskommen von ihm ab. Er zeigte Silus und Atius die Flusspferde, merkwürdige, an riesige Schweine erinnernde Tiere. Sie kauten gutmütig ihre Wasserpflanzen, doch der Schein trog: Ihnen fielen in Ägypten mehr Menschen als sonst einem Tier zum Opfer, erzählte der Kapitän, und sie brächten mit Vorliebe kleinere Boote zum Kentern und konnten trotz ihrer plumpen Gestalt an Land schneller laufen als ein Mensch.

Außerdem begegneten sie jenen seltsamen Kreaturen, die Silus ebenfalls bereits auf Wandbildern in Alexandria gesehen hatte, in Fleisch und Blut – den sogenannten Krokodilen, schlanke, grüne, schuppige Ungeheuer, deren lange Mäuler ebenfalls tödlich waren. Beide Tiere waren dem Kapitän und seiner Mannschaft heilig, und sie behandelten sie mit der gebührenden Ehrfurcht.

Silus hatte das gemächliche Schaukeln des flussaufwärts gegen den Strom segelnden Schiffes sogar als angenehm empfunden. Er hatte die Feldarbeiter am Ufer beobachtet und die sanfte und für die Jahreszeit milde Brise auf der Haut genossen. Als er an die Kälte gedacht hatte, die um diese Zeit in Britannien und Kaledonien herrschte, hatte er sich ein wohliges Grinsen nicht verkneifen können.

Dass er so erleichtert war, als sie ihr Ziel nördlich der Stadt Hermopolis Mikra erreichten, lag also nicht daran, dass ihre Schiffsreise zu Ende war, sondern dass er Atius' süffisantes, wissendes Grinsen nicht länger ertragen musste.

Als sie in Alexandria an Bord gegangen waren, hatte Atius Silus ganz nebenbei gefragt, wo er denn gewesen war, da er ihn in der letzten Nacht nicht im Palast gesehen hatte. Als Silus daraufhin errötet war, hatte Atius so lange nachgebohrt, bis Silus zugegeben hatte, die Nacht bei der Priesterin verbracht zu haben. »Ich bin stolz auf dich. Endlich hat mein Kumpel eine flachgelegt – und nicht irgendeine, sondern gleich eine Priesterin.« Solche oder ähnliche Sprüche hatte Atius zur Belustigung der sie begleitenden Legionäre und Silus' wachsendem Verdruss die gesamte Reise über vom Stapel gelassen.

»Du kannst ruhig gleich wieder nach Alexandria zurückfahren, wenn du möchtest«, sagte Atius, sobald sie wieder festen Boden unter den Füßen hatten. »Wir kommen hier schon klar. Ich will ja nicht, dass du dich vor Sehnsucht nach deiner Herzallerliebsten verzehrst.«

»Bei Jupiters Schwanz, willst du es nicht langsam mal gut sein lassen? Sie ist nicht meine Herzallerliebste. Es war eine einmalige Angelegenheit, die sie sicher nicht wiederholen will.«

»Warum, warst du so schlecht? Aus der Übung?«

»Es geht dich zwar nichts an, aber tatsächlich war ich verdammt gut. Können wir es jetzt dabei bewenden lassen?« In Wahrheit hatte er sie von dem Augenblick an, als er sich nach ihrer leidenschaftlichen Nacht von ihr verabschiedet hatte, nicht mehr aus dem Kopf bekommen und konnte an nichts anderes denken als das Parfüm auf ihrer Haut, ihr Stöhnen, ihren weichen Körper …

Verflucht. Er musste sich zusammenreißen.

Der Kapitän wies ihnen die Richtung zu dem eine halbe Stunde entfernten Dorf. Mit Kamelen ginge es noch schneller, meinte er, doch nachdem Silus einen Blick auf die merkwürdigen, wenig zuverlässig wirkenden Tiere geworfen hatte, beschloss er, dass sie die Strecke lieber zu Fuß bewältigen würden. Die Arbeiter auf den Feldern ließen Schaufel und Hacken sinken und beobachteten staunend die Soldaten, die auf der staubigen Straße vorbeizogen.

Die Richtung stimmte, und nach einem ereignislosen Marsch erreichten sie das Dorf. Die Häuser waren aus Lehmziegeln errichtet, die Dächer bestanden aus mit Schilf und gehärtetem Lehm bedeckten Palmstämmen. Silus fiel sofort auf, dass sie ausnahmslos flach waren – wo es keinen Regen gab, war vermutlich auch keine Schräge vonnöten, um das Wasser abfließen zu lassen. Es war dennoch eine fremdartige, ungewohnte Erscheinung.

Der Ort war zu klein für eine Stadt, für einen Weiler jedoch recht groß. Als sie den Dorfplatz erreichten, hatte sich dort bereits eine ansehnliche Menschenmenge eingefunden. Silus ließ die vier Legionäre, die sie begleiteten, anhalten und in einer Reihe strammstehen. Dann warteten sie, bis einige Augenblicke später ein alter Mann vortrat.

Er hatte langes weißes Haar und eine hohe Stirn. Ein langer Bart hing von seinem Kinn herab, die Wangen dagegen waren glatt rasiert. »Ich bin Amenisenb, der Dorfälteste«, sagte er auf Griechisch mit starkem Akzent. »Und wer seid Ihr, wenn ich fragen darf?«

»Zenturio Gaius Sergius Silus. Ich bin im Auftrag von Sextus Varius Marcellus hier, dem Statthalter von Numidien.«

Amenisenb musterte ihn von oben bis unten. Silus trug eine Waffe, aber weder Rüstung noch Uniform. Er gab daher höchstwahrscheinlich keine besonders imposante Erscheinung ab, doch das machten die in Lederpanzern aufmarschierten Legionäre wieder wett.

»Zenturio Silus, was bringt Euch in unser Dorf? Wir haben unsere Steuern bezahlt.«

Silus sah sich unter den Dorfbewohnern um. Die Sonne stand hinter den Soldaten, sodass die Frauen, Männer und nicht wenige Kinder die Augen zusammenkneifen mussten. Er sah Besorgnis auf manchen Gesichtern, jedoch nicht mehr, als man angesichts einer Gruppe Bewaffneter – woher sie auch immer kommen mochten – erwarten durfte. Im Großen und Ganzen schienen sie keine Angst davor zu haben, gleich verhaftet oder angegriffen zu werden – offenbar war nicht das ganze Dorf in den Überfall eingeweiht. Das war ein gutes Zeichen. Diese einfachen Bauern würden von der Vergeltung für die Entweihung des Tempels verschont bleiben.

»Wir sind auf der Suche nach einem Mann namens Mencheperresenb«, sagte Silus. Er hatte sich während der Reise den Namen eingeprägt, indem er ihn laut wiederholt hatte, und der Miene des Alten nach zu urteilen auch richtig ausgesprochen.

»Er ist nicht hier«, sagte Amenisenb.

»Aber er wohnt hier?«

Amenisenb zögerte. Er warf einen Blick auf die Soldaten, dann nickte er.

»Wann hast du ihn das letzte Mal gesehen?«

»Vor geraumer Zeit.«

»Was heißt das? Vor Stunden? Jahren?«

»Vor vielen Wochen«, sagte Amenisenb.

Silus nickte Atius zu. Der zog daraufhin in einer schnellen Bewegung das Schwert und richtete es auf die Kehle des Dorfältesten, sodass dieser das Kinn heben musste, um nicht von der Klingenspitze in den Hals gestochen zu werden.

»Du solltest mich nicht anlügen«, sagte Silus. »Ich sehe hier viele Familien. Frauen und Kinder. Bring sie nicht in Gefahr, indem du einem Verbrecher Unterschlupf gewährst.«

Amenisenb presste die Lippen aufeinander.

Silus schüttelte seufzend den Kopf. »Töte ihn«, sagte er. Atius holte mit dem Schwert aus. Amenisenb schloss die Augen, wich jedoch nicht zurück.

»Wartet!«, rief eine Stimme. Eine ältere Frau zwängte sich

durch die Menge. »Ich sage Euch, was Ihr wissen wollt, aber bitte verschont meinen Ehemann.«

»Mukarramma, nicht«, sagte Amenisenb.

»Geliebter Mann, ich lasse nicht zu, dass sie dir etwas antun.« Sie wandte sich Silus zu. »Stellt Eure Fragen.«

Silus legte eine Hand auf Atius' Arm, um ihn zurückzuhalten. »Na schön. Wann war Mencheperresenb das letzte Mal hier im Dorf?«

»Heute. Er wollte in die Stadt, um sich neue Kleidung zu kaufen. Bald hätte er Geld, hat er gesagt.«

»Ja, das kann ich mir vorstellen. Er ist erst vor Kurzem aus Alexandria zurückgekehrt, nicht wahr?«

»Richtig.«

»Mukarramma, sei still!«, rief eine weitere – deutlich jüngere und dazu hochschwangere – Frau aus der Menge.

Mukarramma sah sich zu ihr um, und ihr Gesicht nahm einen gequälten Ausdruck an. »Verzeih mir, Anuketmnata, aber ich will meinen Mann nicht verlieren. Seit Aacheperkas Tod ist er alles, was ich noch habe.«

»Wer bist du?«, fragte Silus die Frau in der Menge.

»Ich bin Anuketmnata. Mencheperresenbs Schwester.«

Diese Namen brachten Silus allmählich völlig durcheinander. Er versuchte, sich zumindest die wichtigen zu merken. »Wenn du die Schwester von Mencheperresenb bist, dann ist auch Anchtakelot dein Bruder, nicht wahr?«

Sie sah ihn überrascht an. »Woher kennt Ihr seinen Namen?«

»Was hatte Mencheperresenb über die Männer zu berichten, die ihn nach Alexandria begleitet haben?«

Sie sah ihn zweifelnd an und strich sich eine lange, dunkle Haarsträhne aus den Augen. »Dass sie dortgeblieben sind.«

»Hat er auch erzählt, was sie alle dort wollten?«

»Es war etwas Geschäftliches, hat er gesagt. Ein Mann hat ihnen Arbeit gegeben. Zenturio, wisst Ihr etwas über meine Brüder?«

»Mencheperresenb, Anchtakelot und die anderen aus diesem Dorf wurden beauftragt, den Tempel der Isis Lochias in Alexandria zu überfallen und die Statue der Isis zu stehlen«, sagte Silus so laut, dass es alle hören konnten.

Die Versammelten schnappten überrascht nach Luft.

»Bis auf Mencheperresenb und Anchtakelot sind alle Männer, die an diesem Verbrechen beteiligt waren, tot.«

Aus der Menge ertönte Geschrei und Geheul. Eine junge Frau fiel auf die Knie und raufte sich die Haare. Eine ältere sank in die Arme ihres Ehemannes, eine dritte wurde auf der Stelle ohnmächtig.

»Anchtakelot ist in einem Gefängnis in Alexandria«, sagte Silus über das Jammern und Wehklagen hinweg. »Ihm droht die Hinrichtung und eurem Dorf Vergeltung. Vielleicht werden sie euch ebenfalls töten oder eure Häuser und eure Vorräte verbrennen. Das hängt davon ab, was als Nächstes hier geschieht. Ob wir die Statue nach Alexandria zurückbringen können. Ob ihr mit uns zusammenarbeitet. Anchtakelots Bruder hat mit einem Mann gesprochen und sich von ihm anheuern lassen. Ich will, dass ihr mir Mencheperresenb und die Statue ausliefert und mir helft, den Mann zu erwischen, der ihn zu dem Raub angestiftet hatte.« Er sah sich unter den Dorfbewohnern um. Bis auf leise Schluchzer war nichts zu hören.

»Du.« Er deutete auf Mencheperresenbs Schwester, deren Namen er bereits wieder vergessen hatte. »Wann kommt dein Bruder zurück?«

»Heute Nachmittag.«

»Niemand darf ihm sagen, dass wir hier sind. Gebt uns ein

Haus, in dem wir warten können, Essen und Wasser. Wenn er ins Dorf zurückkehrt, wirst du persönlich« – er deutete auf den Ältesten – »mir Bescheid geben. Wir bleiben, bis wir haben, was wir wollen, dann gehen wir wieder. Wenn ihr tut, was ich sage, kommt niemand zu Schaden. Andernfalls habt ihr euch alle Folgen selbst zuzuschreiben. Habt ihr das verstanden?«

Nun war nicht einmal mehr ein Schluchzen zu hören.

»Also gut. Anhkisenb, richtig?«

»Amenisenb«, verbesserte ihn der Alte verdrießlich.

»Wir brauchen eine Unterkunft mit Blick auf diesen Platz hier.«

Amenisenb sah seine Frau hilfesuchend an. Diese nickte entschlossen. »So sei es.«

Mukarramma brachte ihnen Brot, Ziegenkäse und Bier. Dafür, dass sie das Dorf gestürmt und mit Gewalt gedroht hatten, war die Verpflegung besser als erwartet. Vermutlich wollten sich die Dorfbewohner bei ihnen lieb Kind machen. Als ihnen Mukarramma die Körbe und Krüge brachte, schien sie ruhig und gefasst. Wie sehr ihre Hände zitterten, verrieten allerdings die winzigen Wellen auf der Oberfläche der Flüssigkeit in den Krügen.

Das Bier war dick und süß, aber nicht sehr stark und deshalb erfrischender und nahrhafter als das, das er aus Britannien kannte. Die Legionäre, die Wein gewohnt waren, schienen weniger begeistert und sprachen ihm nur in Maßen zu. Auch Atius trank kaum davon.

»Was ist los, mein Freund? Schmeckt es dir nicht?«

Atius schüttelte den Kopf. »Doch, es schmeckt mir, aber darum geht es nicht. Ich habe mir nur vorgenommen, nicht mehr so viel zu trinken.«

Silus machte vor Verblüffung große Augen, beschloss jedoch, vorerst nicht auf diese unerwartete Bemerkung einzugehen. Er schnitt ein Stück vom Käse ab und brach es in zwei Hälften. Eine gab er Atius, die andere aß er in aller Ruhe, während sie warteten. Ein Legionär holte die Tali heraus. Atius spielte eine Runde mit, Silus beobachtete den Dorfplatz vom Fenster aus, verborgen in den Schatten, die die Sonne auf die Wände warf.

Auf der Straße spielten Kinder. Zwei Mädchen tanzten einen seltsamen Tanz, der aussah, als würden sie Trauben stampfen. Ein kleiner Junge bemühte sich erfolglos, einen Lederball zu schnappen, den sich zwei größere über seinen Kopf hinweg zuwarfen. Die beiden älteren Kinder lachten, als der Kleine anfing zu weinen und wütend davonstapfte.

Eine ganz gewöhnliche Straßenszene. Die Hautfarbe der Menschen, ihre Kleidung und ihre Häuser mochten anders aussehen, die Kinderspiele jedoch unterschieden sich nicht von denen auf den Straßen des Vicus in Britannien. Silus' Vicus allerdings war bei einem feindlichen Überfall zerstört worden. Ägypten drohte zwar keine Gefahr von außen, doch wenn es seinen Herrschern – momentan die Römer, davor die Griechen und noch früher die Pharaonen – gerade einfiel, konnte sie nichts davon abhalten, ein solches Dorf dem Erdboden gleichzumachen und seine Einwohner allesamt ans Kreuz zu schlagen. Er hoffte inständig, dass die Kinder hier nicht von der Vergeltung getroffen würden, die ihre dummen Eltern über sich gebracht hatten.

Amenisenb betrat das Haus und spähte noch einmal durch die Tür, bevor er sie hinter sich zudrückte. »Er ist hier«, verkündete er mit übertriebenem Flüstern. Atius verdrehte die Augen – offensichtlich steckte in dem Dorfältesten ein verhinderter Schauspieler.

»Zeig ihn mir«, sagte Silus. Er hatte ihn nur einmal ganz kurz im Dunklen gesehen und bezweifelte, dass er ihn inmitten der anderen Dorfbewohner wiedererkennen würde. Doch da lag er falsch.

Mencheperresenb stolzierte daher wie ein König. Er trug eine Goldkette um den Hals und silberne und goldene Ringe an den Fingern, und er warf den Kindern, die ihm hinterherliefen, Münzen aus einem Beutel zu, als würde er an den Saturnalien Geschenke verteilen. Über seinen Schultern hing ein Sack, in dem sich augenscheinlich ein schwerer Gegenstand befand. Offensichtlich war er in der Stadt gewesen und hatte sich Geld geliehen, wobei er die kostbare Statue als Sicherheit vorgezeigt hatte. Mencheperresenb gehörte wohl zu jenem Menschenschlag, der sein Geld gerne ausgab, bevor er es überhaupt hatte.

Silus öffnete leise die Haustür, sobald Mencheperresenb daran vorbeigegangen war, und bedeutete Atius und den Soldaten, ihm nicht zu folgen. Mit einer Hand am Schwertgriff schlich er Mencheperresenb hinterher, doch als er ihn beinahe erreicht hatte, bellte ein Hund. Der Verfolgte drehte sich um.

»Mencheperresenb!«, rief Silus. »In Kaiser Antoninus' Namen, bleib stehen.«

Mencheperresenb klappte die Kinnlade hinunter. »Du?«

Er jedenfalls schien Silus schneller wiedererkannt zu haben als umgekehrt, doch das war kein Wunder – der Ägypter war länger im Tempel gewesen, weshalb sich seine Augen besser an das Zwielicht dort gewöhnt hatten, außerdem hatte er im Gegensatz zu Silus nur auf einen Angreifer achten müssen. Doch auch wenn er nicht gewusst hätte, dass Silus derjenige gewesen war, der Tekosis im Tempel der Isis gerettet hatte: Dass ihm Ärger drohte, verriet ihm allein die

Tatsache, dass ihm ein Römer in seinem Heimatdorf auflauerte. Er drehte sich ohne ein weiteres Wort um und rannte davon.

Silus stieß einen Fluch aus, dann rief er Atius und die Legionäre herbei und nahm die Verfolgung auf. Er wurde beim Laufen durch das gezogene Schwert behindert, Mencheperresenb durch den schweren Sack auf seiner Schulter, der bei jedem Schritt auf und ab hüpfte und dabei schmerzhaft gegen seinen Rücken schlug.

Ein kleines Kind kam mit unsicheren Schritten aus einem Haus und lief Silus vor die Füße. Der fluchte und konnte ihm gerade so ausweichen. Das Kind fiel vor Überraschung hin, ballte die kleinen Hände zu Fäusten, kniff die Augen zusammen und fing an zu heulen. Am Ende der Straße befand sich ein einfacher Tempel, und zuerst dachte Silus, Mencheperresenb wollte dort Zuflucht suchen, doch stattdessen bog er um die Ecke und verschwand. Silus rannte hinter ihm her, wobei er sich an mehreren aufeinandergestapelten Kisten festhielt, um die Kurve schneller nehmen zu können. Die beiden obersten Kisten fielen herunter, Enteneier purzelten auf die Straße und zerbrachen. Eine Frau sah die Bescherung und rief ihm wütend etwas hinterher, doch Silus lief einfach weiter.

Mencheperresenb war nur dreißig Schritt vor ihm, bemühte sich jedoch nach Kräften, ihn irgendwie abzuschütteln – was ihm allerdings nicht gelang, waren sie doch nicht in der Subura, sondern in einem kleinen Dorf. Plötzlich bog er scharf nach links in eine kleine Seitengasse, die – wie Silus bemerkte – hinter einem kleinen Haus vorbeiführte.

Er rammte die Vordertür des Hauses mit der Schulter, woraufhin das dünne Holz zersplitterte. Ein alter, auf einem Nachttopf sitzender Mann gab ein Kreischen von sich und bedeckte seine Blöße mit den Händen, doch bevor er aufstehen konnte, war Silus schon im Nebenzimmer. Der Arcanus sah Mencheperresenb an einem Fenster vorbeilaufen und sprang kopfüber hindurch. Glücklicherweise standen die Läden weit offen.

Silus packte Mencheperresenb mit beiden Händen. Der Sack, den der Ägypter trug, flog in eine Richtung davon, Silus' Schwert in die andere. Die beiden Männer rollten durch den Staub. Sofort versuchte Silus, obenauf zu kommen und den Gegner zu Boden zu drücken. Sie waren von ähnlichem Körperbau, doch das Handgemenge war schnell entschieden, da der Ägypter nicht annähernd über Silus' kämpferische Fähigkeiten verfügte und zusätzlich versuchte, an den Sack zu gelangen. Silus hatte Mencheperresenb im Nu außer Gefecht gesetzt und der Ägypter gab jeden Widerstand auf.

Wenige Augenblicke später stießen Atius und die Legionäre hinzu. »Sieht ja aus, als hättest du hier alles im Griff. Dann kann ich ja wieder gehen.«

»Legionäre, nehmt den Mann fest«, sagte Silus. Zwei Soldaten packten Mencheperresenb unter den Armen. Silus stand langsam auf. Die unerwartete Anstrengung hatte ihm den Atem geraubt. Er stemmte die Hände auf die Knie, holte dreimal tief Luft, ging zu seinem Schwert hinüber und hob es auf. »Atius, hol den Sack. Mal sehen, ob auch wirklich das darin ist, was wir vermuten.«

Atius griff in den Sack und zog den Inhalt hervor: die schwere, einen Fuß große Statue der Isis aus reinem Gold. Die Legionäre starrten das kostbare Kunstwerk mit unverhohlener Gier an, während Silus es auf Schäden untersuchte. Das Zepter, das die Göttin in der Hand hielt, war leicht verbogen, sonst schien sie unversehrt. Ein guter Goldschmied konnte das im Handumdrehen wieder in Ordnung bringen.

»Bitte gebt sie mir zurück«, sagte Mencheperresenb. »Ich brauche sie dringend.«

Atius sah Silus verblüfft an. »Ist das sein Ernst?«

»Du hast die Statue gestohlen. Warum sollten wir sie dir zurückgeben?«

»Weil er mich sonst umbringt!«

»Mach dir über deinen Auftraggeber keine Sorgen. Wir werden ihn gefangen nehmen und …«

»Den meine ich nicht, sondern Jabari aus Damanhur.«

Silus sah Atius an. Der zuckte mit den Schultern.

»Wer ist Jabari und warum will er dich umbringen?«, fragte Silus.

»Er hat mir Geld geliehen. Auf Treu und Glauben. Solange ich es ihm zurückgebe, habe ich nichts zu befürchten.«

»Wie viel?«

»Eintausend Drachmen.«

Atius stieß einen leisen Pfiff aus. »Das Bürschchen macht keine halben Sachen, was?«

»Und die wolltest du ihm zurückzahlen, sobald du die Statue verkauft hast?«

Mencheperresenb nickte.

»Warum hast du nicht gewartet, bis du das Geld dafür bekommst?«

Mencheperresenb zuckte ratlos mit den Schultern. Silus fragte sich, wie man nur so dumm sein konnte, doch dann sah er, wie Atius mitfühlend nickte. Anscheinend hatte er wesentlich mehr Verständnis für die Ungeduld des Mannes. »Und was passiert, wenn du es ihm nicht zurückzahlen kannst?«

»Dann wird er mich töten.«

»Tsts. Ja, das kommt davon.«

»Und meine Schwester Anuketmnata auch.«

Inzwischen waren auch die Dorfbewohner hinzugekommen. Anuketmnata stand in der ersten Reihe und hielt sich mit der Hand den prallen Bauch. Silus biss die Zähne zusammen. »Das ist nicht mein Problem. Ich muss die Statue ihrem Besitzer zurückbringen. Du wirst deine Schulden wohl auf andere Weise bezahlen müssen.«

Mencheperresenb fiel auf die Knie und griff nach dem Saum von Silus' Tunika. »Bitte, ich flehe Euch an. Ich besitze sonst nichts. Die Ernte war schlecht, und selbst dieses Wenige haben uns die römischen Steuereintreiber genommen. Ich kann diese Schuld nicht begleichen.«

Silus riss sich los und wandte sich ab.

»Wartet, wartet. Ihr wollt doch den Mann erwischen, der mich angeheuert hat. Dabei kann ich Euch helfen. Ich sage Euch Bescheid, sobald er eintrifft.«

Silus dachte nach. Mit Mencheperresenbs Hilfe ließ sich womöglich eine weitere Verfolgungsjagd, wenn nicht sogar die Flucht des Gesuchten vermeiden. Doch eine solche Zusammenarbeit war wohl kaum tausend Drachmen wert – ganz davon abgesehen, dass Silus sowieso nicht so viel dabeihatte. »Deine Hilfe könnte nützlich sein, ist aber nicht unentbehrlich. Was verlangst du im Gegenzug?«

»Ihr seid Soldaten, da könnt Ihr Jabari doch einfach verhaften!«

»Und aus welchem Grund?«

»Keine Ahnung. Ihr Römer habt doch sonst auch immer irgendwelche aus der Luft gegriffenen Anschuldigungen parat!«

»Ich bin eigentlich nicht dafür bekannt, Gefangene zu machen. Es tut mir wirklich sehr leid, dass du in Schwierigkeiten steckst, aber das hast du dir selbst zuzuschreiben. Wir werden dich nach Alexandria bringen und dich der Bule oder einer anderen zuständigen Behörde übergeben. Der Mann deiner Schwester wird sie schon beschützen.«

»Sie hat keinen Mann mehr. Er ist am Fieber gestorben. Bitte. Jabari hat die Frau des letzten Mannes, der seine Schulden nicht bezahlen konnte, von seinen Männern vergewaltigen und dann bei lebendigem Leib vor dessen Augen pfählen lassen. Er hat ihn erst umgebracht, als sie tot war.«

Silus sah zu Mencheperresenbs Schwester hinüber. Diese erwiderte stumm und mit trotziger, aber auch ängstlicher Miene seinen Blick. Gnadenlosigkeit fiel ihm zunehmend schwer. Er wandte sich Atius zu. »Was meinst du?«

»Ich meine, dass ich schon seit einer ganzen Weile niemanden mehr umgebracht habe, der es auch verdient hat.«

Silus nickte. »Stimmt. Wir haben zwar Besseres zu tun, aber so lange sollte es ja nicht dauern. Der Mann, der dich beauftragt hat, wird erst in zwei Tagen eintreffen, ist das richtig?«

Mencheperresenb nickte.

»Also gut. Sag uns, wo dieser Jabari steckt, dann werden wir uns um ihn kümmern.«

»Um ihn kümmern?« Mencheperresenb sah sie verwirrt an. »Wie denn das?«

»Das kannst du getrost uns überlassen. Im Gegenzug wirst du dich mit dem Mann treffen, der dich angeheuert hat, und ihn ablenken, damit wir ihn gefangen nehmen können.«

»Ja, ich tue alles, was Ihr verlangt. Aber was ist mit seinen Männern?«

»Seinen Männern?«

»Aber sicher, er sagt, er traut den Ägyptern nicht. Deshalb ist er immer mit zehn Leibwächtern im Gefolge unterwegs.«

Scheiße.

Jabari war ein mächtiger und zufriedener Mann. Er war reich, stand über dem Gesetz und hatte alles, was man sich im Leben nur wünschen konnte – fünf Frauen, von denen die Älteste aufpasste, dass die anderen nicht aus der Reihe tanzten, und dazu mehrere Sklavinnen. Die besten Weine und Spezereien, die das Imperium zu bieten hatte. Ein prächtiges Haus mit kostbaren Wandteppichen, reich verzierten Möbeln und hervorragenden griechischen und ägyptischen Statuen. Er hielt sich die Obrigkeit mit einem üppigen Bestechungsgeld vom Leib und konnte so ungehindert seinen Geschäften nachgehen. Und auch von seinen Rivalen hatte er nichts zu befürchten. Sie wussten, wie mächtig und rücksichtslos er war, und hielten es für das Beste, sich gar nicht erst mit ihm anzulegen.

Jabari handelte mit Diebesgut, verlieh Geld zu schwindelerregenden Zinsen und ließ sich von den hiesigen Geschäften teuer für seinen Schutz bezahlen. Wenn hin und wieder etwas seine Aufmerksamkeit erregte, schickte er auch seine eigenen Männer los, um es zu stehlen. Er verbrachte einen überschaubaren Teil des Tages damit, in seinem kleinen Imperium nach dem Rechten zu sehen, Schuldner einzuschüchtern, allen zu drohen, die seinen Wünschen nicht nachkamen, und seinen Untergebenen Anweisungen zu erteilen.

Den üppigen Rest seiner Zeit genoss er die Annehmlichkeiten, für die er so hart gearbeitet hatte: opulente Mahlzeiten, Beischlaf und starken Wein im Übermaß.

Gerade dachte er an seine neueste Sklavin, eine junge Äthiopierin, die er sich später am Tag gefügig machen wollte, auch wenn er sich bereits mit zwei römischen Sklavinnen vergnügt hatte – es verlieh ihm ein Gefühl der Macht, wenn ihm Angehörige jenes Volkes, das die Welt beherrschte, zu Willen waren.

Zuvor hatte er noch eine geschäftliche Angelegenheit zu erledigen, die allerdings nicht allzu viel von seiner Zeit in Anspruch nehmen sollte. Zwei Fremde hatten angefragt, ob sie sich Geld von ihm leihen könnten. Zehntausend Drachmen – eine Summe, die durchaus seine Neugier geweckt hatte. Wenn sie den Eindruck machten, als könnten sie das Geld zurückzahlen oder hätten entsprechende Sicherheiten, stand ein lohnendes Geschäft in Aussicht. Er nahm einen großen Schluck aus seinem bunten Trinkglas, streckte die Hand aus, kniff der römischen Sklavin zu seiner Linken in den Oberschenkel und bedeutete dann einem seiner Leibwächter, die beiden vorzulassen.

Es waren bärtige, raue Gesellen mit rotem Gesicht, höchstwahrscheinlich Bleichhäute aus dem Norden, die die ägyptische Sonne nicht gewöhnt waren – und dabei war es Winter. Sie trugen zweckmäßige, ordentliche, aber nicht besonders teure Kleidung und machten einen recht selbstbewussten Eindruck.

Jabari warf einen Blick zu den beiden beruhigend kräftigen und mit langen Krummschwertern bewaffneten Leibwächtern neben der Tür hinüber, dann bedeutete er seinen Gästen mit einem Nicken, heranzutreten. »Wie heißt ihr?«

»Silus und Atius.«

»Und worum geht es?«

»Um Geld.«

»Verstehe. Wie viel?«

»Aber nein, hier liegt ein Missverständnis vor. Wir wollen kein Geld von dir leihen.«

Jabari funkelte sie böse an. »Soll das ein Scherz sein? Weshalb verschwendet ihr meine Zeit? Wisst ihr nicht, wen ihr vor euch habt?«

»Doch, das wissen wir sehr gut. Deshalb sehen wir uns

auch gezwungen, dir einen Besuch abzustatten, obwohl uns das furchtbar ungelegen kommt.«

Jabari beschlich das völlig ungewohnte Gefühl, dass ihm die Unterhaltung entglitt. »Wenn ihr kein Geld wollt, weshalb seid ihr dann hier?«

»Um eine Schuld zurückzuzahlen.«

»Deshalb hättet ihr mich nicht behelligen brauchen. Gebt das Geld einfach meinem Buchhalter.«

»Wir wollen die Schuld nicht mit Geld begleichen.«

Jetzt war Jabari völlig verwirrt. Er sah noch einmal zu seinen Leibwächtern hinüber, gab ihnen mit einem Blick zu verstehen, dass sie sich auf Schwierigkeiten gefasst machen sollten, obwohl er selbst nicht genau wusste, welcher Natur diese waren. Man hatte die beiden Männer gründlich durchsucht; sie hatten ganz sicher nirgendwo eine Waffe versteckt. Die Wachen nahmen Haltung an und legten die Hände auf die Schwertgriffe. »Ihr stellt meine Geduld auf die Probe. Ich bin so kurz davor, euch auf der Stelle töten zu lassen.« Jabari bewegte Daumen und Zeigefinger aufeinander zu, bis sie sich fast berührten. »Bezahlt eure Schulden oder verpisst euch, aber verschwendet nicht länger meine Zeit.«

Jabari war sich nicht so ganz klar, weshalb er sie nicht sofort von seinen Leibwächtern niederstrecken ließ. Irgendetwas in ihrem Blick hielt ihn davon ab. In diesem Augenblick wünschte er sich sehnlich, sie würden wieder verschwinden.

Der größere der beiden Männer drehte sich um und ging zu der doppelflügeligen Eichentür, durch die er hereingekommen war. Doch anstatt den Raum zu verlassen, zog er die Tür zu und legte den Holzriegel vor.

Die beiden Leibwächter starrten ihn dabei ungläubig an. Dann zogen sie gleichzeitig ihre Schwerter und griffen ihn von beiden Seiten an. Der große Fremdling bewegte sich schneller, als es Jabari für möglich gehalten hatte. Zuerst machte er einen Satz nach links. Der Wächter auf dieser Seite holte aus, doch der Fremde war für einen Hieb bereits zu nahe herangetreten. Er blockte den Schwertarm des Leibwächters mit seinem Unterarm und ließ einen Kopfstoß auf seinen Nasenrücken folgen. Dann ergriff er den Arm seines Gegners und drehte sich um die eigene Achse, sodass der Mann mit dem Rücken zu seinem Kameraden zeigte, und gab ihm einen kräftigen Stoß.

Der zweite Leibwächter, der zu einem beidhändigen Hieb ausgeholt hatte, traf statt des Fremden, der plötzlich zur Seite gesprungen war, den Schädel seines Kameraden. Der Hieb fuhr so tief in den Knochen, dass die Klinge stecken blieb, und die Knie des Mannes gaben nach wie die eines Stiers bei der Opferung. Verzweifelt versuchte der Leibwächter, das Schwert aus dem gespaltenen Schädel zu befreien. Als sich die Klinge schließlich löste, taumelte der Mann nach hinten, wobei das Schwert in die Höhe schnellte und er es kaum in den Händen behalten konnte.

Darauf hatte Atius nur gewartet. Er trat vor und versetzte dem Wächter einen kräftigen Schlag gegen die Kehle, wobei er die Hand nicht zur Faust ballte, sondern die Finger ausstreckte und die volle Wucht des Hiebes auf einen Punkt auf der Luftröhre lenkte. Die Knorpelringe, die für die Öffnung des Atemwegs sorgten, knickten ab, sodass der Leibwächter keine Luft mehr bekam. Er ließ das Schwert fallen und fasste sich an die Kehle. Sein Gesicht wurde erst rot und dann blau, er rang gurgelnd nach Atem und fiel dann bäuchlings auf den Boden. Sein Brustkorb hob sich noch eine Weile, doch die Bewegung wurde immer schwächer und hörte dann auf.

Silus hatte Jabari im Auge behalten, ansonsten aber seinen Freund seine Arbeit machen lassen – stets bereit, im Notfall einzugreifen, was aber wie zu erwarten nicht nötig gewesen war. Jabari verfolgte den Kampf stumm und so gebannt, dass er nicht merkte, dass ein dünner Speichelfaden aus dem Winkel seines vor Staunen offen stehenden Mundes lief. Seine Sklavinnen schlugen sich mit einem leisen Wimmern die Hände vor den Mund und machten große Augen.

Atius hob ein Krummschwert auf und wiegte es prüfend in der Hand. »Ein völlig unbrauchbares Scheißding. Meinst du nicht auch, Silus?«

»Angeberischer Unfug«, pflichtete ihm Silus bei. »Mit einem Dolch ist ein Leibwächter viel besser dran.«

»Wer seid ihr?«, krächzte Jabari mit rauer Stimme.

»Wir sind Arcani. Wahrscheinlich hast du hier unten noch nicht von uns gehört, aber das spielt keine Rolle.«

»Und was wollt ihr von mir?«

»Wie gesagt, wir wollen eine Schuld zurückzahlen. Jemand, der bei dir in der Kreide steht, soll uns einen Gefallen tun. Im Gegenzug haben wir ihm versprochen, uns um seine Schulden zu kümmern. Bedauerlicherweise haben wir das Geld nicht, und uns ist zu Ohren gekommen, dass du mit jenen, die ihren Verpflichtungen nicht nachkommen, nicht gerade zimperlich umspringst.«

»Ich bin Geschäftsmann. Wenn jemand nicht zahlen kann, dann …«

»Muss er zusehen, wie seine Frau vergewaltigt und gepfählt wird.«

Jabari erbleichte. »Man muss sich ja schließlich einen Ruf verschaffen.« Er war kaum noch zu hören. Silus musterte den dicken, verschwitzten und ängstlichen Mann, der in seinen besten Jahren einmal von einschüchternder Gestalt gewesen sein mochte. Doch inzwischen übte er Macht durch seine Untergebenen aus, die seine unbarmherzigen Befehle in die Tat umsetzten. Silus sah nichts, was ihm auch nur im Entferntesten Angst gemacht hätte.

Atius reichte ihm das Schwert. Silus ließ es ein-, zweimal prüfend durch die Luft sausen.

»Bitte nicht«, sagte Jabari. »Da ging es doch nur ums Geschäft. Ich erlasse eurem Freund seine Schulden. Ich gebe ihm sogar noch etwas. Ich gebe euch etwas.«

»Das kann ich dir nur schwer glauben. Woher weiß ich, dass du es dir nicht anders überlegst, wenn wir wieder weg sind.«

»Ich gebe euch mein Wort, bei ...« Er verstummte.

Silus schmunzelte. »Du weißt nicht, worauf du schwören sollst, richtig? Weil du nichts hast, was dir wichtig genug ist.«

»Ich ...«

Silus vollführte einen zweihändigen, horizontalen Hieb auf Halshöhe. Es war ein makellos ausgeführter Streich. Die Klinge glitt durch die Kehle bis zum Knochen, ohne diesen tatsächlich zu berühren. Blut sprudelte aus der Wunde wie ein Quell aus dem Boden und lief den dicken Bauch hinunter. Jabari versuchte mit beiden Händen, dem Fluss Einhalt zu gebieten, dann fiel er vornüber aus seinem Sessel und mit dem Gesicht voraus auf den Boden. Eine dunkelrote Lache breitete sich um ihn herum aus.

Eine Sklavin holte tief Luft, und bevor Silus sie aufhalten konnte, schrie sie, so laut sie konnte. Kurz darauf hämmerten Fäuste gegen die Tür und jemand schrie etwas auf Ägyptisch. Zweifellos Jabaris Schergen, die sich erkundigten, ob ihrem Meister etwas fehlte. Dabei hätte ihnen das fortgesetzte Schreien der Sklavin Antwort genug sein müssen.

»Und jetzt?«, fragte Atius.

Silus fiel ein Siegelring an Jabaris Finger auf. Er nahm seine Hand und zog daran, bekam ihn jedoch nicht von dem

Wurstfinger herunter. Schließlich trennte er den Finger mit dem Schwert ab, steckte ihn in den Gürtel und ließ eine Falte seiner Tunika darüber hängen.

Dann sah er sich um. Der Raum verfügte über ein einziges, hohes und vergittertes Fenster. »Wie viele Wachen hast du gezählt?«

»Sechs. Das Haus ist groß, vielleicht wartet auch noch irgendwo Verstärkung.«

»Also durch das Fenster?«

»Die einfachste Lösung ist manchmal die beste.«

Sie schoben eine Holztruhe an die Wand unter dem Fenster und stellten sich nebeneinander darauf. Die Truhe knarrte, hielt ihrem Gewicht jedoch stand. Sie packten die Eisenstäbe.

»Auf drei. Eins, zwei, drei!«

Sie zogen gemeinsam an den Stäben. Wo sie in der Wand verankert waren, knackte es, doch sie bewegten sich nicht.

Das Hämmern an der Tür veränderte sich. Nun wurde mit etwas Schwerem dagegen gestoßen. Der Querriegel gab mit jedem Aufprall etwas weiter nach.

»Noch mal. Eins, zwei, drei!«

Sie zogen wieder und wieder, bis sich der erste Eisenstab am oberen Ende des Fensters lockerte. Sobald sie diesen aus der Wand befreit hatten, konnten sie ihn als Hebel einsetzen, mit ihrem ganzen Gewicht dagegen drücken und so auch die übrigen Stäbe aus dem Mauerwerk ziehen. Das Gitter löste sich in demselben Augenblick, in dem auch der Riegel zerbrach. Wutverzerrte Gesichter erschienen in der sich öffnenden Tür.

Silus half Atius hoch. Sobald dieser aus dem Fenster geklettert war, streckte er den Arm nach seinem Freund aus.

Die Tür flog mit einem lauten Krachen auf, die Flügel

prallten gegen die Wand, Wachen stürmten in den Raum und hielten inne, als sie das Blutbad sahen. Silus packte Atius' Hand und sprang.

Ein Wächter rannte durch den Raum, machte einen Satz und bekam Silus' Knöchel zu fassen. Silus trat mit dem anderen Fuß zu, was ein Knacken und einen Schmerzensschrei zur Folge hatte. Atius zog, so fest er konnte. Silus war kurz davor, sich den Arm auszukugeln, doch dann fand er an der Fensterkante Halt und schlüpfte hindurch, bevor noch einmal jemand nach ihm greifen konnte.

Nach einer unsanften Landung auf der Straße sahen sie sich um. Sie hatten die Gegend zuvor ausgekundschaftet und wussten ungefähr, wo sie sich befanden und wohin sie laufen mussten.

»Nichts wie weg.« Silus rannte los. Sie befanden sich in einem Wohnviertel mit nur wenigen Geschäften oder Läden. Jabaris Haus war eindrucksvoll, stand aber mitten in einem ärmeren Stadtteil, was sicher von Vorteil war, wenn man seine Geschäfte abseits der wachsamen Augen der Obrigkeit tätigen wollte. Schweine wühlten und Hühner pickten im Dreck, Kinder spielten, alte Männer saßen auf Bänken und beobachteten plaudernd das Treiben. Im Schatten liegende Katzen ignorierten nach Kräften alles, was um sie herum vorging. Ein Straßenhund mit hellbraunem, glattem Fell schloss sich der wilden Hatz an und folgte ihnen bellend und nach ihren Beinen schnappend, bis es ihm nach etwa hundert Schritt zu langweilig wurde.

Sie hörten Schreie hinter sich. Es hatte etwas länger gedauert, bis genug Leibwächter durch das Fenster geklettert waren, um eine Verfolgung wagen zu können. Ganz offensichtlich hatte sie der Anblick ihres toten Herrn gehörig eingeschüchtert.

Silus und Atius hatten genug Vorsprung, um zu entkommen. Sie liefen kreuz und quer durch die Straßen und bogen willkürlich ab, bis die Schreie ihrer Verfolger nicht mehr zu hören waren. Sie verlangsamten ihren Schritt, entledigten sich der Krummschwerter und spazierten in ganz normalem Tempo aus einer engen Gasse auf eine größere Straße. In etwa hundert Fuß Entfernung waren mehrere Verkaufsstände. Sie schlenderten hinüber, nutzten die Gelegenheit, um Luft zu holen, blieben schließlich stehen und begutachteten die feilgebotenen Töpferwaren. Silus sah sich unauffällig um, Atius nahm einen Krug mit Ausguss und Henkel in die Hand und beäugte ihn kritisch.

»Die Luft ist rein«, flüsterte Silus.

»Dann suchen wir uns ein paar Reittiere und verschwinden.«

Der Töpfer warf den beiden Männern, die sich in einer ihm fremden Sprache unterhielten, einen argwöhnischen Blick zu. Als sie sich entfernten, blickte er ihnen mit verhaltener Neugier hinterher.

Silus machte die Erfahrung, dass es eine Fortbewegungsart gab, die er noch mehr verabscheute als das Schiff oder den Pferderücken. Sehr zum Vergnügen des Kameltreibers hatte Silus ein äußerst unmännliches Kreischen ausgestoßen, als sich die kniende Kreatur, sobald er auf sie hinaufgestiegen war, erhoben hatte. Silus hatte Mosaike mit Darstellungen dieser Tiere und einmal ein lebendes in der Arena im Kampf gegen einen Löwen gesehen. Doch wie hätte er ahnen können, wie groß sie in Wirklichkeit waren. Wie hoch. So hoch, dass er sich den Knöchel verstauchen, wenn nicht gar brechen würde, wenn er einen Sprung hinunter wagte. Und darüber hinaus musste er sich den ganzen Weg über Atius' wenig geistreiche Bemerkungen anhören, die hauptsächlich aus einer Variation von »Hast du auf der anderen Ägypterin auch so eine gute Figur gemacht?« bestanden.

Darüber hinaus überkam ihn, sobald sich das Kamel schaukelnd in Bewegung setzte, eine ähnliche Übelkeit wie an Bord eines Schiffes. Es war in der Tat ein Wüstenschiff. Und als letzte Demütigung führte der Gedanke an Tekosis, an die gemeinsam verbrachte Nacht, ihren weichen Körper, ihre Rundungen, ihre Berührungen und ihre Schreie unwillkürlich dazu, dass zwischen seinen Beinen etwas anschwoll, was ihm beim Auf und Ab des Kamels grässliche Schmerzen bereitete.

Wenigstens erreichten sie so Mencheperresenbs Dorf schneller, als es auf dem Hinweg mit den Eseln gegangen war. Die Legionäre wirkten erleichtert, sie wiederzusehen, und auch Mencheperresenb schien erfreut über ihre Rückkehr und lief auf sie zu.

Zum Absteigen ließ der Kameltreiber das Tier die Beine unter sich abwinkeln, dann glitt er mühelos aus dem Sattel. Silus wartete ungeduldig darauf, dass der Treiber auch seinem Reittier die entsprechende Anweisung gab, doch der stellte sich nur neben ihn, schenkte ihm ein zahnlückiges Grinsen und hielt die Hand auf. Seufzend legte Silus die vereinbarte Summe hinein. Der Treiber verstaute die paar Kupfermünzen in seinem Geldbeutel und öffnete erneut die Hand.

»Was denn noch?«, fragte Silus auf Griechisch. Der Kameltreiber schüttelte nur immer weiter lächelnd den Kopf. »Ich habe dir gegeben, worauf wir uns geeinigt haben.« Silus sah hinab und fragte sich, ob er den Sprung wagen sollte. Doch damit nahm er nicht nur eine Verletzung in Kauf, er gefährdete auch die erfolgreiche Beendigung ihres Auftrags. Er konnte sich gut vorstellen, was Oclatinius sagen würde, wenn er ihm eröffnete, dass er seine Aufgabe nicht hatte erledigen können, weil er von einem Kamel gesprungen war.

Der Treiber sagte etwas auf Ägyptisch. Silus sah sich hilfesuchend nach Mencheperresenb um. Dieser übersetzte: »Der Preis hat sich erhöht. Er beträgt jetzt das Doppelte.«

Silus zog den Dolch aus dem Gürtel – den er wieder aus dem Versteck geholt hatte, in das sie vor ihrem Besuch bei Jabari ihre Waffen gelegt hatten – und hielt ihn mit sanftem Druck an den Hals des Kamels. »Sag ihm: Wenn sich sein Mistvieh nicht sofort hinkniet, sorge ich dafür, dass es umfällt.«

Mencheperresenb übersetzte, und Entsetzen machte sich auf dem Gesicht des Kameltreibers breit. Er gab dem Tier einen Befehl und hielt seine Zügel, als es sich mit den Vorderbeinen zuerst hinkniete, wobei Silus beinahe einen Purzelbaum über seinen Kopf hinweg gemacht hätte. Dann folgten die Hinterbeine, und Silus konnte erleichtert absteigen. Der Kameltreiber umarmte Silus' Reittier, bedachte es mit Küssen und flüsterte ihm Worte der Zuneigung ins Ohr. Ohne ihn groß zu beachten, widmete sich das Kamel der Tätigkeit des Wiederkäuens.

Silus wandte sich angewidert ab.

»Herr«, fragte Mencheperresenb aufgeregt. »Wart Ihr erfolgreich? Ist er tot?«

Silus warf ihm den abgetrennten Finger mit dem Siegelring zu. Mencheperresenb fing ihn auf und betrachtete ihn mit Abscheu, der sich bald in Freude verwandelte. »Danke, Herr. Vielen Dank.«

»Deine Schuld ist beglichen. Nun ist es an dir, deinen Teil der Abmachung zu erfüllen.«

»Das werde ich auch gewiss tun, Herr. Und danach bin ich frei?«

Silus zögerte. Es kam ihm nicht richtig vor, den Mann nach dem, was er getan hatte, einfach laufen zu lassen. Andererseits war es nicht seine Aufgabe, in diesem Land für Recht und Ordnung zu sorgen. Er hatte seine Befehle, und alles andere waren nur Mittel und Wege, um diese zu erfüllen. »Ja, dann bist du frei, solange du dich von Alexandria fernhältst. Wenn ich höre, dass du aus welchem Grund auch immer dorthin zurückgekehrt bist, werde ich dich töten. Hast du mich verstanden?«

»Ja, Herr. Vielen Dank, Herr.«

»Und jetzt bereite dich auf morgen vor, wenn der Mann, der dir das Geld versprochen hat, hier eintrifft.«

Mencheperresenb nickte.

»Mit zehn Leibwächtern als Begleitschutz?«

»So war es beim letzten Mal.«

»Wie waren sie bewaffnet?«

»Vier mit Knüppeln und vier mit Schwertern.«

Dies bedurfte einer gewissen Planung, entschied Silus.

»Jemand soll uns Essen und Trinken bringen, wir sind hungrig und durstig. Ich muss mich mit meinen Männern besprechen.«

Silus wartete vor einem Fenster im Erdgeschoss eines Hauses an der Hauptstraße, in deren Mitte Mencheperresenb mit der Goldstatue in den Händen unruhig von einem Fuß auf den anderen trat. Silus hatte Vorbehalte gehabt, das wertvolle Stück diesem Dieb anzuvertrauen, doch die Wahrscheinlichkeit, dass er sich damit aus dem Staub machte, war gering. Dafür war er zu gut bewacht und hatte zu große Angst.

Die Männer betraten langsamen, selbstsicheren Schrittes das Dorf. Die Sonne stand in ihrem Rücken, sodass ihre Gesichter im Schatten lagen. Der Anführer kam ihm irgendwie bekannt vor, wenn er auch nicht wusste, woher. Auf dem Dach gegenüber wartete Atius. Er beobachtete Silus und wartete auf sein Zeichen, da er selbst die Neuankömmlinge nicht sehen konnte. Silus hob die Hand. Noch nicht.

Die Männer kamen näher. Silus mahlte mit den Kiefern. Hoffentlich behielt Mencheperresenb die Nerven. Er musste die Männer noch dichter an sich herankommen lassen.

Sie schöpften nicht den geringsten Verdacht. Wovor hätten sich zehn Bewaffnete in einem kleinen ägyptischen Dorf auch fürchten sollen? Der Anführer blieb vor Mencheperresenb stehen und sagte etwas. Mencheperresenb sah sich ängstlich um.

Silus stieß die Fäuste aufeinander, das Zeichen zum Angriff. Atius wiederholte die Geste für die Legionäre, die wiederum ihn beobachteten. Mit einem Pfeifgeräusch flogen drei Steine auf die auf einem Haufen stehenden Männer zu. Einer, der einen Knüppel locker in der Hand hielt, ging sofort mit zerschmetterter Stirn zu Boden. Ein weiterer schrie laut auf und ließ sein Schwert fallen, als das Geschoss seinen rechten Oberarm zertrümmerte. Der dritte Stein verfehlte sein Ziel, doch es war schon einmal ein guter Anfang.

Die Legionäre waren nicht für eine Schlacht ausgerüstet gewesen. Sie trugen Brustpanzer und waren mit Gladii bewaffnet, verfügten aber weder über Wurfspeere noch Schilde. Da man einen Hinterhalt idealerweise mit Fernwaffen eröffnete, hatte sich Silus etwas überlegen müssen und aus von den Dorfbewohnern nur widerwillig zur Verfügung gestellten Stoffstreifen drei Schleudern gemacht. Atius war in vielerlei Waffen ausgebildet und daher auch mit ihrem Gebrauch vertraut, einer der Legionäre hatte sich als Kind, bevor er zur Armee gegangen war, an der Schleuder geübt und es zwei anderen Legionären gezeigt. Silus bezweifelte, dass sie viel ausrichten würden. Er selbst konnte zwar mit der Schleuder umgehen – sein Vater hatte es ihm beigebracht –, hatte für sich jedoch eine andere Rolle vorgesehen.

Nun richteten sich die anderen beiden Legionäre auf und warfen ihre Speere. Da Holz in Ägypten knapp war, hatte Silus eine Tür aufbrechen und aus den Brettern krude Speere schnitzen lassen. Es waren jämmerliche, schlecht ausbalancierte und viel zu leichte Waffen, doch von einem Dach hinab auf die Straße konnte man sie mit einigermaßen passabler Wucht schleudern. Ein Speer bohrte sich in die Brust eines Mannes. Er fiel mit ausgestreckten Armen nach hinten um und blieb flach im Staub liegen. Der andere Speer schien ebenfalls sein Ziel zu finden, doch da sich derjenige, dem er galt, beim Schleuderangriff geduckt hatte, flog er über seinen Kopf hinweg.

Dies alles geschah innerhalb weniger Herzschläge. Dann waren drei der zehn Leibwächter des Mannes, der den Anschlag auf den Tempel befohlen hatte, tot oder verwundet. Es war zwar immer noch kein gerechter Kampf, doch die Überzahl war nicht mehr ganz so deutlich wie noch gerade eben.

Unter den Neuankömmlingen herrschte Chaos. Da sie von beiden Straßenseiten aus angegriffen worden waren, wussten die Männer nicht, ob sie Deckung suchen, die Angreifer auf dem Dach stellen oder wegrennen sollten – und in welche Richtung. Wieder pfiffen die Schleudergeschosse, doch da die Männer diesmal wussten, was sie erwartete, traf nur einer von drei Steinen sein Ziel, prallte aber harmlos an der linken Schulter eines Leibwächters ab.

Der Anführer drehte sich hektisch einmal in diese, dann in die andere Richtung. Ganz offensichtlich wusste er nicht, was er tun sollte, und auch seinen Leibwächtern vermochte er keine vernünftigen Befehle zu geben. Er schrie ihnen Unverständliches zu, doch anstatt sich um ihn zu drängen, mit ihren Körpern abzuschirmen und in Sicherheit zu bringen, machten sie keine Anstalten, der Aufgabe nachzukommen, für die er sie bezahlt hatte. Es waren einfache Söldner, die sich für wenig Geld dazu bereit erklärt hatten, Leibwächter zu spielen. Der Mann, der sie angeheuert hatte, bedeutete ihnen nichts.

Silus gab ein weiteres Zeichen. Atius und die Legionäre stürmten mit gezogenen Schwertern und wilden Schlachtrufen über die an den Hauswänden angebrachten Treppen von den Dächern. Jetzt stellten sich die Angegriffenen im Kreis mit dem Rücken zueinander auf, als hätten sie es mit einer Übermacht zu tun. In Wirklichkeit standen sieben bewaffnete Männer gegen Atius und die vier Soldaten.

Ein Legionär ging normalerweise nicht allein zum Angriff über. Er war dazu ausgebildet, hinter seinem Schild zu kämpfen, geschützt vom Nachbarn zur Rechten und zur Linken. Wenn er angriff, dann in Formation. Doch Silus' Legionäre hatten keine Schilde, und er musste darauf hoffen, dass es sich bei ihren Gegnern nicht ebenfalls um geübte Soldaten handelte. Doch danach sah es nicht aus. Zwei Leibwächter lösten sich aus den hinteren Reihen, warfen die Waffen weg und rannten, was das Zeug hielt, weg vom Gefecht, aus dem Dorf und in die Wüste. Die übrigen fünf stellten sich mit erhobenen Schwertern und Keulen ihren Angreifern.

Schon nach wenigen Hieben wurde deutlich, dass die gedungenen Söldner den in allen Erfordernissen des Kriegshandwerks – Körperkraft, Ausdauer, Beherrschung der Waffe und Kampf in der Formation – geschulten Legionären nichts entgegenzusetzen hatten. Die Legionäre achteten aufeinander und wehrten Hiebe ab, die ihren Kameraden galten, während von den Söldnern jeder für sich kämpfte. Sie mochten noch so rücksichtslos, durchtrieben oder gerissen sein – gegen die vereinten Kräfte der Berufssoldaten verloren sie schnell an Boden.

Nun war Silus am Zug. Er stieg aus dem Fenster des Hauses, in dem er sich versteckt hatte, und näherte sich langsam von hinten dem rothaarigen Anführer. Dieser hatte eine Hand auf den Mund gelegt und beobachtete mit Schrecken die Entwicklung, die der Kampf nahm. Silus bemerkte er nicht, bis dieser seine Hand packte und ihm den Arm umdrehte. Gleichzeitig legte der Arcanus seinen anderen Arm um die Kehle des Mannes. Dieser schrie, bis ihn Silus mit ausreichend Druck auf seine Kehle zum Schweigen brachte.

»Lasst eure Waffen fallen«, rief Silus laut und deutlich auf Griechisch. »Euer Herr ist in meiner Gewalt.«

Atius und die Legionäre traten einen Schritt zurück und verschafften ihren Gegnern so genug Zeit und Raum, um die Lage einzuschätzen und sich zu ergeben. Sie sahen erst ihren Anführer an, der sich hatte gefangen nehmen lassen, wechselten verächtliche Blicke und warfen schließlich ihre Waffen auf den Boden. »Wir haben mit ihm nichts zu tun. Er hat uns für diese Reise als Leibwächter angeheuert, mehr nicht. Lasst uns ziehen, wir werden sofort das Weite suchen.«

Silus nickte den Legionären zu. Es war nicht notwendig, das Blut dieser Männer zu vergießen, und sie hatten es auch nicht verdient – schließlich hatten sie sich nicht absichtlich an einem Verbrechen beteiligt. Die Legionäre machten ihnen Platz, ohne die Schwerter wegzustecken. Die Söldner befürchteten einen Hinterhalt und zögerten.

»Geht«, sagte Silus. »Ihr habt mein Wort, dass euch nichts geschehen wird, wenn ihr auf der Stelle verschwindet und nicht mehr umkehrt.«

Die Söldner schlichen gedemütigt von dannen. Die Legionäre lachten und riefen ihnen Beleidigungen hinterher. »Überlasst das Kämpfen mal den richtigen Soldaten.« – »Ja, lauft heim zu Mama, ihr kleinen Mädchen.«

Atius sah ihnen hinterher, dann drehte er sich zu Silus und dem Anführer um. Er starrte ihn an, dann riss er vor Überraschung Augen und Mund auf. »Bruder Johannes?«

Bruder Johannes blinzelte ins helle Sonnenlicht. Er saß auf einem Hocker, ein spitzes Legionärsschwert war auf seinen Rücken gerichtet. Silus hatte sich vor dem Priester aufgebaut und blickte auf ihn herab. Atius stand neben Silus und rang sichtlich verzweifelt die Hände.

»Noch einmal: Was hast du hier zu suchen?«

»Und wieder kann ich dir nur antworten, dass ich dieses Dorf besuchen wollte, um den Heiden das Wort des wahren Gottes zu bringen.«

»Warum gerade hier, so weit weg von Alexandria? Gibt es in der Stadt nicht genug für dich zu tun?«

»Der Herr befiehlt uns, sein Wort in die Welt hinauszutragen. Nicht nur Juden, Römer und Griechen, alle Menschen sollen es hören!«

»Also ist es reiner Zufall, dass es dich gerade hierher verschlagen hat? In das Dorf, aus dem die Männer stammen, die den Tempel der Isis Lochias überfallen haben, und in das sie die Statue gebracht haben?« Er deutete auf die von einem Legionär bewachte Goldstatue.

»Davon weiß ich nichts. Ich will hier Gottes Werk vollbringen.«

Silus schlug ihm mit der Faust so heftig gegen das Kinn, dass der Priester zurückgeschleudert wurde und sich die Schwertspitze in seinen Rücken bohrte. Er schrie auf, dann stöhnte er leise. Aus den Augenwinkeln sah Silus, wie angespannt Atius war. Für ihn war das alles ganz offensichtlich nicht leicht.

»Also, Bruder Johannes, worum geht es hier? Ums Geld? Um die Statue? Die ist auch nach dem Einschmelzen noch ein Vermögen wert.«

Bruder Johannes funkelte ihn wütend an.

»Na los, raus mit der Sprache. Dir ist doch klar, in welchen Schwierigkeiten du steckst – du und dein ganzer Haufen.« Er warf Atius einen Seitenblick zu. »Deine Glaubensgenossen, wollte ich sagen. Wenn das an die Öffentlichkeit kommt, wird es in Alexandria zu Aufständen gegen die Christen kommen. Man wird sie abschlachten.«

»Ich verrichte Gottes Werk«, sagte der Priester trotzig, wenn auch mit besorgtem Blick.

Plötzlich packte Atius den Priester beim Kragen, hob ihn hoch und warf ihn auf den Boden, sodass er in einer Wolke aus Sand und Staub auf dem Hintern landete. Sofort war Atius über ihm, legte die Hände an seine Kehle und drückte zu. Der Priester bekam keine Luft mehr, umklammerte Atius' Handgelenke und versuchte vergeblich, sich zu befreien.

»Das ist nicht Gottes Werk!«, rief Atius. »Töten, vergewaltigen, stehlen ist das Werk des Teufels. Wer wüsste das besser als ich?«

Bruder Johannes verdrehte die Augen. Seine Hände erschlafften, die Arme sanken nach unten.

»Atius, das reicht«, sagte Silus. Als sein Freund den ohnmächtigen Priester weiter würgte, versetzte er ihm einen kräftigen Stoß. Atius fiel auf den Boden, rollte sich auf den Rücken, schlug mit beiden Fäusten auf die Erde und brüllte vor Wut und Enttäuschung. Dann sprang er wieder auf, ging zum nächsten Gebäude und traktierte die Wand mit Tritten.

Silus beugte sich über Bruder Johannes. Der Atem des Priesters ging schwer, aber regelmäßig. Dann flatterten seine Lider und er öffnete die Augen. Er holte mehrmals tief Luft und wollte sich aufsetzen, fiel jedoch immer wieder zurück auf den Boden. Silus bedeutete zwei Legionären, ihm aufzuhelfen. Sie packten ihn unter den Armen und setzten ihn wieder auf den Hocker.

Silus verpasste ihm ein paar sanfte Ohrfeigen. »Bruder Johannes, weilst du wieder unter uns?«

Der Priester stöhnte, war aber in der Lage, Silus giftig anzublicken. »Wenn der Herr am Jüngsten Tag wiederkehrt, wird er euch Heiden allesamt in die Hölle schicken«, verkündete er mit heiserer, aber bedrohlicher Stimme. »Und du, Atius, hast dich auf die Seite derer geschlagen, die Teufel und falsche Götter anbeten. Diese Leute haben Origenes' Vater ermordet. Diese Leute haben meine Mutter und meine Schwester nur deshalb ermordet, weil sie dem wahren Gott nachgefolgt sind. Ich verfluche euch alle.« Er spie aus. Der Speichelklumpen wurde schnell von der knochentrockenen Erde aufgesogen.

»Herr«, sagte ein Legionär ängstlich, »diese Christen beherrschen mächtige Zauberei. Sie opfern Säuglinge und trinken ihr Blut, damit ihnen ihr Gott Gewalt über andere Männer verleiht.«

»Das ist eine beschissene Lüge!«, rief Atius, marschierte zu dem Soldaten hinüber und versetzte ihm einen Stoß gegen die Brust. Dieser wich einen Schritt zurück, baute sich dann aber wieder drohend vor ihm auf.

»Aufhören, alle beide«, befahl Silus in einem Ton, der keinen Widerspruch duldete. Er hielt inne und fragte sich, wann es ihm derart zur zweiten Natur geworden war, anderen Befehle zu erteilen. Als er in Britannien zum ersten Mal das

Kommando über mehrere Männer übernommen hatte, war das noch ganz sicher nicht so gewesen. Doch inzwischen hatte er eine Menge gesehen und getan und konnte mit gutem Grund von sich behaupten, es zwar nicht unbedingt immer, aber doch öfter besser zu wissen und im Recht zu sein als die meisten anderen.

Atius wandte sich mit einem Knurren von dem Legionär ab.

»Willst du uns überhaupt nichts erzählen?«, fragte Silus. »Wer dir den Befehl dazu gegeben hat, zum Beispiel?«

»Ich handle nur auf Anweisung Gottes.«

»Na schön. Wir werden dich nach Alexandria zurückbringen und den Behörden überantworten, damit sie dich so lange foltern, bis sie alles aus dir herausgequetscht haben. Und Origenes genauso.«

»Silus …«, warf Atius ein.

»Ruhe!«, blaffte Silus. »Ich habe die Schnauze voll. Christen, Juden, Anhänger der Isis und des Serapis und wie sie alle heißen, können mich mal am Arsch lecken. Wir sollen einen entführten Jungen befreien, und jetzt kehren wir nach Alexandria zurück und werden genau das tun.«

Elftes Kapitel

Varius Avitus Bassianus saß im Schneidersitz auf dem Boden vor dem kegelförmigen schwarzen Stein, war im Geiste aber ganz woanders. Weihrauchduft erfüllte den Raum. Mit geschlossenen Augen flüsterte er in einer fremden Sprache, ein schneller Singsang, bei dem ein Wort in das andere überging. Hinter den geschlossenen Lidern sah er sich selbst, wie er einem Adler gleich über Emesa hinwegflog. Seine Mutter hatte ihm diesen Ort ganz genau geschildert. Die im östlichen Stil errichteten Tempel, das Gedränge der Menschen auf den Märkten, das Mausoleum des Soaemias – des einstigen Königs von Emesa und Hohepriesters von Elagabal, nach dem seine Mutter benannt worden war. Und in der Mitte stand der gewaltige Tempel Elagabals, reich verziert mit Gold und Silber und Edelsteinen. Eine Marmortreppe führte hinauf zu einer Portikus mit sechs Säulen, hinter der der riesige schwarze, konische Stein sichtbar war. Im Geiste zog Avitus Kreise über der Stadt, seine Seele floss über vor Glück, die Heimat seiner Vorfahren zu besuchen, auch wenn sein Körper darunter litt, dass er diesem heiligen Ort mit dem großen Stein des Elagabal nur aus der Ferne huldigen konnte.

Aziz hatte sich vor dem Priesterjungen auf die Knie geworfen, die Arme anbetend vor sich ausgestreckt, und beobachtete ihn mit ehrerbietiger Faszination.

Avitus' Körper zuckte, er atmete schneller und warf den Kopf zurück. Mit zugekniffenen Augen gab er einen Schrei der Ekstase und Erlösung von sich. Dann öffnete er die Augen, atmete sechsmal tief durch und sang ein Gebet: »Herr der Berge, Herr der Sonne. Lass dein Licht über uns erstrahlen. Auf dass die große Mutter Atargatis uns ihren Schutz und ihre Wärme gebe. Auf dass Astarte uns ihre Liebe und das Wasser des Lebens schenke.« Es war seltsam, solch wenig kindliche Worte aus dem Munde eines so kleinen Jungen zu hören, doch seine Mutter und sein Lehrer Gannys hatten ihm von frühester Jugend an die Rituale und Gebete zu Ehren ihres Gottes beigebracht.

»Elagabal, unser Herr, lass alles geschehen, worum unser Priester dich bittet«, sagte Aziz voller Inbrunst.

Avitus öffnete die Augen und sah sich um. Der Raum war nur spärlich mit einer flackernden Kerze beleuchtet und mit ein paar einfachen, aber zweckdienlichen Möbeln ausgestattet. Das bequeme Bett vor der Wand verfügte über eine mit Daunen gepolsterte Matratze, auf einem Tisch standen ein Wasserkrug und ein Teller mit Früchten, in der Ecke ein gerade geleerter und gereinigter Nachttopf. Avitus fragte sich, ob er sich in einem Schlafzimmer, einem Tempel oder einer Gefängniszelle befand. Dass er nicht wirklich in Emesa war, erfüllte ihn mit leichter Enttäuschung, alles andere nahm er mit Gleichmut hin.

Er stand auf, goss sich etwas Wasser ein und nahm einen tiefen Schluck. Dann aß er ein paar Feigen. Nach dem Ritual der Ekstase war er immer hungrig und durstig. »Aziz, ich bin nun schon seit einiger Zeit hier«, sagte er. »Du hast mich entführt, jetzt sorgst du hier für meine Bequemlichkeit und bringst mir große Ehrfurcht entgegen, willst mich aber nicht freilassen. Du sagst, dass dies alles dem Willen Elagabals gemäß geschieht, aber was du damit meinst, habe ich immer noch nicht verstanden.«

»Das ist mir bewusst, Eure Heiligkeit. Ihr werdet heute Besuch von jemandem erhalten, der Euch alles erklären kann.«

»Von wem?«

»Er ist sicher bereits eingetroffen. Ich werde ihn holen gehen.«

Aziz verließ den Raum und schloss die Tür hinter sich. Avitus hörte, wie sich der Schlüssel im Schloss drehte und ein Riegel vorgelegt wurde. Er seufzte, setzte sich auf das Bett und griff nach seiner Lieblingspuppe. Sie war aus Holz und trug ein langes Wollkleid. Die aufgemalten Augen waren schwarz umrandet, die Lippen voll und rot. Er nahm die Puppe in den Arm, legte sich auf das Bett und schloss die Augen.

Kurze Zeit später öffnete sich die Tür wieder, und Aziz trat zusammen mit einer weiteren Person ein. Avitus setzte sich auf. »Gannys!«

Avitus sprang aus dem Bett, rannte zu ihm und schlang die Arme um ihn.

»Avitus, wie schön, dich zu sehen.« Der große Syrer fuhr dem Jungen liebevoll durch das Haar.

»Gannys, was hat das alles zu bedeuten? Wirst du mich befreien?«

Gannys tauschte einen Blick mit Aziz, den Avitus nicht deuten konnte. »Du musst nicht befreit werden, denn du bist nicht in Gefahr«, sagte Gannys.

»Aber warum darf ich dann nicht gehen? Warum darf ich nicht zu meiner Mutter?«

»Bitte setz dich.«

Avitus nahm auf der Bettkante Platz, hob die Puppe hoch und hielt sie in seinen Armen. Gannys kniete vor dem Stein nieder, schloss die Augen und bewegte die Lippen in stillem Gebet. Dann nahm er Avitus gegenüber auf einem Stuhl Platz. »Du kennst deine Herkunft selbstverständlich, aber lass mich dich trotzdem noch einmal daran erinnern, dass du über deine Mutter und deine Großmutter von den Priesterkönigen Emesas abstammst. Auch wenn Emesa von den Römern regiert wird, verehrt man dort immer noch den großen Elagabal. Eines Tages wirst du deinen rechtmäßigen Platz als sein Hohepriester einnehmen.

Einige von uns glauben allerdings, dass du zu Höherem bestimmt bist. Dass es dein Schicksal ist, nicht nur über die himmlische, sondern auch über die irdische Sphäre zu herrschen. Ich habe mit Aziz und ein paar mächtigen Freunden aus Rom und Syrien zusammengearbeitet, um etwas wahrhaft Bedeutsames in die Wege zu leiten.«

Avitus sah seinen Lehrer vertrauensvoll und neugierig an. Gannys stand auf, ging zum Tisch hinüber, goss sich Wasser ein und trank einen Schluck. »Was ich dir jetzt sage, ist ein großes Geheimnis. Du darfst mit niemandem darüber sprechen, zumindest nicht, bevor wir das erreicht haben, was wir zu erreichen hoffen. Versprichst du mir das?«

»Ich schwöre es bei unserem Herrn Elagabal, bei Atargatis und Astarte.«

»Gut. Einige mächtige Männer in Rom sind der Ansicht, dass der falsche Kaiser auf dem Thron sitzt. Sie haben seinen Bruder Geta unterstützt, und jetzt fürchten sie sich vor Antoninus' Rache – und das zu Recht. Er hat schon damit angefangen, alle seine Feinde in Rom abschlachten zu lassen.«

»Aber ich bin doch nicht sein Feind«, sagte Avitus. »Meine Mutter ist die Nichte der Kaiserin. Und auf meinen Vater hält er große Stücke.«

»Avitus, was du jetzt hörst, wird dich vielleicht erschrecken: Einige Menschen glauben, dass Antoninus dein Vater ist.«

Avitus erstarrte. »Das ist er ganz bestimmt nicht.«

»Ich bin mir sicher, dass es sich dabei nur um Gerüchte handelt«, sagte Gannys schnell. »Aber es sind Gerüchte, die uns durchaus nützlich sein könnten.«

»Nützlich wofür?«

»Um deinen Anspruch zu untermauern.«

»Gannys, ich weiß nicht, was du mir damit sagen willst.«

»Wir möchten, dass du Kaiser wirst.«

Avitus schnappte überrascht nach Luft. »Kaiser des ganzen Römischen Reiches?«

»Nein«, erwiderte Gannys. »Antoninus hat Rom und den Westen des Reiches fest in seiner Hand. Aber wir haben viele Anhänger im Osten. Vor nicht allzu langer Zeit haben Geta und Antoninus darüber gesprochen, ob sie das Reich nicht teilen sollten. Und dafür gäbe es gute Gründe, denn es ist so groß geworden, dass es sich kaum noch regieren lässt. Aber das ist jetzt nicht so wichtig. Wenn wir das Reich teilen, wären die Menschen im Osten, vor allem die in Syrien, endlich von Antoninus' Schreckensherrschaft befreit. Wir könnten nach unseren eigenen Vorstellungen leben und den Glauben an Elagabal in alle unsere Länder tragen, damit der Gott der Berge und der Sonne endlich seinen rechtmäßigen Platz an der Spitze des Pantheons einnehmen kann!«

Avitus' Augen leuchteten. »Das wäre möglich?«

»Allerdings. Und wir werden dafür sorgen, dass es Wirklichkeit wird.«

Avitus' Gesicht nahm einen verträumten Ausdruck an. Dann runzelte er die Stirn. »Warum hast du mich entführen lassen?«

»Es ist eigentlich keine Entführung. Mein Freund Aziz hier und ich, wir wollten dich in Sicherheit bringen. Weit weg vom Kaiser und von ... deinem Vater. Marcellus weiß nichts von unserem Plan, und er würde ihn auch sicher nicht gutheißen.«

»Und warum habt ihr mich nach Alexandria gebracht?«

»Weil das die neue Hauptstadt des Ostteils des Reiches werden wird.«

»Aber warum Alexandria? Warum nicht eine Stadt in Syrien?«

»Leider hattest du noch keine Gelegenheit, diese wunderbare Stadt zu bewundern. Sie ist die zweitgrößte des Imperiums und wurde von Alexander gegründet, dem größten Feldherrn aller Zeiten. Rom und Athen haben kein vergleichbares kulturelles Erbe, und auch was die Gelehrsamkeit und den Götterglauben angeht, übertrifft Alexandria diese Städte bei Weitem. Hier gibt es Anhänger Jahwes und die von Christus, Isis, Serapis oder Jupiter.«

Avitus konnte Gannys nur mit Mühe folgen. Immer wieder wanderte sein Blick zu dem schwarzen Stein hinüber. Als Kaiser konnte er den echten Stein, der der Überlieferung nach vom Himmel herabgekommen war, von Emesa nach Alexandria bringen lassen. Und jeder würde das Knie vor ihm beugen müssen – egal, welchem Gott er folgte.

»Avitus, hast du mir zugehört?«

»Du hast gesagt, dass ich hier in Alexandria Kaiser werde und dass der große Berggott dann über alle herrschen wird.«

Gannys lächelte. »Ja, das hast du schön zusammengefasst.«

»Großartig, und wann wird das sein?«

Gannys zögerte. »Das ist so wie bei einem Wagenrennen im Circus. Du weißt doch, dass das Rennen erst losgehen kann, wenn alle Wagen an der Startlinie stehen. Und wir müssen so lange warten, bis unsere Wagen in Position sind.«

»Wir fahren mit Wagen?«

»Nein, das war nur bildlich gesprochen. Wir müssen uns ganz sicher sein, dass unsere Verbündeten in Numidien, Judäa und Syrien bereit sind, wenn wir den Befehl zum Losschlagen geben. Wir werden es so einrichten, dass dir die Statthalter und die Befehlshaber der Legionen im östlichen Teil des Reiches am Tag deiner Ausrufung als Kaiser des neuen Imperiums die Treue schwören.«

»Ich werde Kaiser sein«, sagte Avitus träumerisch. »Die Menschen werden sich vor mir verneigen und jeder wird dem Berggott huldigen.«

»Ja, das schwöre ich dir«, erwiderte Gannys. »Eure Hoheit.«

Avitus lächelte, allerdings nur kurz. Dann drückte er seine Puppe fest an sich und streichelte sanft ihr wollenes Haar. Nun wirkte er wie ein achtjähriges Kind, aber nicht im Entferntesten wie ein Kaiser oder Hohepriester. »Ich vermisse Mama«, sagte er.

Origenes sprach zu den auf der Agora versammelten Menschen. Seine Stimme war laut und klar, ohne dass er sie auch nur ein bisschen erheben musste. Er war ein geübter Redner und das Publikum hing an seinen Lippen. Silus und Atius standen ganz hinten. Sie hatten ein paar Legionäre zur Verstärkung dabei, gingen aber nicht davon aus, dass sie diese auch brauchen würden. Den Prediger vor einer so großen Gruppe seiner Anhänger zur Rede zu stellen, war zu riskant, daher lauschten sie und warteten, bis er fertig war.

»Wer dem Messias nachfolgt, der betritt keinen sicheren Weg. Ich war noch ein Jüngling, als mein gesegneter Vater

Leonidas wegen seines Glaubens geköpft wurde. Dies geschah unter Kaiser Septimius Severus, einem Heiden, der ganz gewiss dem Teufel diente. Letztes Jahr war ich in Rom und konnte mich davon überzeugen, dass sein Sohn keinen Deut besser ist. Wie die meisten Einwohner dieser Stadt hängt er den heidnischen Göttern an, den römischen und jenen aus dem Osten. Man sagt, er sei der Hurerei und der Trunksucht verfallen und würde jeden ermorden lassen, der nicht auf seiner Seite ist.«

Dass sich dieser Mann verstecken musste, wunderte Silus nicht. Allein für diese Worte hätte man ihn auf der Stelle hinrichten können. Doch wenn sie das hier versuchten, würde es wohl zu einem Volksaufstand kommen.

»Obwohl ich erst siebzehn Jahre zählte, wollte ich gemeinsam mit meinem Vater den Märtyrertod sterben. Doch meine Mutter versteckte meine Kleider, sodass ich zu Hause bleiben musste. Das erfüllt mich bis heute mit Scham. Ich habe mein Leben der Wiedergutmachung dieser Schande gewidmet und viele Opfer gebracht. Als übereifriger junger Mann habe ich meinem Körper Schaden zugefügt. Einerseits bereue ich das heute, andererseits erfüllt mich dieser Akt der Hingabe als Zeichen meines tiefen Glaubens mit Stolz. Ich bin seit vielen Jahren gezwungen, mich zu verstecken, und habe mein Leben dem Studium und der Verbreitung von Gottes Wort gewidmet. Ich sage das nicht aus Prahlerei, sondern weil ich ehrlich mit euch sein will.

Ich kann nur für kurze Zeit zu euch sprechen. Unter der Herrschaft der Severer ist es euch nicht gestattet, Christen zu werden, und mir nicht, euch zu bekehren. Hört also meine Worte und wählt selbst den Pfad, dem ihr folgen wollt. Und so sage ich euch: Lebt ein glückliches Leben und findet Zufriedenheit nicht durch Fleischeslust oder Reichtümer, sondern im Gespräch mit Gott. Schon der Philosoph Sokrates sagte: ›Wer nicht zufrieden ist mit dem, was er hat, wäre auch nicht zufrieden mit dem, was er haben möchte.‹

Und nun fragt ihr mich: ›Warum sprichst du zu uns mit den Worten eines heidnischen Griechen?‹ Und ich sage euch, dass die Israeliten ihre Tempel mit jenem Gold schmückten, das sie aus Ägypten mitgebracht hatten. Das Gold Ägyptens, das dort zu nichts Nützlichem gedient hatte, verwendeten die Kinder Israels unter der weisen Anleitung Gottes zu seinem Wohlgefallen.

Deshalb sollten wir die Worte der großen Philosophen hören und mit offenem Geist und offenen Herzen darüber nachdenken, was sie uns lehren können. Lest die Werke des Sokrates, des Platon und des Aristoteles ebenso wie die Worte des Messias! Sie werden euch lehren, wie ihr eins sein könnt mit Gott, wie ihr den Versuchungen der Welt widerstehen und euren Nächsten lieben könnt. Befolgt diese einfachen Anweisungen, und bei der Wiederkunft des Christus werdet ihr unter jenen sein, die gerettet werden. Und nun lasst uns beten.«

Origenes hob die Hände und schloss die Augen, und die Menge fiel auf die Knie. Silus war beeindruckt von der Macht, die dieser wortgewaltige Prediger über seine Gemeinde hatte. Er ging ebenfalls auf die Knie, um nicht aufzufallen, und Atius tat es ihm gleich. Sie neigten die Köpfe, lauschten drei langen Gebeten – einer Fürbitte, einem Dank und einer Lobpreisung – und murmelten an den richtigen Stellen ihr Amen. Als es vorbei war, sah Silus zu Atius hinüber. Sein Freund weinte ganz offen, Tränen liefen seine Wangen hinab.

Silus, der sich nicht recht erklären konnte, was mit Atius war, drückte seine Schulter. »Was hast du denn?«, flüsterte er.

»In seinen Worten liegt so viel Gutes«, sagte Atius. »Wie kann er dann so etwas Böses befehlen?«

»Wir wissen ja noch gar nicht, inwieweit er daran beteiligt ist«, sagte Silus. »Warten wir ab, was Bruder Johannes unter der Folter dazu zu sagen hat.«

»Wie könnte er denn nicht davon wissen?«, erwiderte Atius unglücklich. »Du siehst doch selbst, wie ehrfürchtig sie ihn hier verehren. Bruder Johannes würde sicher nichts ohne Origenes' Zustimmung tun.«

Origenes segnete die Menschenmenge vor ihm. »Geht mit Gott, auf dass der Herr sein Angesicht über euch leuchten lasse.«

»Amen«, sagten die Versammelten im Chor, standen auf und reichten sich die Hände, manche freundlich, manche ernst, manche sichtlich von großer Freude erfüllt. Dann zerstreute sich die Menge. Silus sah zu den Legionären hinüber. Sie wirkten erleichtert, dass sie nicht hatten eingreifen müssen und dass niemand die Versammlung gestört hatte. Silus hatte gehört, dass in der Vergangenheit Anhänger von Isis und Serapis bei solchen Gelegenheiten erschienen waren und mit Buhrufen und Beleidigungen Raufereien angezettelt hatten, die die Legionäre dann mit Knüppeln und Schwertern hatten auflösen müssen. Es hatte Verletzte und sogar Tote gegeben.

Origenes schüttelte ein paar besonders leidenschaftlichen Verehrern die Hand, wobei er sich immer wieder nach jemandem umzusehen schien. Als er den Gesuchten nirgendwo entdeckte, runzelte er die Stirn und verließ von ein paar Anhängern begleitet die Agora.

»Folgen wir ihm und vergewissern wir uns, dass er wieder zu Phryne zurückgeht«, sagte Silus. »Und wenn sich seine Gefolgsleute verabschieden, werden wir ihm einen Besuch abstatten.«

Als ihnen der Pförtner öffnete, warteten sie nicht, bis er sie anmeldete, sondern drängten sich an ihm vorbei in Phrynes elegante Villa. Er versuchte, sie aufzuhalten, doch Atius packte ihn an der Kehle und drückte ihn grob gegen die Wand. »Heute bin ich nicht in Stimmung für so etwas«, sagte er. Der verängstigte Pförtner hob abwehrend die Hände.

Sie gingen ins Atrium, wo gerade ein Sklave in der Nähe des Impluviums stand.

»Du da«, herrschte Silus ihn an. »Hol Origenes her.«

»Herr, ich weiß nicht ...«

Atius legte die Hand auf den Schwertgriff und machte drohend einen Schritt auf den Sklaven zu. »Sofort.«

Der Sklave gab einen Schreckenslaut von sich und rannte durch einen Durchgang in die hinteren Räume des Hauses.

Zuerst erschien Phryne. »Was fällt euch ein, einfach in mein Haus einzudringen?«, sagte sie und fuchtelte wütend mit dem Finger vor Silus' Gesicht herum. »Ich habe euch hier als Gast willkommen geheißen, und so dankt ihr es mir? Ihr solltet euch schämen.«

Dass Silus ruhig stehen blieb und keinen Schritt vor der wütenden alten Frau zurückwich, brachte diese völlig aus der Fassung. Sie war es ganz eindeutig nicht gewohnt, dass ihre Drohungen keine Wirkung zeigten.

»Wenn sich Origenes nicht auf der Stelle zeigt, werde ich Euch verhaften, weil Ihr einem Verbrecher Unterschlupf gewährt habt«, sagte Silus. »Und ich werde Eure Sklaven foltern lassen, bis sie mir sagen, was sie wissen.«

Sie wurde kalkweiß und sah ihn fassungslos an, doch bevor sie etwas sagen konnte, betrat Origenes das Atrium. »Aber bitte, es gibt keinen Grund für böse Worte«, sagte er ruhig. »Liebe Freundin, bitte verzeih diese Unannehmlichkeit, deren Verursacher ich zu sein scheine.«

Phryne gewann die Fassung zurück. »Es ist nicht deine Schuld, Bruder. Wenn du es wünschst, werde ich alle meine Sklaven rufen, damit sie diese Männer zurückhalten, bis du fliehen konntest.«

»Versuch's nur«, knurrte Atius.

»Das wird nicht notwendig sein. Wenn du erlaubst, werde ich mich mit diesen beiden Männern hier an einen ruhigen Ort zurückziehen, um die Angelegenheit zu besprechen.«

»Aber natürlich, Bruder. Wenn das dein Wunsch ist.«

Origenes nickte, dann bedeutete er Silus und Atius, ihm in den hinteren Teil der Villa zu folgen. Der Raum, in den er sie führte, war kleiner als der, in dem er sie bei ihrem letzten Besuch empfangen hatte. Hier waren sie vor neugierigen Augen und Ohren sicher. Er deutete auf zwei leinenbespannte Holzstühle und nahm ihnen gegenüber Platz. Es dauerte einen Augenblick, bis er sich niedergelassen hatte, wobei er wie unter Schmerzen das Gesicht verzog. Als er endlich saß, bemerkte er ihre fragenden Mienen. »Ihr wart heute unter meinen Zuhörern, nicht wahr? Ich dachte doch, ich hätte euch ganz hinten gesehen.«

Silus nickte.

»Erinnert ihr euch, dass ich erwähnte, mir selbst körperliche Schäden zugefügt zu haben? Ich habe immer noch Schmerzen deshalb.«

Silus runzelte die Stirn. Eigentlich hatte er eine wütende Schimpftirade vom Stapel lassen wollen, doch jetzt war seine Neugier geweckt. »Was meinst du damit?«

Origenes seufzte. »Ich habe schon immer vor Männern und Frauen gleichermaßen gepredigt. In der Blüte meiner Jugend, als ich mich überall der Versuchung ausgesetzt sah, wollte ich allen zeigen, dass mein Glaube über jeden Zweifel erhaben ist, und endgültig verhindern, dass böse Gerüchte über angebliche Verfehlungen meinerseits die Runde machten. Bei Matthäus heißt es schließlich: ›Und es sind etliche verschnitten, die sich selbst verschnitten haben um des Himmelreiches willen.‹ Ich fürchte, ich habe das damals allzu wörtlich genommen.«

Silus und Atius starrten ihn entsetzt an. »Du hast … Du hast tatsächlich …«

»Ich habe mich selbst kastriert, ja. Heute weiß ich, dass jedes Wort in der Heiligen Schrift eine Lehre für uns enthält, aber nicht alles darin wörtlich zu verstehen ist. Eine Erkenntnis, die mein jüngeres und dümmeres Ich noch nicht ereilt hatte. Es bereitet mir bis heute Schmerzen.«

Silus pfiff leise durch die Zähne. Atius wirkte nun noch verwirrter und unschlüssiger als zuvor. »Da komme ich nicht mit«, sagte er schließlich hilflos. »Dass du so etwas tust, beweist deine große Hingabe an den Christus. Und dann wieder bist du in eine so schändliche Tat verwickelt.«

Nun runzelte Origenes die Stirn. »Wovon sprichst du?«

»Ich bitte dich«, sagte Silus. »Wir wissen längst Bescheid. Du brauchst dich nicht hinter deiner scheinheiligen Frömmigkeit zu verstecken. In Wahrheit bist du genauso schlimm wie wir alle.«

»Ich will nicht leugnen, dass ich ein Sünder bin. Deswegen musste unser Heiland schließlich auch für uns sterben – als Sühne für unsere Sünden. Für meine und auch für deine, ob du sein Opfer nun zu schätzen weißt oder nicht. Doch wovon du im Speziellen sprichst, ist mir nicht ganz klar.«

»Heute nach der Predigt hast du dich in der Menge umgesehen«, sagte Silus. »Es hat ganz so ausgesehen, als ob du jemanden erwarten würdest. Wen denn?«

»Bruder Johannes«, antwortete Origenes nüchtern. »Dass

er nicht zugegen war, hat mich sehr überrascht. Sonst verpasst er keine unserer Zusammenkünfte.«

»Er befindet sich in unserem Gewahrsam. Ihn erwarten die Folter und eine Gerichtsverhandlung.«

»Wie bitte?« Origenes schien ehrlich entsetzt. »Warum?«

»Willst du wirklich weiterhin so tun, als wüsstest du von nichts?«, fragte Silus.

Origenes lehnte sich zurück, verzog das Gesicht und veränderte noch einmal seine Sitzhaltung. Dann sah er Silus in die Augen. »Sag mir, warum ihr ihn gefangen genommen habt.«

»Ich kann mir zwar schon denken, wie deine Antwort lautet, aber ich frage dich trotzdem: Von dem Überfall auf den Tempel der Isis Lochias hast du sicher gehört, oder?«

»Ja, habe ich. Ein unglückliches Ereignis. Doch da sie dort falschen Göttern huldigen, stehen sie nicht unter dem Schutz des einen allmächtigen Gottes und können dem Bösen anheimfallen.«

Silus verkniff sich die Frage, wo der Schutz des allmächtigen Gottes für Origenes' Vater gewesen war, als man ihm den Kopf abgeschlagen hatte. »Also befürwortest du solche Taten?«

»Gewalt befürworte ich niemals. Aber die Wege des Herrn sind unergründlich, und vielleicht wird dieser Vorfall den Menschen in dieser sündigen Stadt vor Augen führen, dass das Heidentum nur in die Verdammnis führt.«

»Du leugnest also, dass du Bruder Johannes angewiesen hast, diesen Überfall in Auftrag zu geben?«

Origenes schüttelte den Kopf. »Bruder Johannes? Ich habe gehört, dass die Juden dahinterstecken.«

»Das sagen alle«, erwiderte Silus. »Ohne auch nur den kleinsten Beweis dafür zu haben, wie ich betonen möchte. In Wahrheit hat dein eigener Gefolgsmann ein paar ägyptische

Strauchdiebe damit beauftragt, in den Tempel einzudringen, zu rauben und zu vergewaltigen.«

»Was würdest du sagen, wie viele Gebote hat Bruder Johannes dabei gebrochen?«, fragte nun Atius mit Bitterkeit in der Stimme. »Ich bin vielleicht nicht so gelehrt wie du, aber wenn ich mich recht erinnere, gibt es eines, das das Töten verbietet. Und ein anderes den Diebstahl.«

»Und Atius zufolge auch eines, das besagt, dass man kein falsches Zeugnis gegen seinen Nächsten ablegen soll«, ergänzte Silus. »Ich frage dich also noch einmal: Hast du Bruder Johannes damit beauftragt, den Tempel der Isis Lochias schänden zu lassen?«

»Nein, das habe ich nicht!«, erwiderte Origenes empört. Dann sackte er in sich zusammen. »Bruder Johannes ist ein Eiferer. Genau wie ich hat er erlebt, wie seiner Familie Gewalt angetan wurde, doch im Gegensatz zu mir hat ihn sein Leid verständnislos und unduldsam gegenüber den Meinungen anderer werden lassen. Ich wünsche mir, dass sich alle zum rechten Glauben bekehren, und ich sorge mich um das Seelenheil jener, die falsche Idole anbeten. Mit großer Wahrscheinlichkeit habe ich in Bruder Johannes' Gegenwart meinen Abscheu für die zum Ausdruck gebracht, die ihre Nächsten vom rechten Wege abbringen und auf den Pfad locken wollen, der zur Hölle führt. Aber ich habe ihn niemals dazu angehalten, Gewalt auszuüben.«

»Anscheinend hat er es aber so verstanden und diese Strauchdiebe angeheuert, damit sie den Tempel überfallen und die goldene Isisstatue stehlen. Warum hätte er das sonst tun sollen? Aus Habgier?«

Origenes schüttelte den Kopf. »Nein, er hätte die Statue nicht verkauft. In meiner Predigt heute habe ich zwar den Gebrauch der Werke griechischer Gelehrter mit der Verwendung des ägyptischen Goldes durch die Juden verglichen, Bruder Johannes würde sich aber ganz sicher nicht mit heidnischem Gold besudeln. Er hätte vermutlich versucht, die Statue zu zerstören, möglicherweise in der Öffentlichkeit, damit alle mit eigenen Augen sehen, dass Gott mächtiger ist als Isis.«

»Dass das einen Volksaufstand zur Folge hätte, weiß sogar ich – und dabei bin ich erst seit ein paar Tagen in Alexandria.«

»Einen Aufstand würde es bestimmt geben, aber das wäre ihm egal. Solche Eiferer scheren sich nicht um die Folgen ihres Handelns, solange sie nur glauben, das Richtige zu tun.« Origenes sah Silus an. »Und was jetzt?«

»Um Unruhen zu vermeiden, will die Obrigkeit nicht, dass die Angelegenheit ans Licht kommt. Es reicht vollauf, wenn die richtigen Leute erfahren, dass die Sache aufgeklärt wurde, die Täter ihre Strafe erhalten haben und die Statue wieder an ihrem Platz ist. Ich hoffe, dass die Juden, die offenbar die ganze Stadt für schuldig hält, nicht unter irgendwelchen Vergeltungsmaßnahmen leiden müssen.«

»Und was ist mit Bruder Johannes?«

»Für ihn wird das Ganze kein gutes Ende nehmen. Man wird ihn foltern, um herauszufinden, was er sich noch alles zuschulden hat kommen lassen. Und dann wird er ohne viel Aufsehen hingerichtet werden.«

»Ich werde um Gnade bitten.«

»Ich glaube nicht, dass du in der Lage bist, irgendwelche Forderungen zu stellen. Auch wenn du den Überfall nicht selbst befohlen hast, hast du Bruder Johannes durch deine Hetzreden dazu angestiftet. Deine Predigt heute auf der Agora war Hochverrat – dafür könntest du sofort und ohne Verfahren hingerichtet werden.«

Weder erblasste Origenes noch fing er an zu zittern. Er presste lediglich die Lippen aufeinander. »Eure Drohungen schrecken mich nicht«, sagte er dann. »Mein Leib gehört dem Herrn, und wenn er ihn mir nehmen will, so soll es geschehen. Aber ich möchte nicht, dass Bruder Johannes leiden muss.«

Wieder stieg die Wut in Silus auf. »Dieser Mann hat irgendwelche Straßenräuber bezahlt, damit sie für ihn töten, rauben und schänden. Wäre ich nicht rechtzeitig eingetroffen und hätte sie gerettet, wäre die arme, unschuldige Priesterin Tekosis vergewaltigt worden.«

»Die arme unschuldige Priesterin.« Origenes lachte freudlos.

»Was ist daran so lustig?«

»Kennst du Tekosis denn so gut?«

Silus war eigentlich der Ansicht, dass er sie mittlerweile recht gut kannte, doch Origenes' Tonfall ließ ihn nun daran zweifeln.

»Sie trinkt schweren Wein. Sie treibt Unzucht. Sie huldigt einer falschen Göttin.«

Das alles traf genauso auf Silus zu – zumindest von Origenes' Warte aus. Allerdings hätte er die Nacht, die er mit Tekosis verbracht hatte, nicht als Unzucht bezeichnet – etwas freizügiger und wilder, als er es gewohnt war, womöglich, aber dennoch ein Akt der Liebe.

»In Alexandria gibt es doch wohl genug Leute, denen man dasselbe vorwerfen kann«, erwiderte Silus. »Warum hast du es ausgerechnet auf sie abgesehen?«

»Du hast mich darum gebeten, mich bei meinen Anhängern danach umzuhören, wo der entführte Junge ist und wer ihn verschleppt hat.«

»Ja«, sagte Silus. Eine ungute Vorahnung sorgte für ein flaues Gefühl in der Magengegend.

»Ich fordere Gnade für Bruder Johannes«, sagte Origenes.

»Die hat er nicht verdient.«

»Nichtsdestotrotz musst du ihn auf freien Fuß setzen, wenn du hören willst, was ich weiß.«

Silus mahlte mit dem Kiefer. Er war bereits einen Handel mit dem Anführer der ägyptischen Strauchdiebe eingegangen, der ihm ganz und gar nicht behagt hatte, und jetzt sollte er auch noch den Mann freilassen, in dessen Auftrag sie gehandelt hatten? Das gefiel ihm noch weniger. Doch letztlich lautete seine Aufgabe, den Jungen zurückzuholen. Er sah Atius an. Der nickte zustimmend. »Also gut, so sei es. Und nun sag mir, was du weißt.«

»Tekosis war nicht zufällig bei eurer Ankunft am Hafen. Ihr Tempel ist ganz in der Nähe, und sie hatte bereits nach euch Ausschau gehalten. Sie wusste, dass ihr kommt.«

»Woher?«

»Die Entführer des Jungen haben es ihr gesagt.«

»Aber … Sie hat uns gerettet.«

»Ich kenne weder ihre Beweggründe noch weiß ich, in wessen Auftrag sie handelt. Das kannst du sie selbst fragen, vielleicht erzählt sie es dir ja.«

»Und woher weißt du davon?«

»Ein Mitglied meiner Gemeinde war ein Anhänger der Isis, bevor er dem wahren Heiland nachfolgte. Auf meinen Wunsch hin mischt er sich weiter unter seine alten Glaubensgenossen, damit er mich vor ihren wie auch immer gearteten üblen Plänen warnen kann. Er verrichtet nach wie vor Dienst in ihrem Tempel und gibt vor, dieser falschen Göttin zu huldigen. Doch er tut es in dem Wissen, dass dies zur Ehre des Christus geschieht.«

Silus schüttelte den Kopf. »Das ergibt doch alles keinen

Sinn. Woher soll ich wissen, dass du nicht einfach nur eine Feindin ans Messer liefern willst?«

»Ich kenne keine Feinde«, sagte Origenes. »Ich kenne nur solche, die dem Willen Gottes entgegenstehen. Die es nicht besser wissen und deswegen des Teufels arglose Werkzeuge werden.«

»Du würdest doch sicher auch nicht davor zurückschrecken, jemanden ins schlechte Licht zu rücken, wenn es deinem Glauben dient.«

»Eines der zehn Gebote lautet: ›Du sollst kein falsch Zeugnis reden wider deinen Nächsten.‹ Bruder Johannes mag in seinem Eifer einige Gebote gebrochen haben, ich tue das nicht.«

»Was kannst du uns noch sagen?«

»Tekosis hat nach euch Ausschau gehalten und eure Ankunft ihren Mitverschwörern mitgeteilt. Sie hat in irgendeiner Form mit der Entführung des Jungen zu tun, mehr weiß ich nicht.«

»Warum wurde er überhaupt entführt? Und aus welchem Grund sollte sie sich daran beteiligen? Wer sind die anderen Verschwörer?«

»Leider weiß ich auf keine dieser Fragen eine Antwort«, erwiderte Origenes.

Silus wandte den Blick ab und biss sich auf die Lippe, während er versuchte, seine Wut und das Gefühl, hintergangen worden zu sein, hinunterzuschlucken. Atius legte ihm eine Hand auf die Schulter, doch er schüttelte sie ab.

»Also wirst du Bruder Johannes freilassen?«, fragte Origenes.

»Ich habe dir mein Wort darauf gegeben«, sagte Silus.

»Ich nehme an, dass du als Nächstes zu Tekosis gehen wirst. Ich wäre dir sehr dankbar, wenn du ihr gegenüber nicht erwähnen würdest, dass sich einer meiner Anhänger in ihren Reihen befindet. Ich möchte ihn ungern in Gefahr bringen.«

»Meinetwegen«, sagte Silus, erhob sich und zeigte mit dem Finger auf Origenes. »Aber du bist ganz und gar nicht schuldlos. Du sitzt auf deinem hohen Ross und hältst Predigten darüber, was richtig und was falsch ist. Aber dein Hass auf die Anhänger der anderen Götter hat Bruder Johannes zu diesem Verbrechen angestiftet, das mehrere Menschen das Leben gekostet hat.«

Origenes senkte den Kopf. »Wenn ich etwas falsch gemacht habe, werde ich meinen Herrn um Vergebung bitten. Aber ich habe nichts vor euch verborgen und euch gesagt, was ich weiß. Was als Nächstes geschieht, liegt ganz in eurer Hand. Doch seid vorsichtig. Ein Fehltritt könnte schlimme Folgen haben. Für euch, für den Jungen und für Alexandria.«

Silus öffnete den Mund zu einer Erwiderung, aber der Prediger hatte recht. Von jetzt an würde er sehr vorsichtig zu Werke gehen müssen.

Als sie vor Phrynes Haus standen, sahen sich Silus und Atius mit ernster Miene an. »Scheiße«, sagte Atius.

»Scheiße«, stimmte ihm Silus zu.

»Und da dachten wir beide, wir hätten einen ganz besonderen Menschen kennengelernt, doch wie es aussieht, ist meine Bekanntschaft ein ziemliches Arschloch, und dein Mädchen hat dich die ganze Zeit über zum Narren gehalten und gehört zu den Verschwörern, die den Jungen entführt haben.«

»Ja, das ist wirklich ein komischer Zufall«, sagte Silus, doch keiner von beiden lachte.

»Soll ich dich begleiten, wenn du zu Tekosis gehst?«

»Das mache ich lieber allein, wenn du damit einverstanden bist.«

»Natürlich. Wirst du sie festnehmen?«

»Marcellus wird ein paar handfeste Beweise dafür haben wollen, dass wir Fortschritte machen. Und Bruder Johannes müssen wir ja freilassen.«

»Man wird sie foltern.«

Silus verzog das Gesicht. »Nicht, wenn ich sie dazu bringe, die Wahrheit zu sagen.«

»Selbst dann wird man sie vielleicht nicht verschonen.«

»Ich weiß. Aber wenn sie wirklich einer Verschwörung mit dem Ziel angehört, den Sohn eines römischen Statthalters zu entführen, liegt ihr Schicksal sowieso nicht länger in unseren Händen.«

Zwölftes Kapitel

Sie hatte ihm den Rücken zugekehrt und stand in stiller Andacht vor dem Altar. Er beobachtete sie und dachte dabei an die Rundungen unter ihrem Kleid, erinnerte sich an ihren Duft und an ihre weiche Haut, ihr sanftes Stöhnen in seinem Ohr und den Ausdruck von Ekstase auf ihrem Gesicht. Nun musste er sich fragen, ob überhaupt irgendetwas davon aufrichtig gewesen war. Er war kurz davor, in Tränen auszubrechen, und hätte die goldene Statue in seinen Armen am liebsten gegen die Tempelwand geschmettert.

Trotz allem begehrte er sie.

Sie drehte sich um und schenkte ihm ein freundliches Lächeln, als ob sie seine Gegenwart gespürt hätte. Als sie sah, was er bei sich hatte, strahlte sie über das ganze Gesicht. Sie schlug eine Hand auf den Mund, rannte auf ihn zu und schlang die Arme um ihn. Er erwiderte weder Kuss noch Umarmung.

Sie nahm ihm die Statue ab und hob sie ehrfürchtig in die Höhe. »Danke, Silus. Im Namen von Isis danke ich dir von ganzem Herzen.«

Dann ging sie direkt zum Sacrarium, schloss es auf und trat ein. Silus sah von der Tür aus zu, wie sie vor dem leeren Altar niederkniete und das Bildwerk wieder an seinen angestammten Platz stellte. Sie neigte den Kopf und stimmte ein gefühlvolles, melodisches Dankesgebet an. Dann sprang sie anmutig auf, lief wieder zu Silus, fasste ihn um die Hüften und beugte sich zu ihm vor, um ihn noch einmal zu küssen. Als ihre kleine, feuchte Zunge in seinen Mund glitt, erlag er für einen Augenblick abermals ihren Reizen.

Doch dann packte er sie an beiden Armen und schob sie von sich weg.

Sie ließ es geschehen und blickte ihn dabei weiter freudestrahlend an. »Wie hast du das geschafft? Wo war sie? Wer war es? Die Juden?«

»Nein, Priesterin. Es waren nicht die Juden.«

Sie runzelte die Stirn, wodurch ihr Gesicht viel von seiner Schönheit verlor. »Wer denn dann?«

»Das darf ich dir leider nicht sagen. Aber keine Sorge – die Verantwortlichen wurden zur Rechenschaft gezogen. Du hast nichts mehr von ihnen zu befürchten.«

Erst jetzt schien sie zu bemerken, wie kühl und abweisend er sich ihr gegenüber verhielt. »Silus, was ist los? Ist etwas passiert?«

Silus schluckte schwer, öffnete und schloss auf der Suche nach den richtigen Worten den Mund. »Hast du mir etwas zu sagen?«, fragte er.

Sie legte den Kopf schief und lächelte ihn verwirrt an. »Was meinst du?«

»Tekosis, ich bitte dich, sag mir, was hier vor sich geht.«

»Silus, ich kann dir nicht folgen.«

Silus seufzte aus tiefster Seele. »Ich weiß, dass du an der Entführung des Jungen beteiligt bist. Und jetzt bitte ich dich noch einmal: Sag mir alles. Rede, und du ersparst dir ein schlimmes Schicksal.«

Ihr Gesicht verzerrte sich vor Wut. »Ich werde dir überhaupt nichts sagen, Römer. Isis soll dich verfluchen.« Sie spuckte aus.

»Dann werde ich dich jetzt in den Präfektenpalast bringen und dem Statthalter Marcellus übergeben. Man wird dich foltern.«

»Silus«, keuchte sie ungläubig. »Das kannst du doch nicht tun.«

»Los, mitkommen.«

Sie ging wie eine wütende Katze auf ihn los, krümmte die Finger zu Krallen und versuchte, ihm die Augen auszukratzen.

Doch er war schneller, packte sie am Handgelenk und drehte es herum. Sie gab einen Schmerzenslaut von sich, bei dem sich seine Eingeweide verkrampften, klang er doch wie ihre Lustschreie. Er drehte ihr den Arm auf den Rücken und führte sie an den überrascht starrenden Tempelbesuchern vorbei, die vor Staunen ihr Gebet vergaßen, nach draußen.

Atius wartete mit vier Legionären vor dem Tempel. Sie fesselten Tekosis an den Handgelenken und schafften sie weg.

Silus konnte sich nicht länger beherrschen. Tränen liefen ihm über die Wangen. Atius ging zu ihm und nahm ihn in eine feste, brüderliche Umarmung, wobei es ihm völlig egal war, was die Leute dachten.

»Foltert sie«, sagte Marcellus voller Wut. »Peitscht ihr die Haut vom Rücken, spannt sie auf die Streckbank, mir egal, aber findet endlich heraus, wo mein Sohn ist. Und dann wird sie hingerichtet, und zwar schön langsam und in aller Öffentlichkeit.«

Bei diesen Worten lief es Silus eiskalt den Rücken hinunter. Sich so etwas vorzustellen war schon schlimm genug, doch der Gedanke, dass es sich dabei um jene Frau handelte, mit der er vor nicht allzu langer Zeit geschlafen und für die er eine gewisse Zuneigung entwickelt hatte, war unerträglich. Doch was sollte er dagegen tun? Wie würde er sich an Marcellus' Stelle verhalten?

Auf Marcellus' Ankündigung wusste zunächst keiner der Anwesenden etwas zu sagen. Soaemias brach als Erste das Schweigen. »Du kannst nicht einfach eine Priesterin der Isis foltern und hinrichten lassen. Nicht hier in Alexandria. Und schon gar nicht in aller Öffentlichkeit.«

»Das kann ich sehr wohl, und das werde ich auch!«, ereiferte sich Marcellus. »Silus, du wirst dich sofort darum kümmern.«

Nun ergriff Baebius Juncinus das Wort. »Dass du dir Sorgen um deinen Sohn machst, ist ebenso verständlich wie dein Wunsch, dieser Sache so schnell wie möglich auf den Grund zu gehen. Du bist zwar ein äußerst mächtiger und einflussreicher Mann und ein Günstling des Kaisers, dennoch möchte ich dich mit allem Respekt darauf hinweisen, dass Ägypten nach wie vor von mir regiert wird – es sei denn, der Kaiser höchstpersönlich befiehlt etwas anderes.«

»Dessen bin ich mir durchaus bewusst, Präfekt. Aber hier geht es um meinen Sohn!«

»Selbstverständlich, aber wenn wir tun, was du verlangst, wird es in dieser Stadt zu Unruhen in einem Ausmaß kommen, wie wir sie seit Jahren nicht erlebt haben. Du wirst anschließend – in Begleitung deines Sohnes, wie ich sehr hoffe – weiter nach Numidien reisen, ich aber muss hierbleiben und zusehen, wie ich mit meinen Legionären für Ruhe und Ordnung in einer Stadt sorge, die sich selbst zerfleischt.«

»Na gut, dann richten wir sie eben heimlich hin.«

»Nein, mein Liebster«, sagte Soaemias. »So etwas lässt sich nicht geheim halten. Wenn du sie folterst und wieder freilässt, wird jeder davon erfahren. Und wenn du sie töten und ihren Leichnam verschwinden lässt, wird man sie vermissen. Da kannst du sie genauso gut nackt auf der Agora auspeitschen lassen, das Ergebnis bleibt in jedem Fall dasselbe.«

»Da muss ich meiner Herrin zustimmen«, bemerkte Gannys ehrerbietig. »Sosehr ich mir auch wünsche, bald wieder mit dem jungen Herrn vereint zu sein.«

Marcellus sprang auf. »Dann hört auf, mir zu sagen, was ich alles nicht tun kann, und sagt mir stattdessen, was ich tun soll.«

»Ihr solltet in Erwägung ziehen, sie freizulassen, bevor jemand ihr Verschwinden bemerkt«, sagte Gannys.

»Bist du irre?«, schrie Marcellus.

»Ich könnte mit ihr reden«, sagte Silus leise.

»Bist du völlig von Sinnen? Von allen guten Geistern verlassen?«, brüllte Marcellus weiter auf Gannys ein. »Warum sollte ich die einzige Person, die uns bislang Hinweise auf den Verbleib meines Sohnes geben kann, freilassen?«

»Mit mir redet sie vielleicht«, sagte Silus.

»Warum hören wir nicht überhaupt damit auf, Verbrecher zu bestrafen? Die Mörder und Verräter, die auf ihre Hinrichtung in der Arena warten – warum öffnen wir nicht einfach ihre Zellen und lassen sie frei, damit sie die Stadt unsicher machen können?«

»Herr«, sagte Silus.

Marcellus wirbelte zu Silus herum. »Was?«, fragte er keuchend.

»Lasst mich mit ihr sprechen.«

Marcellus' Gesicht war gerötet, sein Brustkorb hob und senkte sich mit jedem schweren Atemzug. Er starrte Silus an. »Und was soll das bringen?«

»Ich hatte die Gelegenheit, sie näher kennenzulernen.

Vielleicht kann ich ihr durch Drohung und Bestechung entlocken, was sie weiß.«

»Glaubst du, dass du das zustande bringst?«

»Wir verlieren nichts bei dem Versuch.«

»Doch, Zeit.« Marcellus dachte kurz nach. »Nun gut.«

»Lass mich das übernehmen«, fuhr Soaemias dazwischen.

»Was? Warum?«, fragte Marcellus verwirrt.

»Es wäre doch am besten, wenn ich mit ihr rede, von Frau zu Frau. Dem Flehen einer Mutter, die sich um ihr Kind sorgt, wird sie sich nicht verschließen können.«

Marcellus zögerte, und auch Silus runzelte die Stirn. Er wollte mit Tekosis sprechen – selbst unter diesen Umständen wollte er sie wiedersehen und bei ihr sein.

»Die Herrin hat natürlich nicht unrecht, aber ich glaube, dass Tekosis sich davon nicht beeinflussen lässt«, sagte er. »Sie hat keine Kinder und ist recht starrsinnig. Wenn sie wirklich etwas mit Avitus' Entführung zu tun hat, hat sie sich bereits an den Gedanken gewöhnt, dass es um das Leben eines Kindes geht, und wird sich sicher nicht so leicht erweichen lassen.«

Marcellus dachte einen Moment lang nach, dann nickte er. »Silus, du wirst mit ihr sprechen. Aber mach schnell. Wenn du bis Sonnenuntergang nichts Brauchbares aus ihr herausbekommen hast, werde ich sie höchstpersönlich auspeitschen. Und wenn das auch nichts bringt, lasse ich die Legion aufmarschieren und lege diese Stadt in Schutt und Asche!«

Silus verbeugte sich, wobei er Soaemias' bösen Blick geflissentlich übersah, und eilte davon.

Der Wärter vor der Zelle nahm Haltung an, dann schloss er auf und zog den schweren Riegel zurück. Die Tür schwang auf. Als Silus eintrat, drehte sich Tekosis zu ihm um. Sie hielt einen einfachen Tonbecher mit Wein in der Hand und machte den Eindruck, als hätte er sie gerade bei etwas Verbotenem erwischt. Silus sah sich in der Zelle um, konnte aber nichts entdecken, was ihr Verhalten erklärte. Sie hatte Tränen in den Augen, war totenbleich und wirkte wesentlich kleiner und schmaler, als er sie in Erinnerung hatte. Von ihrem Selbstvertrauen war nichts mehr übrig. Sie wirkte noch entmutigter als nach dem Überfall auf den Tempel.

Vorsichtig stellte Tekosis den Becher ab, als hätte sie Angst, etwas von dem Wein zu verschütten, und schaute Silus an.

Er sah sich schweigend um. In der Zelle waren ein Tisch mit etwas zu essen und zu trinken darauf, ein einfaches Bett mit einer Schilfmatratze und ein dreibeiniger Schemel. In der Ecke stand ein Eimer. Dies alles war geradezu luxuriös im Vergleich zu den anderen Gefängniszellen, die er bisher kennengelernt hatte. Trotz seiner Wut war er froh, dass man sie gut behandelte.

Bei ihren nächsten Worten jedoch verkrampften sich seine Eingeweide.

»Der Wärter hat gesagt, dass sie mich foltern werden.«

Er wollte sie in die Arme nehmen und ihr sagen, dass alles gut werden würde und ihr keine Gefahr drohte. Doch aberwitzigerweise würde er sie dadurch erst recht in Gefahr bringen. Wenn er sie nicht dazu überreden konnte, ihm zu sagen, was sie wusste, war die Folter unausweichlich – egal, wie sehr sich Soaemias und Gannys auch dagegen aussprechen mochten. Silus war nicht entgangen, dass Marcellus seit Avitus' Entführung deutlich kälter und abweisender geworden war, sogar gegenüber Soaemias.

»Was genau hat er gesagt?«

»Er schien es regelrecht zu genießen, mir alles ganz deutlich zu beschreiben. Zuerst werden sie mich ausziehen und bis aufs Blut auspeitschen. Und wenn ich ihnen dann immer noch nicht sage, was sie wissen wollen, werden sie mich auf die Streckbank legen und mir alle Glieder aus den Gelenken reißen.«

Silus schluckte die Galle hinunter, die ihm in die Kehle stieg. »Dann sprich mit mir. Sag mir, wer Avitus in seiner Gewalt hat und wo wir ihn finden.«

Sie presste die Lippen fest aufeinander und schüttelte den Kopf, ohne ihn aus den Augen zu lassen.

»Tekosis, ich bitte dich, erklär mir wenigstens, warum du in diese Sache verwickelt bist. Warum willst du mir nicht sagen, was du weißt?«

»Ist dir das nach allem, was ich dir erzählt habe, immer noch nicht klar?«

»Ganz offensichtlich nicht.«

»Dann hast du mir einfach nicht zugehört. Ich habe dir doch gesagt, dass Isis und Ägypten das Wichtigste für mich sind.«

»Doch, so viel habe ich mitbekommen. Aber das erklärt noch lange nicht, warum du in die Entführung des Jungen verwickelt bist.«

»Das habe ich auch nie behauptet.«

Silus legte den Kopf schief und zog die Augenbrauen hoch.

»Isis und Ägypten«, sagte sie.

»Der Junge ist so etwas wie ein Priester seines Gottes. Glaubst du, dass dieser Elagabal eine Gefahr für Isis darstellen könnte?«

»Nein, Silus. Darüber haben wir doch bereits gesprochen. Wie die Römer haben auch die Ägypter keine Vorbehalte dagegen, weitere Götter zu ihrem Pantheon hinzuzufügen. Serapis etwa ist ein griechisch-ägyptischer Gott, der Merkmale von Osiris, Apis und verschiedenen griechischen Göttern in sich vereint. Viele glauben, dass er Osiris als Gefährten der Isis abgelöst hat. Wer zum ersten Mal nach Alexandria kommt, dem fällt als Erstes das Serapeum ins Auge. Es ist das eindrucksvollste Bauwerk der Stadt und wurde von den Griechen errichtet, als sie hierherkamen und ihre Kultur verbreiten und ihre Macht festigen wollten.«

Silus zuckte mit den Schultern. Ihm war nicht ganz klar, worauf sie damit hinauswollte.

»Wir wissen alle um die Macht der Götter, doch die erschöpft sich nicht in ihrer Unsterblichkeit und ihren göttlichen Eigenschaften. Allein ihr Name sorgt dafür, dass sich die Menschen zu neuen Höhen aufschwingen.«

»Welche Höhen? Was soll das heißen?«

»Warum sollte dieser Elagabal nicht Isis' neuer Gefährte werden? Stell dir vor, was dies für die Welt bedeuten könnte. Eine Vereinigung von Syrien und Ägypten, eine Erneuerung des Pantheons, die ihm Leben und die Kraft verleiht, die Christengefahr zu bekämpfen.«

»Du willst also allen Ernstes behaupten, dass all das – die Entführung des Jungen, der Piratenüberfall auf unserer Reise, der Mordanschlag auf Marcellus – nur dazu diente, Avitus hier in Alexandria als neuen Priester einzusetzen, der sich noch dazu gut lenken lässt? Und du würdest als Priesterin von Isis, der Braut Elagabals, natürlich ebenfalls verherrlicht werden.«

»Ich habe das alles ganz bestimmt nicht zu meinem eigenen Ruhm getan. Das musst du mir glauben, Silus.«

Silus schüttelte den Kopf. »Das reicht mir nicht. Warum Avitus? Es wird doch sicher noch andere Syrer geben, die Elagabal verehren und die du nach Alexandria holen könntest, um den Glauben an ihn zu verbreiten. Das wäre doch wesentlich ungefährlicher und einfacher, als einem der mächtigsten Männer des Imperiums den Sohn wegzunehmen.«

Er ging zum Tisch hinüber und nahm den Weinbecher.

»Silus«, sagte Tekosis scharf und starrte seine Hände an.

»Sag mir, was du weißt, Tekosis. Erspare dir die Folter.«

Tekosis war ihre Seelenqual deutlich anzusehen. »Lass mich zuerst einen Schluck trinken, um mich zu beruhigen. Dann werde ich dir alles sagen.«

Ein Lächeln umspielte Silus' Lippen. »Dieser Wein scheint ja wirklich ein Allheilmittel zu sein.« Er gab ihr den Becher.

Sie nahm ihn dankbar in beide Hände und starrte einen Augenblick lang schweigend hinein. »Silus, ich mochte dich wirklich sehr. Ich habe ganz bestimmt nicht zum Ruhme der Isis oder Ägyptens oder wegen irgendeiner Verschwörung mein Lager mit dir geteilt. Sondern allein, weil ich es so wollte.«

Silus war sich nicht sicher, ob das noch von Bedeutung war.

»Bitte denk nicht schlecht von mir. Ich habe getan, was ich für richtig hielt.« Sie setzte den Becher an die Lippen und trank ihn fast auf einen Zug leer. Dann stellte sie ihn auf den Tisch zurück. »Isis, sorge dafür, dass Osiris mir gnädig ist, und geleite mich sicher ins Jenseits.«

Plötzlich fiel es Silus wie Schuppen von den Augen.

»Tekosis. Was tust du da?«

»Eure Gesetze können mir nichts mehr anhaben, Silus. Genauso wenig wie eure Folterknechte.«

Er nahm den Weinbecher, entdeckte ein paar zerdrückte Blätter darin, nahm sie heraus und roch daran. Sie stanken nach Rattenurin.

»Es wird nicht mehr lange dauern«, sagte Tekosis.

Silus schleuderte den Becher gegen die Wand, wo er in tausend kleine Scherben zersprang. »Wer hat dir das gegeben?«

»Glaubst du wirklich, dass ich dir das sage? Wo ich doch lieber in den Tod gehe, als meine Sache zu verraten?«

Silus packte ihre Handgelenke und sah ihr in die Augen. »Tekosis, hör mir gut zu. Ich weiß, du glaubst, dass du das Richtige tust, aber es wird entsetzliche Folgen haben. Wenn er seinen Sohn nicht bald wiederhat, wird Marcellus die römische Armee in Alexandria einmarschieren lassen. Ich habe mit eigenen Augen gesehen, was geschieht, wenn man Soldaten auf eine Stadt loslässt und sie dort ihr Unwesen treiben. Es wird Brände, Vergewaltigungen, Raub, Mord und Totschlag geben, und viele Unschuldige werden dabei sterben.«

Ein Anflug von Zweifel schlich sich in Tekosis' Blick. »Das wird er nicht wagen. Soaemias wird das zu verhindern wissen.«

»Soaemias' Macht über ihn ist nicht unbegrenzt. Und ich kenne Marcellus besser als du. Er ist nur deswegen zur rechten Hand des Kaisers aufgestiegen, weil er alles tut, was nötig ist, um seine Ziele durchzusetzen.«

Tekosis' Pupillen weiteten sich, bis sich ihre Augen fast schwarz färbten. Ihre Hand begann zu zittern. War es vor Angst und Zweifel oder wirkte das Gift bereits?

»Sag mir, wo der Junge ist. Tu das Richtige. Ägypten kann wieder zur alten Größe zurückfinden und auch der Junge kann nach wie vor den Glauben an Elagabal hier verbreiten. Aber er muss unversehrt zu seinem Vater zurückkehren. Und zwar schnell.«

Tekosis ließ sich schwer auf das Bett fallen. »Ich weiß nicht, wo sie ihn hingebracht haben«, sagte sie. Sie sprach bereits etwas undeutlich.

»Wer ist noch an der Verschwörung beteiligt?«, fragte Silus eindringlich.

Tekosis krümmte sich zusammen, legte die Hände auf den Bauch und stöhnte. »Oh, wie das brennt. Ich hätte nicht gedacht, dass es … so wehtut.«

Silus kniete vor ihr nieder und griff nach ihren Händen. »Tekosis, du musst mir vertrauen. Ich habe dir deine Göttin zurückgebracht. Ich achte sie, aber ich mache mir auch Sorgen um sie und um diese Stadt. Sag mir, was du weißt, irgendetwas, das mir dabei hilft, den Jungen zu seinem Vater zurückzubringen, bevor der die Legion auf diese Stadt loslässt.«

»Die Legion …«, sagte Tekosis, und ihre Stimme war nun kaum mehr als ein Flüstern.

»Die Legion«, wiederholte Silus. »Was ist mit ihr?«

»Der Legat. Er gehört dazu.«

»Gratidius? Wie? Inwiefern?«

»Das weiß ich nicht. Silus, ich habe Angst. Ich weiß nicht mehr, was richtig und was falsch ist.« Sie keuchte und sprach bereits undeutlich. »Silus, halt mich fest.«

Silus legte die Arme um sie und drückte sie fest an sich.

»Habe ich das Richtige getan?«, flüsterte sie ihm ins Ohr. »Für Isis und für Ägypten? Indem ich mich an dieser Verschwörung beteiligt habe? Oder tue ich jetzt das Richtige, indem ich dir davon erzähle?«

»Du tust jetzt das Richtige«, sagte er mit so viel Überzeugung, wie er nur aufbringen konnte, denn er glaubte fest daran, dass sie die richtige Entscheidung getroffen hatte. So konnte der Junge gerettet werden und die Stadt würde nicht unter Marcellus' Rache leiden müssen. Ob sich das Ganze aus ihrer Warte ebenso klar darstellte, wusste er nicht, doch er wollte ihr in den letzten Momenten ihres Lebens so viel

Trost spenden, wie er nur konnte. »Was du mir gerade gesagt hast, wird vielen Menschen das Leben retten und Leid und Gefahr von Alexandria und deiner Göttin abwenden.«

Sie sah mit Tränen in den Augen zu ihm auf, versuchte, noch etwas zu sagen, aber statt Worten quoll Speichel aus ihrem Mund und lief an ihrem Kinn herunter. Dann wurde ihr Kopf von einem heftigen Krampf nach hinten gerissen. Die Sehnen und Adern auf ihrem Hals traten so deutlich hervor, dass sie an kleine Schlangen erinnerten.

Nun wurde ihr ganzer Körper von Krämpfen geschüttelt. Sie fiel zur Seite hin auf das Bett. Schaum stand ihr vor dem Mund, sie stöhnte vor Schmerzen und rang verzweifelt nach Luft. Er bemühte sich, sie festzuhalten, während sie sich krümmte und wandte und die Krämpfe und Zuckungen immer schlimmer wurden. Dann war es plötzlich vorbei, und sie lag stocksteif in seinen Armen. Er sah ihr in die Augen und wusste nicht, ob sie noch bei Bewusstsein war, doch eine lange Zeit schien es, als würde sie seinen Blick erwidern.

Dann erschlaffte ihr Körper.

Dreizehntes Kapitel

Silus stieß den überraschten Wachposten vor Marcellus' Tablinum grob beiseite und marschierte direkt hinein. Der Soldat rannte ihm mit gezogenem Schwert hinterher.

»Herr«, keuchte Silus. »Es gibt Neuigkeiten.«

»Verzeiht, Herr«, sagte der Soldat. »Er ließ sich nicht aufhalten.« Dabei sah er den Arcanus misstrauisch an – in dem Wissen, dass er es nicht mit Silus würde aufnehmen können, auch wenn dieser unbewaffnet war. »Soll ich Verstärkung holen?«

»Nein«, erwiderte Marcellus, »verschwinde und mach die Tür hinter dir zu.«

Der Soldat tat wie geheißen. »Silus, was gibt es?«, fragte Marcellus ungeduldig. »Heraus damit.«

»Tekosis ist tot.«

Marcellus sprang auf und hieb mit beiden Fäusten auf den Tisch.

»Silus, du Nichtsnutz! Bei Jupiters Schwanz, was hast du mit ihr gemacht? Du solltest doch nur mit ihr reden!«

»Man hat ihr Gift zugesteckt, Herr.«

»Was?« Marcellus setzte sich wieder. »Wie war das möglich?«

»Es muss jemand gewesen sein, dem sowohl der Wärter als auch Tekosis vertraut haben.«

»Hast du den Wärter befragt?«

»Natürlich. Allerdings hatte der gerade erst seinen Dienst angetreten. Es muss der Wärter gewesen sein, den er abgelöst hat, aber der ist leider verschwunden. Er war weder in seinem Quartier noch irgendwo sonst, wo er sich seinen Kameraden zufolge herumtreibt. Vermutlich ist er bereits tot.«

»Dann sind wir also genauso schlau wie vorher?«

»Ganz im Gegenteil, Herr. Vor ihrem Tod hat mir Tekosis den Namen eines Mitverschwörers genannt.«

»Wer ist es?«

»Gratidius.«

»Was? Wie das?«

»Mehr wusste sie nicht. Doch ich glaube ihr, weil es mehr oder weniger ihre letzten Worte waren.«

»Was hat sie noch gesagt?«

»Sie hat versucht, sich zu rechtfertigen. Wie groß Isis und Ägypten sind und so weiter. Von Eurem Sohn hat sie auch gesprochen, aber das habe ich nicht so recht verstanden. Sie haben ihn wohl hierhergebracht, weil er ein Priester Elagabals ist.«

»Was hat das denn damit zu tun?«

»Sie sprach von dem Plan, den Elagabal-Kult in Alexandria zu verbreiten. Irgendwie soll er mit dem der Isis verbunden werden und dadurch Ägypten mit den Provinzen im Ostteil des Imperiums.«

»Ein Aufruhr aus Glaubensgründen? So wie damals bei den Juden?«

»So ähnlich, nur geht es hier nicht um ein bestimmtes Volk, sondern um die Hälfte des Reichs.«

»Aber es gibt doch noch andere Priester des Elagabal. Sicher, Avitus wird eines Tages Hohepriester sein, trotzdem hätte sich sicher ein anderer dafür auftreiben lassen – ein Erwachsener, der die Gelegenheit, den Glauben an seinen Gott zu verbreiten, aus freien Stücken ergreifen würde. Warum also haben sie ausgerechnet meinen Sohn entführt?«

Silus breitete ratlos die Arme aus.

Marcellus biss sich auf die Lippen. »Was hat Gratidius mit all dem zu tun?«

»Das weiß ich leider nicht. Stammt er nicht aus Syrien?«

»Ja. Soweit ich weiß, kommt seine Familie aus Emesa.«

»Ich sollte mich wohl mal mit ihm unterhalten.«

»Ja, und zwar so schnell wie möglich. Du hast völlig freie Hand. Tu, was auch immer nötig ist, um meinen Sohn zu finden.«

»Wo hält sich der Legat gerade auf, Herr? In den Soldatenquartieren?«

»Er war heute Nachmittag beim Präfekten. Wenn du dich beeilst, erwischst du ihn vielleicht noch dort.«

Doch Silus kam zu spät. Als er die Amtsstube des Präfekten erreichte, teilte ihm dessen Sekretär mit, dass Gratidius gerade gegangen sei. Er hatte den Eindruck gemacht, als hätte er es ziemlich eilig. Dann wollte Silus den Präfekten selbst sprechen. Der Sekretär versuchte, ihn aufzuhalten, doch der Arcanus schob ihn einfach beiseite.

»Silus? Was fällt dir ein, hier einfach so hereinzuplatzen!«

»Ich bitte vielmals um Verzeihung, Präfekt, aber die Zeit drängt. Was habt Ihr soeben mit Gratidius besprochen?«

Juncinus sah ihn zunächst böse an, schien dann aber zu begreifen, dass es wirklich dringend war. »Er wollte wissen, ob wir bei der Suche nach Avitus Fortschritte gemacht haben.«

»Hat er auch gesagt, warum er das wissen wollte?«

»Nein, aber ich gehe davon aus, dass er als Befehlshaber der hier stationierten römischen Truppen über die Angelegenheit auf dem Laufenden bleiben will.«

»Und was habt Ihr ihm erzählt?«

»Dass wir diese Priesterin der Isis Lochias festgenommen haben, es ansonsten aber nichts Neues gibt.«

»Was hat er darauf gesagt?«

Juncinus runzelte die Stirn. »Das weiß ich nicht mehr. Allerdings hat er sich kurz darauf verabschiedet, um zu seinen Pflichten zurückzukehren. Recht plötzlich, wenn ich jetzt so darüber nachdenke.«

»Ich danke Euch, Präfekt. Bitte verzeiht, wenn ich Euch Unannehmlichkeiten bereitet habe, aber ich muss so schnell wie möglich Gratidius sprechen.«

»Schon gut, Silus. Deine Unhöflichkeit sei dir verziehen – diesmal.«

Silus eilte aus der Amtsstube. Als er den Palast verließ, erstrahlte der Himmel bereits in einem dunklen Violett. Die im Westen stehende Sonne brachte die Unterseite der Wolken zum Leuchten wie die orangefarbene Glut eines Lagerfeuers. Als Befehlshaber der Legion war Gratidius höchstwahrscheinlich zu den Soldatenquartieren zurückgekehrt, die sich jenseits der Stadtmauer und dem Friedhof der Juden östlich von Alexandria befanden.

Um sich dessen zu vergewissern, packte er einen Wachposten vor dem Palasttor bei der Schulter. »Hast du Gratidius gesehen? Wo ist er hin?«

Der Legionär sah ihn überrascht an. »Der Legat? Ja, der ist in westliche Richtung davongegangen – oder besser: gerannt.«

Nach Westen? Die Legionsquartiere befanden sich in der genau entgegengesetzten Richtung. Und was war westlich von hier?

Der Hafen!

Scheiße. Gratidius wollte fliehen. Offenbar ging er davon

aus, dass Tekosis ihn verraten hatte, und er schien nicht darauf vertrauen zu können, dass seine Legion bedingungslos zu ihm hielt. Silus rannte los.

Anders als in alten, gewachsenen Städten wie Rom oder Athen waren die Straßen Alexandrias – ähnlich wie die einer neu gegründeten römischen Kolonie – nach einem aus Quadraten bestehenden Grundriss angelegt. Während Silus nach Westen rannte, fiel ihm ein, dass sich Gratidius genauso gut auf einer Parallelstraße befinden konnte. Er musste einfach darauf hoffen, dass er das Ziel des Legaten richtig erraten hatte und ihn am Hafen abfangen würde.

Obwohl der Abend nahte, herrschte auf den Straßen immer noch reger Betrieb. Silus bahnte sich seinen Weg durch eine aus Menschen verschiedenster Herkunft, Hautfarbe und Götterglauben bestehende Menge, vorbei an allen möglichen heiligen, nützlichen und sonstigen Tieren, wobei er ganz besonders gut darauf achtete, nicht auf eine Katze zu treten oder einen durch die Straßen staksenden Ibis anzurempeln. Mit den Menschen, die ihm im Weg waren, ging er dagegen weniger zimperlich um und räumte sie mit einem groben Stoß der Schulter oder des Unterarms beiseite.

Er rannte an den großen uralten Obelisken, am Alexandergrab – vor dem sich wie immer neugierige und ehrfürchtige Menschen drängten –, an der Bibliothek und am Museion vorbei. Schließlich bog er nach Norden ab, sodass das Caesarium zu seiner Rechten und der Hafen direkt vor ihm lag.

Auf dem riesigen Hafengelände war ebenfalls eine Menge los, und seine Suche wurde zusätzlich dadurch beeinträchtigt, dass sich nun allmählich die Abenddämmerung über die Stadt legte. Er eilte an den Anlegestellen entlang und hielt unter den Hafenarbeitern, Matrosen und Reisenden nach

Gratidius Ausschau. Wenn Silus recht hatte, befand sich der Legat in diesem Augenblick hier irgendwo bei den Booten und Schiffen und versuchte verzweifelt, eine Überfahrt auszuhandeln. Wenn er sich irrte, hatte er die womöglich einzige Gelegenheit verstreichen lassen, Avitus' Aufenthaltsort in Erfahrung zu bringen.

Silus packte einen Matrosen, der an einem Pfosten lehnte und eine Pastete aß. »Hast du einen Römer gesehen, der versucht, sich einzuschiffen? Einen großen Syrer in Uniform?«

»Haff if nif. Verpiff dich.« Der Matrose hatte den Mund voll und war nur schwer zu verstehen.

Silus rannte zum nächsten. »Ein Römer, groß, dunkelhäutig? Hast du ihn gesehen? Ich zahle gut für jeden Hinweis.«

»Wie viel?«

»Sag mir erst, ob du ihn gesehen hast.«

»Nein, du sagst mir erst, wie viel dir das wert ist. Dann sage ich dir, ob ich ihn gesehen habe.«

Wie ein Wolkenhimmel, der kurz aufreißt, um die Sonne hindurchscheinen zu lassen, teilte sich in diesem Augenblick die Menge, und Silus entdeckte in etwa fünfzig Schritt Entfernung den Legaten, der in der einen Hand einen Geldbeutel hielt und mit dem Finger der anderen vor einem Seemann herumfuchtelte, mit dem er anscheinend gerade verhandelte. Silus stieß den Matrosen vor sich zur Seite und rannte los.

Im gleichen Moment schloss sich die Menschenmenge wieder und Silus verlor den Legaten aus den Augen. Er schob und drängte und stieß einen Sklaven mit einem Getreidesack über der Schulter beiseite. Dieser geriet ins Straucheln und kippte hintenüber. Der Sack landete auf dem Fuß eines Seemanns, der vor Schmerz aufschrie und seinerseits dem Sklaven einen kräftigen Schubs gab. Der Sklave – klug genug, nicht die Hand gegen einen freien Mann zu erheben –

duckte sich und versuchte, seinen Kopf vor den auf ihn einprasselnden Faustschlägen des Mannes zu schützen.

Der Tumult erregte Gratidius' Aufmerksamkeit. Er drehte sich zu der Rauferei um, dabei entdeckte er Silus, der durch die Menschenmenge auf ihn zukam. Dem Legaten fiel vor Staunen die Kinnlade herunter. Dann drehte er sich um und rannte los.

Silus fluchte und verstärkte seine Anstrengungen, sich durch die Menge zu zwängen und den fliehenden Befehlshaber der Legion einzuholen. Doch es war, wie durch Honig zu schwimmen. Bei jedem Schritt stand ihm jemand im Weg. Allerdings erging es Gratidius auch nicht besser. Fluchend stieß er Händler und Sklaven beiseite und sah sich immer wieder über die Schulter nach dem Arcanus um. Silus konnte zwar nicht zu ihm aufholen, schaffte es aber, ihn nicht aus den Augen zu verlieren.

Gratidius erreichte das Heptastadion am Ende der Anlegestelle. Wie der Name schon sagte, war dieser bereits bei der Stadtgründung errichtete Damm sieben griechische Stadien lang, was in etwa sieben Achteln einer Meile entsprach. Er verband nicht nur die Insel Pharos mit dem Festland, sondern teilte auch das Hafenbecken in den Großen Hafen im Osten und den Portus Eunostu im Westen.

Gratidius blieb unschlüssig stehen. Vor den Anlegeplätzen westlich des Heptastadions herrschte nicht weniger Betrieb als hier, und auch die Straßen, die nach Süden in die Stadt hineinführten, waren hoffnungslos verstopft. Auf dem nach Norden führenden Heptastadion hingegen waren lediglich mit verschiedenen Waren beladene Eselskarren unterwegs. Die Insel Pharos am anderen Ende war zwar letztendlich eine Sackgasse, aber auch groß genug für eine Siedlung an der Nordseite und einen kleinen Hafen.

Gratidius wählte kurz entschlossen den Weg über das Heptastadion. Er lief auf einen Karren mit Holz für den Leuchtturm zu, riss den Fahrer von seinem Sitz und stieß ihn zu Boden. Dann sprang er selbst auf den Wagen und ließ die Zügel schnalzen. Der von dem plötzlichen Befehl zur Eile überraschte Esel lief los, was den Karren allerdings nicht viel schneller als zuvor machte. Silus hingegen rannte, was das Zeug hielt, und holte langsam auf.

Dieses Tempo würde er jedoch nicht allzu lange beibehalten können. Schon keuchte der Arcanus schwer vor Anstrengung. Er war nur noch ein paar Fuß vom Karren entfernt und kurz davor, aufzuspringen, als sich Gratidius umsah und bemerkte, wie nah ihm sein Verfolger auf den Fersen war. Er drehte sich um, packte den Riegel, mit dem die hintere Klappe der Ladefläche gesichert war, und riss verzweifelt daran herum. Schließlich löste sich der Riegel mit einem letzten Ruck, die Klappe fiel herunter und etwa ein Dutzend dicker Baumstämme rollte Silus entgegen.

Dem Arcanus blieb keine Zeit zum Ausweichen, also versuchte er, über sie hinwegzuspringen. Doch seine müden Beine weigerten sich, einen Satz von der erwünschten Höhe und Weite zu vollführen. Einen Augenblick lang glaubte er dennoch, es über die Stämme zu schaffen, doch leider rollten diese nicht ordentlich hintereinander über den Damm. Der vorletzte Stamm geriet in eine Schieflage, und der nachfolgende prallte auf ihn und wurde ebenfalls langsamer. Silus landete direkt darauf, rutschte mit dem Fuß ab und fiel.

Er konnte verhindern, mit dem Gesicht voraus auf der Straße zu landen, indem er die Hände vor sich ausstreckte, wobei er sich die Handflächen am Kies und Sand aufschürfte. Vor Schmerz fluchend rappelte er sich auf und sah, dass der Karren wieder an Vorsprung gewonnen hatte. Vorsichtig belastete er einen Fuß nach dem anderen. Als er sich sicher war, nichts gebrochen oder verstaucht zu haben, nahm er die Verfolgung wieder auf, allerdings langsamer als zuvor, sodass sich der Karren immer weiter von ihm entfernte.

Hinter ihm tauchte ein weiterer Eselskarren auf, der Kleinholz geladen hatte. Silus trat mitten auf die Straße und hob die Hand. Der Fahrer zog die Zügel an und hielt unmittelbar vor ihm.

»Aus dem Weg, du Schwachkopf«, schrie er.

»Im Namen des Kaisers beschlagnahme ich dieses Fuhrwerk«, verkündete Silus.

Der Fahrer drehte sich verwundert zu seinem klapprigen, alten Karren um, dann wanderte sein Blick über seinen ebenso alten Esel zu Silus zurück. »Seid Ihr da sicher?«

»Absteigen«, fuhr Silus ihn an.

»Aber was soll ich denn meinem Herrn …«

Silus zeigte auf das Schwert an seinem Gürtel. Der Fahrer erbleichte und sprang vom Wagen. »Wie Ihr meint, aber ich muss Euch warnen, das ist ein störrisches Mistvieh.«

Silus sprang auf den Karren, griff nach den Zügeln und ließ sie mehrmals hintereinander kräftig schnalzen.

Das Tier bewegte sich kein Stück, sondern kaute in aller Ruhe an ein paar Heuhalmen, die es zwischen den Zähnen stecken hatte.

»Beweg dich, du Mistvieh.« Der Esel drehte langsam den Kopf zu Silus um, warf ihm einen verächtlichen Blick zu und kaute dann unbeeindruckt weiter. Der Fahrer beobachtete das Ganze mit einem rechthaberischen Grinsen.

Silus zog das Messer und stach dem Esel damit in den Hintern. Es war kein kräftiger Stoß, und das Messer drang nur ein, zwei Fingerbreit tief in die zähe Eselshaut ein, was sich wohl anfühlte wie der Stich einer besonders gemeinen

Pferdebremse. Der Esel iahte empört und galoppierte dann geradezu panisch los.

Der Karren setzte sich so abrupt in Bewegung, dass der davon völlig überraschte Silus nach hinten auf die Ladefläche kippte. Die dürren Zweige wurden von seinem Gewicht beiseite gedrückt, sodass er mit dem Kopf gegen den Holzboden stieß, während seine Füße gen Himmel geschleudert wurden, was einen recht lustigen Anblick bot. Ohne auf das schadenfrohe Gelächter des Fahrers zu achten, das ihm über das Heptastadion hinterherschallte, kämpfte er sich wieder auf den Fahrersitz zurück und griff nach den Zügeln.

Es gelang ihm nicht, dem vorwärtsstürmenden Esel Einhalt zu gebieten. Die Zügel in seinen Händen waren völlig nutzlos. Zum Glück musste er dem Tier die Richtung nicht vorgeben: Die Straße verlief geradeaus über den Damm. Rechts und links war das dunkle Meer, sodass der Esel, der stur weitergaloppierte, gar nicht falsch abbiegen konnte.

Silus blickte vor sich. Er holte wieder auf. Gratidius drehte sich immer wieder nach ihm um und trieb seinen Esel zur Eile an. Die Lenker der entgegenkommenden Fuhrwerke sahen sie schon von Weitem heranrasen, wichen den beiden hintereinander herjagenden Karren in großem Bogen aus und schauten ihnen erstaunt hinterher.

Am Ende des Heptastadions hatte der Legat nur noch etwa hundert Fuß Vorsprung. Eine Kreuzung führte zu den verschiedenen Orten auf der Insel – dem Hafen, dem Leuchtturm, dem Tempel und der Stadt. Da sich diese Straßen alle hier vereinigten und zu dem schmalen Damm verengten, hatten die anderen Fuhrwerke keinen Platz, um ihnen auszuweichen. Gratidius' Esel blieb plötzlich stehen, damit er nicht in einen entgegenkommenden Ochsenkarren hineinlief.

Der Legat fluchte so laut, dass ihn Silus selbst auf die Entfernung hören konnte, die – da sein eigener panischer Esel weiterhin vorwärtsstürmte – zusehends kleiner wurde. Gratidius stieg ab und rannte zu Fuß weiter.

Die beiden Ochsen vor dem Fuhrwerk, das Gratidius den Weg versperrt hatte, trotteten gemächlich um den aufgegebenen Eselskarren herum und kamen langsam, aber unaufhaltsam in Silus' Richtung. Der Arcanus zog fest an den Zügeln, doch es war vergebens. Der Esel rannte weiter in blinder Panik vor dem vermeintlichen Insekt davon, das sein Hinterteil malträtiert hatte.

Er rannte blindlings in einen der Ochsen hinein. Silus sprang mit einem Schrei seitlich vom Wagen, um dem Zusammenstoß zu entgehen. Im Fallen überschlug er sich mehrmals und hörte dabei noch, wie die beiden Wagen gegeneinander krachten. Dann blieb er einen Augenblick bäuchlings liegen und schnappte nach Luft. Als er aufblickte, kam ein loses Wagenrad direkt auf seinen Kopf zu, gleichzeitig schrie ihm der Fuhrmann eine Warnung zu. Silus rollte sich nach rechts weg, und das schwere Wagenrad walzte über die Stelle, an der eben noch sein Kopf gelegen hatte.

Er rappelte sich auf. Ihm tat alles weh. Sein Esel wirkte etwas benommen, schien aber unversehrt. Die Ochsen hatten angehalten, sie waren ebenfalls unverletzt. Silus' Karren lag umgekippt auf der Straße. Ein Rad fehlte. Offenbar war ein Esel selbst im schnellsten Galopp noch weitaus langsamer als ein Pferd. Wäre ein solches vor den Wagen gespannt gewesen, es hätte sich wohl alle Knochen gebrochen, und auch das Fuhrwerk wäre nur noch als Feuerholz zu gebrauchen gewesen.

Er sah Gratidius vor sich, der sich in nördlicher Richtung an den Fuhrwerken vorbeizwängte. Silus rief sich die Lage des Leuchtturms und des Hafens in Erinnerung, wie er sie bei der Ankunft in Alexandria gesehen hatte. An der Spitze eines schmalen Landstreifens im Nordosten der Insel Pharos, der die nördliche Begrenzung des Großen Hafens bildete, stand der gewaltige Leuchtturm. Dort befanden sich ebenfalls noch einige Anlegeplätze. Gratidius hoffte wohl darauf, doch noch ein Schiff zu finden und aus Alexandria zu fliehen. Und Silus war der Einzige, der ihn jetzt noch aufhalten konnte.

Es wurde eine mörderische Prüfung ihrer Ausdauer. Beide Männer waren noch einigermaßen jung, bei bester körperlicher Verfassung und stämmig genug, um sich einen Weg durch die Menschenmenge zu bahnen. Weiter nördlich ließ der Fuhrwerksverkehr nach, und es waren auch weniger Menschen auf den Straßen unterwegs, sodass sie schneller laufen konnten. Sie kamen an Wohnhäusern, Verwaltungsgebäuden und Läden sowie am reich geschmückten Tempel der Isis Pharia vorbei. Und vor ihnen ragte stets der Leuchtturm auf.

Obwohl Silus mittlerweile kaum noch Luft bekam und schwer keuchte, setzte er die Verfolgung des Legaten fort. Unwillkürlich erhob er den Blick zu dem riesenhaften Bauwerk vor sich. Der vierhundert Fuß hohe Turm war aus großen Kalksteinblöcken errichtet, an den Ecken mit Granit verstärkt, und bestand aus drei aufeinander stehenden, nach oben hin immer schmaler werdenden Abschnitten. Der unterste Abschnitt hatte einen quadratischen und der mittlere einen achteckigen Grundriss, das den Turm bekrönende Säulenrondell schließlich war kreisrund. An jeder Ecke des den Unterbau abschließenden Frieses war eine Skulptur des in ein Horn stoßenden, vor Schiffbruch schützenden Gottes Triton angebracht, ganz oben wachte eine Statue von Tritons Vater Poseidon über den Hafen und das Meer.

Der wundersamste Teil des gesamten Bauwerks war allerdings der Spiegel an seiner Spitze, der tagsüber die Sonnenstrahlen und nachts das Licht des riesigen Feuers auf das Meer hinaussandte. Mittlerweile war die Dämmerung so weit fortgeschritten, dass in der Turmspitze ein kleiner Funke erschien, der bald zu den hell leuchtenden Flammen eines großen Feuers heranwuchs.

Im Zwielicht war Gratidius immer schwerer zu erkennen, doch Silus holte weiter auf. Gratidius war Soldat, was eine gewisse körperliche Leistungsfähigkeit voraussetzte. Schließlich wollte er sich vor seinen Männern keine Blöße geben, auch wenn er in dieser Hinsicht sicherlich nicht so gefordert wurde wie ein Legionär. Silus dagegen betrieb Leibesübungen, sooft er konnte – was sich nun als Vorteil erwies. Als sie den schmalen Landstreifen erreichten, der zum Leuchtturm führte, war der Legat nur noch etwa zwanzig Fuß vor Silus. Sie waren bereits an mehreren vor Anker liegenden Schiffen vorbeigekommen, doch Gratidius hatte nicht genug Vorsprung, um eines davon zu besteigen, geschweige denn einen Preis für die Überfahrt auszuhandeln, ohne dass Silus ihn einholte.

Silus' Lunge und seine Beine schmerzten unerträglich, doch die Gewissheit, dass ihm Gratidius nicht mehr entkommen konnte, trieb ihn zum Weiterlaufen an. Bald hatte der Legat das Ende der Straße erreicht, und jenseits des Leuchtturms war die Insel zu Ende.

Gratidius hielt an der Rampe an, die zum Leuchtturm führte, und sah sich mit einem verzweifelten Gesichtsausdruck um. Dann nahm er die Stufen der Rampe in Angriff. Silus stöhnte auf – er ahnte, wohin dies alles führen würde.

Erst als er direkt davorstand, wurde Silus die ungeheure Größe des Turms so richtig bewusst. Die Rampe, die zu seinem Eingang führte, ruhte auf sechzehn prächtigen Steinbögen. Der quadratische Unterbau war so gewaltig, dass er Platz für die Quartiere der vielen für das Leuchtfeuer zuständigen Arbeiter bot. Silus folgte Gratidius in den Turm hinein. An den Innenwänden führte eine weitere Rampe an vielen Dutzend Wohn- und Lagerräumen vorbei nach oben. Sie war breit genug für von zwei Ochsen bespannte Karren, mithilfe derer das für das Feuer benötigte Holz hinaufgeschafft wurde.

Gratidius zwängte sich an den überraschten Arbeitern, Sklaven und Aufsehern vorbei die Rampe hinauf. Die Verfolgungsjagd, die für Silus schon jetzt keine geringe körperliche Herausforderung gewesen war, erforderte nun noch einmal ein geradezu unvorstellbares Maß an Willenskraft und Durchhaltevermögen.

Silus musste sich zu jedem Schritt die Rampe hinauf zwingen. Als sie die Plattform des Sockelbaus erreichten, hielt der Arcanus an und lehnte sich gegen die Wand. Er musste sich kurz ausruhen, um nicht vor Erschöpfung in Ohnmacht zu fallen. Gratidius wandte sich nach ihm um und blieb ebenfalls stehen, als er sah, dass sein Verfolger eine Pause machte. Die beiden starrten einander an, schwer atmend und nicht in der Lage, auch nur ein Wort hervorzustoßen. Sie waren nur wenige Schritt voneinander entfernt, aber zu erschöpft, um sich zu bewegen.

Silus atmete ein paarmal tief durch und zwang sich zum Weiterlaufen. Gratidius ließ kurz die Schultern hängen, rannte dann aber ebenfalls weiter.

Durch das Oktogon, den nächsten Abschnitt des Turms, musste das Brennmaterial über eine Treppe hinaufgetragen werden. Sklaven mit Säcken voll Holz auf dem Rücken gingen langsam die Stufen nach oben, andere kamen mit leeren

Säcken, aber in annähernd demselben Tempo, wieder herunter.

Arcanus und Legat bewegten sich mittlerweile so träge, dass man es nicht mehr als Laufen bezeichnen konnte. Silus' Waden brannten und das Zwerchfell schmerzte bei jedem Atemzug, doch keiner von beiden gab auf. Die Höhe des mittleren Geschosses maß zwar nur die Hälfte des unteren, doch auch das waren immer noch einhundert Fuß. Als die beiden die oberste Plattform erreichten, waren sie völlig am Ende.

Silus stolperte die letzte Stufe hinauf und umrundete eine Ecke. Hitze und Licht trafen ihn wie ein Schlag. Das riesige, unersättliche Feuer fraß brüllend und funkensprühend einen ganzen Wald von Baumstämmen. Der meiste Rauch stieg zwar in den Himmel, doch der Wind trieb einen Teil auf Silus zu. Er rang nach Atem und brach dann unwillkürlich in einen heftigen Hustenanfall aus.

Dem Legaten ging es nicht anders. Er hatte ebenfalls anhalten müssen und hustete krampfartig. Silus richtete sich auf, und sobald er wieder einigermaßen Luft bekam, ging er auf Gratidius zu. Der riss sich ebenfalls zusammen und stolperte weiter.

»Gratidius«, schrie Silus mit brüchiger, heiserer Stimme. »Gib auf! Wo willst du denn noch hin?«

»Ich bin Legat Gratidius«, rief der Angesprochene einer Gruppe Sklaven mit nackten, von Ruß geschwärzten Oberkörpern zu, die aufgehört hatten zu arbeiten und die seltsamen Neuankömmlinge anstarrten. »Dieser Mann ist ein Attentäter, der mir nach dem Leben trachtet. Ergreift ihn!«

Die Sklaven starrten ihn verständnislos an. Einige verstanden das Griechisch nicht, das Gratidius sprach, andere fragten sich, weshalb sie die Befehle eines römischen Soldaten befolgen sollten, wo doch die ganze Angelegenheit ganz offensichtlich nichts mit ihnen zu tun hatte.

Gratidius wartete, bis ihm klar wurde, dass sie ihm nicht helfen würden. Fluchend setzte er sich wieder in Bewegung und verschwand hinter dem riesigen Spiegel, der den Schein des Feuers aufs Meer hinaus sandte. Silus folgte ihm, und nun machte es sich bezahlt, dass er in etwas besserer körperlicher Verfassung war als der Legat. Er kam immer näher. Gratidius stolperte vor ihm dahin, rang heiser um Atem und hielt sich an dem Geländer fest, das rund um die oberste Plattform des Leuchtturms verlief. Endlich holte Silus ihn ein, packte ihn am Kragen und riss ihn nach hinten.

Gratidius schrie auf und fiel ungelenk zu Boden, wo er einen Augenblick lang bewegungslos und schwer atmend liegen blieb. Silus fragte sich schon, ob er ihn etwa verletzt hatte. Den Kopf hatte sich der Legat – soweit er sehen konnte – auch nicht angeschlagen. Als er gerade einen Schritt auf ihn zumachen wollte, hievte sich Gratidius auf alle viere und blickte zu Silus auf.

»Ihr habt Tekosis umgebracht«, sagte Silus mit vor Hitze und Rauch rauer und trotzdem eiskalter Stimme.

Tekosis war die erste Frau gewesen, mit der er seit dem Mord an seiner Ehefrau geschlafen hatte. Er war sich nicht sicher, ob und was das bedeutete, aber er hätte es gerne herausgefunden. Sehr sicher war er sich hingegen, dass ihr der Mann, der nun vor ihm kniete, das Gift für ihren Selbstmord gegeben hatte.

»Warum?«, fragte Silus und bemühte sich, dabei nicht weinerlich zu klingen.

Gratidius hustete und spuckte einen Speichelklumpen aus. »Um genau das hier zu verhindern«, sagte der Legat mit einem bitteren Lächeln.

»Das hat ja gut geklappt«, erwiderte Silus ebenso bitter.

Beide schwiegen einen Augenblick und schöpften Atem. Den Sklaven, die sie weiterhin neugierig anstarrten, schenkten sie keine Beachtung.

»Aber warum habt Ihr Euch überhaupt daran beteiligt?«, fragte Silus, als ihm das Reden wieder etwas leichter fiel.

»Warum tut irgendjemand irgendetwas in diesem Imperium? Für Macht, für einen höheren Rang, für Geld.«

»Nicht jeder strebt nach diesen Dingen.«

»Wie wahr«, erwiderte Gratidius. »Es gibt natürlich auch die Fanatiker mit ihrem Götterglauben.«

»Mit denen Ihr Euch eingelassen habt.«

Gratidius nickte. »Ich dachte, dass sie Mittel zum Zweck sein könnten.«

»Das dachten die wohl auch von Euch.«

»Oh, ich unterstütze durchaus ihre Ziele. Nur dachte ich eben, dass dabei auch etwas für mich herausspringen könnte.«

»Und wie lauten ihre Ziele?«

»Weißt du das nicht?«

»Ich will es aus Eurem Munde hören.«

Gratidius seufzte. »Sie haben Avitus entführt, um ihn zum Kaiser der östlichen Hälfte des Reiches zu machen. Und seinen Gott Elagabal zum Herrscher des Pantheons.«

»Und welche Rolle spielt Isis dabei?«

»Die der Gefährtin Elagabals.«

»Aber das ist sie doch gar nicht. Wie sollen Menschen denn darüber entscheiden, mit wem sich die Götter zusammentun?«

»Silus, du bist wirklich naiv. Sieh dir doch Serapis an, der in dieser Stadt zurzeit von allen Göttern am meisten verehrt und im ganzen Reich angebetet wird – nicht zuletzt vom gegenwärtigen Kaiser und seinem Vater vor ihm. Dabei gibt es ihn erst seit ein paar Jahrhunderten – als Vereinigung des Stiers Apis mit Osiris, dem Herrscher der Unterwelt. Damit die neue, halb ägyptische und halb griechische Stadt Alexandria einen Gott hatte, den alle gleichermaßen verehren können. Der die Menschen der Stadt, ja des ganzen Landes miteinander vereint.«

»Alexandria kommt mir aber nicht sehr einig vor.«

»Tja, das haben wir den Juden, den Christen und den Römern zu verdanken. Die haben alles verdorben.«

»Wo ist Avitus?«, fragte Silus.

»Warum sollte ich dir das verraten?«

Silus nahm das Messer von seinem Gürtel. »Glaubt Ihr, dass Ihr da noch eine Wahl habt?«

Gratidius war unbewaffnet, völlig erschöpft und auf den Knien. »Vermutlich ist es sowieso schon zu spät«, sagte er kleinlaut.

»Was soll das heißen?«, fragte Silus, dem es kalt den Rücken hinunterlief.

»Was glaubst du wohl, weshalb ich geflohen bin, anstatt erst einmal abzuwarten? Seit Tekosis' Gefangennahme muss Aziz davon ausgehen, dass die Verschwörung aufgeflogen ist. Wahrscheinlich wird er die Dinge nun selbst in die Hand nehmen – gegen den Willen der eigentlichen Anführer der Verschwörung.«

»Was soll das heißen?«

»Aziz ist ein Fanatiker. Wenn er glaubt, dass der Plan, Avitus hier auf Erden zum Herrscher zu machen, gescheitert ist, wird er den Jungen mit sich in die nächste Welt nehmen – in der Hoffnung, dass dieses Opfer die Menschen doch noch zu dem Aufstand anstachelt, den er sich so sehr wünscht.«

»Scheiße, Scheiße, Scheiße.« Silus machte einen Schritt

nach vorn und drückte Gratidius das Messer an die Kehle. »Sagt mir auf der Stelle, wo Avitus ist.«

»In einem Kellerraum des Serapeums.«

Silus' Blick schweifte über die Stadt zu dem riesigen, weit entfernten Tempel des Serapis, der in der Dämmerung kaum noch auszumachen war.

Gratidius schlug das Messer zur Seite und warf sich auf Silus. Dieser war durch die Erschöpfung, den Lärm und den Rauch einen Herzschlag zu langsam. Das Messer fiel scheppernd zu Boden. Der Legat drängte ihn zurück, bis Silus an das Geländer stieß, das ihn von einem vierhundert Fuß tiefen Sturz trennte. Das Holz des Geländers knarrte, dann hörte Silus ein Knacken, bei dem ihm beinahe das Herz stehen blieb. Er griff nach Gratidius' Kehle und drückte mit aller Kraft zu, während das Geländer hinter ihm, das nicht für derartige Belastungen gemacht war, immer weiter nachgab.

Gegen jede Vernunft wandte sich Silus von seinem Gegner ab und sah hinab, wo sich weit unter ihm auf der dem offenen Meer zugewandten Seite der Insel die Wellen an den zerklüfteten Klippen brachen. Panisch warf er sich mit dem ganzen Körper herum und stieß Gratidius beiseite. Der prallte heftig gegen das Geländer, das mit einem Krachen brach. Der Legat verschwand mit einem verzweifelten Schrei in der Tiefe.

Und zog Silus mit sich.

Silus ruderte wild mit den Armen und bekam mit der Hand einen Holzpfosten des Geländers zu fassen. Sein Körper fühlte sich viel zu schwer an, und er blickte nach unten. Der Legat klammerte sich an seinen Beinen fest. Gratidius wimmerte, als er langsam Silus' Schienbeine hinunterrutschte, dann fanden seine Hände an den Fußknöcheln Halt.

Silus griff auch mit der anderen Hand nach dem Pfosten und schaffte es schließlich, einen Ellbogen darum zu schlingen.

»Hilf mir«, keuchte Gratidius.

Der Pfosten knarrte und bog sich bedenklich, schließlich war er nur für das Gewicht eines leichten Holzgeländers ausgelegt.

»Klettert an mir hoch«, sagte Silus und verfluchte sich noch im selben Moment für seine Dummheit.

Gratidius zog sich nach oben. Er versuchte, mit den Füßen Halt an der Wand zu finden. Doch damit stieß er sie beide nur weiter davon weg, wodurch der Pfosten noch stärker belastet wurde und sich noch weiter bog. Gratidius kämpfte sich Stück für Stück Silus' Beine hinauf, was diesem beträchtliche Schmerzen bereitete.

Der Pfosten knackte. Diagonal über seine gesamte Länge erschien ein Riss, der schnell größer wurde. Das Holz konnte jeden Moment nachgeben.

Silus schloss die Augen und riss ein Bein aus Gratidius' Griff.

»Silus, was tust du da? Bitte …«

Silus trat Gratidius mit dem Fuß mitten ins Gesicht.

Der Griff des Legaten um sein Bein wurde schwächer, aber er ließ nicht los.

Das tat er erst nach dem zweiten Tritt.

Silus trat mit solcher Wucht auf das Gesicht des Legaten, dass ein Zittern sein Bein durchfuhr. Mit einem schnell immer leiser werdenden Schrei stürzte Gratidius in die Dunkelheit.

Silus hielt sich nicht damit auf, ihm hinterherzusehen. Er warf sich zur Seite und ergriff genau in dem Augenblick mit der linken Hand den nächsten Pfosten, als sich der in seiner anderen Hand löste und über seine Schulter hinweg in die Tiefe fiel.

Er hielt sich mit beiden Händen an dem noch unbeschädigten Pfosten fest und schrie um Hilfe.

Die Sklaven, die sich nun keine Sorgen mehr darum machen mussten, sich womöglich auf die falsche Seite zu schlagen, eilten zu ihm und zogen ihn auf die Plattform zurück. Dort lag Silus dann und schnappte nach Luft wie ein Fisch an Land.

Vierzehntes Kapitel

»Es ist vorbei«, sagte Gannys.

»Es ist *nicht* vorbei!«, sagte Aziz.

Avitus sah von einem Mann zum anderen. Allmählich wurde ihm mulmig zumute. »Was ist denn passiert?«, fragte er. Seine Stimme hallte durch den kleinen Raum.

Die beiden Männer standen sich gegenüber, ihre Gesichter nur eine Handbreit voneinander entfernt. Keiner von ihnen beachtete den Jungen.

»Tekosis weiß zu viel«, sagte Gannys. Er wandte sich von Aziz ab und lief händeringend hin und her. »Sie könnte Marcellus' Männern alles Mögliche erzählt haben. Wenn auch nur die Hälfte stimmt, was man über diese Arcani sagt, dann werden sie inzwischen jede noch so kleine Einzelheit aus ihr herausgequetscht haben. Sie wird sie praktisch anflehen, ihnen alles erzählen zu dürfen.«

»Sie ist tot«, sagte Aziz. »Ich habe ihr das Gift zukommen lassen.«

»Aber nicht schnell genug. Und jetzt sagst du, dass sich Gratidius aus dem Staub gemacht hat. Der Plan ist gescheitert.«

»Werde ich nun doch nicht Kaiser?«, fragte Avitus.

Endlich wandte sich Aziz dem Jungen zu. »Eure Heiligkeit, wir werden Elagabals Herrlichkeit mehren.«

»Also verläuft alles nach Plan?«

»Pläne können sich ändern, Eure Heiligkeit. Aber macht Euch keine Sorgen.«

»Ändern? Inwiefern?«, fragte Gannys. »Was hast du vor?«

»Ich werde meinen Eid erfüllen. Die Einwohner Alexandrias sollen Elagabals Macht kennenlernen, sich vor ihm verneigen und ihn anbeten.«

»Du wirst überhaupt nichts tun, solange du keinen Befehl dazu bekommst«, sagte Gannys bestimmt. »Hast du mich verstanden?«

»Ich weiß, wem meine Treue gehört«, sagte Aziz.

Selbst Avitus begriff, dass dies keine Antwort auf Gannys' Frage war. Dieser ballte die Hände zu Fäusten und mahlte mit den Kiefern. »Du wartest, bis ich wieder da bin. Ich muss zurück zu Marcellus und Soaemias, sie fragen sich sicherlich schon, wo ich abgeblieben bin. Und bete zu Elagabal, dass ihnen Tekosis meinen Namen nicht genannt hat.«

»Geh«, sagte Aziz. »Ich werde auf Seine Heiligkeit achtgeben. Sei bei Sonnenaufgang wieder zurück.«

Gannys sah ihn argwöhnisch an. »Weshalb bei Sonnenaufgang?«

»Weil das der Anfang eines neuen Tages ist.«

Gannys öffnete den Mund, doch ihm wollte keine passende Erwiderung darauf einfallen. »Du wirst *nichts* unternehmen«, schärfte er Aziz noch einmal ein und marschierte aus dem Raum.

Silus stand nicht allein aus Hochachtung vor seinem Vorgesetzten so starr wie eine Statue vor Marcellus, sondern auch, weil jeder Muskel bei der geringsten Bewegung schmerzte. Er nahm sich vor, das Laufen längerer Strecken seinen Übungen zur Körperertüchtigung hinzuzufügen. Hätte Gratidius nur über ein wenig mehr Ausdauer verfügt, wäre ihm die

Flucht vielleicht gelungen, und sie hätten die Hoffnung aufgeben müssen, Avitus doch noch zu befreien. »Herr, Gratidius hat den Eindruck erweckt, dass die Zeit drängt.«

Hätte Silus den Legaten nicht in den Tod gestürzt, hätte er sicher noch etwas mehr von ihm erfahren können. Doch immerhin hatte Gratidius durchblicken lassen, dass Avitus nach Tekosis' Gefangennahme in größerer Gefahr schwebte als zuvor. Davon galt es nun auch den Statthalter zu überzeugen.

Doch Marcellus zögerte. Erst wollte er hören, was Gannys und Soaemias dazu zu sagen hatten. »Gannys, bitte erkläre mir noch einmal, weshalb ich keine Kohorte Legionäre losschicken kann, die das Serapeum auf der Suche nach meinem Sohn auf den Kopf stellt?«

»Weil die Entführer dadurch gewarnt würden«, sagte Gannys. »Ein Legionärstrupp, der das Serapeum Raum für Raum durchsucht, wird zwangsläufig Aufmerksamkeit erregen – besonders nachts. Am Ende beschließen die Entführer noch, sich der Gefangennahme durch Selbstentleibung zu entziehen und den Jungen vorher zu töten. Ihnen ist sicherlich bewusst, dass die Strafe, die sie erwartet, um ein Vielfaches schlimmer sein wird als der Tod durch die eigene Hand. Wenn sie derart verzweifelt sind, werden sie auch nicht davor zurückschrecken, Avitus mit sich ins Jenseits zu nehmen.«

»Marcellus«, sagte Soaemias ernst. »Du darfst nichts unternehmen, was unseren Jungen in Gefahr bringen könnte.«

Marcellus warf die Hände in die Luft. »Aber was soll ich denn dann tun?«

»Herr, wie ich bereits vorgeschlagen habe: Schickt Atius und mich dorthin. Wir werden ihn befreien.« Insgeheim war Silus jedoch nicht so zuversichtlich, wie er sich dem Statthalter gegenüber gab. Die Wahrscheinlichkeit, den Jungen in dem gewaltigen Tempelkomplex zu finden und lebend aus der Gewalt der Entführer zu befreien, war gering – trotzdem waren er und Atius noch am ehesten dazu in der Lage, dessen war er sich gewiss.

»Und wie wollt ihr das anstellen?«, fragte Marcellus skeptisch.

»Wir Arcani sind geübt darin, uns unbemerkten Zugang zu verschaffen und uns im Verborgenen fortzubewegen. Noch weiß ich nicht genau, wie wir den Jungen finden und retten werden, doch ich zweifle nicht daran, dass es uns möglich ist. Wir sind die Besten, Herr.«

Atius stand etwas unsicher an seiner Seite. Silus prahlte nur selten mit seinem Können, und Hochmut zählte nicht zu seinen schlechten Eigenschaften. Die Aufschneiderei diente einem bestimmten Zweck: Er musste Marcellus unbedingt dazu bringen, ihn mit der Rettung des Jungen zu betrauen. Silus war überzeugt davon, dass ihr Einsatz die größte Aussicht auf Erfolg hatte – und inzwischen nahm er Anteil sowohl am Schicksal des Jungen als auch an dem seiner Eltern.

»Na schön«, sagte Marcellus mit hörbarem Zweifel. »Ihr habt euren Wert nicht nur mir, sondern auch dem Kaiser oftmals bewiesen. Silus, ich vertraue dir und bitte dich inständig: Rette meinen Sohn.«

»Herr, wenn ich dazu etwas sagen dürfte?«, warf Gannys ein.

»Was denn?«

»Ich würde vorschlagen, damit bis zum Sonnenaufgang zu warten.«

»Was? Warum denn?«, fragte Silus überrascht.

»Wie ich gerade schon erwähnt habe, herrscht im Serapeum des Nachts so wenig Betrieb, dass jemand, der dort herumschleicht, Räume durchsucht und Fragen stellt, schnell die Aufmerksamkeit der Entführer erregen würde.«

»So ein Schwachsinn«, sagte Silus. »Im Dunkeln ist es viel einfacher, unbemerkt zu bleiben.«

»Das mag vielleicht beim Auskundschaften eines feindlichen Heerlagers der Fall sein. Im Serapeum hingegen könnt ihr euch tagsüber als Besucher oder Betende getarnt frei bewegen. Das wäre weitaus ungefährlicher.«

»Die Zeit drängt, Herr«, gab Silus zu bedenken.

Marcellus legte Zeigefinger und Daumen aufeinander und biss sich auf die Nägel. »Ich will keine unnötigen Risiken eingehen.«

»Ein gewisses Risiko besteht immer«, sagte Silus.

»Dessen bin ich mir bewusst«, sagte Marcellus. »Liebste, was meinst du dazu?«

Soaemias hatte den Blick auf ihren Schoß gerichtet und spielte mit dem Saum ihres Kleides. Dann sah sie zu ihm auf. »Wir warten bis zum Sonnenaufgang«, sagte sie entschieden. »Die Legionäre werden sich lediglich für den Notfall in der Nähe bereithalten. Silus und Atius sollen ihn tagsüber suchen.«

»Ja, da hast du wohl recht«, sagte Marcellus. »Silus, ich befehle dir, erst bei Tagesanbruch in Aktion zu treten.«

Silus seufzte und ließ die Schultern hängen. »Jawohl, Herr.« Er hoffte inständig, dass es dann noch nicht zu spät war.

»Wohin bringst du mich?«, fragte Avitus.

»Zur Unsterblichkeit«, antwortete Aziz.

Avitus wusste nach wie vor nicht so recht, ob er Gefangener oder Ehrengast war. Dass Aziz ihn nun, in der letzten Stunde vor Sonnenaufgang, in aller Stille und mit schwerer Hand auf seiner Schulter durch das Serapeum führte, war nicht dazu angetan, diese Unsicherheit zu verringern.

»Aber ich darf doch noch Kaiser werden, oder?«, fragte er.

»Mehr als das«, sagte Aziz. »Du wirst als Gott zur Rechten unseres Herrn Elagabal herrschen.«

Das klang vielversprechend, fand Avitus. Trotzdem lief es ihm kalt den Rücken hinunter.

Die Sklaven und Priester des Heiligtums nahmen gerade ihre tägliche Arbeit auf. Sie putzten, fegten und sprachen die Frühgebete an Serapis, Isis und Anubis. Niemand beachtete den schmächtigen Mann und den kleinen Jungen, die zielstrebig einen Garten durchquerten.

Avitus sah sich beim Gehen um. Der erste Lichtstrahl erschien am Horizont und ließ ihn seine Umgebung etwas besser erkennen. Obwohl diese hauptsächlich aus tiefen Schatten bestand, konnte er die gewaltigen Ausmaße des Geländes und der Gebäude erahnen. Sein Blick fiel auf einen Anubisschrein. Ein kleines Feuer brannte vor der Statue des schakalköpfigen Gottes mit der Waage, die dazu diente, die Herzen der Toten zu wiegen. Avitus verlangsamte seinen Schritt und betrachtete das hundeähnliche Haupt, bis ihn Aziz am Handgelenk packte und mit sich zog. »Beeilung, Eure Hoheit. Wir müssen rechtzeitig zur Stelle sein.«

»Rechtzeitig? Wo denn?«

»Unser Herr Elagabal wird alles offenbaren«, lautete die Antwort, und allmählich fragte sich Avitus, ob es schlau war, diesem Mann zu folgen. Doch Gannys hatte ihn dazu angehalten, und Gannys vertraute er.

Als sie den Haupttempel des Serapeums betraten, erblickte er zwischen den Gebäuden einen schwachen orangefarbenen Schimmer am Horizont. Dann wurde die Aufmerksamkeit des Jungen unwillkürlich von der riesigen Statue des Serapis gefesselt. Langsam und ehrfürchtig gingen sie darauf zu. Aus dem Augenwinkel sah Avitus weitere Statuen – Isis, den Apis-Stier – sowie seltsame mechanische Vorrichtungen, Wandteppiche und Fresken in Gold, Rot und Blau.

Aziz führte ihn zum Altar vor der Statue.

»Wie groß sie ist«, sagte Avitus staunend.

»Und doch nichts im Vergleich zur Macht des Herrn Elagabal.«

Zwei Gestalten in Kapuzenmänteln – ein Mann und eine Frau – kamen hinter der Statue hervor. Ihre Gesichter waren im Zwielicht zunächst kaum zu sehen. Den Mann erkannte Avitus zuerst, weil er mit seinem Erscheinen gerechnet hatte. »Gannys?«

Da fiel sein Blick auf die Frau neben ihm. »Mutter?«

»Streng genommen ist die Sonne noch nicht aufgegangen«, sagte Atius, als sie die Via Canopica entlangliefen.

Streng genommen hatte er recht – noch war die Sonne nicht mehr als ein feuriger Streifen am östlichen Horizont.

»Streng genommen ist mir das scheißegal«, sagte Silus. Er blieb an einer Kreuzung stehen, sah den Hügel mit dem Serapeum darauf zu seiner Linken und bog in die Via Serapea ein.

»Marcellus glaubt, dass wir erst in einer Stunde aufbrechen. Vorher sind auch die Legionäre nicht auf ihrem Posten.«

»Irgendetwas ist faul an der Sache«, sagte Silus. »Das ergibt doch keinen Sinn. Warum hat Gannys so darauf bestanden, dass wir bis zum Morgengrauen warten? Wir haben Erfahrung darin, unsere Aufträge im Schutze der Dunkelheit auszuführen. Dafür wurden wir ausgebildet.«

»Vielleicht muss er einfach nur immer das letzte Wort haben.«

Silus schüttelte den Kopf. Er hatte den größten Teil der Nacht wachgelegen und über das Gespräch mit Marcellus und Gannys nachgedacht. Dann waren seine Gedanken unweigerlich zu den schrecklichen Ereignissen auf dem Leuchtturm gewandert. Als er doch einmal weggedämmert war, hatte er davon geträumt, am Rande einer Klippe zu baumeln, unter sich eine riesige Skylla mit mehreren Köpfen auf langen Hälsen und Mäulern mit scharfen Zähnen, die aus dem Wasser schossen und nach seinen Fersen schnappten. Vor Schreck war er aufgewacht und war, da er nicht wieder hatte einschlafen können, seinen Plan für den anbrechenden Tag durchgegangen.

Ein Plan, der ... noch in Arbeit war und sich vorerst darauf beschränkte, sich im Serapeum umzusehen und darauf zu hoffen, dass ihm ein brauchbarer Einfall kam.

»Beeilen wir uns.« Er verfiel in einen schnellen Trab, und Atius lief ihm murrend hinterher. Silus' Beine fühlten sich an, als hätte man mit Stöcken darauf eingeprügelt – er war nicht nur müde, sondern regelrecht erschlagen. Er legte die Hand auf das Kurzschwert, spürte die tröstliche Kälte des Metalls. Wenn alles schiefging, blieb ihm immer noch die scharfe Klinge – doch wenn es so weit kam, so befürchtete er, würde es für Avitus bereits zu spät sein.

Schwer atmend erklommen sie den steilen Hügel, auf dem sich das Serapeum befand. Nun lugte die Sonne zwischen den Gebäuden hervor und die Spitze des Tempels wurde in ihr orangerosa Licht getaucht. Sie blieben stehen, verschnauften und sahen sich um.

»Es ist so ruhig hier«, sagte Silus.

»Es ist ja auch noch Nacht. Mehr oder weniger«, nörgelte Atius.

»Wo fangen wir an?«

Atius deutete mit dem Kinn auf das große Tempelgebäude. »Warum nicht gleich dort?«

Soaemias verzog keine Miene, doch als ihr Sohn auf sie zurannte und die Arme um ihre Taille schlang, legte sie die Hand zärtlich auf seinen Kopf. Erfüllt von Erleichterung und Zuversicht drückte sich Avitus an ihren warmen Körper.

»Herrin«, sagte Aziz und verbeugte sich tief.

»Mein treuer Diener.«

»Ich bitte um Vergebung, Herrin. Es war anders geplant.«

»Keine Sorge«, sagte Soaemias. »Alles ist so, wie der Herr des Berges und der Sonne es will.«

Aziz hielt den Kopf gesenkt.

»Soaemias«, sagte Gannys. »Was habt Ihr vor?«

Diese warf ihm einen verärgerten Blick zu. »Schweig, Gannys. Dir bleibt nur noch, Zeuge zu werden, wie unser Herr in Herrlichkeit auf diese Erde hinabsteigt.«

»Wovon redet Ihr? Was soll das?«

Ohne ihn weiter zu beachten, ging Soaemias vor Avitus in die Hocke, nahm sein Gesicht in beide Hände und sah ihm tief in die Augen. Avitus bemerkte, dass die ihren mit Tränen gefüllt waren.

»Mutter, was ist denn?«

»Ich habe dich so lieb, mein Sohn. Du kannst dir gar nicht vorstellen, wie stolz ich auf dich bin. Du warst so tapfer.«

»Gannys hat mir von dem Plan erzählt, aber ich wusste nicht, ob du es auch weißt, und ich wollte es dir so gerne sagen, aber du warst ja nicht bei mir. Es ist ganz großartig. Ich werde Kaiser!«

Nun floss die erste Träne über ihre Wange. »Du wirst mehr sein als nur ein Kaiser«, flüsterte sie. »Du wirst ein Gott sein.«

Sie richtete sich auf, legte die Hände auf seine Schultern und drückte sie sanft. Dann trat sie von ihm zurück, während Aziz hinter ihm einen Schritt näher kam. »Schon bald wird die Sonne aufgehen«, sagte sie. »Dann werden ihre Strahlen durch das Fenster dort oben fallen und die Statue und dann uns selbst erleuchten. Elagabal, der Herr des Lichts, zeigt uns Zeit und Ort.«

»Und was passiert dann?«

»Dann wird dich unser Herr Elagabal zu sich nehmen.«

Avitus sah erst seine Mutter und dann Gannys verwirrt an. Soaemias hatte die Augen geschlossen, anscheinend wollte sie nicht mehr mit ihm sprechen. Aziz' Miene war völlig ausdruckslos, Gannys dagegen starrte Soaemias mit offenem Mund an. »Ihr wollt doch nicht etwa …«

»Schweig«, sagte Soaemias.

Avitus sah sich um. Ein, zwei Priester warfen ihnen neugierige Blicke zu, doch da Soaemias den Eindruck machte, genau zu wissen, was sie tat, stellten sie keine Fragen und fuhren mit ihrer Arbeit fort. Die ersten Lichtstrahlen fielen durch das hohe Fenster auf die Wand hinter ihnen. Je höher die Sonne stieg, desto näher kam ihr Licht der Statue. Als würde Elagabal selbst sie dorthin lenken.

»Es ist gleich so weit«, sagte Soaemias mit gepresster, brüchiger Stimme. »Lasst uns beten. Oh Herr Elagabal, Gott der Berge und der Sonne, Herrscher über Himmel und Erde, hör mich an. Steig zu uns herab in deiner Pracht und Kraft und tritt deine Herrschaft an. Nimm als Zeichen unserer Hingabe das Blut deines Dieners an, dieses unschuldigen Kindes, das zu deinem Hohepriester bestimmt war. Oh Herr, erachte uns deiner Ankunft für würdig.«

Blut? Avitus starrte seine Mutter entsetzt an, und sein junger, naiver Verstand versuchte, sich einen Reim auf das zu machen, was er soeben gehört hatte. Wessen Blut? Seines? Vielleicht wollten sie ihm ja nur in den Finger stechen.

»Tut das nicht«, sagte Gannys mit verzweifelter Stimme.

Aziz stellte sich hinter Avitus und legte einen Arm vor seine Brust. Hätte sein Vater dies getan, hätte er sich beschützt gefühlt, doch Aziz' Griff war ihm unheimlich. Er zappelte und wand sich, doch Aziz drückte immer fester zu. Dann spürte er eine scharfe Spitze an seinem Hals.

»Keinen Laut, Eure Hoheit«, flüsterte Aziz, woraufhin Avitus vor Schreck erstarrte. Er wäre zu keiner Bewegung fähig gewesen, selbst wenn er den Mut dazu aufgebracht hätte.

»Hab keine Angst, mein lieber Sohn«, sagte Soaemias. »Das ist erst der Anfang. Du wirst als Gott zur Rechten des allmächtigen Elagabal herrschen. Statt Schmerz steht dir göttliche Verzückung bevor.«

Avitus war sich nicht ganz sicher, was Verzückung war, aber Schmerz verspürte er durch die scharfe Spitze an seinem Hals bereits. Doch er wollte den Worten seiner Mutter unbedingt Glauben schenken.

»Das war so nicht geplant, Soaemias«, sagte Gannys in flehentlichem Ton.

»Den eigentlichen Plan können wir aber nicht mehr in die Tat umsetzen, also bleibt uns nichts anderes übrig.«

»Aber das bringt doch nichts. So ein sinnloses Opfer wird Euren Gatten und den Kaiser erst recht gegen die Anhänger Elagabals aufbringen. Bald werden alle, die dem Gott des Berges dienen, um ihr Leben fürchten müssen.«

Aziz schnaubte verächtlich. »Dir fehlt der Glaube. Solcher Zweifel ist eines wahren Anhängers unseres Herrn unwürdig. Womöglich war es deine Schwäche, die Elagabal dazu bewogen hat, unser Vorhaben scheitern zu lassen. Nun bleibt uns keine andere Wahl.«

»Ihr seid dem Wahnsinn anheimgefallen«, keuchte Gannys und trat vor, doch Aziz drehte das Messer so, dass ein einfacher Stoß das Leben des Jungen beenden würde. Avitus sah aus den Augenwinkeln, wie das Licht der Sonne die Wand hinter ihm hinaufkroch. Wenn sein Leben nur noch so lange währte, bis das Licht die Statue erreichte, stand sein Ende erschreckend nahe bevor – oder aber sein Aufstieg zur Herrlichkeit Elagabals.

Nun berührte das Sonnenlicht Serapis' Kopf und glitt über sein Gesicht.

»Es ist so weit«, sagte Soaemias. »Ehre sei unserem Herrn.« Sie nickte Aziz zu.

Avitus holte tief Luft. Er vertraute seiner Mutter mehr als dem Leben selbst. Er sah ihr tief in die Augen. »Mutter, ich liebe dich.«

Soaemias entglitten die Gesichtszüge. Sie wurde leichenblass. Mit offenem Mund sah sie erst ihn, dann Aziz an. Dieser hob das Messer, sie streckte zögerlich die Hand aus. Aziz umklammerte den Griff noch fester und machte sich zum Zustoßen bereit.

Avitus wartete. Ob sie Aziz nun aufhielt oder ihn gewähren ließ – er war sich gewiss, dass sie das Richtige tun würde.

Soaemias' Blick wanderte von Aziz zur zitternden Spitze des Messers, das er verkrampft festhielt, und schließlich zu dem von der Morgensonne hell erleuchteten Antlitz des Serapis hinauf. Sie neigte den Kopf. Avitus schloss die Augen. Seine Eingeweide verkrampften sich, und trotz aller Glaubensstärke stieg Angst in ihm auf. Aziz hob das Messer noch höher.

»Halt!«, rief eine laute Stimme vom Eingang des Tempels und hallte durch den riesigen Raum.

Fünfzehntes Kapitel

Avitus öffnete die Augen und starrte die beiden Männer an, die mit gezogenen Schwertern durch die Tür auf der anderen Seite des Tempels hereinstürmten. Sie blieben ein paar Fuß vor dem Altar stehen und richteten ihre Waffen drohend auf Aziz und Gannys. Aziz hielt inne und sah Soaemias an.

»Silus, Atius, wollt ihr mit uns beten?«, fragte sie.

»Gannys. Ich wusste es«, sagte Silus. »Aber Ihr, Julia Soaemias? Ich hatte so sehr gehofft, dass Ihr nicht dazugehört. Wie könnt Ihr Eurem eigenen Sohn nur so etwas antun?«

Dass jemand derart fanatisch sein konnte, dass er bereitwillig sein Kind für seinen Glauben in Gefahr brachte oder gar opferte, war für die meisten Menschen sicher kaum nachzuvollziehen – für Silus, dessen Tochter ermordet worden war und der ohne zu zögern sein Leben dafür gegeben hätte, dies ungeschehen zu machen, war es völlig unbegreiflich.

»Das kannst du nicht verstehen, Silus. Schließlich glaubst du an gar nichts. Doch für uns, die wir Elagabal verehren, ist der Glaube unser Ein und Alles.«

»Ich glaube aber sehr wohl an etwas«, sagte Atius. »Mein Gott ist derselbe, den auch die Juden verehren. Und dieser Gott hat verhindert, dass ihm Abraham seinen Sohn opfert.«

»Ach ja, richtig, du bist ein Anhänger des Christus, nicht wahr? Hat dein Gott nicht seinen eigenen Sohn für anderer Leute Sünden geopfert?«

»Ja schon, aber ...« Atius verstummte verwirrt. Vermutlich hätte er jetzt gerne Origenes an seiner Seite gehabt, um ihm beim Argumentieren zu helfen. Doch dies war kaum der richtige Zeitpunkt für philosophische Diskussionen.

»Ob ich das verstehe oder nicht, spielt keine Rolle«, sagte Silus. »Es geht allein um den Jungen. Sag deinem Handlanger, dass er ihn freilassen soll.«

Mittlerweile hatte sich eine kleine Menschenmenge um sie versammelt – Priester, Sklaven, Betende und ein paar Gelehrte hatten bemerkt, dass im Tempel etwas vor sich ging, und nun traten sie näher, ohne zu wissen, was hier eigentlich geschah. Doch es sah so aus, als würde gleich Blut vergossen werden, und das wollten sie auf keinen Fall verpassen.

Aziz sah Soaemias hilfesuchend an. Ihre Bedenken von vorhin schienen wie weggewischt, ihr Glaube war angesichts dieser Ignoranten, die es wagten, sie an diesem heiligen Ort zu bedrohen, nur noch gewachsen. Und auch das Publikum, das hier zusammenkam, um dem Beweis ihrer äußersten Hingabe beizuwohnen, bestärkte sie in ihrer Entschlossenheit.

»Ihr alle, die ihr euch hier versammelt habt«, sagte sie mit lauter Stimme, »ihr werdet die Kunde von dem, was ihr hier sehen werdet, in ganz Alexandria und im ganzen Imperium verbreiten. Seid nun Zeuge, wie unser Herr, der Gott Elagabal, sich erheben wird, um von diesem Tag an als Höchster unter allen Göttern den Himmel ebenso wie die Erde zu beherrschen.«

Die Menschen um sie herum keuchten entsetzt auf. Trotz der Vielfalt der Glaubensrichtungen war es in Alexandria im Gegensatz zum übrigen Imperium mit der Aufgeschlossenheit Andersgläubigen gegenüber nicht weit her. Dass jemand in aller Öffentlichkeit und auch noch an einem so heiligen Ort verkündete, sein Gott würde über allen anderen stehen, war eine Unverfrorenheit sondergleichen. Schon fingen die Umstehenden an zu flüstern.

Silus trat einen Schritt vor. »Soaemias, lasst Avitus gehen. Ihr könnt doch Eurem Gott huldigen, auch wenn Euer Sohn lebt.«

»Nein!«, erwiderte Soaemias scharf. Sie kämpfte darum, nicht ins Wanken zu geraten und jeden Zweifel im Keim zu ersticken.

Silus machte einen weiteren Schritt nach vorne. Nun war er dem Jungen so nahe, dass er fast nach ihm greifen konnte.

»Nein!«, schrie Soaemias noch einmal. »Mein Sohn wird heute zu einem Gott. Aziz, bring das Opfer dar!«

Silus sah, wie sich das Messer senkte, und warf sich nach vorne. Die Spitze der Klinge näherte sich dem Hals des Jungen, unter dessen zarter Haut das lebensspendende Blut in den Adern pulsierte. Der Arcanus war zu weit entfernt, um Aziz' Hand packen zu können.

Aber er war nah genug, um das Messer zu ergreifen.

Früher, als er noch bei den Hilfstruppen gewesen war, hatte er an langen Abenden mit seinem Contubernium gelegentlich ein gefährliches und unbesonnenes Spiel gespielt, wie es sich junge, gelangweilte Soldaten eben ausdenken, um sich die Zeit zu vertreiben: Einer hielt seinen Dolch so hoch wie möglich in die Luft und ließ ihn dann fallen. Ein anderer – auf den Wetten abgeschlossen wurden – versuchte, ihn zu fangen, bevor er den Boden berührte. Nicht selten hatten sie danach im Valetudinarium ihre Wunden nähen oder zumindest verbinden lassen müssen und zusätzlich vom Zenturio eine Tracht Prügel mit der Vitis, dem Rebenholzstab, kassiert. Silus hingegen hatte sozusagen ein Händchen für dieses Spiel gehabt und seinen bescheidenen Sold dadurch aufgebessert.

Aber jetzt fiel das Messer nicht einfach zu Boden, sondern wurde von Aziz mit beträchtlicher Kraft nach unten gestoßen. Silus würde nicht verhindern können, dass es sich in Fleisch bohrte.

Doch zumindest konnte er dafür sorgen, dass es sein Fleisch war und nicht das des Jungen. Silus ließ den Arm vorschnellen. Das Messer durchbohrte seinen Handrücken, wurde durch die Bewegung aber so weit abgelenkt, dass die Klingenspitze lediglich auf das Schlüsselbein des Jungen traf.

Avitus schrie auf, fiel um und griff nach seiner Schulter, doch das Blut, das unter seiner Hand hervortrat, war nicht so hellrot wie das, was aus einer tödlichen Wunde spritzte. Und besonders viel war es auch nicht.

Silus ließ das Schwert fallen, und es landete scheppernd auf dem Boden. Er trat zurück, und da das Messer bis zum Heft zwischen dem dritten und vierten Mittelhandknochen seiner Hand steckte, entriss er es dadurch Aziz' Griff. Silus starrte seine Hand ungläubig an. Noch tat sie nicht weh und blutete auch nicht, aber das würde sich jeden Augenblick ändern.

Atius stand einfach nur starr vor Schreck da. Er schien völlig überrumpelt von dem, was sich vor seinen Augen abspielte.

Soaemias fiel neben Avitus auf die Knie, hielt ihn fest, zog seine Hand von seiner Schulter und riss die Tunika herunter, um sich die Wunde anzusehen.

Silus packte das Messer mit der anderen Hand, riss es mit einem Schrei heraus und warf es beiseite. Jetzt strömte Blut aus den Wunden in Handfläche und Handrücken und lief seinen Unterarm hinunter, und im selben Augenblick verspürte er auch starke, brennende Schmerzen. Er hielt die verletzte Hand mit der anderen am Handgelenk fest und starrte sie entsetzt an – mit der wachsenden Angst, sie nie wieder gebrauchen zu können.

Atius starrte ihn an und flüsterte ein griechisches Wort, dessen Bedeutung in diesem Zusammenhang Silus erst später verstehen sollte: »Stigma.«

Aziz ging unter lautem Geheul auf Silus los, schlang die Arme um seinen Oberkörper und warf ihn auf den Boden. Der Arcanus landete auf dem Rücken und bekam keine Luft mehr. Einen Augenblick lang war er wie gelähmt, dann brachte ihn ein harter Schlag mitten ins Gesicht wieder zu Bewusstsein. Seine Nase brach, und Blut spritzte in alle Richtungen wie Wasser, wenn ein Stein in einen Teich fällt. Silus brüllte vor Schmerz und ging zum Gegenangriff über.

Endlich löste sich Atius aus seiner Erstarrung. Er wollte seinem Freund zu Hilfe eilen, doch Gannys, der ebenfalls vor Schreck wie gelähmt gewesen war, berappelte sich nun auch und warf sich auf ihn. Atius war davon so überrascht, dass es ihm nicht gelang, seine Waffe zu ziehen, bevor Gannys seinen Schwertarm umklammerte. Sie rangen miteinander. Gannys war kein Krieger, setzte seinen massigen Körper jedoch mit dem Mut der Verzweiflung ein. Damit hatte Atius nicht gerechnet.

Aziz kämpfte mit ähnlicher Leidenschaft, der der auf dem Rücken liegende und vor Schmerz benommene Silus kaum etwas entgegenzusetzen hatte. Der Syrer setzte sich rittlings auf ihn und prügelte mit beiden Fäusten auf ihn ein. Silus hob die Unterarme, um die auf ihn einprasselnden Schläge abzuwehren und schützte so seinen schmerzenden Kopf, bis er wieder einigermaßen klar denken konnte. Aziz merkte bald, dass er mit seinen Schlägen nicht viel ausrichtete. Er setzte sich auf, holte mit einer Faust aus und ließ sie dann mit voller Wucht auf Silus' Gesicht herabsausen.

Diesmal jedoch rollte sich Silus zur Seite weg. Aziz' Faust krachte gegen den Mosaikboden. Seine Fingerknochen brachen mit einem Knacken, das von den Tempelwänden widerhallte und die Zuschauer aufstöhnen ließ. Aziz schrie, umklammerte seine Hand und starrte entsetzt die verbogenen Finger an. Silus nutzte die Gelegenheit und warf ihn ab.

Der Arcanus stand langsam auf und wischte sich das Blut mit dem Unterarm aus dem Gesicht. Seine Nase tat immer noch furchtbar weh. Er betastete sie vorsichtig. Sie fühlte sich ungewohnt an und schien in einem anderen Winkel abzustehen als vorher. Dann hob er die durchbohrte Hand und versuchte, sie zu bewegen, was ebenfalls entsetzliche Schmerzen verursachte. Doch zumindest spürte er alle Finger und konnte sie auch bewegen, was ihn hoffen ließ, dass er keine bleibenden Schäden davongetragen hatte.

Aziz kniete vor Silus und starrte mit hasserfülltem Blick zu ihm auf, während er seine ebenfalls verletzte Hand mit der anderen festhielt. Silus sah sich nach seinem Schwert um und hob es mit der unversehrten Hand auf.

Als er sich wieder zu Aziz umdrehte, hatte sich dieser das Messer zurückgeholt, das eben noch in Silus' Hand gesteckt hatte. Silus hob müde das Schwert. »Aziz, nimm die Waffe runter. Es ist vorbei.«

Aziz sah ihn mit einem wilden Blick an, wie ihn Silus von den Kriegern der Maeatae und der Kaledonier kannte, wenn sie auf dem Schlachtfeld den Verstand verloren und in einen Blutrausch verfielen, und machte sich auf einen weiteren Angriff gefasst.

Doch Aziz drehte das Messer um, sodass die Spitze auf seine eigene Brust zeigte. »Du hast überhaupt nichts verstanden«, zischte er.

Dann warf er den Kopf in den Nacken, sodass die Sonne

auf sein Gesicht fiel wie das himmlische Licht, von dem in Atius' heiligem Buch hin und wieder die Rede war.

»Elagabal«, rief er mit lauter, klarer Stimme. »Nimm mein Leben als Opfer an, auf dass deine Herrschaft auf Erden heute ihren Anfang nehmen möge!«

Dann stieß er sich das Messer mit aller Kraft zwischen die Rippen.

Er hatte gut gezielt, schließlich war er selbst ein geübter Auftragsmörder. Hellrotes Blut quoll stoßweise an der Klinge vorbei aus der Wunde und floss auf den Tempelboden. Aziz kippte ohne einen Laut nach vorne um und blieb in einer wachsenden Blutlache liegen.

Nun herrschte Totenstille im großen Tempel. Als Gannys sah, dass sein Mitverschwörer nicht mehr unter den Lebenden weilte, gab er sofort auf. Atius zog das Schwert und hielt es ihm an die Kehle, dann erst blickte er zu Aziz' Leichnam und schließlich zu Silus hinüber, der schwer und mit einem besorgniserregenden rasselnden Laut durch die schiefe Nase atmete.

Sie sahen sich um.

»Scheiße. Wo sind sie hin?«, keuchte Silus.

Soaemias und Avitus waren verschwunden.

Avitus wäre gerne noch geblieben, um das Ende des Kampfes mitzubekommen. Teils aus kindlicher Neugier, teils in dem Wissen, dass sein Ausgang entscheidend für sein weiteres Schicksal war. Wenn Aziz den Sieg davontrug, würde er geopfert und zu einem Gott werden. Wenn Silus gewann, war damit auch sein Leben gerettet. Trotz seines tiefen Glaubens an Elagabal hoffte er auf Silus – wenn auch mit einem schlechten Gewissen.

Aber Soaemias nahm ihn beim Handgelenk und gab ihm

flüsternd den Befehl, sofort loszurennen. Trotz aller Versprechungen, die man ihm in den letzten Tagen gemacht hatte – den Kaiserthron, den Aufstieg zur Göttlichkeit –, war er immer noch ein kleines Kind, das den Wünschen seiner Mutter ebenso wenig entgegensetzen konnte wie einem Erdrutsch.

Also rannte er los.

Sie flohen aus dem Serapeum, weg von den Kampfgeräuschen. Die Zuschauer waren so von dem Tumult abgelenkt, dass niemand ihr Verschwinden bemerkte. Mutter und Sohn liefen hinaus ins erste Morgenlicht und durchquerten den Tempelkomplex, wo ihnen ein paar Gelehrte, Priester und Betende mit verhaltener Neugier hinterhersahen.

Sie rannten den Hügel hinunter, auf dem das Serapeum stand, und auf die Via Serapea mit ihren unzähligen Läden, Marktständen und kleinen Tempeln. Die breite, von Norden nach Süden führende Straße war bereits jetzt voller Fuhrwerke, beladener Esel und jeder Menge Menschen, sodass sie nur langsam vorwärtskamen.

Dennoch war Avitus bald außer Atem. Sein Herz raste vor Anstrengung und Aufregung. »Mutter«, keuchte er. »Wo laufen wir denn hin?«

Sie antwortete nicht, und er war sich nicht sicher, ob sie das überhaupt selbst wusste. Seiner Mutter nicht mehr vertrauen zu können war kein angenehmes Gefühl – insbesondere deshalb, weil ebenjene Mutter sonst immer ganz genau wusste, was zu tun war. Doch nun erlebte er sie ganz anders: unsicher. Vielleicht sogar verzweifelt.

Sie erreichten den großen Platz, an dem die Via Serapea die von Osten nach Westen verlaufende Via Canopica kreuzte. Soaemias hatte ganz offensichtlich Angst davor, verfolgt und geschnappt zu werden, sonst würde sie ihn ja nicht so zur

Eile antreiben. Doch jetzt wurde sie langsamer und dachte stirnrunzelnd nach. Nun war sie wieder die Mutter, die er kannte: nicht panisch, sondern planvoll. Trotz seiner Bedenken war er erleichtert, dass sie wieder alles im Griff zu haben schien.

Soaemias sah sich um. Verschiedene Tiere, heilige und unreine – je nachdem, welchem Glauben man anhing –, liefen auf der Straße herum. Ein Schwein wühlte mit der Schnauze im Dreck nach einem halb aufgegessenen Granatapfel. Eine kleine Katze, kaum mehr als ein Kätzchen, jagte einem Frosch hinterher, der bei seiner Flucht im Zickzack über die Straße hüpfte. Zwei Enten und ein paar Tauben pickten Körner auf, die von einem Wagen gefallen waren. Daneben stand ein Ibis.

Soaemias sah sich verstohlen um, griff sich den überraschten Ibis und steckte ihn unter ihren Mantel.

»Du bleibst hier«, zischte sie Avitus zu. »Beweg dich nicht von der Stelle!«

Sie duckte sich mit dem unter ihrem Mantel zappelnden Ibis hinter einen noch unbesetzten Marktstand. Avitus verlor sie kurzzeitig aus den Augen und glaubte einen erstickten Vogelschrei zu hören. Als Soaemias wieder auftauchte, hatte der Ibis unter ihrem Mantel aufgehört zu zappeln. In ein paar Schritt Entfernung befand sich ein Tempel mit einer offenen Front, zu der sechs Marmorstufen hinaufführten. Die Statue einer von der Hüfte aufwärts nackten Frau mit einem Kuhkopf verriet Avitus, dass es sich dabei um ein Heiligtum der Hathor handelte, Göttin der Musik und des Tanzes, der Fruchtbarkeit und der Mutterschaft – also von allem, was mit Frauen zu tun hatte.

Soaemias zog den Ibis unter ihrem Mantel hervor. Avitus machte große Augen. Statt des schwarzen Kopfes mit dem langen, gebogenen Schnabel hatte der Vogel nur noch einen Stumpf, aus dem Blut über die weißen Federn des Körpers rann. Soaemias warf den kopflosen Vogel in den Tempel, wo er mit einem leisen, feuchten Klatschen auf dem Boden landete.

»Und jetzt laufen wir«, zischte sie Avitus zu. Das musste sie ihm kein zweites Mal sagen. Sie nahm seine Hand und sie rannten über die Via Canopica nach Osten davon.

Hinter ihnen zerschnitt ein Schrei die Morgenluft und übertönte sogar den Trubel in den Straßen. Avitus sah sich um und blieb dann ebenso fasziniert wie entsetzt stehen.

Eine Priesterin kam aus dem Tempel gestolpert. Sie hielt den Kadaver des heiligen Vogels in die Höhe, ihre weißen Kleider waren mit seinem Blut beschmiert. Die Menschen auf der Straße drehten sich um und starrten sie ungläubig an.

»Sakrileg!«, schrie die Priesterin. »Gotteslästerung! Mord!«

»Das waren die Christen«, rief ein Mann aus der Menge.

»Nein, das waren die Juden«, kreischte eine Frau.

»Nein, die Römer mit ihren verfluchten olympischen Göttern«, brüllte eine andere.

»Unser Tempel ist geschändet. Tod den Christen und ihrem falschen Propheten!«

»Tod den Juden!«

»Tötet die Römer!«

Soaemias zerrte Avitus an der Hand hinter sich her, während es in der Menge hinter ihnen zu ersten Handgreiflichkeiten kam. Er ließ sich nur widerwillig mitziehen, immer noch voll Staunen darüber, wie schnell diese friedliche Straßenszene in Aufruhr und Gewalt umgeschlagen war.

»Wo gehen wir denn hin?«, fragte er. Wieder hatte er den Eindruck, dass auch seine Mutter kein Ziel hatte.

Vor ihnen tauchte das Museion mit der großen Bibliothek auf. »Dorthin.«

»Und was ist mit Gannys?«, fragte Atius, als sie aus dem Tempel rannten.

»Der ist unwichtig«, sagte Silus. »Um den kümmern wir uns später.« Er griff sich einen Tempelsklaven, der bereits bei ihrer Ankunft nahezu reglos mit einem Besen in der Hand vor einem kleinen Laubhäufchen gestanden hatte. Seither schien er sich keinen Schritt weiterbewegt zu haben. »Wo ist die Frau mit dem kleinen Jungen hin?«

Der Sklave glotzte sie verständnislos an. Silus packte ihn mit beiden Händen, wobei er sich bemühte, den Schmerzen, die sich von seiner durchbohrten Hand aus in seinen Arm ausbreiteten, keine Beachtung zu schenken. Er hinterließ einen blutigen Handabdruck auf der Schulter des Sklaven, der nun die Via Serapea entlang deutete. Silus stieß ihn beiseite und rannte auf die große Straße. Auch andere, die er auf seinem Weg fragte, wiesen ihm dieselbe Richtung.

Als sie die Kreuzung von Via Serapea und Via Canopica erreichten, empfing sie dort der Lärm eines wachsenden Tumults. Einige – hauptsächlich wütende, mit Sicheln und Hämmern bewaffnete Männer – liefen auf die Kreuzung zu, andere – vor allem Frauen mit bleichen Gesichtern und entsetzten Mienen, die Kinder trugen oder hinter sich herzerrten – davon weg.

Eine schwangere Frau, die ein kleines Mädchen hinter sich herzerrte, stieß mit Atius zusammen. Atius hielt sie mit einer Hand fest, damit sie nicht hinfiel, woraufhin sie auf die Knie sank und nach dem Saum seiner Tunika griff. »Herr, ich bitte Euch, tut mir nichts. Tut meiner Tochter nichts.«

»Das habe ich auch gar nicht vor«, erwiderte Atius. Er bemühte sich um einen beruhigenden Tonfall, klang aber eher unwirsch. »Was ist da los?«

»Ein Aufruhr, Herr. Ein schlimmer Tumult.«

»Was ist passiert?«, fragte Silus.

»Angeblich haben die Christen einen heiligen Vogel getötet und einen Tempel geschändet.« Die Frau griff nach einem Anhänger mit einem stilisierten Fisch darauf, der um ihren Hals hing, und Atius begriff, dass er eine Glaubensgenossin vor sich hatte.

»Hast du eine Frau und einen Jungen gesehen, die auf die Kreuzung gerannt sind?«, fragte Silus. »Bevor der Krawall ausgebrochen ist?«

Sie runzelte angesichts der unerwarteten Frage die Stirn, dann nickte sie. »Ja, kurz bevor es losging, kam eine Frau mit einem Jungen auf die Kreuzung gelaufen. Sie sind dann weiter die Via Canopica entlang nach Osten.«

Kurz bevor es losging? War Soaemias vielleicht für die Unruhen verantwortlich? Silus traute ihr mittlerweile alles zu.

»Danke. Und nun sieh zu, dass du von hier wegkommst. Versteck dich irgendwo. Das hier dauert sicher noch eine Weile.«

Sie rappelte sich eilig auf und rannte davon. Silus und Atius gingen in die andere Richtung weiter. Je näher sie der Kreuzung kamen, umso heftiger tobte der Tumult. Tontöpfe und Teller wurden geworfen und trafen Schädel und Schlüsselbeine. Einige Männer schwangen Hämmer oder zogen Messer. Überall um sie herum schrien die Menschen vor Wut, Empörung oder vor Schmerz. Einige starben vor ihren Augen.

Die beiden Arcani drängten sich weiter durch die Menge, wobei sie ihre Kurzschwerter nur einsetzten, wenn es sich nicht vermeiden ließ – um Angriffe zu parieren oder mit dem Knauf Unbewaffnete aus dem Weg zu prügeln.

Ein hünenhafter Mann mit einem riesigen Schmiedehammer tauchte plötzlich hinter Silus auf, holte aus und zielte auf seinen Kopf. Silus drehte sich um und bemerkte ihn im selben Augenblick, in dem Atius dem Riesen das Schwert vom Brustbein bis zum Rückgrat in den Leib stieß. Der große Mann kippte, vom Gewicht seines eigenen Hammers gezogen, nach hinten um.

»Bei Junos Arsch. Atius, die bringen sich alle gegenseitig um!«

»Und wenn die Legion aufmarschiert und für Ordnung sorgt, werden noch viel mehr sterben«, erwiderte Atius mit finsterer Miene.

Eine Frau mit wildem Blick, deren kunstvolle Frisur sich längst aufgelöst hatte, packte Atius' Arm und biss hinein. Er heulte auf und stieß sie von sich. »Wir müssen diesem Wahnsinn Einhalt gebieten!«, rief er.

»Wir müssen Soaemias Einhalt gebieten«, erwiderte Silus. »Sie war kurz davor, ihren eigenen Sohn zu töten, und ich glaube, dass sie das immer noch vorhat. Außerdem – was können wir hier schon ausrichten?«

»Wir? Nichts. Aber Origenes möglicherweise.«

»Origenes?«

»Du hast doch selbst erlebt, was für ein mitreißender Redner er ist und wie sehr er hier geachtet wird. Ich gehe und hole ihn. Wenn er die Menschen besänftigt, bevor die Legion eintrifft, könnten viele Leben gerettet werden.«

Silus schüttelte den Kopf. Er schwankte zwischen der Pflichterfüllung, die er Marcellus gegenüber schuldig war, und der moralischen Verpflichtung, diesen Wahnsinn zu beenden.

»Dann geh«, sagte er schließlich. Atius drückte ihm dankbar die Schulter und lief die Via Serapea in südliche Richtung davon, um auf dem Weg zu Phrynes Haus einen möglichst großen Bogen um den Tumult zu machen.

Silus sah sich um. Allmählich teilte sich die Menge in verschiedene Parteien auf, wie er es auch von den Ausschreitungen vor dem Circus Maximus kannte. Nur dass es sich hier nicht um Anhänger der Grünen und der Blauen handelte, die sich wegen eines Wagenrennens in die Haare kriegten, sondern um Christen, Juden, Ägypter und Griechen. Sie schrien Beleidigungen und warfen mit allem, was sie greifen konnten, dann fluchten sie und duckten sich weg, wenn sie es in gleicher Münze heimgezahlt bekamen. Kurz darauf waren auch die unvermeidlichen Fackeln zu sehen, und als Erstes ging ein Haus in Flammen auf, in dem sich bekanntermaßen Christen zu versammeln pflegten. Dann wurde ein kleiner Thot-Tempel angezündet, und es bildeten sich einzelne Banden, die sich auf der Suche nach weiteren Bauwerken, Statuen oder Menschen, die sie anzünden, zertrümmern oder zusammenschlagen konnten, in der Stadt verteilten.

Silus bahnte sich seinen Weg durch die verfeindeten Parteien, wobei er sich zwar bemühte, allen Auseinandersetzungen aus dem Weg zu gehen, sie aber auch gnadenlos beendete, wenn es sich nicht vermeiden ließ. Er umrundete vorsichtig einen verbissen mit einem Griechen ringenden Ägypter und sprang über zwei Frauen mittleren Alters hinweg, die sich wie Katzen im Schmutz miteinander balgten, sich anspuckten und die Gesichter zerkratzten. Er wich einem Jugendlichen aus – kaum mehr als ein Kind –, der rückwärts auf ihn zustolperte und dabei das Messer umklammerte, das in seinem Bauch steckte.

Trotz ihrer Breite gab es auf der Straße nach Osten vor

Randalierern kein Durchkommen. Silus fluchte und bog in eine nach Norden führende Seitengasse ab, an deren Ende er sich abermals nach rechts wandte und sich unvermittelt zwei mit Knüppeln und einem mit einer Axt bewaffneten Männern gegenübersah. Sie prügelten auf einen sichtlich wohlhabenden Kaufmann ein, der zusammengerollt am Boden lag, die Hände schützend vor den Kopf hielt, aber nichts gegen die Tritte in seinen Bauch ausrichten konnte. Silus war sofort klar, dass diese Männer keine Aufrührer, sondern ganz normale Verbrecher waren, wie es sie in jeder Stadt gab. Sie nutzten das Chaos, um Leute auszurauben und sich dabei ein wenig zu amüsieren.

Als Silus vor ihnen zum Stehen kam, drehten sie sich zu ihm um. »Lasst mich einfach nur durch, Jungs. Ich will keinen Ärger.«

Der Anführer, dessen große Ohren unter seinem Lockenschopf hervorlugten, deutete mit dem Kinn auf Silus' gezogenes Schwert. »Hübsches Ding. Her damit, dann darfst du weitergehen«, sagte er mit ägyptischem Akzent.

Silus fragte sich, ob sie sich womöglich von der römischen Staatsgewalt beeindrucken ließen. »Ich bin Zenturio. Lasst mich durch, im Namen des Senats, des Volkes von Rom und des Kaisers.«

»Ein Scheißrömer!«, sagte der Anführer mit dem Lockenkopf. »Auf ihn!«

So viel zur römischen Staatsgewalt.

Die drei Männer stürmten auf ihn los. Sie waren so breitschultrig, dass sie nebeneinander die ganze Gasse ausfüllten und Silus kein Platz zum Ausweichen blieb. Dabei schwangen sie ihre Waffen – von denen jede einzelne sofort tödlich war, wenn sie ihn mit genügend Wucht an der richtigen Stelle traf. Alle drei Angriffe gleichzeitig konnte er nicht parieren, zur Flucht blieb keine Zeit mehr, und sich an ihnen vorbeizuzwängen oder sich effektiv zu verteidigen war auch unmöglich.

Also rannte er schnurstracks auf die Straßenräuber zu und ließ sich kurz vor ihnen zu Boden fallen. Die Axt und die Keulen trafen nur leere Luft, während Silus auf die Männer zurollte wie ein von einem Katapult abgefeuerter Stein. Ein Räuber sprang geistesgegenwärtig über ihn hinweg, die beiden anderen holte er von den Beinen, sodass sie in einem Durcheinander aus Gliedmaßen und Waffen auf dem Boden landeten. Silus rollte sich ab, sprang auf, wirbelte herum und stach zu. Sein Schwert bohrte sich in den Rücken eines am Boden liegenden Mannes. Der Getroffene schrie, bäumte sich auf und blieb dann mit dem Gesicht im Straßendreck liegen.

Die anderen beiden hatten sich wieder einigermaßen gefangen und griffen erneut an, diesmal jedoch etwas vorsichtiger. Sie warfen einen Blick auf ihren toten Gefährten, sahen sich kurz an und rückten dann langsam vor.

»Ich warne euch, Freunde. Ich habe keine Zeit für diesen Scheiß. Verpisst euch!«

Warum nur hörten sie nie auf ihn?

Der Lockenkopf war Silus am nächsten. Die Axt, mit der er sich bewaffnet hatte, war ein schweres Werkzeug, eigentlich dafür gedacht, Holz zu hacken oder Bäume zu fällen. Silus machte einen schnellen Schritt auf ihn zu, und während der Mann noch mit der Axt ausholte, bohrte er ihm den Gladius direkt in die Kehle. Mit Luftblasen vermischtes, schaumiges Blut quoll aus der Wunde. Der Lockenkopf ließ die Axt fallen, ging in die Knie und kippte dann zur Seite weg.

Der letzte Straßenräuber zögerte. Silus ließ sein Kurzschwert in der Hoffnung, der Mann möge sich besinnen und fliehen, durch die Luft zischen. Einen Augenblick lang sah es auch ganz danach aus.

Dann ertönte Gebrüll hinter Silus, und der Kaufmann, den er völlig vergessen hatte, stürmte an ihm vorbei. Der letzte Räuber hob seine Keule einen Herzschlag zu spät. Der dicke Mann rannte direkt in ihn hinein. Der Räuber fiel nach hinten um, der Händler landete schwer auf ihm und bearbeitete seinen Kopf mit Faustschlägen. Das beträchtliche Körpergewicht des Kaufmanns sorgte dafür, dass der Mann unter ihm weder Luft bekam noch entkommen konnte.

»Ägyptischer Abschaum«, brüllte der Kaufmann, der in seiner Wut kaum zu verstehen war, während er weiter auf seinen Gegner einprügelte. »Du armseliges, ungebildetes Stück Barbarenscheiße.«

Gegen die ersten paar Schläge wehrte sich der Straßenräuber noch schwach, dann bewegte er sich nicht mehr. Der Händler ließ trotzdem nicht nach. Sein Gesicht war gerötet, sein Atem zischte zwischen den Flüchen durch die zusammengebissenen Zähne.

Silus schüttelte den Kopf. Die Alexandriner waren allesamt verrückt.

Sein Blick fiel auf die am Boden liegende Axt, dann auf sein Schwert. Der Gladius war selbstverständlich kürzer und dadurch – wie soeben bewiesen – im Nahkampf weitaus besser zu gebrauchen. Wenn er es jedoch noch einmal mit einer größeren Gruppe zu tun bekam, konnte er womöglich einer Auseinandersetzung allein durch den einschüchternden Anblick der großen Axt entgehen. Einen Moment lang wägte er die Vorzüge der Waffen gegeneinander ab, dann fragte er sich, warum er nicht einfach beide mitnahm?

Er steckte das Schwert in die Scheide, hob die Axt auf und sah sich noch einmal zu dem Kaufmann um, der immer noch auf den toten Räuber einschlug und Beleidigungen schrie. Dann rannte er weiter.

Tatsächlich machten die meisten Streitlustigen einen Bogen um den schwer bewaffneten und blutverschmierten Mann, der es ganz offensichtlich eilig hatte, und suchten sich eine leichtere Beute. Er kam an mehreren Massenschlägereien vorbei, an zwei Männern, die eine beleibte Frau mittleren Alters in eine Seitengasse zerrten, und an einem Kind, das auf seinem Hintern saß und laut brüllte.

Silus mahlte mit den Zähnen. Es war nicht seine Aufgabe, diese Menschen zu retten, und um alle konnte er sich sowieso nicht kümmern. Die Unruhen würden sich bald auf die ganze Stadt ausbreiten. Welchen Unterschied machte es schon, ob er eine einzelne Frau vor der Vergewaltigung bewahrte oder ein einzelnes Kind seinen Eltern zurückbrachte?

Doch dieses Argument klang im Gegensatz zu den Schreien aus allen Richtungen recht hohl. Er zwang sich, sich auf seine Aufgabe zu konzentrieren. Wo wollte Soaemias hin? Hatte sie überhaupt ein Ziel?

Dann fiel sein Blick auf das Museion, Alexandrias Zentrum der Kultur und Philosophie, in dem sich auch die große Bibliothek befand. Silus hatte lange, bevor er zum ersten Mal einen Fuß in die Stadt selbst gesetzt hatte, von ihren beiden im ganzen Römischen Reich berühmten Wahrzeichen gehört: dem Leuchtturm von Pharos und der großen Bibliothek. Der Leuchtturm war zu weit von diesem Teil der Stadt entfernt und das Serapeum kam nicht mehr infrage, doch wenn Soaemias immer noch vorhatte, mit dem Opfer an ihren Gott großes Aufsehen zu erregen, dann war die geschichtsträchtige, unter den Gelehrten des gesamten Römischen Reiches hochgeschätzte Bibliothek mit ihren vielen unersetzlichen Texten vielleicht ein angemessener Ersatz.

Silus schulterte die Axt, rannte auf das Gelände des Museions und dort auf das Bibliotheksgebäude zu, das Tekosis ihm gezeigt hatte. Als er an die Priesterin dachte, überkam ihn ein kurzer Anflug der Trauer, dann verdrängte er die Gedanken an sie. Die Bibliothek war riesig. Wo anfangen? Jedenfalls schien alles ruhig. Gelehrte und Bibliothekare flüsterten aufgeregt miteinander und warfen besorgte Blicke auf die empfindlichen Schriftrollen und noch besorgtere Blicke auf den gefährlich aussehenden Mann, der soeben hereingestürmt war.

Ein Gelehrter nahm seinen ganzen Mut zusammen. »Was ist da in der Stadt los?«, fragte er Silus.

»Aufruhr, überall Randale«, sagte Silus kopfschüttelnd. »Ist eine Frau mit einem kleinen Jungen hier vorbeigelaufen?«

Der Gelehrte schüttelte den Kopf, doch dafür fasste sich ein anderer ein Herz. »Sie ist in Richtung der philosophischen Abteilung an meinem Pult vorbeigerannt.«

Dort befanden sich die Bücher zu allen möglichen Glaubensgemeinschaften und Kulten sowie Abhandlungen über die guten und schlechten Eigenschaften der verschiedenen Götter, wie man sie am besten verehrte, und sogar über die Frage, ob es sie überhaupt gab. Genau der richtige Ort für einen ruhmvollen Abgang – mit den gelehrten Schriften über alle Götter dieser Welt als stumme Zeugen.

»Wo ist das?«

Der Gelehrte zeigte in einen langen Flur und Silus rannte bis zu der schweren Eichentür an seinem Ende. Er nahm die Axt in beide Hände, um die Tür damit notfalls einzuschlagen.

Er roch den Rauch, noch bevor er ihn wie dämonische Finger unter der Tür hervorquellen sah, und verzagte. War er zu spät gekommen?

Avitus sah ängstlich und verwirrt dabei zu, wie seine Mutter die dicke Tür zuschlug, den Riegel vorlegte und Möbel davorschob.

»Hilf mit«, zischte sie, während sie ein schweres Schreibpult über den Fliesenboden zerrte. Trotz aller bösen Vorahnungen tat Avitus wie geheißen. Schließlich hatte seine Mutter es befohlen, was blieb ihm also anderes übrig? Vielleicht würde er eines Tages, wenn er Kaiser war oder ein Gott, nicht mehr auf Mutter hören müssen. Aber das bezweifelte er.

Soaemias schob das Pult vor die Tür und stapelte Hocker darauf. Dann lehnte sie die schwere Marmorstatue eines bärtigen Mannes dagegen.

Schwer atmend, aber offenbar zufrieden trat sie einen Schritt zurück und sah sich um. Sie waren in einem großen Raum voller Regale. Die meisten hier aufbewahrten Bücher waren auf Papyrusrollen geschrieben, einige auch auf Pergament, ein paar neuere Werke sogar in Kodexform. Reihenweise lebensgroße Statuen von bärtigen Männern blickten streng von ihren Sockeln auf sie herab. Der fensterlose Raum wurde von mehreren Öllampen erhellt, die so platziert waren, dass sie ausreichend Licht spendeten und gleichzeitig so viel Abstand zu den Büchern hatten, dass nichts in Brand geraten konnte.

Avitus sah sich mit nüchternem Blick um. Seine Mutter hatte den einzigen Ausgang verbarrikadiert. Er war also hier eingeschlossen. Selbst für einen Achtjährigen ließ dies nur eine offensichtliche Schlussfolgerung zu. »Mutter, ist das unser Ende?«

Soaemias sah ihn mit vor Kummer und Ungewissheit gezeichneter Miene an. Er hatte seine Mutter noch nie so unsicher erlebt, und das machte ihm Angst. Doch schon im nächsten Moment schien sie wieder die Ruhe selbst. »Nein, mein lieber Junge, mein höchstheiliger Herr. Es ist der Anfang«, sagte sie.

Sie ging umher, sammelte die Öllampen ein und blies eine nach der anderen aus, sodass es bis auf eine einzige flackernde Flamme völlig dunkel im Raum wurde. »Elagabal, unser Herr, ich danke dir, dass du uns die Gnade erweist, dir unsere Hingabe zeigen zu dürfen. Nimm diesen, meinen einzigen Sohn, in deine Arme und umschließe ihn mit deiner Göttlichkeit.«

Während sie betete, öffnete sie Lampe für Lampe und goss das Öl darin über Avitus' Kopf. Es war nicht heiß, aber noch warm. Eine Salbung – Avitus kannte das von zahlreichen Zeremonien, bei denen er sich selbst und andere mit Blut, Milch, Wein oder Duftölen gesalbt hatte. Mutter war allerdings sehr großzügig mit dem Lampenöl, und schon bald waren sein Haar und seine Tunika ganz glitschig davon.

Soaemias nahm die letzte noch brennende Lampe, ging damit durch den Raum und hielt die Flamme gegen die Schriftrollen, wobei sie sorgfältig darauf achtete, dass jede Feuer fing, bevor sie sich der nächsten zuwandte.

Im Nu standen die Wände in Flammen. Rauch waberte zu ihnen herüber, der Großteil sammelte sich jedoch in dunklen Wolken an der Decke. Soaemias stellte sich wieder vor Avitus. Der Schein der Öllampe in ihren Händen fiel von unten auf ihr Gesicht, was es so merkwürdig und fremd aussehen ließ wie eine geisterhafte Vision. Um sie herum wurde es immer heller, die Flammen loderten und aus allen Ecken knackte und zischte es. Avitus zuckte zusammen. »Ich habe Angst, Mutter.«

Aber seine Mutter war nicht mehr da, nur diese furchterregende Frau, die ein wenig wie seine Mutter aussah, ihn aber nicht mehr zu erkennen schien. In ihrem Blick lag keine Liebe, sondern nackter Wahnsinn.

Sie kam mit der brennenden Lampe auf ihn zu, und Avitus wurde mit einem Mal bewusst, dass er über und über mit leicht entzündlichem Öl bedeckt war. Er erstarrte vor Angst, schloss die Augen und versuchte, irgendwo in seinem Inneren Ruhe zu finden und sich in das Unvermeidliche zu fügen. »Oh Elagabal, mein Herr«, flüsterte er. »Ich will nicht sterben.«

Im gleichen Moment war ein lautes Krachen zu hören, das Splittern von Holz aus Richtung Tür. Avitus öffnete die Augen, und Soaemias drehte sich ebenfalls zu dem Lärm hin um. Es krachte noch einmal, und nun drang ein Axtblatt durch das Holz der Tür. Die Axt verschwand wieder, dafür erschien ein Auge in dem kleinen Loch und Avitus hörte eine bekannte Stimme. »Soaemias, hört auf damit! Öffnet die Tür.«

Es war Silus.

Obwohl er bereits die Hitze des Feuers spürte, erfasste Silus ein kalter Schauer, als er durch das kleine Loch spähte. Avitus stand in der Mitte eines großen Raumes, umgeben von vielen, vielen Regalen mit brennenden Schriftrollen. Er war mit einer zähen Flüssigkeit bedeckt, und seine Mutter stand im flackernden Licht der Flammen mit einer brennenden Öllampe vor ihm.

Auch wenn es Silus völlig unbegreiflich war, brauchte es nicht allzu viel Fantasie, um zu erkennen, was Soaemias vorhatte. Sie wollte ihren eigenen Sohn aus ihm gänzlich unerfindlichen Gründen ihrem Gott opfern. Und sie war bereit, mit ihm zu sterben.

Silus dachte an Sergia und Velua. Seine Frau hätte alles getan, ihr eigenes Leben gegeben, um ihre Tochter zu retten, doch sie hatte den Tod ihres kleinen Mädchens mitansehen müssen. Diese Frau dagegen wollte ihren eigenen Sohn töten. Das war einfach unvorstellbar.

Silus warf sich mit all seiner nicht unbeträchtlichen Kraft gegen das schwere Eichenholz der Tür. Irgendwann würde das Schloss oder der Rahmen nachgeben. Doch die Tür bog sich nur leicht, als er dagegen prallte. Er versuchte es erneut, ohne auf den Schmerz in seiner Schulter zu achten. Wieder ohne Erfolg. Silus spähte noch einmal durch das Loch. Nun sah er die Möbelstücke, die sich auf der anderen Seite vor der Tür stapelten. Mit genug Zeit würde es ihm wahrscheinlich gelingen, sie wegzuschieben, doch die hatte er nicht. Selbst wenn Soaemias ihren Sohn nicht anzündete, würden die Flammen und der Rauch, der bereits dicht an der Decke stand, beide innerhalb kürzester Zeit töten. Schon senkte sich der Qualm auf Soaemias' Kopf herab.

»Soaemias! Öffnet die Tür!«, schrie er durch das Loch.

»Silus? Wie passend. Nach all deinen Bemühungen, meine Pläne zu vereiteln, wirst du nun das Ende miterleben.«

»Tut das nicht. Bitte. Macht einfach die Tür auf.«

»Du solltest dich für uns freuen, Silus. Wir werden uns mit unserem Gott vereinen.«

Im Flur hinter Silus waren Schritte zu hören. Drei mutige und neugierige Gelehrte wollten herausfinden, was da vor sich ging. Sie erschraken, als sie den Rauch sahen, der unter der Tür hervorquoll.

»Holt Wasser und Decken«, herrschte Silus sie an. »Beeilt euch, ihr Narren.«

Die Gelehrten zögerten kurz, dann rannten sie davon. Silus wandte sich wieder dem Loch in der Tür zu. »Das könnt Ihr nicht tun, Soaemias. Er ist doch Euer Sohn.«

»Es ist der Wille unseres Herrn Elagabal.«

»Woher wollt Ihr das wissen? Niemand kann erahnen, was in einem Gott vor sich geht. Vielleicht hasst Elagabal Opfer. Vielleicht will er Euren Sohn gar nicht. Dann verdammt Ihr den armen Jungen in die Unterwelt.«

»Du hast keine Ahnung, was der Wille des Herrn der Berge und der Sonne ist.«

»Ganz genau. Ich bin nur ein unvollkommener Mensch, genau wie Ihr. Wie könnt Ihr Euch also so sicher sein, den Willen dieses Gottes zu kennen? Falls Ihr auch nur den geringsten Zweifel an dem hegt, was Ihr da tut, müsst Ihr sofort damit aufhören.«

Einen Moment lang herrschte Stille, nur das Feuer knackte und zischte weiter. Silus blickte noch einmal durch das Loch. Dicker Rauch erfüllte den Raum, die Flammen schlugen immer höher, und er spürte die Hitze selbst durch den kleinen Spalt. Soaemias sah zu ihm hinüber. Sie schwitzte. Avitus stand völlig still da.

»Es ist zu spät«, sagte Soaemias, doch in ihrem Tonfall war keine Entschlossenheit mehr zu hören, und auch ihre Augen glänzten nicht mehr vor religiösem Eifer.

»Nicht zwangsläufig, Soaemias. Ich kann Euch helfen.«

»Silus, du bist doch kein Dummkopf. Wie willst du mir denn helfen? Du weißt, dass ich an der Verschwörung beteiligt war. Mein Mann wird mich hinrichten lassen. Und Caracalla, dieser Mörder, wird meinen Sohn wegen Hochverrats zum Tode verurteilen. Nur deshalb, weil er eines Tages Kaiser sein könnte.«

»Das müssen sie ja nicht erfahren. Außer mir und Atius weiß niemand Bescheid. Und ich schwöre bei Elagabal, bei Mithras und bei jedem verdammten Gott im Himmel und unter der Erde, dass ich Eure Rolle in dieser Verschwörung geheim halten werde. Wenn Ihr nur endlich die Tür öffnet.«

Soaemias' Miene verzog sich zu einer Grimasse tiefer Verzweiflung. Sie drehte sich zu Avitus um. Tränen liefen ihr über das Gesicht.

»Soaemias. Ihr seid seine Mutter. Es ist Eure Pflicht, ihn zu beschützen. Meine Frau konnte meine Tochter nicht retten, aber Ihr könnt am Leben bleiben. Beide. Und vielleicht werden Eure Träume eines Tages Wirklichkeit.«

Soaemias starrte Avitus an. Er erwiderte ihren Blick ohne Zweifel. Nun hatte er wieder volles Vertrauen in seine Mutter.

Soaemias drehte sich zur Tür, packte die Statue und stieß sie beiseite. Silus sah ungeduldig und hilflos zu. Die Flammen leckten an der Decke, Funken regneten beängstigend nahe an dem kleinen, mit Lampenöl bedeckten Jungen herab. Der Rauch stand jetzt so tief, dass einzelne Schwaden Soaemias' Gesicht erreichten. Sie keuchte vor Anstrengung, und als sie tief Luft holte, füllte sich ihre Lunge mit Rauch.

Sie hustete und würgte und fiel auf Hände und Knie, da sie in Bodennähe besser atmen konnte. Aber sie musste wieder aufstehen und die Hocker von dem Schreibpult nehmen, damit Silus es verschieben konnte. Sie hielt den Atem an und richtete sich auf. Ihr Kopf war nun von Rauch umhüllt wie eine Bergspitze von Wolken. Sie warf die Hocker beiseite – einen, dann noch einen, dann einen dritten.

Vor Angst und Anstrengung schnappte sie dabei unwillkürlich nach Luft, und wieder drang Rauch in ihre Kehle und Lunge. Sie keuchte, würgte, atmete dabei noch mehr Qualm ein und ließ sich wieder zu Boden fallen. Sie griff mit einer Hand nach dem Pult, also war sie noch bei Bewusstsein. Dann hüllte der Rauch sie vollends ein, sie ließ den Kopf sinken und verschwand aus Silus' Blickfeld.

Silus warf sich erneut mit der Schulter gegen die Tür. Sie

gab ein wenig nach, aber nicht genug. Er überlegte, sie mit der Axt einzuschlagen, aber das würde zu lange dauern. Er musste die Tür öffnen. Wenn nur nicht das Pult im Weg wäre! »Avitus«, schrie er.

Der Junge hatte alles in ängstlichem Staunen mitangesehen. Da er noch so klein war und mitten im Raum stand, hatte ihn der Rauch noch nicht erreicht. »Ich brauche deine Hilfe«, rief Silus. »Wir müssen das Pult zusammen bewegen. Du ziehst, und ich schiebe. Verstanden?«

Avitus bewegte sich nicht.

»Avitus, deine Mutter braucht dich. Dein Gott braucht dich.«

»Kann ich dann immer noch Kaiser werden?«, fragte Avitus schließlich mit leiser Stimme.

Silus hielt verblüfft inne. Dass er unter diesen Umständen eine solche Frage stellte, war nur ein weiterer Beweis dafür, wie groß der Einfluss seiner verblendeten Mutter auf ihn war.

»Na klar, aber nur, wenn du mir jetzt hilfst. Einverstanden?«

Avitus nickte.

»Leg dich auf den Boden und nimm ein Bein von dem Pult fest in die Hand. Ich werde bis drei zählen – eins, zwei, drei –, und jedes Mal auf drei ziehst du mit aller Kraft und ich schiebe. Bereit?«

»Ja.«

»Gut. Eins, zwei, *drei!*«

Silus warf sich wieder mit voller Wucht gegen die Tür, während Avitus an dem Pult zog. Schon gab sie etwas weiter nach.

»Noch mal. Eins, zwei, *drei!*«

Das Pult bewegte sich einen Fingerbreit von der Tür weg.

Nun konnte Silus den Riegel mit einem weiteren Schulterstoß aus seiner Verankerung im Türrahmen schlagen.

»Noch mal!«

Die Gelehrten kamen mit gefüllten Wassereimern und in Essig getränkten Decken zurück. Feuer war in der Bibliothek eine allgegenwärtige Gefahr, weshalb für den Notfall stets Löschmittel bereitstanden.

»Helft mir!«, schrie Silus, und die schmächtigen Gelehrten warfen sich ebenfalls gegen die Tür.

Sie rammten sie noch dreimal mit vereinten Kräften, während Avitus auf der anderen Seite zog. Beim dritten Versuch öffnete sich die Tür so weit, dass sich eine Person hindurchquetschen konnte. Silus streckte Avitus den Arm entgegen. »Schnell, nimm meine Hand. Ich ziehe dich da raus«, rief er.

Avitus zögerte.

»Beeil dich, Junge!«

»Und was ist mit Mutter?«

Scheiße. Sie einfach verbrennen zu lassen, hätte eine Menge Probleme gelöst. Aber der Junge würde den Raum nicht ohne sie verlassen. Also gut.

»Ich werde sie retten«, sagte Silus, »aber zuerst musst du da rauskommen.«

»Versprochen?«

»Versprochen.«

Avitus streckte den Arm aus und nahm Silus' Hand, und bevor es sich der Junge anders überlegen konnte, zerrte ihn der Arcanus in den Flur hinaus. Seine Haut fühlte sich heiß an und war, wie Silus schon befürchtet hatte, mit klebrigem Öl bedeckt. Er übergab ihn an die Gelehrten. »Bringt ihn weg vom Feuer und wickelt ihn in eine Decke.«

»Silus, du musst meine Mutter retten«, sagte Avitus. »Du hast es versprochen.«

Silus nickte. Er schnappte sich eine der mit Essig getränkten Decken, warf sie sich über und wickelte einen Zipfel um sein Gesicht. Dann zwängte er sich mit dem Kopf voran durch den Türspalt.

Silus war zwar viel größer als Avitus, aber zum Glück nicht so breitschultrig wie Atius. Doch dann blieb er mit dem Gürtel im Türspalt hängen. Panisch kämpfte er mit der Schließe. Als es ihm endlich gelang, sich zu befreien, quetschte er sich in den brennenden Raum.

Trotz der Decke stach ihm der Rauch in die Augen und kratzte in seinem Hals. Der Essiggestank war überwältigend, und Silus fragte sich, warum die Vigiles der Ansicht waren, dass sich ein Feuer damit besser löschen ließ als mit Wasser. Seine Augen tränten. Der Qualm war so dicht, dass er kaum die Hand vor Augen sehen konnte, doch er wusste ungefähr, wo Soaemias umgekippt war. Also ließ er sich auf alle viere nieder und tastete umher wie ein blinder Bettler auf der Suche nach Münzen, die man ihm hingeworfen hatte.

Nichts. Sie musste doch hier neben dem Pult sein. War es ihr etwa gelungen, sich von dort wegzubewegen? Wie weit wäre sie so gekommen? Die Hitze war überwältigend, und er kämpfte mit einem Hustenanfall. Er konnte nicht den ganzen Raum nach ihr durchsuchen.

Aber er hatte es versprochen.

Seine Finger berührten etwas Weiches. Er tastete weiter. Ein Fuß. Mit gegen den beißenden Rauch fest zusammengekniffenen Augen suchte er weiter und berührte noch einen Fuß. Mehr brauchte er nicht.

Er packte Soaemias an beiden Knöcheln, zog und kroch dabei langsam rückwärts. Als er nach mehreren Schritten die Tür immer noch nicht im Rücken spürte, geriet er ein weiteres Mal kurz in Panik. Hatte er vielleicht, ohne es zu merken, die Richtung gewechselt und bewegte sich nun weiter in den brennenden Raum hinein? Dann stießen seine Fersen gegen etwas Hartes. Er ertastete den Türspalt, zwängte sich rückwärts hindurch und zog den leblosen Körper hinter sich her. Rauch drang in seine Lunge. Plötzlich konnte er nicht mehr atmen und bekam einen unkontrollierbaren Hustenanfall. Sein Herz pochte, sein ganzer Körper schrie nach Luft. Schon spürte er die Ohnmacht nahen.

Mehrere Hände griffen nach seinen Knöcheln, packten ihn an seinen Beinen, seiner Tunika und seinen Schultern. Er ließ sich von ihnen aus dem brennenden Raum ziehen und achtete nur noch darauf, Soaemias' Füße nicht loszulassen.

Und dann hatte er es geschafft. Hier war die Luft kühler und klarer. Er keuchte und hustete und würgte, bis kein Rauch mehr in seiner Lunge war. Zurück blieben nur ein Brennen und ein Geschmack von Holzfeuer im Mund.

Er kroch zu Soaemias hinüber, die völlig reglos auf dem Rücken lag. Ihr Gesicht war schwarz vor Ruß und Asche, ansonsten wirkte sie unversehrt.

Aber sie atmete nicht.

Er legte eine Hand auf ihren Oberkörper. Ihr Herz schlug stark und schnell. Aber ihr Brustkorb bewegte sich nicht.

Er blickte zu den Gelehrten auf.

»Was soll ich tun?«

Sie sahen sich hilflos an.

»Ich glaube«, sagte einer zögernd, »Hippokrates würde sie zur Ader lassen.«

»So ein Unsinn«, sagte ein anderer. »Sie braucht ein Abführmittel.«

»Ihr seid beide verrückt«, sagte der dritte. »Zuerst brauchen wir ein Zicklein, so weiß wie Schnee, gesegnet von einem Priester des Apollo, dann ...«

Silus ließ sie reden und wandte sich wieder Soaemias zu. War sie es überhaupt wert, gerettet zu werden? Hatte er darüber zu bestimmen? Er war kein Gott. Er war ein Mörder, aber nur, wenn man es ihm befahl. Und den Befehl, Soaemias zu töten, hatte er nicht. Also tat er, was er konnte, um sie zu retten.

Weil er einmal miterlebt hatte, wie sein Vater jemanden ins Leben zurückgeholt hatte, der eigentlich schon ertrunken gewesen war, hatte er die Katze im Hafen wiederbeleben können. Durch Druck auf den Brustkorb ließ sich das Wasser in der Lunge entfernen – vielleicht funktionierte das ja auch mit Rauch? Er drückte auf Soaemias' Brustbein und spürte, wie die Luft zischend aus ihrem Mund entwich. Als er aufhörte zu drücken, glaubte er zu hören, wie ein wenig Luft wieder eingesaugt wurde. Also drückte er noch einmal gegen ihre Brust. Diesmal etwas fester. Dann noch einmal und immer so weiter. Obwohl auch seine Lunge gelitten hatte, roch er den Rauchgeruch, der aus ihrem Mund kam.

Wie lange sollte er so weitermachen? Vermutlich, bis sie aufwachte oder ihr Herz zu schlagen aufhörte. Er pumpte und pumpte.

Dann flatterten ihre Lider.

Er machte unbeirrt weiter, wobei er sich bewusst war, dass die Gelehrten ihn anstarrten und dass Avitus auf den Knien Elagabal anflehte, seine Mutter zu retten.

Soaemias bäumte sich auf, holte tief Luft und stieß sie mit einem rasselnden Keuchen aus, um sofort wieder gierig zu atmen. Silus wich zurück und sah, wie sich die Frau keuchend, würgend und hustend auf die Seite rollte.

Sie atmete.

Sechzehntes Kapitel

Die ganze Stadt war in Aufruhr. Die Griechen kämpften gegen die Ägypter, die Christen gegen alle anderen, die Römer flohen. Und alle machten die Juden dafür verantwortlich, obwohl es nach ihrem Aufstand vor einem Jahrhundert kaum noch welche in Alexandria gab.

Geschäfte gingen in Flammen auf, Häuser wurden ausgeraubt, Tempel geplündert und entweiht, indem man die dort aufgestellten Statuen zerschmetterte und Blut und Exkremente an die Wände schmierte. Marodierende Banden stellten einfache Bürger und erschlugen sie, sofern nur der geringste Verdacht bestand, dass sie zu einer anderen Gruppe oder einem anderen Volk gehören könnten. Die Frauen der Stadt waren Freiwild, solange sie nur einem anderen Glauben angehörten oder von anderer Herkunft waren als ihre Vergewaltiger.

Die verfeindeten Gruppen trafen entlang der Via Canopica und der Via Serapea aufeinander. Sie schleuderten einander Beleidigungen und allerlei Wurfgeschosse – Geschirr, Dachziegel, Steine – an den Kopf und steigerten sich immer weiter in ihre Wut hinein.

Bevor sie jedoch aufeinander losgehen konnten, marschierte die Legion über die Via Serapea in die Stadt ein. Wenn es hart auf hart kam, wären die zur Schlacht gerüsteten Soldaten dem lediglich mit Stöcken und Knüppeln bewaffneten Haufen, der weder über Rüstungen noch über Disziplin verfügte, deutlich überlegen.

Trotz ihrer sonstigen Unterschiede war allen Alexandrinern ein streitlustiges, unberechenbares Temperament zu eigen. Wenn ihr Blut erst einmal in Wallung geriet, glaubten sie, es mit jedem aufnehmen zu können.

Die Legionäre nahmen auf der Straße, die von östlicher Richtung auf die Kreuzung zuführte, Gefechtsformation ein und warteten mit gezückten Kurzschwertern hinter ihren großen Schilden.

Ein Blutbad stand unmittelbar bevor.

Da marschierte Origenes in das Auge des Sturms. Er stellte sich zwischen die beiden Parteien mitten auf die Kreuzung und damit in den Weg der anrückenden Legion. Ein einzelner Mann begleitete ihn.

Atius.

Keiner der beiden war bewaffnet. Origenes hatte darauf bestanden, dass Atius sein Schwert ablegte, wenn er ihn begleiten wollte. Dieser hatte nur widerwillig gehorcht, obwohl er bezweifelte, dass ihn seine Klinge – wenn Origenes versagte – retten konnte.

Der Befehlshaber der Legion, höchstwahrscheinlich Gratidius' Adjutant und Stellvertreter, gab den Befehl zum Vorrücken.

Atius trat vor. »Halt!«, rief er, so laut und deutlich er konnte. »Im Namen von Kaiser Antoninus, bleibt, wo ihr seid!«

Der Befehlshaber drängte nach vorne, bis er hinter der ersten Gefechtsreihe stand. »Wer bist du?«

»Lucius Atius von den Arcani. Ich bin im Auftrag von Kaiser Antoninus und auf Befehl von Marcellus hier. Und von Oclatinius.« Er hoffte, dass zumindest einer dieser Namen den Kommandanten innehalten ließ, und wurde nicht enttäuscht – Atius vermutete, dass die Erwähnung des legendären Oclatinius die erwünschte Wirkung gezeitigt hatte.

»Weshalb behinderst du unser Vorrücken?«, fragte der Befehlshaber.

»Weil ich glaube, dass sich die Situation friedlich und ohne Blutvergießen lösen lässt.«

»Dafür ist es jetzt wohl ein bisschen zu spät«, murmelte ein Legionär.

»Ruhe!«, schnauzte der Kommandant. »Und wie soll das gehen, Lucius Atius?«

»Das hier ist Origenes, ein hoch angesehener Gelehrter und Mann des Glaubens. Er soll zur Menge sprechen, vielleicht kann er sie beruhigen. Wenn ihm das nicht gelingen sollte, könnt ihr immer noch euer Blutbad anrichten.«

Der Befehlshaber dachte einen Augenblick lang nach, dann nickte er. »Er soll sprechen. Aber wenn er die Menge nicht dazu bringt, sich zügig zu zerstreuen, übernehmen wir das.«

»Ergebensten Dank, Herr.«

Atius nickte Origenes zu. Der Christ kehrte der Legion den Rücken zu und wandte sich an das Volk.

Obwohl gleichen Alters, war der gedrungene, leicht untersetzte Origenes mit dem runden Gesicht eine weit weniger beeindruckende Erscheinung als der hochgewachsene, stämmige Atius. Doch als er vor der Menge stand, gelang es ihm allein durch seine Präsenz, die wütenden Schreie in ein Flüstern zu verwandeln – Atius hätte die Aufmerksamkeit des Volkes niemals derart fesseln können.

Ohne etwas zu sagen, ließ Origenes den Blick im Halbkreis vom nördlichen Teil der Via Serapea über die Via Canopica im Westen bis zu ihrem südlichen Abschnitt schweifen.

Je länger sein Schweigen anhielt, desto lauter wurde das empörte Flüstern in der Menge. Atius' Magen verkrampfte sich. Worauf wartete Origenes? Ihm musste doch bewusst sein, dass dies die letzte Möglichkeit war, ein Massaker zu verhindern.

Doch Origenes war ein vollendeter Redner und wusste genau, was er tat. Als die Spannung den Höhepunkt erreicht hatte, begann er mit einer Stimme zu sprechen, die – obwohl er sie weder erhob noch schrie – überall deutlich zu hören war.

»Wir alle sind Brüder und Schwestern«, sagte er. »Wir haben mehr gemeinsam, als uns voneinander trennt.«

Die Menge verstummte. Alle lauschten seinen Worten.

»Ihr alle kennt mich. Ich bin Origenes. Mein Vater war ein gelehrter Mann und wurde zusammen mit vielen seiner Glaubensbrüder ermordet, als Septimius Severus, der Vater des Kaisers, alle hinrichten ließ, die sich öffentlich zum Christus bekannten. Wie ihr wisst, wäre ich mit ihm gegangen, aber meine Mutter hat meine Kleider versteckt, sodass ich nackt aus dem Haus hätte treten müssen.«

Diese Begebenheit war tatsächlich wohlbekannt und sorgte trotz des Ernstes der Lage und auch der Geschichte für Grinsen und verhaltenes Kichern.

»Ich bin hochgelehrt in Philosophie, Literatur und allen Angelegenheiten des Glaubens. Und ich bin ein frommer Anhänger des Christus und seines Vaters: des Herrn, unseres Gottes.«

Die anwesenden Christen stießen Jubelschreie aus, auf die sofort wütende Beschimpfungen durch Griechen und Alexandriner folgten.

»Und doch bin ich nicht ohne Fehler. Viele von euch glauben an andere Götter und nicht an die Wiederkunft des Messias, was für mich die einzige Wahrheit ist. Ihr glaubt an die Götter des Olymp, an Mithras, Serapis und Isis oder die Götter der Flüsse und Bäume und der Unterwelt. Ich bin der festen Überzeugung, dass dies ein Irrweg ist. Und doch bin auch ich nicht vollkommen.

Als ich noch ein Jüngling war, kurz nach der Ermordung meines Vaters, studierte ich die Heilige Schrift. Im Bericht des Apostels Matthäus heißt es, dass sich manche Männer um des Himmelreichs willen zu Eunuchen gemacht haben. Das habe ich wörtlich genommen, indem ich einen Arzt aufsuchte und ihn bat, mich auch zu einem Eunuchen zu machen.«

Mit diesen Worten hob er seine Tunika und entblößte sich vor der Menge. Wie alle anderen starrte Atius mit offenem Mund die hässliche rot-graue, schwärende und eitertriefende Narbe unter Origenes' kleinem, faltigem Penis an. Der Gelehrte drehte sich nach links und rechts, damit alle ihn sehen konnten, dann ließ er die Tunika wieder sinken.

»Die Wunde ist niemals verheilt und bereitet mir bis zum heutigen Tag Schmerzen. Und mittlerweile habe ich auch die Sinnlosigkeit meiner Tat eingesehen. Nur ein Narr käme auf die Idee, dass die Heilige Schrift buchstäblich zur Selbstentmannung auffordert: Es ist nur ein Sinnbild für das Opfer, das man Gott und auch seinem Nächsten bringen soll.

Ganz gleich, ob ihr gelehrte Philosophen oder des Lesens unkundig, ob ihr reiche Griechen oder arme Ägypter, ob ihr ein Jünger des Christus, der Isis, des Jupiter oder Mithras seid, ich sage euch: Wir alle können uns zum Narren machen. Doch ihr alle seid auch der Nächste eures Nachbarn. Wir sind ein Volk, wir alle sind Brüder und Schwestern. Wir alle haben Familie, und wir haben Wünsche und Ängste. Wir leiden Hunger und Schmerz und empfinden Zufriedenheit und Glück. Wir sind alle gleich.«

Die Menschen in der Menge sahen sich unsicher an.

»Ihr alle seid meine Brüder und Schwestern, auch wenn ihr niemals die Liebe meines Herrn kennenlernt. So reicht euch gegenseitig die Hand und dann zerstreut euch. Geht zurück in euer Heim, zu euren Geschäften und Tempeln und vergesst nicht, dass wir alle gleich sind.«

Damit ging er zum Befehlshaber der Legion hinüber, der seiner Rede überrascht, aber auch misstrauisch gelauscht hatte. Die vor ihm stehenden Legionäre machten sich bereit, Origenes in den Weg zu treten.

»Lasst ihn durch«, sagte der Befehlshaber.

Die Soldaten traten auseinander und ließen Origenes passieren.

»Herr, Eure Vorgänger hier in Alexandria haben sich der grausamen Enthauptung meines Vaters schuldig gemacht, doch ich vergebe Euch. Ich vergebe Euch und Eurem Volk. Wollt Ihr mir die Hand reichen?«

Der Befehlshaber zögerte. Die Menge pfiff und jubelte.

»Na los doch!«

»Nun nehmt sie schon.«

Der Befehlshaber streckte die Hand aus, und mit einem nervösen Lächeln schüttelte er dreimal kräftig Origenes' Hand.

Die Ungewissheit war förmlich mit Händen zu greifen. Was würde als Nächstes passieren? Alle spürten, dass sich etwas verändert hatte, doch was genau hatte diese Veränderung zu bedeuten?

Atius nahm sich der Sache an. Er schritt auf einen Priester des Osiris zu, der in vollem Ornat und mit Krummstab in der Hand in der ersten Reihe der versammelten Ägypter stand. Der Mann wich zurück, als sich Atius ihm näherte, doch davon ließ sich der Arcanus nicht beirren. Er ergriff die Hand des Priesters und schüttelte sie kräftig.

Nach und nach folgten die anderen seinem Beispiel. Sie überquerten die Gassen, die sich zwischen den verschiedenen Parteien gebildet hatten, und marschierten in die Reihen ihrer Feinde wie Soldaten in einem Bürgerkrieg, die endlich die Sinnlosigkeit ihres Tuns begriffen hatten. Diejenigen, die Freunde oder Verwandte auf einer der anderen Seiten hatten, machten den Anfang: Ein Grieche reichte seinem christlichen Bruder die Hand, ein Ägypter seinem griechischen Handelspartner.

Doch so einfach war es dann doch nicht. Origenes hatte nicht alle von ihrem Groll befreit. Manche lösten sich aus den hinteren Reihen, um ihrer Wut anderswo Luft zu machen. Atius rechnete fest damit, dass Verbrecherbanden die Gunst der Stunde nutzen und die verlassenen Geschäfte und Wohnungen plündern würden, solange die Ordnung noch nicht wiederhergestellt war. Bis die Legionäre die Lage im Griff hatten und der Zorn des Volks verraucht war, würde es weiterhin Schlägereien und Überfälle, Diebstähle und Vergewaltigungen geben.

Trotzdem – die Gefahr eines Massakers war gebannt, zumindest für diesen Tag. Oder dieses Jahr.

Atius konnte nicht ahnen, dass die Versöhnung, die er angestrengt hatte, nur vorübergehend war. In weniger als zwei Jahren würde Alexandria eine Unzahl seiner Söhne zu beklagen haben, dahingeschlachtet in einem schrecklichen Gemetzel; trotz des kurzen Augenblicks der Einigkeit würden schon bald wieder Ströme von Blut durch die Straßen dieser Stadt der Kultur und Gelehrsamkeit fließen.

Marcellus drückte Avitus an seine Brust, presste seine Wange an den Kopf des Jungen und ließ seinen Tränen freien Lauf. Auch Avitus weinte. Trotz seiner Eigentümlichkeit, trotz des Vertrauens, das er in seine Mutter und seinen Glauben legte, war er doch ein kleiner Junge, der gerade Schreckliches durchlebt und sehr lange seine Mutter kaum und seinen Vater gar nicht gesehen hatte.

Soaemias ruhte in ihren Gemächern auf ihrem Lager und wurde von griechischen Ärzten behandelt. Silus hoffte, dass diese hilfreicher waren als die Gelehrten mit ihren Ratschlägen, als sie in der Bibliothek fast gestorben wäre. Alles in allem schien sie mit einer heiseren Stimme und einer schwarzen Rußschicht auf dem Körper davongekommen zu sein, von der sie ihre Sklaven sicher bald befreien würden. Auch die Farbe kehrte bereits in ihre Wangen zurück.

Gannys war in Erwartung seines weiteren Schicksals in den Palast zurückgekehrt, war aber so vorausschauend gewesen, sich bedeckt zu halten, solange er nicht gewusst hatte, was mit Soaemias und Avitus geschehen war. Marcellus hatte er nur erzählt, dass Aziz – der Mann, der Avitus entführt hatte – tot war und Silus versuchte, den Jungen zu retten. Er hatte trotz aller Drohungen und Schmeicheleien des Statthalters standhaft behauptet, ansonsten von nichts zu wissen.

Nun war es an Silus, die Vorfälle zu erklären, ohne das Versprechen zu brechen, das er Soaemias gegeben hatte.

Nachdem er Soaemias wiederbelebt hatte, war es den Gelehrten sowie zahlreichen Philosophen, Priestern und Sklaven mit vereinten Kräften gelungen, das Feuer zu löschen. Obwohl der Brand auf einen kleinen Bereich der Bibliothek beschränkt gewesen war, hatten alte bärtige Männer ganz offen Tränen über den Verlust der dort aufbewahrten, unersetzlichen Texte vergossen. Die Bibliothek von Alexandria war schon öfter von Feuer bedroht gewesen – nicht zuletzt, als Caesar die Schiffe im Hafen hatte anzünden lassen und das Feuer auf die Stadt und schließlich auf die Bibliothek übergegriffen hatte. Doch sie hatte bisher jede Gefahr überlebt, und Silus hoffte, dass sie dies auch weiterhin tun würde. Ohne diesen kostbaren Hort des Wissens wäre die Welt ein Stück ärmer.

Soaemias und Avitus waren in Begleitung mehrerer Gelehrter und Sklaven sowie einiger Legionäre, die Silus zu ihrer Eskorte abgestellt hatte, in den Präfektenpalast zurückgekehrt, wo sie ein erleichterter und überglücklicher Marcellus in Empfang genommen hatte.

»Silus, erzähl mir ganz genau, was passiert ist«, befahl Marcellus, nachdem er seinen Sohn aus der Umarmung entlassen hatte.

Silus ging in Gedanken noch einmal die Geschichte durch, die er sich zurechtgelegt und mehrmals im Geiste geprobt hatte. Soaemias und Avitus wussten bereits, was er auszusagen gedachte, und außer Atius und Gannys gab es niemanden, der seine Schilderung hätte in Zweifel ziehen können. Hoffentlich waren die beiden so schlau gewesen, den Mund zu halten, bis sie den offiziellen Hergang der Ereignisse von ihm erfuhren.

Silus erzählte Marcellus, dass Gannys und Soaemias – verzweifelt vor Sorge um den Jungen – auf eigene Faust ins Serapeum gegangen waren, um dort nach ihm zu suchen. Ebenda war es Atius und Silus gelungen, Aziz und die übrigen Verschwörer – gedungene Strolche, denen allesamt die Flucht gelungen war – zu stellen und Aziz im Kampf zu töten. Soaemias und Avitus hatten entkommen können, waren dann aber in den gerade entstehenden Aufruhr geraten und schließlich in einem brennenden Gebäude gefangen gewesen.

»Und dann hat Silus Mutter und mich gerettet«, fügte Avitus eifrig hinzu, der seine Rolle bei dieser Täuschung mit Freude und Hingabe spielte.

Marcellus umarmte Silus so fest, dass dieser schon fürchtete, gleich wieder Tränen fließen zu sehen. »Ich schulde dir mein Leben«, sagte Marcellus.

»Unsinn, Herr. Ich habe nur meine Pflicht getan.«

»Das war mehr als nur Pflichterfüllung.« Er deutete auf Silus' gebrochene Nase und die verletzte Hand. »Ich danke dir.«

»Die Familie ist doch das Wichtigste, Herr.«

Marcellus sah ihm in die Augen und nickte verständnisvoll. »Und du, Gannys – wer hätte gedacht, dass ein Kämpfer in dir steckt?«

»Leider kein besonders guter, wie sich herausgestellt hat«, sagte Gannys.

»Was deine Tapferkeit nur umso hervorragender erscheinen lässt. Und jetzt geht zu einem Medicus und lasst euch verarzten.«

Gannys und Silus verbeugten sich und wandten sich zum Gehen.

»Ach, Silus«, sagte Marcellus, »du weißt nicht zufällig, was die Ursache für diesen Aufruhr ist?«

Silus grinste verschmitzt. »Ihr wisst doch, wie die Alexandriner sind«, sagte er. »Die verlieren bei jeder Kleinigkeit die Beherrschung.«

»An dieser Stelle erlitt Markus, der Verfasser eines unserer heiligen Evangelien, Gründer der Kirche in Alexandria und ihr erster Bischof, den Märtyrertod.«

Sie standen etwas außerhalb der östlichen Stadtmauer vor einem kleinen Altar mit Blumen und Opfergaben in Form von Früchten und Kuchen darauf. Atius hatte darauf bestanden, Origenes nach Hause zu begleiten. Dieser hatte sich allerdings nicht in Sicherheit begeben, sondern durch die Stadt gehen wollen, um nach Möglichkeit weiter Frieden zwischen den verfeindeten Parteien zu stiften. Seine Bemühungen waren nur zum Teil von Erfolg gekrönt. Insbesondere die Christen erkannten ihn, nahmen sich seine Worte zu Herzen und zogen sich beschämt und demütig zurück. Andere Gruppen waren ihm weitaus weniger wohlgesonnen, doch zu tätlichen Angriffen war es nicht gekommen – auch ohne Waffen hatte Atius' Gegenwart dafür gesorgt, dass niemand es gewagt hatte, Hand an Origenes zu legen.

Allmählich hatten Anzahl und Größe der Unruheherde in der Stadt abgenommen, und als sich schließlich die Sonne dem westlichen Horizont hinter dem Serapeum näherte, hatten sie den kleinen, Markus gewidmeten Altar erreicht.

»Ich habe Markus' Evangelium gelesen«, sagte Atius.

»Nur wenige Jahre, nachdem unser Heiland ans Kreuz geschlagen wurde, kam er nach Alexandria. Als er die Stadt betrat, zerriss eine seiner Sandalen. Froh darüber, dass ihm der Herr einen Grund gegeben hatte, mit den Einheimischen ins Gespräch zu kommen, ging er zu einem örtlichen Schuhmacher. Bei der Arbeit an der Sandale fuhr diesem die Ahle durch die Hand, woraufhin er ›Oh einziger Gott!‹ fluchte. Dies nahm Markus zum Anlass, ihm von dem einzigen wahren Gott zu berichten, und der Schuhmacher wurde nach Markus' Tod das Oberhaupt der christlichen Gemeinde in Alexandria.

Markus selbst wurde, als er von Liebe und Wahrheit predigte, von einer wütenden Schar ergriffen, durch die Straßen hier an diesen Ort gezerrt und getötet. Daher ist dieser Altar den Gläubigen heilig.«

Einen Augenblick lang senkten sie die Köpfe in stillem Gebet. Atius spürte, wie sich ein bisher ungekannter Friede auf ihn senkte. Bis jetzt war der Glaube für Atius etwas gewesen, mit dem er geboren worden war, so unveränderlich wie die Hautfarbe oder die Zugehörigkeit zu einem bestimmten Volk oder Stamm. Doch nun, in Begleitung dieses ehrfurchtgebietenden Priesters und an der Stelle, an der ein Mann den Tod gefunden hatte, der mit den Aposteln auf Erden gewandelt war, empfand er etwas viel Tieferes. Er spürte es, doch er bekam es nicht zu fassen. »Bruder, was soll ich tun?«

Origenes sah ihm in die Augen. »In der Heiligen Schrift findest du viele Gebote, doch ich will es mit den Worten Christus' selbst ausdrücken: ›Du sollst Gott, deinen Herrn, lieben von ganzem Herzen, von ganzer Seele, von allen Kräften und von ganzem Gemüte und deinen Nächsten als dich selbst.‹«

Atius nickte. Das würde ihm weiß Gott nicht leichtfallen, denn so einfach war das Leben nicht. Doch er würde es versuchen. Er spürte eine Träne, die sich in seinem Augenwinkel gesammelt hatte, und wischte sie beschämt beiseite. Origenes hatte sie ebenfalls bemerkt und lächelte ihn gütig an.

»Danke«, sagte Atius. Sie nahmen sich bei den Händen und Origenes sprach flüsternd den Segen über ihn.

Das alles ist nur ein Berg dampfender Eselsscheiße, dachte Silus. Ein vor Mistkäfern wimmelnder Exkrementhaufen. Letzten Endes kam doch jeder Götterglaube auf das Gleiche hinaus. Es wurde eine Menge versprochen – Ehre, Erlösung, Rache an den Feinden, ein glückliches Leben im Jenseits –, doch egal, ob man Christus oder Jupiter oder Mithras oder

Elagabal folgte: Es waren einfach nur Lügen, um Macht über die Leichtgläubigen zu erringen. Vielleicht gab es ja überhaupt keine Götter. Oder es gab sie, aber sie kümmerten sich einen feuchten Dreck um Menschen wie ihn. Er seufzte, dann betrat er Soaemias' Quartier.

»Du hast Wort gehalten«, sagte sie. Ihre Stimme war so heiser und rau wie die einer alten, lungenkranken Frau. Sie hatte die Ärzte entlassen, sobald diese ihre Behandlung abgeschlossen hatten, und nach Silus rufen lassen. Jetzt waren sie ungestört.

»Ja«, sagte er. »Das ist eine schlechte Angewohnheit von mir.« Er dachte an Tituria, die auf ihrer Insel im Exil saß, und den Preis, den er dafür bezahlt hatte, sein Versprechen ihr gegenüber zu erfüllen.

»Du verabscheust mich sicherlich«, sagte sie.

Dazu hatte er allerdings guten Grund. Soaemias hatte einen Umsturz versucht, um ihren Sohn zum Kaiser zu machen, und als ihr Plan fehlgeschlagen war, hatte sie versucht, ihn zu töten. Sie hatte intrigiert und gelogen. Sie hatte einen Aufruhr angezettelt, der unsägliche Verwüstung, Leid und Tod zur Folge gehabt hatte. Er ließ die Schultern hängen. »Nein.«

Soaemias lachte freudlos. »Willst du mir etwa vergeben?«

Silus schüttelte den Kopf. »Ich bin nicht Atius. Vergebung ist mir fremd. Ich bin nur einfach zu müde für Hass. Lasst mir ein paar Tage Zeit, vielleicht habe ich dann genug Kraft, um Euch zu verabscheuen.«

Nun schien ihr Lächeln aufrichtig. »Silus, du bist ein ungewöhnlicher Mensch.«

»Wenn Ihr meint.«

Das darauffolgende Schweigen zog sich bald unangenehm in die Länge. »Wie es aussieht, stehe ich in deiner Schuld«, sagte sie schließlich. »Mein Schicksal liegt in deinen Händen. Wenn du Marcellus erzählst, was ich getan habe, wird er mich auf der Stelle hinrichten lassen.«

Silus schwieg.

»Was willst du von mir?«, fragte sie mit Argwohn in der Stimme. »Geld?«

Silus schüttelte den Kopf.

»Also etwas anderes.« Sie zog den Ausschnitt ihres Gewandes herunter und entblößte eine Brust.

Silus trat überrascht einen Schritt zurück. Nach allem, was er durchgemacht hatte, nach dem Tod der ersten Frau, mit der er seit dem Verlust seiner Familie das Lager geteilt hatte, lag ihm nichts ferner als Geschlechtsverkehr. Allein die Vorstellung widerte ihn an.

Soaemias schien gekränkt von dieser Zurückweisung und bedeckte ihre Blöße wieder. »Auch nicht. Was dann?«

»Ich will überhaupt nichts von Euch. Doch, eine Sache. Etwas, um das man eine Mutter eigentlich nicht bitten müsste. Kümmert Euch um den kleinen Avitus. Er ist ein guter Junge.«

»Danke, Silus«, sagte Soaemias kleinlaut. »Nicht nur dafür, dass du meinen Sohn und mich aus den Flammen gerettet hast, sondern auch dafür, dass du mich aufgehalten hast. In jenem Augenblick schien mir alles so klar – ich war mir gewiss, dass es dies war, was der Herr Elagabal von mir wollte. Bis du mir Einhalt geboten hast.«

»Meiner Erfahrung nach kann zu viel Selbstgewissheit gefährlich sein«, sagte Silus. »Gern geschehen«, fügte er hinzu.

Wieder herrschte Stille. »Wir werden bald nach Numidien aufbrechen. Ich gehe davon aus, dass Marcellus den Statthalter töten lassen wird, den er ablösen soll. Wird das deine Aufgabe sein?«

»Ganz zweifellos«, sagte Silus.

»Und was hast du danach vor?«

Danach fahre ich nach Lipari, dachte Silus. Und bleibe für immer bei Titturia, weit weg von Volksaufständen und Mord und dem Verrat und den Intrigen bei Hofe.

Die Tür flog auf und Avitus kam hereingestürmt. Er trug eine knöchellange blaue Stola und auf dem Kopf eine dazu passende Palla. Um seinen Hals hing eine dünne Goldkette mit einem Rubinanhänger. Er war frisch gebadet und duftete nach einem feinen Rosenparfüm.

Avitus umarmte Soaemias fest, dann richtete er sich wieder auf. »Silus«, sagte er – trotz der Frauenkleidung, die er trug – mit der festen Stimme, die man von dem Sohn eines wichtigen Mannes erwartete. »Ich möchte mich für deinen Einsatz bedanken.«

»Keine Ursache, junger Herr«, sagte Silus mit dem Anflug eines Lächelns.

Avitus grinste breit zurück. »Mutter, Silus – ich habe eine Entscheidung getroffen.«

Sie sahen ihn erwartungsvoll an.

»Ich möchte nicht mehr Kaiser werden.«

Silus überkam große Erleichterung. Sie währte nur kurz.

»Ich möchte Kaiserin werden.«

Epilog

»›Und damit schließe ich meinen Bericht aus Alexandria. Gaius Sergius Silus.‹«

Oclatinius klappte die Wachstafel zu und blickte auf. Caracalla starrte ins Leere, und Oclatinius konnte sich nicht sicher sein, ob ihm der Kaiser zugehört hatte oder nicht. Andererseits spielte es keine Rolle. Die Hälfte des Berichts war vermutlich sowieso erlogen, da war er sich sicher. Soaemias' und insbesondere Gannys' Ehre war völlig unbefleckt geblieben, obwohl Oclatinius stark vermutete, dass sie über beide Ohren in die Verschwörung verstrickt gewesen waren. Sobald er Gelegenheit hatte, mit Silus unter vier Augen zu sprechen, würde er die Wahrheit schon erfahren.

Der ebenfalls anwesende Festus hatte dem Bericht mit steinerner Miene gelauscht. Oclatinius hatte ihn genau beobachtet, doch kein Zucken, keine noch so kleine Bewegung hatte verraten, was in Festus' Kopf vor sich ging. Der Hüter des kaiserlichen Schlafgemachs war wie immer undurchschaubar.

»Alexandria«, sagte Caracalla sehnsüchtig. »Die Stadt, die von dem größten Feldherrn aller Zeiten gegründet wurde. Eines Tages werde ich sie besuchen. Doch zuerst muss ich mir selbst einen Namen machen, indem ich vollbringe, woran alle Herrscher und Feldherrn Roms bisher gescheitert sind: Ich werde das Partherreich erobern. Dort ist ein Bürgerkrieg zwischen den Brüdern Vologaeses und Artabanos entbrannt, an dem ich nicht ganz unschuldig bin, indem ich einen Botschafter des Ersteren empfangen habe.«

»Jawohl, Augustus«, sagte Oclatinius. »Doch bevor wir uns den Parthern zuwenden, sollten wir unsere eigenen Grenzen sichern. Ähnlich wie damals in Kaledonien haben sich auch die germanischen Stämme zu einem Bündnis zusammengeschlossen, das zusehends größer und mächtiger wird. Insbesondere die Alamanni und die anderen Völker zwischen den Flüssen Albis und Rhenus stellen eine Bedrohung dar, der wir uns wohl in absehbarer Zeit werden stellen müssen.«

Caracalla nickte. »Ich bin noch jung. Ich habe Zeit. Zuerst besiegen wir die germanischen Stämme jenseits des Rhenus und dann die Parther. Das will gut geplant sein. Trefft alle Vorbereitungen für den Krieg.«

Oclatinius und Festus nickten zackig.

»Sollte ich Avitus hinrichten lassen?«, fragte Caracalla und kehrte damit abrupt zum ursprünglichen Gegenstand des Gesprächs zurück.

Festus ergriff zuerst das Wort. »Dazu besteht keine Notwendigkeit, Augustus. Diesem Bericht nach zu urteilen war er in diesem Spiel nur eine Figur ohne eigene Absichten. Genau wie seine Mutter und sein Vater.«

»Nichtsdestotrotz könnte sich eines Tages der Widerstand gegen meine Herrschaft hinter ihm sammeln«, sagte Caracalla. »Vielleicht kommt ja noch jemand auf die Idee, ihn zum Kaiser machen zu wollen. Seine Mutter wäre zweifellos ehrgeizig genug. Oclatinius, was meinst du dazu?«

Oclatinius zögerte, dann warf er Festus einen Blick zu, den dieser mit einem beinahe unmerklichen Kopfschütteln quittierte. Um seinen alten Freund zu ärgern, wartete Oclatinius noch einen weiteren Augenblick ab, bevor er antwortete. »Ich stimme Festus zu«, sagte er. »Den Jungen oder seine Familie trifft keine Schuld. Einen treueren Diener als Marcellus werdet Ihr so schnell nicht finden – Anwesende selbstverständlich ausgenommen.« Dabei nickte er Festus überdeutlich zu, was diesem nicht entging, auch wenn Caracalla nichts davon bemerkte. »Dennoch ist es wohl am besten, Marcellus für die nächste Zeit in Numidien zu belassen, sobald er dort sein Amt als Statthalter angetreten hat. Die Provinz ist weit genug von Rom entfernt. Sobald sie einmal befriedet ist, werden uns von dort keine weiteren Schwierigkeiten drohen. Außerdem ist Numidien Africa näher als Syria und den Anhängern Getas. Die Statthalter der umgebenden Provinzen sind Euch treu ergeben. Sie werden Numidien im Auge behalten und notfalls eingreifen.«

Caracalla überlegte, dann nickte er. »So sei es. Der Junge soll leben.«

Festus wirkte erleichtert. Er warf Oclatinius ein knappes Lächeln zu, während sich Caracalla erneut in einem Tagtraum zu verlieren schien. Oclatinius wartete vergeblich auf weitere Befehle. »Wenn das alles wäre, Eure Hoheit?«, fragte er schließlich.

Caracalla entließ sie geistesabwesend mit einer Handbewegung. Die beiden Männer verbeugten sich noch einmal und verließen gemeinsam den Thronsaal. »Aziz war einer deiner Männer, habe ich recht?«, fragte Oclatinius, sobald sie außer Hörweite der Prätorianer und der Leibwächter des Kaisers waren.

»Glaubst du wirklich, dass ich eine solche Frage mit einer Antwort würdige?«, fragte Festus.

Oclatinius schwieg. Sie gingen weiter.

Festus seufzte. »Danke, dass du dich für den Jungen eingesetzt hast«, sagte er.

»Was liegt dir so an ihm? Hast du immer noch etwas mit ihm vor?«

»Aber nein, und hatte ich selbstverständlich auch nie. Wie dem auch sei, diese Gelegenheit ist vertan. Als Anführer einer Rebellion werden wir ihn in nächster Zeit wohl nicht erleben.«

»Jedenfalls trifft ihn keine Schuld«, sagte Oclatinius. »Ich mag den Kleinen irgendwie. Er ist anders als die anderen, und nicht viele in Rom haben den Mut, anders zu sein.«

»Außerdem ist er möglicherweise der Sohn des Kaisers«, sagte Festus.

Oclatinius nickte. »Womöglich wird das irgendwann eine bedeutende Rolle spielen. Aber nicht, solange er mit seiner Mutter und seinem Vater unter der Sonne Numidiens weilt und hier in Rom allmählich der Vergessenheit anheimfällt.«

Festus sah Oclatinius an. Seine Lippen bewegten sich, als wollte er die Worte erst probeweise formen, bevor er sie aussprach. »Warum hast du mich beschützt?«

»Das weißt du genau.«

»Immer noch, nach all den Jahren?«

»Immer noch. Aber treib es nicht zu weit, Festus. Ich stehe nicht auf ewig in deiner Schuld und ich bin dir nicht zu endloser Dankbarkeit verpflichtet.«

Festus seufzte. »Ich komme mir furchtbar alt vor.«

»Solche Schwachheiten können wir uns nicht leisten. Ein ungestümer junger Kaiser sitzt auf dem Thron und will in Alexanders Fußstapfen treten. Bei den Kriegen, die er plant, wird er unsere Hilfe brauchen. Der Sieg hängt nicht allein von der Größe und Kampfkraft der Armee ab. Auch andere ... Methoden werden vonnöten sein.«

»Die Methoden, in denen wir es zur Meisterschaft gebracht haben?«

»In der Tat. Vielleicht sollten wir nach so langer Zeit wieder einmal zusammen anstatt gegeneinander arbeiten?«

Festus dachte nach. »Es wäre auf jeden Fall weniger anstrengend.«

Sie erreichten den Ausgang des Palastes.

»Ich gehe nach Hause«, sagte Festus.

»Ich auch.«

Sie wandten sich voneinander ab und gingen in verschiedene Richtungen davon.

Bibliografie und Leseempfehlungen

Bei der Recherche zu diesem Buch habe ich zu viele Titel konsultiert, um sie hier alle aufzählen zu können, doch zumindest seien an dieser Stelle einige für mich besonders wichtige Hauptwerke genannt:

Bowman, A. K., Garnsey, P., und Cameron, A.: *The Cambridge Ancient History: Band XII: The Crisis of Empire AD 193–377*, 2. Auflage, Cambridge University Press, Cambridge 2005

Grant, M.: *The Severans. The Changed Roman Empire*, Routledge, Abingdon 1996

Haas, C.: *Alexandria in Late Antiquity, Topography and Social Conflict*, The Johns Hopkins University Press, Baltimore und London 1997

Levick, B.: *Julia Domna, Syrian Empress*, Routledge, Abingdon 2007

Lindsay, J.: *Daily Life in Roman Egypt*, Frederick Muller Ltd., London 1963

Lindsay, J.: *Leisure and Pleasure in Roman Egypt,* Frederick Muller Ltd., London 1965

Lindsay, J.: *Men and Gods of the Roman Nile,* Frederick Muller Ltd., London 1968

Macleod, R.: *The Library of Alexandria,* I.B. Tauris & Co Ltd., London 2004

Nixey, C.: *Heiliger Zorn. Wie die frühen Christen die Antike zerstörten,* DVA, München 2019

Parsons, P.: *Die Stadt des Scharfnasenfisches: Alltagsleben im antiken Ägypten*, C. Bertelsmann, München 2009

Pollard, J., und Reid, H., *The Rise and Fall of Alexandria, Birthplace of the Modern World,* Penguin, New York 2006

Southern, P.: *The Roman Empire from Severus to Constantine,* Routledge, Abingdon 2001

Swain, S., Harrison, S., und Elsner, J.: *Severan Culture,* Cambridge University Press, Cambridge 2007

Syvänne, I.: *Caracalla. A Military Biography,* Pen & Sword Books Ltd., Barnsley 2017

Nachwort des Autors

Alexandria zählt zu den außergewöhnlichsten Städten der Antike. Die im Jahr 332 v. Chr. gegründete und nach Alexander dem Großen – dem vielleicht erfolgreichsten Feldherrn aller Zeiten – benannte Stadt war ein Hort der Philosophie und des Wissens, ein kultureller Schmelztiegel, der Denker, Erfinder, Politiker und bedeutende Geistliche ebenso hervorbrachte wie philosophische Schulen und Glaubensgemeinschaften, architektonische Meisterleistungen und raffinierte Erfindungen. Nach Alexanders Tod übernahm Ptolemaios, einer seiner Generäle und Nachfolger, die Herrschaft über Ägypten und schuf die Voraussetzungen dafür, dass die reiche Handelsmacht Alexandria die zeitweilig größte und nach dem Aufstieg Roms jahrhundertelang die zweitgrößte Stadt der antiken Welt wurde. Die Dynastie der Ptolemäer verwandelte Alexandria in ein Zentrum der Wissenschaft, das selbst Athen in den Schatten stellte. Die große Bibliothek beherbergte Werke von Geistesgrößen wie Euklid, dem Vater der Geometrie, dem Astronomen Hipparchus oder Eratosthenes, der fast zwei Jahrhunderte vor unserer Zeitrechnung den Umfang der Erde mit einer Abweichung von weniger als 0,2 Prozent richtig berechnete. Heron, der im ersten Jahrhundert nach Christus in Alexandria lebte, leistete nicht nur diverse Beiträge zur Mathematik und Physik, er erfand auch einen Vorläufer der Windmühle, die erste

Wärmekraftmaschine und den ersten Verkaufsautomaten der Welt, der – wie in diesem Roman beschrieben – Weihwasser ausgab.

In der Bibliothek von Alexandria war mehr oder weniger das gesamte Wissen der damaligen Zeit versammelt – die Wikipedia der antiken Welt sozusagen. Zusammen mit dem zugehörigen Museion war sie Anziehungspunkt für Gelehrte aus aller Welt. Um ihre Regale zu füllen, erwarben die Ptolemäer nicht nur Manuskripte, sie schreckten auch vor Diebstahl nicht zurück. Jedes Schiff, das in Alexandria anlegte, wurde nach Büchern durchsucht. Diese wurden beschlagnahmt und vor der Rückgabe an ihre Besitzer kopiert.

Die Bibliothek gehört zu meinem Alexandria des dritten Jahrhunderts, obwohl sie zu diesem Zeitpunkt möglicherweise bereits niedergebrannt war. Vielleicht hatte sie bereits das Feuer zerstört, das Julius Caesars Truppen während der Belagerung Alexandrias im Jahr 48 v. Chr. im Hafen legten und dem viele Schriftrollen zum Opfer fielen. Einige Forscher sind dagegen der Ansicht, dass dabei nicht die Bibliothek selbst, sondern nur ein Lagerhaus samt der dort aufbewahrten Schriften abgebrannt sei. Schließlich ist überliefert, dass Kaiser Claudius etwa hundert Jahre später das Bibliotheksgebäude erweiterte. Man kann wohl davon ausgehen, dass es in einem mit derart leicht entzündlichem Material vollgestopften Gebäude mehr als einmal gebrannt hat, obwohl sich die dort arbeitenden Gelehrten dieses Risikos zweifellos bewusst waren. Gesetzt den Fall, dass die Bibliothek im späten dritten Jahrhundert noch existiert hatte, wurde sie entweder während Kaiser Aurelians Feldzug gegen Zenobia zusammen mit dem Stadtviertel, in dem sie sich befand, endgültig zerstört – oder möglicherweise ein paar Jahre später, als Kaiser Diokletian 297 n. Chr. Alexandria belagerte.

Zu den bemerkenswerten architektonischen Sehenswürdigkeiten der Stadt gehörte natürlich auch der berühmte Leuchtturm von Pharos, ein riesiges Bauwerk von ungefähr 120 Metern Höhe, bekrönt von einem genial konstruierten Spiegel, der tagsüber die Sonnenstrahlen und nachts das Licht eines großen Feuers auf das Meer hinaus reflektierte. Ein weiteres Wunder war das Serapeum, das es jedoch im Gegensatz zum Leuchtturm nicht auf die »offizielle« Liste der antiken Weltwunder schaffte. Das auf einem Felsplateau errichtete, das Stadtbild dominierende Heiligtum war Serapis geweiht, einer von den Ptolemäern erfundenen oder zumindest modifizierten Gottheit, deren Anbetung alle Bewohner Alexandrias vereinen sollte. Bei diesem Gott handelte es sich um eine Verschmelzung der ägyptischen Götter Apis und Osiris, der jedoch – als Zugeständnis an die griechischstämmigen Alexandriner – im Gegensatz zu den mit Tierköpfen dargestellten ägyptischen Göttern ein menschliches Haupt besaß. Serapis wurde im ganzen römischen Reich verehrt, nicht zuletzt von Kaisern wie Vespasian, Septimius Severus und Caracalla. In Alexandria bestand der Serapis-Kult bis zur Zerstörung des Serapeums durch einen christlichen Mob im späten vierten Jahrhundert.

Die Einwohner Alexandrias gehörten ähnlich wie die Roms vielen verschiedenen Ethnien und Glaubensrichtungen an. Allerdings scheint die dortige Mischung brisanter und unberechenbarer als in der Hauptstadt gewesen zu sein, da es in der ägyptischen Metropole weitaus öfter zu religiösen und ethnischen Konflikten und Ausschreitungen zwischen den dort dicht an dicht lebenden Juden, Christen, Griechen, Ägyptern und Römern kam. Die jüdische Gemeinde Alexandrias war einst sehr groß, aber mehrere Rebellionen hatten dazu geführt, dass viele Juden vertrieben oder gar ermordet worden waren. Zu der Zeit, in der der Roman spielt, lebten nur noch wenige in der Stadt. Dennoch machte man sie – wie so oft in der Geschichte – für so ziemlich alle Missstände verantwortlich.

Der Evangelist Markus soll das Christentum nach Alexandria gebracht und dort das Martyrium erlitten haben. Die neue Religion fiel auf fruchtbaren Boden, und Alexandria wurde eines der großen Zentren des Christentums. Zu den wichtigsten christlichen Vordenkern dort gehörten neben Origenes auch Clemens von Alexandria und Didymus der Blinde.

Wie im Roman beschrieben, wurde Origenes' Vater im Zuge der Christenverfolgung unter Septimius Severus hingerichtet. Der Legende nach war Origenes dazu bereit gewesen, mit ihm in den Tod zu gehen, hätte seine Mutter nicht seine Kleider versteckt. So hinderte ihn der Anstand daran, das Haus zu verlassen. Angeblich hatte er Matthäus 19,12 allzu wörtlich genommen und sich selbst kastriert, was er später im Leben bereute, doch dabei könnte es sich auch lediglich um ein von seinen Feinden verbreitetes, böswilliges Gerücht handeln. Origenes' Schriften hatten großen Einfluss auf das frühe Christentum, obwohl er in den darauffolgenden Jahren und Jahrhunderten mehrfach als Häretiker verurteilt wurde. Er verbrachte zwei Jahre in Haft, wobei man ihn mehrmals vergeblich durch Folter dazu zwingen wollte, seinem Glauben abzuschwören. Ein Jahr nach seiner Entlassung starb er.

Dass Gannys Eunuch war, ist eine Erfindung von Edward Gibbon. Ich habe mich davon inspirieren lassen und mich dafür entschieden, dass er sich als Eunuch ausgibt, um seine Affäre mit Julia Soaemias zu verbergen.

Der Elagabal-Kult hat seinen Ursprung nicht in Alexandria, sondern in der syrischen Stadt Emesa (dem heutigen Homs). Elagabal – ein Sonnengott, obwohl sein Name »Gott des Berges« bedeutete – war vermutlich in ganz Syrien eine bedeutende Gottheit, die in Gestalt eines großen, schwarzen, kegelförmigen Steins verehrt wurde. Antike Quellen legen nahe, dass es sich bei diesem Stein, der vor langer Zeit gefolgt von einem Feuerschweif vom Himmel gefallen sein soll, um einen Meteoriten handelte.

Varius Avitus Bassianus – der kleine Avitus aus diesem Roman –, der später als Kaiser Elagabalus (eingedeutscht: Elagabal) oder Heliogabalus über Rom herrschen sollte, war ein Nachfahre der Hohepriester von Emesa und als Enkel von Julia Domnas Schwester Julia Maesa gleichzeitig mit dem römischen Kaiserhaus verwandt. Höchstwahrscheinlich mit dem Ziel, seinen Anspruch auf den Kaiserthron zu untermauern, behauptete seine Mutter später sogar, Caracalla selbst sei sein Vater. Es wird vermutet, dass Avitus einen älteren Bruder hatte, da er nach dem Großvater mütterlicherseits benannt worden war, während der Erstgeborene den Namen des Großvaters väterlicherseits getragen hätte. Dafür spricht auch, dass der Grabstein von Sextus Varius Marcellus, Avitus' wahrscheinlichstem Vater, von seiner Frau Julia Soaemias und seinen Söhnen gestiftet wurde. Andererseits ist überliefert, dass Julia Maesa nur zwei Enkel hatte (Avitus/Elagabal und seinen Vetter Severus Alexander) – doch wenn es einen älteren Bruder gab, warum wurde Avitus in der Thronfolge bevorzugt? Meiner Ansicht nach liegt die Lösung des Rätsels darin, dass Avitus zwar einen älteren Bruder hatte, dieser aber, wie so viele Kinder in der damaligen Zeit, schon früh verstarb.

Avitus ist eine faszinierende Persönlichkeit. Kein anderer

römischer Kaiser – weder Caligula noch Nero, Domitian, Commodus oder Caracalla – wurde derart verunglimpft und verteufelt, wobei sich die meisten dieser Unterstellungen und Verleumdungen auf seine sexuellen Neigungen und seinen religiösen Eifer beziehen. Dass er seinen Gott Elagabal zur obersten Gottheit des römischen Pantheons machen wollte, ist nicht verwerflicher als ein ähnliches Vorhaben Konstantins, der einzige Kaiser, dem der Beiname »der Große« zugestanden wurde, wobei Avitus wohl zutiefst an seinen Gott glaubte, während Konstantin das Christentum vermutlich nur aus kaltem, politischem Kalkül einführte.

Was die angeblichen sexuellen Ausschweifungen betrifft, sollte man bedenken, dass Avitus im Alter von nur vierzehn Jahren unerwartet zum Kaiser erhoben wurde, ein Amt, auf das er nicht vorbereitet worden war. Ein hormongesteuerter Teenager, der unter der ihm zugeschriebenen Geschlechtsidentität litt, dessen Vater ein paar Jahre zuvor gestorben war und der von einer manipulativen und herrschsüchtigen Mutter erzogen wurde, stieg plötzlich zum alleinigen und absoluten Herrscher der gesamten zivilisierten Welt auf – was konnte da schon schiefgehen?

Ich habe mich bemüht, den jungen Avitus mit verständnisvollem Blick und der heutigen Sensibilität gegenüber dem Thema Geschlechtsidentität zu beschreiben, ohne jedoch die Reaktion von Avitus' Zeitgenossen auf sein Verhalten zu beschönigen. Avitus wird natürlich erst einige Jahre nach dem Ende dieses Romans zu einer wirklich bedeutenden Figur. Wenn Leserschaft und Autor genug Ausdauer haben, werden wir ja erleben, wie er sich als Herrscher so macht!

Historische Texte

Herodian über den Tod des Septimius Severus und die gemeinsame Regierungszeit von Geta und Caracalla

Nach »Geschichte des römischen Kaisertums seit Mark Aurel« von Herodian, übersetzt von Adolf Stahr

Antoninus blieb den Rest jener Nacht hindurch in dem Tempel des Lagers, und nachdem er Mut gefasst und sich durch seine Freigiebigkeiten die Soldaten gewonnen hatte, begab er sich in den Senat, begleitet von dem gesamten Kriegsvolke, das vollständiger bewaffnet war, als es sonst bei einer Begleitung des Kaisers Sitte ist. Nachdem er eingetreten war und geopfert hatte, bestieg er den kaiserlichen Thron und sprach etwa folgendermaßen:

»Ich weiß zwar sehr wohl, dass jeder Mord eines Verwandten, sobald man davon hört, verabscheut wird und schon das Wort, sobald es nur in den Ohren erklingt, eine schwere Anklage mit sich bringt. Denn dem Unterliegenden wendet sich das Mitleid, dem Sieger der Neid zu, und der unterliegende Teil wird in solchen Fällen für ungerecht behandelt, der siegende für Unrecht übend angesehen. Allein wenn jemand mit richtiger Erwägung und nicht mit Vorurteil für den Gefallenen das Geschehene betrachten und Ursache und Grund desselben prüfen wollte, so würde er es ebensowohl natürlich als notwendig finden, dass derjenige, der sich in dem Falle befindet, ein Unheil erleben zu sollen, lieber sich dagegen wehrt, als es geduldig hinnimmt. Sonst fällt auf ihn, wenn er unterliegt, auch noch der Tadel der Feigheit, während der Sieger sich nicht bloß errettet, sondern auch den Ruhm der Tapferkeit davonzutragen pflegt. Die einzelnen Fälle nun, in denen er mir durch Gift und alle möglichen Hinterlisten nachstellte, könnt ihr selbst durch die Folterzeugnisse kennenlernen, und ich habe zu diesem Behufe befohlen, die betreffenden Personen aus seiner Dienerschaft euch zu überantworten, damit ihr die Wahrheit ausfindig machen könnt. Es sind aber einige derselben bereits peinlich befragt worden, und das Resultat dieser Untersuchung könnt ihr hören. Was aber den letzten Fall betrifft, so griff er mich, als ich bei meiner Mutter war, mit einigen Bewaffneten an, die er eigens dazu angestiftet hatte. Dieses Anschlags war ich durch meine große Vorsicht und Behutsamkeit innegeworden und wehrte mich daher gegen ihn, wie gegen einen Feind, da er sich ja weder seiner Gesinnung noch seinem Handeln nach als Bruder betrug. Sich aber gegen Leute wehren, die uns nachstellen, ist nicht nur rechtlich erlaubt, sondern auch herkömmlich. Ertrug doch auch der Gründer dieser Stadt selbst, Romulus, nicht einen Bruder, der doch bloß seine Unternehmungen übermütig verspottete. Ich schweige von Germanicus, dem Bruder Neros, und von Titus, dem Bruder Domitians. Aber selbst Kaiser Marcus, der so gern den Philosophen und Tugendhaften spielte, ertrug doch den Übermut des Lucius nicht, obschon derselbe sein Schwiegersohn war, sondern schaffte ihn sich heimlich vom Halse. Ich aber habe bloß, nachdem Gift für mich bereitet und das Schwert gegen mich gezückt war, mich meines Feindes erwehrt, denn diesen Namen gaben ihm seine Taten gegen mich. Ihr aber habt zunächst den Göttern zu danken, dass sie, wenn sie euch auch nur den einen von beiden Kaisern eretteten, doch zugleich der Geteiltheit der Stimmungen und Parteigesinnungen ein Ende gemacht haben und dass ihr jetzt auf einen hinblickend ohne Sorge leben könnt. Das Regiment verleiht Zeus, wie er selbst es unter den Göttern allein hat, so auch über die Menschen nur einem.«

Als er solches mit lauter Stimme gesprochen hatte, wobei er von Leidenschaft erfüllt mit wildem Blicke die Freunde seines Bruders ins Auge fasste, verließ er die größtenteils zitternden und erbleichenden Versammelten und kehrte eilig in die Kaiserburg zurück.

Sofort wurden alle Vertrauten und Freunde des Ermordeten niedergemetzelt, selbst diejenigen, welche sich in dem Teile des Palastes befanden, welchen jener bewohnt hatte. Auch die Diener wurden sämtlich umgebracht und kein Alter ward verschont, selbst nicht die unmündigen Kinder. Die Leichen der Gefallenen schleppte man unter allen möglichen Beschimpfungen umher, dann wurden sie auf Wagen geladen, aus der Stadt geführt und zu Haufen verbrannt oder auch, wie es kam, hingeworfen. Keiner blieb am Leben, der nur einigermaßen dem Geta bekannt gewesen war. Selbst die Athleten und Wagenlenker und die Künstler in den verschiedenen Arten der Musik und des Tanzes, und alles, was derselbe gern gehört oder gesehen hatte, wurde ermordet. Aus dem Senate wurden alle, die sich durch Geburt oder Reichtum auszeichneten, aus den geringfügigsten Ursachen oder, wenn gar keine solche vorlagen, auf irgendeine beliebige Verleumdung hin als Freunde Getas ums Leben gebracht. Sogar die Schwester des Commodus, die bereits Greisin war und von allen Kaisern als Tochter des Marcus in Ehren gehalten worden war, ließ er töten, indem er es ihr als Schuld anrechnete: Sie habe bei seiner Mutter über den Mord ihres Sohnes geweint. Seine frühere Gattin, die Tochter des Plautianus, die sich damals in Sizilien befand, desgleichen seinen Vetter, der nach dem Kaiser gleichfalls Severus hieß, sowie den Sohn des Pertinax und den Sohn von Commodus' Schwester Lucilla, und was sonst noch kaiserlichen Geschlechtes oder im Senate von edler Abkunft war, rottete er samt und sonders aus. Auch in die Provinzen schickte er Abgesandte und ließ die Militär- und Zivilbefehlshaber derselben als Anhänger Getas umbringen. Ja, jede Nacht brachte Hinrichtungen der verschiedenartigsten Individuen. Die Vestalinnen ließ er lebendig begraben, weil sie ihre Jungfrauschaft nicht bewahrt hätten. Zuletzt aber verübte er ein Stück, was man nie zuvor erlebt hatte. Als er nämlich einmal dem Wettrennen zuschaute, verspottete das Volk einen Wagenlenker, auf den er große Stücke hielt. Dies nahm er als eine persönliche Beleidigung auf und gab der Leibgarde den Befehl, in das Volk zu fallen, es auseinanderzujagen und diejenigen, welche auf den Wagenlenker geschimpft hatten, niederzuhauen. Die Soldaten ergriffen begierig diese Gelegenheit zu Vergewaltigung und Raub, und ohne zu untersuchen, wer die vorlauten Schreier gewesen – war es doch auch unmöglich, sie aus einer so ungeheuren Menschenmenge ausfindig zu machen, da niemand sich schuldig bekennen mochte –, ergriffen sie schonungslos jeden, der ihnen in die Hände fiel, schleppten sie fort und töteten sie oder schenkten ihnen erst, nachdem sie ihnen alles, was sie hatten, als Lösegeld abgenommen hatten, mit genauer Not das Leben.

Cassius Dio über Caracalla

Nach »Römische Geschichte« von Cassius Dio,
übersetzt von Leonhard Tafel

Obgleich es schon Abend war, suchte sich Antoninus doch erst der Soldaten zu versichern. Auf dem ganzen Wege rief er, dass man ihn umbringen wollte und dass er in größter Gefahr sich befinde. Als er in das Lager trat, sprach er: »Freuet euch mit mir, Soldaten, jetzt kann ich euer Wohltäter werden.« Ehe sie noch alles hören konnten, stopfte er ihnen den Mund mit so vielen und so großen Versprechungen, dass sie keinen Gedanken der Pflicht aufkommen lassen oder aussprechen konnten. »Ich bin nur einer der Eurigen«, sprach er, »und wünsche nur für euch zu leben, um euch recht viel schenken zu können, euer sind alle meine Schätze. Am liebsten«, fuhr er fort, »möchte ich mit euch leben; oder wenigstens mit euch sterben! Ich fürchte den Tod überhaupt nicht; aber ich will den Tod des Soldaten sterben. Nur dort auf dem Schlachtfelde sollte der Mann sterben, sonst nirgends!« Am folgenden Tage hielt er einen Vortrag an den Senat, unter anderem, als er schon von seinem Sitze sich erhoben hatte und an der Tür stand, wandte er sich noch einmal um und sprach: »Fast hätte ich das Wichtigste vergessen: So höret denn, dass alle Welt sich freue: Alle Verbannten, aus was immer für einem Grunde sie verurteilt sein mögen, dürfen in die Stadt zurück!« Nachdem er so die Inseln von Verbannten geleert und die ärgsten Verbrecher begnadigt hatte, waren sie bald wieder von Neuem gefüllt.

Von den Hofbedienten und den Soldaten, die es mit Geta gehalten hatten, wurden jetzt unverzüglich gegen zwanzigtausend hingerichtet, Männer und Weiber ohne Unterschied, wenn sie sich auch nur einmal bei ihm im Palaste befunden hatten. Unter den Angeseheneren war auch Papinianus; und Antoninus machte seinem Mörder nur den Vorwurf, dass er ihm mit dem Beil und nicht mit dem Schwerte den Kopf abgehauen hatte. Auch seinem Erzieher und Wohltäter Cilo, der unter seinem Vater Stadtpräfekt gewesen war und den er selbst oft Vater genannt hatte, wollte er das Leben nehmen. Die Soldaten, welche nach ihm ausgeschickt waren, plünderten auch wirklich sein Silbergeschirr, seine Gewänder und Schätze, kurz alles, was sie in seinem Hause fanden; ihn selbst aber führten sie über die heilige Straße mit Holzschuhen an den Füßen (er war gerade im Bad) und im kurzen Unterkleide dem Palaste zu, um ihn hier vollends umzubringen. Sie rissen ihm sein Gewand ab und schlugen ihn in das Gesicht, sodass das Volk und die Soldaten in der Stadt darüber murrten. Scham und Furcht trieben nun den Antoninus an, ihm entgegenzueilen und sein Oberkleid (er hatte gerade das Feldgewand um) demselben umzuwerfen. »Misshandelt mir«, rief er, »meinen Vater nicht, schlaget mir den Erzieher nicht!« Der Kriegstribun, der den Befehl zu seiner Ermordung hatte, und die ihm beigegebenen Soldaten wurden jetzt hingerichtet, weil sie ihm das Leben hätten nehmen wollen, in der Tat aber, dass sie ihn nicht wirklich umgebracht hatten.

Dem Cilo bezeigte er jetzt solche Zuneigung, dass er erklärte: »Wer ihm nach dem Leben stand, hatte es auf mich selbst abgesehen!« Als er darob von den Umstehenden gepriesen wurde, sprach er: »Nennt mich weder Herkules noch einen anderen Gott« – nicht als ob er nicht gerne ein Gott geheißen hätte, sondern weil er sich den Götternamen nicht verdienen mochte. Zu allen seinen Handlungen trieb ihn verrücktes Ungestüm, er konnte einen hoch erheben und plötzlich auf die unsinnigste Weise verunglimpfen. Er ließ am Leben, die es am wenigsten verdienten, und verdammte Männer zum Tode, wo es niemand in den Sinn gekommen wäre. So hatte er den Julius Asper, der überhaupt ein verdienstvoller Mann und auch als Gelehrter und mutiger Kriegsmann ausgezeichnet war, so wie dessen Söhne zu hoher Ehre erhoben und zum Öftern die Fascen anvertraut, plötzlich aber beschimpfte er ihn aufs Empfindlichste und verwies ihn unter Schmach und gräulichen Drohungen in seine Vaterstadt. Auch den Laetus hätte er so beschimpft oder wohl gar umgebracht, wenn er nicht gefährlich erkrankt wäre; und er nannte vor seinen Soldaten seine Krankheit eine ruchlose, weil sie ihm nicht gestattete, ruchlos an ihm zu handeln. Auch den Thrasea Priscus, einen Mann, der an Geburt und Gesinnung keinem nachstand, ließ er hinrichten und tötete noch viele andere, die ihm früher befreundet waren.

Er gehörte drei Nationen an, hatte jedoch von ihren Vorzügen nichts, aber alle ihre Fehler: von Gallien die Leichtfertigkeit, die Feigheit und den Übermut, von Afrika die wilde Rohheit, von Syrien, dem er von mütterlicher Seite angehörte, die Hinterlist. Von den Hinrichtungen ging er auf die Spiele über, ohne jedoch auch hier seine Mordgier zu verleugnen. Dass er einen Elefanten, ein Nashorn, einen Tiger und ein Tigerpferd auf dem Theater erlegen ließ, möchte man weniger in Anschlag bringen; aber auch an dem Blute der Gladiatoren weidete er sich: Einen (er hieß Baton) zwang er an einem Tage, mit drei Gegnern zu kämpfen; als er dem Dritten unterlag, ließ er ihm ein feierliches Leichenbegängnis halten.

In den Alexander war er so vernarrt, dass er Waffen und

Pokale, die ihm angehört haben sollten, gebrauchte und viele Standbilder von ihm in den Lagern sowohl als in Rom selbst aufstellen ließ, auch eine Phalanx aus lauter Makedoniern, die sechzehntausend Mann stark war, errichtete und sie die Alexandrische benannte, ihr auch dieselben Waffen gab, deren sie sich unter Alexander bedienten. Diese bestanden in einem Helm aus rotem Büffelleder, einem dreifädigen Panzer, einem ehernen Schild, einer langen Lanze mit kurzer Spitze, Schuhen und einem Schwert. Er begnügte sich jedoch nicht damit, sondern nannte ihn noch den Augustus des Morgenlandes. Einmal schrieb er an den Senat, er habe sich in den Körper des Augustus herabgelassen, damit er, da er nur kurze Zeit lebte, noch länger leben könnte. Auf die sogenannten aristotelischen Philosophen warf er einen so bittern Hass, dass er die Schriften ihres Meisters wollte verbrennen lassen, ihnen die gemeinschaftliche freie Tafel, die sie in Alexandrien hatten, nebst ihren weiteren Genüssen nahm, weil er ihnen zur Last legte, dass Aristoteles angeblich an dem Tode Alexanders mitschuldig gewesen. So weit Antoninus in Bezug auf Alexander. Er zog auch überall mit einer Menge Elefanten herum, um auch hierin den Alexander oder vielmehr den Bacchus nachzuahmen.

Seine Vorliebe für Alexander trug er auch auf die Mazedonier über, sodass er einmal einen Kriegstribun aus Mazedonien lobte, weil er so flink sich aufs Pferd schwang, und ihn dann fragte: »Woher bist du?« Auf die Antwort, dass er ein Mazedonier sei, fragte er weiter: »Wie heißt du?« »Antigonus.« »Wie hieß dein Vater?« Als es sich fand, dass dieser Philippus hieß, sprach er: »Ich weiß alles, was ich wollte.« Sogleich ließ er ihn durch die übrigen Heergrade vorrücken und nahm ihn gleich darauf unter die Senatoren mit Prätorenrang auf. Ein anderer, der in Mazedonien nichts zu schaffen hatte, aber ein arger Bösewicht war und dessen Sache durch Berufung vor ihn, den Kaiser gebracht war, hieß Alexander, und als der Redner immer die Worte »der vermaledeite Alexander, der den Göttern verhasste Alexander« gebrauchte, geriet er in Zorn, als ob das ihm selber gelte, und rief: »Wenn du den Alexander nicht aus dem Spiele lässt, so sind wir fertig mit dir.«

Diese Vorliebe für Alexander machte auch, dass Antoninus immer viel Truppen auf den Beinen hatte, indem er bald diesen, bald jenen Vorwand, bald diesen, bald jenen Krieg vorschützte. Das Schlimmste bei ihm war aber, dass er nicht nur gerne große Summen an die Soldaten verschwendete, sondern auch in allen andern Dingen kein Maß halten wollte und zu diesem Zwecke nicht nur alle andern Römer plünderte, sondern auch und hauptsächlich die Senatoren auszusaugen suchte. Denn außer den goldenen Kronen, welche er für seine Siege, die er immer über die Feinde erfochten haben wollte, verlangte (ich meine hier nicht die wirklichen Kronen, die eine Kleinigkeit gewesen wären, sondern die großen Summen Geldes [das Kronengold], welche die Städte unter diesem Titel den Kaisern zu geben pflegten); außer den Lieferungen, die wir für ihn teils umsonst, teils sogar mit eigenen Kosten beitreiben mussten und die er alle an die Soldaten verschenkte oder auch öffentlich wieder losschlug; außer den Geschenken, die er von den reichen Privatleuten und den Städten erbettelte; außer den Zöllen und den neuen Auflagen, außer dem Zehnten, den er statt des Zwanzigsten auf alle Freilassungen von Sklaven, auf Erbschaften und Schenkungen legte, indem er die Erbfolge ohne Testament und die in solchen Fällen stattfindende Befreiung der nächsten Verwandten der Sterbenden von allen Abzügen aufhob, außer dem Bürgerrechte, das er allen Untertanen des Römischen Reiches, wie es schien zur Ehre, in der Tat aber in der Absicht verlieh, um auch dadurch seine Einkünfte zu vermehren, weil die Nichtbürger viele dieser Abgaben nicht zu entrichten hatten; außer all diesem mussten wir ihm, sooft er von Rom verreiste, mitten auf Stationen, die er machte, und wenn sie auch noch so kurz waren, Gebäude aller Art und kostspielige Absteigequartiere, in denen er nie wohnte und die er auch nie zu Gesichte bekam, aufführen lassen. Ebenso mussten wir an den Orten, wo er überwinterte oder zu überwintern hoffte, überall Amphitheater und Rennbahnen ohne seine Unterstützung herrichten lassen, die denn jedes Mal wieder abgebrochen wurden. Es geschah also bloß, um uns aufzureiben.

Er selbst verwendete sein Geld, wie ich schon berichtete, auf die Soldaten, auf wilde Tiere und Pferde. Es wurden immer sehr viele wilde, auch zahme Tiere, die wir ihm meist auf seinen Befehl liefern mussten und er selbst nur selten herbeischaffte, erlegt. Einmal tötete er hundert wilde Eber mit eigener Hand. Als Wettfahrer erschien er im blauen Gewand. In allem, was er tat, war er äußerst hitzig und leichtfertig. Hierzu kam noch die Verschmitztheit von seiner Mutter und den Syrern, von denen sie abstammte. Zum Kampfrichter machte er einen Freigelassenen oder irgendeinen reichen Mann, um auch hierin andere in Kosten zu versetzen. Er salutierte sie mit der Peitsche von unten und bat wie der niedrigste Wettfahrer um Goldmünzen. Er sagte, er ahme beim Wettfahren den Sonnengott nach, und tat sich etwas darauf zugut. So wurden während seiner ganzen Regierung die Provinzen des Reiches ausgebeutet, sodass die Römer einmal an der Rennbahn unter anderem riefen: »Wir müssen die Lebendigen töten, um die Toten zu begraben!« Er äußerte oft: »Niemand darf Geld haben außer mir, dass ich den Soldaten geben kann.« Als ihm Julia einmal Vorstellungen machte, dass er so viel auf jene verwende, und sagte: »So bleibt uns ja am Ende weder eine gerechte noch ungerechte Schatzung übrig«, antwortete er, indem er auf sein Schwert wies: »Sei unbesorgt, Mutter, solang wir dieses haben, gebricht es uns nicht an Geld.«

Aber auch an seine Schmeichler verschenkte er Gut und Geld. Julius Paulinus, der früher Konsul gewesen war, ein Lästermaul und Spötter, verschonte selbst das Kaiserhaus nicht, sodass ihn Severus in freierem Gewahrsam hielt. Als er aber selbst hier noch auf die Kaiser spottete, ließ ihn Severus vor sich rufen und schwor, dass er ihm wollte den Kopf abschlagen lassen. Er antwortete: »Das kannst du, solang ich ihn aber habe, kannst weder du noch ich denselben in Ordnung halten.« Severus lachte und gab ihn wieder frei. Antoninus nun entbot denselben gleichfalls vor sich und erlaubte ihm, auf ihn Verse zu machen. Er aber bemerkte sehr fein: dass er immer aussehe, als ob er im Zorne wäre. Das sagte er im Spott, schmeichelte ihm aber damit sehr, er wollte nämlich immer hart, wild und furchtbar erscheinen. Deswegen schenkte er ihm auch zweihunderttausend Drachmen. Für die Wissenschaft hatte er keinen Sinn: Denn er hatte, wie er selbst gestand, nichts gelernt. Deshalb behandelte er auch diejenigen von uns, die er als Freunde der Wissenschaft kannte, mit Geringschätzung. Zwar hatte Severus bei seiner Erziehung nichts versäumt, was zur Kräftigung seines Charakters sowohl als seines Körpers beitragen konnte, sodass er selbst noch als Kaiser mit Lehrern Umgang hatte und einen großen Teil des Tages Philosophie studierte, sich der trockenen Salbung bediente, einen Ritt von siebenhundertundfünfzig Stadien machte und sich selbst bei heftigem Wellenschlag im Schwimmen übte. Körperlich erstarkte er denn auch; seine wissenschaftliche Bildung zerrann ihm in solchem Grade, dass es schien, als hätte er sie auch nicht dem Namen nach gekannt. Es fehlte ihm jedoch keineswegs an Fertigkeit im Ausdruck und an Urteil; vielmehr fasste er schnell und wusste sich fertig auszudrücken. Obgleich er alles, was ihm in den Sinn kam, mit kecker Vorschnelligkeit, ohne sich zu besinnen, heraussagte und sich nicht scheute, alles zum Besten zu geben, so traf er doch oft den rechten Punkt. Weil er aber seinem Urteil zu viel vertraute, tat er manchen Missgriff: Denn er wollte nicht nur alles wissen, sondern auch allein wissen, nicht nur alles vermögen, sondern auch allein vermögen. Deshalb zog er auch niemand zu Rat und beneidete solche, welche irgendwelche Verdienste hatten. Er liebte nie jemand, sondern hasste alle, welche sich auszeichneten, am meisten aber diejenigen, welchen er am meisten Zuneigung bezeigte, und suchte sie auf die eine oder die andere Weise zugrunde zu richten. Auch ließ er viele geradezu umbringen; andere schickte er in Provinzen, die ihnen nicht zusagten und wegen ihres ungünstigen Klimas mit ihrer Leibesbeschaffenheit sich nicht vertrugen, und schaffte so diejenigen, die er nicht leiden konnte, unter dem Scheine hoher Auszeichnung aus dem Wege, indem die dem Übermaß der Hitze oder der Kälte erliegen mussten. Wieder andere ließ er zwar nicht töten, drückte sie aber dergestalt, dass sie an den Bettelstab kamen.

Strabon über Alexandria

Nach »Erdbeschreibung« von Strabon,
übersetzt von Albert Forbiger

Weil aber der größte und wichtigste Teil dieser Beschreibung Alexandria und seine Umgegend ist, so müssen wir von da beginnen. Die Küste also hält den von Pelusium westlich bis zur Kanobischen Mündung Schiffenden etwa 1300 Stadien, welche Strecke wir auch die Grundlinie des Delta nannten; von hier aber bis zur Insel Pharus sind noch weitere 150 Stadien. Pharus aber ist eine längliche, fast mit dem Festlande zusammenhängende und an diesem einen Hafen mit zwei Eingängen bildende Insel. Denn das zwei Landspitzen ins Meer vorstreckende Ufer bildet eine Bucht, und zwischen beiden liegt die den Busen schließende Insel; denn sie streckt sich der Länge nach vor ihm hin. Von den beiden Spitzen der Insel Pharus ist die östliche dem Festlande und seiner Landspitze (welche Lochias heißt) näher und macht die Mündung des Hafens eng. Zu dieser Enge des dazwischenliegenden Sundes kommen noch teils vom Meere bedeckte, teils hervorragende Klippen, welche beständig die aus dem Meere eindringenden Wogen in Brandung setzen. Aber auch die Spitze der Insel selbst ist ein vom Meere umspülter Felsen mit einem wundervoll aus weißem Gestein mit vielen Deckgebälken erbauten und der Insel gleichnamigen Turme. Diesen errichtete der Knidier Sostratus, ein Freund der Könige, zur Rettung der Schiffenden, wie die Inschrift besagt. Denn da die Küste an beiden Seiten hafenlos und flach ist, auch einige Riffe und Untiefen hat, so bedurfte es für die vom Meere Heranschiffenden eines hohen und hervorleuchtenden Zeichens, um den Eingang des Hafens genau zu treffen. Auch die westliche Mündung ist nicht leicht zugänglich, bedarf jedoch keiner so großen Vorsicht. Auch sie aber bildet einen zweiten Hafen, welcher der Hafen Eunostu heißt. Dieser liegt vor dem ausgegrabenen und geschlossenen Hafen. Jener, der an dem erwähnten Turme auf Pharus die Einfahrt hat, ist der Große Hafen; diese andern liegen, durch einen Heptastadion genannten Damm von ihm getrennt, in der Vertiefung der Bucht zusammenhängend neben ihm. Der Damm aber ist eine sich vom Festlande nach dem westlichen Teile der Insel hin erstreckende Brücke, welche nur zwei gleichfalls überbrückte Durchfahrten in den Hafen Eunostu offen lässt. Dieses Bauwerk war jedoch nicht bloß eine Brücke zur Insel, sondern zugleich eine Wasserleitung, als jene noch bewohnt wurde; jetzt aber hat sie der göttliche Caesar, weil sie es mit den Königen hielt, in dem Kriege gegen Alexandria verödet; doch wohnen noch einige wenige Seeleute am Turme. – Der Große Hafen nun ist außer dem Vorzuge, sowohl durch den Damm als von Natur gut verschlossen zu sein, nicht nur gleich am Ufer sehr tief, sodass selbst das größte Schiff an der Treppe anlegen kann, sondern auch in mehrere Häfen geschieden. Aber die früheren Könige Ägyptens, zufrieden mit dem, was sie hatten, und eingeführter Waren nicht sehr bedürftig, auch eingenommen gegen alle Heranschiffenden, besonders gegen die Hellenen (denn diese waren Plünderer und bei der Dürftigkeit ihrer Heimat nach fremdem Lande begierig), legten eine Wache an diesen Ort mit dem Befehl, alle Heranschiffenden zurückzuweisen; zur Wohnung aber gaben sie diesen Wächtern die sogenannte Rhakotis, welche jetzt der oberhalb der Schifflager gelegene Teil von Alexandria ist, damals aber ein Flecken war. Die Umgegend des Fleckens übergaben sie den Rinderhirten, welche gleichfalls die von auswärts Ankommenden abzuhalten vermochten. Als aber Alexander hinkam und die günstige Lage erkannte, beschloss er, am Hafen eine ummauerte Stadt zu gründen. Man gedenkt aber auch eines Vorzeichens des später der Stadt zuteil gewordenen Wohlstandes, das beim Grundrisse des Baues erfolgte. Als nämlich die Baumeister die Umfangslinie mit weißer Erde bezeichneten, die Erde aber schon ausging und der König dazukam, gaben die Verwalter der Mehlvorräte einen Teil des für die Arbeiter angeschafften Mehles her, womit auch die Gassen in mehrere geteilt wurden. Dies nun, sagt man, sei als ein günstiges Zeichen gedeutet worden.

Die Lage aber ist in vielfacher Hinsicht günstig. Denn der Ort wird von zwei Meeren bespült, gegen Norden vom Ägyptischen, gegen Süden vom See Marea, der auch Mareotis heißt. Diesen füllt der Nil vermittelst vieler Kanäle, sowohl von oben als von der Seite her, auf welchen auch die Einfuhr viel größer ist als jene vom Meere her, sodass auch der Hafen am See viel reicher ist als der am Meere. Hier aber ist auch die Ausfuhr von Alexandria stärker als die Einfuhr. Dies wird wohl jeder wissen, der sowohl in Alexandria als in Dicaearchia war und die Frachtschiffe ebenso einlaufen wie bei der Abfahrt beobachtete, wie viel schwerer und leichter sie hierher und dorthin fuhren. – Neben dem Reichtum der beiderseits, sowohl in den Hafen am Meere als am See, eingeführten Waren aber ist auch die milde Luft bemerkenswert, welche gleichfalls eine Folge der auf beiden Seiten anspülenden Wogen und der heilsamen Anschwellung des Nils ist. Die andern an Seen erbauten Städte nämlich haben während der Sommerhitze eine schwere und erstickende Luft; denn durch die von der Sonnenhitze erzeugten Ausdünstungen bilden die Seen an ihren Ufern Moräste. Indem nun so viele kotige Feuchtigkeit aufsteigt, wird eine ungesunde Luft eingeatmet, welche ansteckende Krankheiten veranlasst. Zu Alexandria aber füllt der mit Beginn des Sommers anschwellende Nil auch den See und lässt keine Moräste entstehen, welche schädliche Ausdünstung erzeugen. Dann aber wehen auch die Passatwinde von Norden und dem so großen Meere her, sodass die Alexandriner den Sommer höchst angenehm verleben.

Die Gestalt der Grundfläche der Stadt ist mantelähnlich; ihre Längenseiten, im Durchmesser etwa dreißig Stadien haltend, sind vom Meere bespült, die Breitenseiten dagegen sind die Landengen, jede etwa sieben bis acht Stadien lang, auf der einen Seite vom Meere, auf der andern vom See umschlossen. Zwar ist die ganze Stadt mit für Reiter und Wagen passierbaren Straßen durchschnitten, zwei aber, die sich auf mehr als hundert Fuß öffnen und einander unter rechten Winkeln in zwei zerschneiden, sind die breitesten. Die Stadt enthält die schönsten öffentlichen Plätze und königlichen Paläste, welche den vierten oder selbst den dritten Teil des ganzen Umfangs einnehmen. Denn wie jeder der Könige den öffentlichen Baudenkmälern aus Prachtliebe noch irgendeine neue Zierde zufügte, so erbaute auch jeder für sich zu den schon vorhandenen Palästen noch einen neuen, sodass hier des Dichters Ausspruch gilt: »Eins auf das andere folgt«. Alle jedoch hängen zusammen, sowohl untereinander selbst als mit dem Hafen und mit allem, was außerhalb desselben ist – ein Teil der königlichen Gebäude ist auch das Museum, welches eine Halle zum Herumwandeln, eine andere zum Sitzen und einen großen Bau enthält, worin sich der Speisesaal der am Museum angestellten Gelehrten befindet. Dieser Verein hat auch gemeinsame Einkünfte und einen dem Museum damals von den Königen, jetzt aber vom Kaiser vorgesetzten Priester. Ein anderer Teil der königlichen Gebäude ist das sogenannte Sema, ein umschlossener Raum, innerhalb welches sich die Grüfte der Könige und des Alexander befinden. Denn Ptolemäus, der Sohn des Lagus, hatte den Leichnam des Letzteren dem Perdikkas, der ihn von Babylon brachte und sich aus Habsucht und Begierde nach dem Erwerb von Ägypten dorthin wandte, zuvorkommend weggenommen. Ja, jener verlor sogar, von seinen Soldaten ermordet, das Leben, als Ptolemäus hinkam und ihn auf einer wüsten Insel einschloss. So starb also jener, als die Soldaten gegen ihn aufstanden, von deren Lanzen durchbohrt; die bei ihm sich befindenden Könige aber, Aridäus und Alexanders Söhne, sowie dessen Gattin Rhoxane schifften hinweg nach Makedonien. Den Leichnam Alexanders aber brachte Ptolemäus nach Alexandria und bestattete ihn da, wo er noch jetzt liegt, jedoch nicht in demselben Sarge; denn der jetzige ist von Glas, jener aber legte ihn in einen goldenen. Diesen jedoch raubte Ptolemäus mit den Beinamen Kokkes und Parisaktus, welcher aus Syrien hinkam und sogleich wieder vertrieben wurde, sodass der Raub ihm keinen Nutzen brachte.

An dem Großen Hafen liegen rechts neben der Einfahrt die Insel und der Turm Pharus, auf der anderen Seite aber die Riffe und die Landspitze Lochias mit einer königlichen Burg. Dem Einschiffenden zur Linken sind die mit jenem auf Lochias zusammenhängenden inneren königlichen Gebäude, welche viele und verschiedenartige Säle und Lusthaine umfassen; unter diesen liegen der den Königen eigentümliche ausgegrabene und verschlossene Hafen und Antirrhodus, ein vor dem ausgegrabenen Hafen gelegenes Inselchen mit einem königlichen Schlosse und kleinem Hafen. Man nannte es aber so gleichsam als eine Nebenbuhlerin von Rhodus. Über ihm liegt das Theater, dann das Posidium, eine vom sogenannten Emporium vorlaufende Krümmung, welcher Antonius einen noch mehr gegen die Mitte des Hafens hingeneigten Damm anfügte, welches er Timonium nannte. Dieses war sein letztes Werk, als er nach dem Unglück bei Actium von seinen Freunden verlassen nach Alexandria überschiffte und für die übrige Zeit das Leben eines Timon wählte, welches der so vieler Freunde beraubte führen wollte. Dann folgen das Caesarium, der Marktplatz und die Warenlager; nach diesen aber bis zum Heptastadion hin die Schifflager. Dies sind die Umgebungen des Großen Hafens.

Gleich nach dem Heptastadion folgt der Hafen Eunostu und über diesem der ausgegrabene, der auch Cibotus heißt und gleichfalls Schiffslager hat. Von seinem Innern aus erstreckt sich ein schiffbarer Kanal zum See Mareotis. Jenseits des Kanals nun liegt erst noch ein kleiner Teil der Stadt, dann die Vorstadt Nekropolis, wo sich viele Gärten, Begräbnisse und Herbergen zum Einbalsamieren der Toten finden. Diesseits des Kanals aber liegen sowohl das Serapeum als auch andere heilige Gebäude, die jetzt der in der Nikopolis erbauten neuen wegen fast verlassen sind; denn dort sind ein Amphitheater und eine Kampfbahn, und es werden die fünfjährlichen Kampfspiele daselbst gefeiert. Das Alte aber wird wenig geachtet. Um kurz zu reden, die Stadt ist voll von Baudenkmälern und Tempeln; das Schönste aber ist der Übungsplatz mit Säulenhallen, die länger als ein Stadium sind. In der Mitte aber liegen sowohl das Gerichtsgebäude als die Lusthaine. Hier ist auch das Paneum, eine von Menschenhänden gemachte, kreiselförmige, einem felsigen Hügel ähnliche Anhöhe, zu welcher man auf einem Schneckenwege hinansteigt. Von ihrem Gipfel kann man die ganze umliegende Stadt nach allen Seiten hin übersehen. – Von der Nekropolis aus zieht sich die der Länge nach die Stadt durchschneidende Hauptstraße bei dem Übungsplatze vorbei bis zum Kanobischen Tor; dann folgen der sogenannte Hippodromus und die übrigen danebenliegenden Straßen bis zum Kanobischen Kanal. Hat man den Hippodromus durchwandert, so gelangt man in die Nikopolis, einen Wohnort am Meere, nicht kleiner als eine Stadt, dreißig Stadien von Alexandria. Diesen Ort zeichnete Kaiser Augustus aus, weil er hier die mit Antonius gegen ihn Ausgezogenen in einer Schlacht besiegte. Nachdem er dann die Stadt im Anlaufe genommen hatte, zwang er den Antonius, sich selbst zu töten, die Kleopatra aber, sich ihm lebendig auf Gnade und Ungnade zu überliefern; bald darauf aber entleibte auch sie sich heimlich im Gefängnis durch den Biss einer Schlange oder durch ein aufgelegtes Giftpflaster (denn man erzählt beides), und so geschah es, dass die Herrschaft der Lagiden, nachdem sie viele Jahre bestanden, vernichtet wurde.

Danksagung

Ich danke Michael Bhaskar und Kit Neville bei Canelo, die mich beim Schreiben dieser Buchreihe unterstützt und motiviert haben und für die erstklassige Aufmachung und nicht zuletzt die starken Cover verantwortlich sind. Außerdem bedanke ich mich wie immer bei Nome und Abbie für ihre Unterstützung – und bei meiner kleinen Ivy, die als Issa in dieser Reihe ihren Auftritt hat.

Vom einfachen Spion
zum gefürchteten
Assassine